이효석
문학상
수상작품집 2019

이효석
문학상

수상작품집 2019

생각정거장

일러두기

단행본, 장편소설, 잡지 등은 《 》로, 단편소설과 시 등은 〈 〉로 표기했습니다.

차례
ooooo

외진 곳

장은진

1976년 광주에서 태어났다. 2002년 전남일보 신춘문예에 단편 〈동굴 속의 두 여자〉가, 2004년 중앙일보 중앙신인문학상에 단편 〈키친 실험실〉이 당선되며 문단에 나왔다. 소설집 《키친 실험실》《빈집을 두드리다》, 장편 《앨리스의 생활방식》《아무도 편지하지 않다》《그녀의 집은 어디인가》《날짜 없음》 등을 출간했다. 문학동네작가상을 수상했다.

집을 옮기고 첫날 밤이었다.

바깥에서는 바람이 휘이휘이 소리를 내며 불고 있었고, 창문이 부들부들 떨 때마다 방은 냉기로 차올랐다. 그릇에 수돗물을 받아두면 다음날 아침 얼어붙어 있을 것 같은 강추위였다. 나와 여동생은 불을 끄고 각자 이불을 두 채씩 포개어 머리까지 뒤집어쓰고 자리에 누웠다. 그때, 웅크린 몸으로 이빨을 덜덜거리던 여동생이 갑자기 소리쳤다.

"아, 씨발 좆나 춥네. 내일 뽕뽕지 사다 창문이나 덮자."

이불에 반쯤 묻혀 탁해진 목소리 때문인지 동생이 방금 한 게 욕이란 생각은 들지 않았다. 바쁘게 짐을 정리하느라 보일러에 기름 넣는 걸 깜빡했더니 코딱지만 한 방에 닥친 재앙이었다.

"기름보일러라 난방비 많이 들 텐데. 그냥 전기장판 살까."

"어쩌다 우리가 여기까지 왔을까. 난 저렇게 창호지로 된 방문은 첨 봐."

"나도."

방은 전에 살던 원룸을 딱 반으로 접어놓은 크기였다. 급하게 보증금을 빼야 했고, 역시나 반 토막 난 보증금에 맞추어 방을 구하다 보니 동생 말대로 '여기까지' 굴러오게 된 것이다. 추운 날씨에 짐을 옮기는 과정도 정신을 쏙 빼놓을 정도로 다급하게 이루어졌다. 새 세입자가 들어오기로 한 날짜를 일요일인 내일로 착각하는 바람에 점심을 먹다 말고 당장 짐을 옮겨야 하는 상황이 벌어진 것이었다. 우리 짐을 치우는 것과 새 짐이 들어오는 시간이 겹쳐서, 밥통이 있었던 자리에 곧바로 토스터가 놓였고, 운동화 네 켤레뿐이라 자리가 남아돌던 신발장은 하이힐과 부츠로 가득 채워졌다. 우리 짐은 오도 가도 못 한 채 시멘트 바닥에 반나절 동안 까발려지듯 놓여 있어야 했다. 정말 엄동설한에 '길바닥에 나앉은 사람'이 된 것이었다. 사람들이 지나다니며 누추한 우리 살림을 자주 힐끔거리는 데다 눈까지 내려서 보자기와 수건을 조각조각 이어 붙여 덮어두어야 했다. 포장 이사를 할 만큼 물건이 많은 게 아니라서 작은 용달차를 렌트한 뒤 면허증이 있는 대학교 동기를 불러 운전을 부탁했다. 여기까지 오는 데 울퉁불퉁한 비포장길이 어찌나 많은지 용달차 안에서 우리의 몸은 여러 번 서로 부딪쳤고, 자주 출렁였다. 짐을 대충 옮긴 뒤 정신 차리고 났더니 저녁이 한참 지나 있었다. 음식을 배달시키기엔 후미지고 위치를 설명하기도 어려운 곳이었지만 주인집의 도움으로 겨우 보쌈과 군만두를 시켜 먹을 수 있었다.

그때, 무언가를 걷어차듯 발을 휘두르며 동생이 다시 소리쳤다.

"우리한테 사기 친 그 개새끼를 어떻게 잡아 죽일까?"

나는 뭉개진 목소리로 대답했다.

"죽여야지. 언젠가 꼭. 돈도 돌려받고."

입도 얼어붙은 듯 우리의 대화는 더 이상 이어지지 않았다. 각자의 이불 속에서 자기 숨으로 덥힌 공기로 조금씩 추위를 누그러뜨려가며 천천히 잠이 들었다.

일주일이 지나도록 우리 자매에게 적응되지 않는 게 하나 있었다. 언제나 방 한 개짜리 집에서 살아온 생이었지만, 그 모든 방에는 배려하듯 화장실이 공간 안에 덧붙어 있었다. 그런데 여긴 화장실이 저 멀리 떨어진 곳에, 딴청 부리듯 다른 공간에 놓여 있었다. 그러니까 화장실에 가려면 제일 먼저 휴지를 챙긴 뒤, 방문을 열고 나가 마루에 앉아서 신발을 신고 긴 마당을 지나야 하는 것이었다. 게다가 그것은 공동화장실이라 볼일이 생길 때마다 집을 옮겼다는 사실을 실감나게 깨닫게 해주었다. 하루에 여섯 번 화장실을 사용하면 변기에 쭈그리고 앉아 가난과 그것이 몰고 온 온갖 불편함들을 여섯 번 생각하게 되는 것이었다. 게다가 날도 추워서 화장실 가는 건 우리에게 매번 큰 결심이 필요한 일이 되었다. 동생은 오래 참거나 자주 가는 일이 안 생기도록 물을 적게 마셨다. 그러다 병난다고 말을 해도 듣지 않았다. 여름이 되면 좀 나아지겠지만, 여름까지 머물고 싶지는 않았다. 살기에 좋은 환경이 아닌 걸 주인아주머니도 아는지

방을 계약하던 날 남이 들을까 나지막한 목소리로 이렇게 말했다.

"오래 말고, 조금만 살다 가."

집주인은 60대 부부였다. 그들은 이 집을 네모집이라 불렀다. 집 구조가 'ㅁ' 자 모양으로 되어 있어서인데, 부부는 세를 놓지 않고 네모집 전체를 여섯 식구가 쓰던 시절이 있었다고 했다. 남부러울 게 없어서 그때는 아흔아홉 칸짜리 집에 사는 것 같았다던 아주머니는 몰락한 가문의 여인처럼 처량한 표정으로 하늘을 쳐다보며 한숨을 내쉬었다. 그러나 나는 그 한숨에 그다지 공감할 수 없었다. 아무리 그래봤자 세입자에게 그들은 집주인이고, 월세가 하루만 늦어도 방문을 두드릴 것이므로. 그렇게 떵떵거리며 살다, 둘째 아들놈이 사업을 크게 말아먹어서 자식 덕 보고 살기는 애저녁에 글러먹었다고 판단한 내외는 자기 살길을 도모하기 위해 방을 개보수했다. 아들놈이 쫓아와 있는 돈 다 내놓으라고 할까 봐 서둘러 집을 고치는 데 써버린 것이었다. 공동화장실과 샤워실을 만들어 코인세탁기를 세 대 들여놓고, 부엌이 없는 방에는 물을 쓸 수 있게 수도관을 연결하고 보일러도 따로 놓았다. 네모집에는 주인 내외가 기거하는 방을 빼면 총 아홉 개의 방이 있었고, 부엌이 별도로 딸린 방은 방세가 조금 더 비쌌다. 방마다 번호가 붙어 있는데 우리가 사는 곳은 9번 방으로 네모집에서 모서리에 해당하는 끝방이었다.

나는 두루마리 화장지를 손에 들고 고무신 변기에 다리를 벌리고 앉아 오늘의 가난에 대해 두 번째 생각하는 중이었다. 공동화장실은 엉덩이를 걸치고 사용해야 하는 변기보다 고무신 형태의 변기가 위생적이었다. 단점은 오래 앉아 있으면 다리가 저린다는 거였다. 나는 다리가 저려오기 전에 서둘러 용무를 끝낸 뒤 화장지를 변기에 버리고 발로 레버를 눌렀다. 오늘의 두 번째 가난이 소리를 내며 물과 함께 어둠 속으로 빨려 들어갔다. 그때, 누군가 화장실로 들어오는 소리가 들려왔다. 되도록 다른 세입자와 마주치지 않고 살아보려 애썼는데 네모집의 구조상 불가능한 모양이었다. 공동화장실과 샤워실, 그리고 방문을 열면 바로 보이는 중앙 마당. 여긴 원룸과는 다른 것이다. 화장실을 나가자 내 또래로 보이는 단발머리 여자가 세면대에서 손을 씻고 있었다. 여자는 치약 거품이 하얗게 튄 거울을 통해 나를 쳐다보며 인사했다. 애초의 다짐을 잊고 얼떨결에 나도 모르게 얼룩덜룩한 거울을 향해 고개 숙이고 말았다. 네모집에 세 들어 살고 있다는 것 자체가 사정을 묻지 않아도 나와 처지가 다르지 않다는 뜻이므로 이 사람도 어딘가에서 밀려왔을 것이다. 힘의 원천이 무엇이든, 그 힘이 없으면 사람은 외진 데로 밀려나는 거였다. 바깥으로, 중심에서 먼 변두리로, 어둡고 냄새나는 구석진 자리로.

"지난주에 9번 방으로 이사 오셨죠?"

"아, 네."

"전 3번 방이에요."

"네."

"9번 방이 웃풍은 세도 재수가 좋은 방이에요."

"네?"

"그 방에 살았던 사람들 다 잘돼서 나갔어요."

"여기 오래 사셨나 봐요."

"2년 됐어요. 사는 데 좀 불편하긴 해도 방세가 싸니까요."

나는 동의한다는 듯 고개를 끄덕였다. 손을 다 씻은 여자는 자기 옷에 물기를 닦고 화장지 좀 빌려달라고 말했다. 나한테 먼저 인사를 하고 말을 건 것도 화장지를 얻어 쓰기 위한 꿍꿍이가 아닐까, 하는 생각이 들었다. 내가 엉거주춤하게 두루마리 화장지를 건네자 여자는 손에 한 열 바퀴쯤 돌돌 감아서 화장실로 들어갔다. 두루마리는 절반으로 줄어 있었다. 헤픈 여자라고 속으로 생각하며 화장실을 나가는 내 등 뒤로 여자의 발랄한 목소리가 닿았다.

"자전거 탈 줄 알아요? 알면 대문 앞에 세워져 있는 자전거 언제든 필요할 때 써요. 여긴 컵라면 하나 사러 편의점 가는 길도 멀잖아요. 그리고 밤에는 되도록 혼자 다니지 말고요."

헤프지만 공짜는 좋아하지 않는 여자 같았다.

3번 방 여자의 자전거를 타고 편의점에서 컵라면과 햄버거를 사 왔다. 여기가 얼마나 한적한 곳이냐면 네모집이 있는 데서 한 정거장만 더 가면 버스 종점이 나왔다. 버스를 타고 종점까지 가본 사람은 알겠지만 어느 순간부터 낡고 허름한 건물들이 많이 보이고, 그조차도 띄엄띄엄 떨어져 있으며, 밤에는 다른 곳보다 빨리 어두워져서 행인을 찾아볼 수 없었다. 그러니 편의점이 가까운 데 있을 리 없었다. 그나마 자전거를 세게 몰았더니 방에 도착했을 때 약한 불에 올려둔 물이 막 끓기 시작해서 동생과 나는 컵라면에 곧바로 뜨거운 물을 부을 수 있었다. 치자 단무지에 라면을 먹으며 아까 3번 방 여자한테 들은 '9번 방의 재수'에 대해 얘기하자 동생이 모처럼 환하게 웃으며 말했다.

"그 다단계 사기꾼 새끼도 잡을 수 있다는 건가."

"뭐든 잘돼서 나간다니까."

동생과 나는 평소 잘 믿지 않던 미신적인 것에 희망을 걸고 있었다.

"그 말을 들어서 그런지, 방이 하나도 안 추운 것 같다."

동생이 라면 국물에 찬밥을 말면서 뽕뽕지로 뿌옇게 덮여 있는 창문을 쳐다봤다. 벽 전체를 아예 비닐로 막아두어서 우리는 겨울이 끝나지 않는 한 창문을 열 수 없었고, 창백한 바깥 풍경도 볼 수 없었다.

"참, 편의점에 물어봤어?"

국물을 한 모금 삼킨 동생이 깜빡 잊고 있었다는 듯 상에 컵라면을 내려놓으며 물었다.

"안 구한대."

"새벽도?"

나는 고개를 끄덕였다. 중학생 때부터 일본 드라마와 애니메이션에 빠져 살던 동생은 대학에서 일본어를 전공했다. 졸업 후에는 여행사에 취직해 일본인 관광객 가이드를 했지만 도가 지나친 오너의 갑질과 횡포를 견디다 못해 책상을 엎고 회사를 뛰쳐나왔다. 지금은 편의점 아르바이트를 하고 있는데, 그 편의점 점주도 호락호락 하지 않기는 마찬가지였다. 손님이 없는 틈에 스마트폰으로 일본 방송을 보며 공부 좀 하려고 하면 점주가 CCTV로 감시하고 있다 전화질을 해대는 모양이었다. 네모집으로 이사를 오고 교통비 때문에 발보다 발가락이 커진 상황이기도 해서 동생은 가까운 편의점으로 옮기고 싶어 했다. 밤낮 바뀌는 걸 무엇보다 싫어하면서 새벽 타임도 마다하지 않겠다는 걸 보면 그 점주가 정말 못마땅한 것 같았다.

"언니는 발표 날짜가 다음 주 언제랬지?"

"금요일."

"합격하면 얼마나 좋을까."

"면접도 만만치 않대. 선배들 중에 2차에서 떨어진 사람도 많아."

다음 주 금요일은 중등교원 임용고시 필기시험 합격자 발표가 있는 날이었다. 역사교육학과를 졸업하고 두 번째 도전이다. 현재는 어린이집을 운영하는 선배를 도와 보육교사보조로 일하고 있다. 아르바이트라 생각하면 월급이 적은 편은 아니었고, 하루에 네 시간만 일하면 되니 임용고시를 준비하며 다니기엔 괜찮은 일자리였다. 다만 집을 옮긴 후 동생처럼 출퇴근 시간이 왕복 세 시간으로 늘어서 어려움을 겪고 있다.

컵라면을 먹고 물은 한 잔도 안 마신 동생은 점주 욕을 실컷 한 뒤 유튜브로 일본 방송을 시청했고, 나는 시험공부 하느라 그동안 보지 못했던 소설책을 전자도서관에서 대출해 읽었다. 둘 다 이불을 머리까지 둘러쓰고 방바닥에 누운 채였다. 그때 바람이 세게 불어와 얇은 창호지 문과 창문이 떨어져 나갈 듯 크게 흔들렸다. 창문을 덮은 뽕뽕지는 비닐 소리를 내며 풍선처럼 빵빵하게 부풀어 올랐다. 방 안에서 산사태를 맞는 것 같았다. 아니, 가진 게 없다고 협박을 받는 기분이었다. 바람이 부는 각도와 시간이 달라서 다른 방의 문들이 흔들리는 소리도 얇은 벽과 창호지를 통해 순차적으로 들려왔다. 여긴 왜 다른 사람들의 방까지 신경 쓰게 하나, 라는 의문이 들었다. 순간, 여기서 잘돼서 나갈 것 같지 않다는 생각이 들었다. 그렇다고 여기보다 더한 데도 없을 것 같았다. 동생도 나와 같은 생각을 했다는 걸 마주친 눈동자로 알 수 있었다. 그날 밤, 바람은 잠자리에 들 때까지 잦아들지 않았고 그 바람 소리를 잊기 위해 맘먹고 전기장판 온도를 조금 높였다.

퇴근하고 돌아오는 길에 장을 봐와서 계란말이와 어묵볶음을 만들고, 조갯살을 넣어 미역국을 끓였다. 김도 구워서 여섯 조각으로 잘라놓았다. 밥이 되는 동안에는 주인아주머니로부터 코인세탁기 사용법을 듣고 일주일 동안 모아둔 빨래를 돌렸다. 세탁기 돌아가는 소리가 고요한 네모집을 흔들었다. 네모집은 사람이 산다면 부딪칠 수밖에 없는 구조로 되어 있는데도 지금까지 만난 세입자는 3번 방 여자뿐이었다. 세입자가 우리와 3번 방 여자뿐인가 싶었지만, 간밤에 화장실에 가려고 마당으로 나왔을 때 아홉 개의 방에 모두 불이 켜져 있는 걸 보았다. 그 불빛이 오래된 창호지 문을 통해 은은하게 스며 나와 마당을 밝히는데 괜히 마음이 편안해지면서 안도감이 들었다. 어떤 방에서는 가래 끓는 소리가 들려왔고 또 다른 방에서는 라디오 소리가 희미하게 흘러나왔다. 한군데도 빠짐없이 모두 불이 켜진 방을 보고 있자니 한 번도 만난 적 없는 사람들인데도 이상하게 모두 아는 것처럼 느껴졌다. 나와 같은 주소를 가진 사람들. 다들 하루 일을 마치고 무사히 집으로 돌아왔구나, 라는 생각에 나는 화장실 가는 걸 잠시 잊은 채 마당 한가운데 서서 한 바퀴 빙 돌아보았다. 방이 아홉 개인 걸 알면서도 손가락으로 하나하나 짚어가며 빛으로 가득 찬 문을 세어보기까지 했다. 네모집의 세입자들은 불빛과 소리로만 자기 존재를 알려오는 것 같았다. 빛으로 칠해진 방문과 그 방문을 여닫는 소리로. 신발을 끄집는 소리와 종잇장처럼 가벼운 한숨 소리로. 나는 그들이 여기 오래 머물지 않고 사정이 나아지면 곧장 다른 데로 옮길 마음을 품고 살아서 그런 거라고 생각했다. 어차피 곧 떠날 텐데 깊은 정을 나누면 뭐하나, 라는 마음으로 머물고 있어서. 그들은 혹여 화장실과 세탁실, 마당과 대문에서 마주치더라도 알은척하지 않을지 모른다고. 어쩌면 알은척하는 게 귀찮아서 서로 마주치지 않도록 각별히 조심하며 다니거나 다른 방 세입자가 활동하는 시간대가 언제쯤인지 귀 기울여 알아낸 뒤 피하는 것인지도 몰랐다. 어쩌면 그들은 그것을 배려라 여기는지도. 나 또한 그래서 누구든 만나게 되면 인사를 나눠야 하는 건지 고민이 되었다.

방 바깥 마루에 건조대를 놓고 빨래를 널고 있을 때 아르바이트를 마치고 동생이 돌아왔다. 동생은 몹시 지쳐 보였고, 표정은 조금 어두웠다. 나는 아무것도 묻지 않고 빨래를 마저 넌 뒤 동생이 옷을 갈아입는 동안 서둘러 저녁상을 차렸다. 모처럼 장을 봐서 차린 상이라 반찬은 푸짐했지만 동생은 식사 내내 한마디도 하지 않았다. 하루 동안 있었던 일을 빠짐없이 털어놓아야 직성이 풀리는 애가 조용히 밥만 먹어서 모처럼 반찬이 여러 개 올라온 저녁상이 무안해지고 말았다. 동생은 식사를 하는 둥 마는 둥 하다 믹스커피를 한 잔 타서 마시고서야 차분하게 입을 뗐다.

"편의점 관뒀어."

나는 왜냐고 묻지 않고 동생의 얘기를 들어주었다.

"CCTV에 대고 뻑큐를 날려줬어. 참다 참다 도저히 못 참겠어서. 역시나 바로 전화를 걸어서 욕을 하더라고. 그래서 나도 내가 아는 모든 욕을 다 해줬지. 처음 들어보는 욕이 많은지 혀를 내두르더라. 욕으로는 누구도 날 못 이기지. 여기서 가까운 다른 편의점 알아볼래. 널리고 널린 게 편의점이야. 사람 구하는 데도 있겠지."

동생은 울고 싶을 때 우는 대신 욕을 하는 습관이 있었다. 아는 욕을 다 했다는 건 그만큼 많이 울고 싶은 날이었다는 뜻이다.

"잘했어."

동생은 그 말이 듣고 싶었던 것 같았다. 잘했다는, 그 말. 커피잔을 비운 동생은 후련한 표정을 지으며 설거지를 하고, 나는 방을 쓸고 닦았다.

청소를 끝낸 뒤 양치질하고 손에 로션을 바르고 있을 때였다. 남자 두 명이 옆방 문을 열고 들어가 짐을 나르는 소리가 들려왔다. 이사를 가는 모양이었다. 여기서는 어떤 낌새도 없이 어느 날 갑자기 이루어지거나 결정되는 사건이 이사인 것 같았다. 어디로 가는지는 알 수 없으나 중심에 조금이라도 가까운 데였으면 좋겠다는 생각이 들었다. 8번 방에 사는 사람을 나는 본 적 없지만 동생은 마당에서 한숨 쉬며 담배 피우는 뒷모습을 두 번인가 본 적이 있다고 했다. 혼자 사는 50대 아저씨라는데 3번 방 여자 말로는 미장일을 한단다. 여기 사람들은 진짜 임시로 살아서 엉덩이를 방바닥에 반만 내려놓고 있는 것 같았다. 마치 100미터 달리기 출발선 앞에 엉덩이를 엉거주춤하게 들고 있는 육상선수처럼 언제든 튀어나갈 준비를 하며 사는 것으로 보였다.

몇 번 후다닥거리는가 싶더니 짐 옮기기는 금방 끝나버렸고, 옆방은 숨 막히게 조용해졌다. 왠지 보란 듯 방문을 활짝 열어놓고 떠났을 것 같았다. 옆방이 남기고 간 고요함을 깨뜨릴까 봐 그런지, 빈방이 울릴까 봐 그런지 동생은 콧잔등에 까맣게 발라놓았던 코팩을 뜯어내며 소곤거리듯 말했다.

"여긴 꼭 여관 같지 않아? 그냥 잠시 머물다 가는 곳."

"너 여관 가봤어?"

나도 괜히 작은 소리로 말하게 되었다.

"꼭 가봐야 알아? 드라마 같은 데 많이 나오잖아. 그리고 가봤으면 또 어때서?"

"하더라도 좋은 데 가서 하라고. 호텔 같은 데."

"언니는 호텔에서 해봤어?"

"호텔로 날 데려가는 놈이 있었으면 진작 그놈이랑 결혼했지."

오늘 밤, 8번 방의 창호지로 불빛은 스며 나오지 않을 것이고 방은 텅 비어 있을 거라고 생각하자 우리 방이 옆방의 한기까지 떠안은 듯 춥게 느껴졌다. 왠지 떠났다는 것이 배신당한 듯한 기분을 들게 했다.

집에서 하루쯤은 쉴 줄 알았는데 동생은 다음날 바로 편의점 아르바이트를 구하러 인근을 돌아다녔다. 3번 방 여자의 자전거를 타고, 그 자전거로 닿을 수 있는 거리의 모든 편의점을 둘러봤지만 동생을 원하는 곳은 한군데도 없었다. 돌아오는 길에는 빙판에 미끄러져 자전거가 넘어졌는데 다행히 크게 다치지는 않은 것 같았다. 자전거를 돌려주다 3번 방 여자와 친해진 동생은 내내 그 방에서 과자를 얻어먹으며 이런저런 얘기를 나누다 내가 퇴근할 무렵에야 우리 방으로 건너왔다. 동생은 간호조무사인 3번 방 여자에 대해서도 말해주었다. 여자는 낮은 연봉과 간호사보다 못한 대우를 받는 것에 지쳐서 간호전문대에 들어가려고 준비 중이라고 했다. 그뿐 아니라 각 방의 세입자에 대한 얘기도 방 번호 순서대로 해주었지만 하나도 귀에 들어오지 않았다. 어차피 조금 있다 가버릴 사람들이고, 우리 또한 오래 있을 생각이 없으니까. 어쩌면 이미 아는 이야기 같아서 그랬는지도 모르겠다. 많이 안 다쳤다 생각했는데 동생은 저녁밥을 먹고 나더니 무릎이 아프다고 했다. 바지를 걷어 올리자 시퍼런 멍이 들어 있었다. 비상약이 없어서 3번 방 여자한테 파스를 얻어다

붙였다. 피곤한 하루를 보낸 동생은 금방 잠이 들어버렸고, 나는 방을 나와 세탁실로 갔다. 오늘은 속옷을 빨 생각이었다. 속옷은 모아두었다 다른 빨래와 섞이지 않게 따로 빠는 게 좋았다.

세탁실로 들어서는데 마른 체형의 남자가 세탁기 한 대를 사용하고 있었다. 남자는 턱을 받치고 쭈그리고 앉아서 드럼세탁기의 투명창을 골똘하게 들여다봤다. 세제 거품이 투명창으로 거칠게 부서져 내리는 걸 지켜보고 있었는데, 그것은 꼭 선창을 통해 보이는 폭풍 치는 바다 같았다. 어쩌면 남자는 내년에도 갈 수 없을 한여름의 바다를 미리 그리워하고 있는 건지도 모르겠다. 인기척에 뒤돌아본 남자와 눈이 마주쳤다. 처음 보는 사람이었다. 인사를 건네야 하나 고민이 되었고, 남자 또한 나와 같은 고민을 하는 것 같았지만 서로가 하지 않는 쪽으로 방향을 잡아갔다. 인사란 한번 하면 다음에도 계속해야 하는 번거로움을 주니까. 세탁기 앞에 머물러 있던 남자는 멋쩍은 듯 내가 세탁기를 사용할 수 있도록 자리를 비켜주었지만 속옷이라 좀 난감했다. 드럼세탁기라 돌아가는 내내 창문을 통해 세탁물이 보일 것이기 때문이었다. 생리혈이 묻은 속옷도 여러 장 있는 터라 저녁에 다시 올까, 잠시 고민했지만 어차피 오래 볼 사이도 아닌데 싶어 투입구에 동전을 넣고 속옷을 집어넣었다. 세제와 섬유유연제가 자동으로 나온다는 사실을 까맣게 잊고 세제를 찾으러 자리에서 일어났을 때 남자는 보이지 않았다. 일부러 자리를 피해준 것 같았다. 배려를 받았다는 생각에 아까 동생이 해준 얘기를 귀담아듣지 않은 게 조금 후회되었다. 어떤 사정으로 이 먼 데까지 밀려오게 되었는지. 무슨 일을 하는 사람인지. 언제부터 살기 시작했는지. 남자의 세탁기가 열심히 빨고 있는 건 여름 이불이었다.

이런저런 생각으로 그날 밤은 늦도록 잠이 오지 않았다. 동생은 내가 옆에서 여러 번 뒤척이는데도 아랑곳없이 코까지 골며 잘 잤다. 나는 겉옷을 챙겨 입고 방을 나왔다. 아침부터 계속된 폭설로 마당에는 눈이 제법 높게 쌓여 있었다. 나는 발자국이 하나도 찍히지 않은 순결한 마당에 첫발을 내디뎠다. 짐작보다 발이 너무 깊숙이 들어가서 당혹스러웠는데, 눈 밟는 소리에서 깊이가 느껴졌다. 나는 마당 한가운데 서서 언제부턴가 생겨버린 버릇대로 아홉 개의 방 중 불이 켜져 있는 곳이 몇 군데인지 세어봤다. 숫자가 적으면 왠지 허전했고, 많으면 괜히 입가에 미소가 번졌다. 아홉 개의 방에 모두 불이 들어와 있으면 한 가지 질문에 아홉 개의 똑같은 대답을 듣게 된 시간 같아서 나도 모르게 와, 라는 감탄사가 흘러나왔다. 오늘은 두 군데였다. 허전해서 맨손으로 눈을 한 줌 주워 단단하게 뭉쳤다. 허리를 수그려 뭉친 눈을 굴려 몸집을 점점 키워나갔다. 두텁게 쌓인 눈 때문에 몇 번 굴리지 않았는데도 주먹만 한 눈뭉치가 금세 농구공만큼 커졌다. 그때 등 뒤에서 방문 열리는 소리가 들려왔다. 고개를 돌려보니 5번 방이었고 아까 세탁실에서 본 그 남자였다. 한밤중 마당에서 혼자 눈을 굴리는 모습에 당황한 건지 아니면 다른 이유 때문인지 남자는 문을 닫고 도로 들어가 버렸다. 마주치면 안 된다는 원칙을 깨고 싶지 않은 것 같았다. 화장실에 가고 싶은 걸 방해한 것 같아 미안한 마음이 들었지만 그렇다고 눈 굴리는 걸 포기하지는 않았다. 그때였다. 느닷없다는 느낌으로 5번 방 문이 다시 열리고 남자가 신발을 신고 나와 나처럼 눈을 뭉치고 그 눈을 눈밭에 굴리기 시작했다. 남자는 장갑을 끼고 있었다. 남자와 나는 말없이 두 덩어리의 눈을 완성했고, 내가 만든 건 좀 커서 아래에 두었고 남자가 그 위에 자신이 만든 눈덩어리를 올려놓았다. 그리고 남자는 다시 자기 방으로 들어갔다. 남자가 아니었다면 장갑을 끼지 않은 내 손은 이보다 더 시렸을 것이다.

남자와 내가 만든 눈사람은 오랫동안 마당에 있었다. 스스로 녹아서 작아지고 찌그러질 때까지 아무도 건드리지 않았고, 무너뜨리지도 않았다. 네모집에서 사는 사람들이기 때문에 아무도 그것을 훼손하지 않은 것 같았다.

눈사람이 한 줌의 형태 없는 눈으로 돌아갈 즈음, 8번 방에 새로운 세입자가 들어왔고, 동생은 무릎이 나아 절뚝거리지 않고 걷게 되었으며, 오늘은 임용고시 필기시험 합격자 발표가 있었다. 밤에 결과를 전해 들은 동생이 말했다.

"우린 아직 젊어."

아직 젊어 만만하게 보고 실패와 좌절이 이토록 자주 찾아오는 걸까. 젊음과 청춘이 절망을 이겨낼 수 있는 약이라면 젊지 않은 나이에 실패와 좌절이 찾아오면 무엇으로 이겨낼 수 있을까. 어떤 핑계를 대서 미래를 기약할 수 있게 될까. 나는 미래에 준비되어 있을 무수한 절망들을 어떻게 견뎌낼 것인지까지 앞서 생각하다 불현듯 두려워지고 말았다. 동생이 내 두려움을 듣고 있다 대답했다.

"그땐 연륜이란 게 생기지 않을까. 삶의 연륜."

동생은 잠시 허공을 보고 뭔가를 생각하다 이어서 말했다.

"나무의 나이테처럼 나이를 먹으면 삶에 그려지는 무늬들."

이럴 때 보면 나보다 두 살 어린 동생이지만 두 살 많은 언니 같다는 생각이 들었다. 동생의 삶 어딘가에 내게 없는 어떤 무늬가 그려져 있을 것 같았다. 언제, 무슨 일을 겪어서 얻게 된 건지 알 수 없지만 결코 지워지지 않아서 어려울 때마다 드러나는 무늬. 좌절을 이겨내게 해주는 건 옆 사람과 그 사람이 해주는 말이기도 하다는 걸 오늘 밤 나는 알게 되었다. 나이를 많이 먹으면, 사라진 젊음을 찾을 수 없어도 사람의 말은 찾아갈 수 있는 것이니. 무늬란 다른 사람 눈에는 보이지 않는 것이라서 대신 말의 형태로 나오는 것이다. 그리고 그렇게 갖게 된 무늬는 자신뿐 아니라 타인을 위해서도 쓰게 된다.

젊음도 없고, 옆 사람과 그 사람의 말조차 없다면 감내하는 것뿐이었다. 사람한테는 매일 무슨 일이 일어나고 있었다. 내적 갈등이든, 걱정이든, 어떤 일에 대한 결과든. 사람들은 그걸 밖으로 드러내지 않고 해결 방법을 모색하기 위해 발버둥 치며 살아갔다. 그 많은 일들이 투명 유리에 비치듯 다 보인다면 일상은 살 수 없을 만큼 끔찍하게 시끄러울 것이고, 혼란 그 자체일 것이다. 네모집의 세입자들이 고요하게 보이는 건 실패와 좌절이 없어서가 아니라 감내하고 있어서였다. 어떤 곳보다 더 많은 절망을 품고 사는 데가 여길지도 모르니 어쩌면 죽기 살기로 버티고 있을지도.

그래도 가끔씩은 시련이 밖으로 드러날 때가 있었다. 투명 유리 때문이 아니라 소리 때문에. 지금 밖에서 들리는 저 소리처럼. 주인 집 둘째 아들이 술을 먹고 밤늦게 찾아와 주인 내외한테 행패를 부리고 있었다. 아들은 부부에게 욕을 징그럽게 쏟아내며 물건을 집어 던졌다. 아들이 부부에게 갖고 있는 불만이, 부부가 아들에게 간절히 바라는 삶의 자세가 소리를 통해 고스란히 퍼져 나왔다. 방에 가만히 앉아서도 그들의 문제가 무엇인지 알 수 있었다. 그렇다고 그들을 말리거나 소리를 멈추게 하기 위해 방문을 열고 나가는 세입자는 아무도 없었다. 모두에게 익숙한 문제이지만 그들만의 문제이기도 하기 때문이었다. 다만 세입자들은 불을 켜둔 채로, 혹은 불을 끈 상태로 자신의 어떤 시절을 생각하며 고개를 끄덕이고 있을 것이다. 저렇게 밖으로 드러나지 않았을 뿐인 자신들의 오래된 시련을 떠올리며. 나는 둘째 아들도 동생처럼 우는 것 대신 욕을 하는 사람이라고 생각했다. 많이 울고 싶은가 보다 하고. 부부 내외는 아들에게 욕을 하지 않고 울었다. 너에게 해줄 수 있는 게 더는 없다며.

크리스마스이브였다.

다른 해 같으면 친구든 애인이든 함께 중심가로 몰려다니며 먹고 마시느라 바빴을 텐데 올해는 춥기도 하고, 실패와 좌절의 기운에서 온전히 빠져나오지 못한 상태인 데다, 중심가에 가기엔 너무 멀어서 동생과 단둘이 방에서 이브를 보내기로 했다. 생각해보니 이렇게 가족과 이브를 맞는 건 초등학생 때 이후 처음이었다. 의미 있는 날에 가족보다 친구나 애인을 먼저 찾는 나이라서 그랬다고, 누구나 그렇게 각도가 틀어지는 시절이 잠시 있는 거라면서 동생과 나는 캔맥주를 부딪쳤다. 크리스마스 분위기를 좀 더 내고 싶은지 동생이 잡동사니가 든 상자를 뒤져서 향초를 꺼냈다. 선물로 받았던 것 같은데 누구로부터 무슨 이유로 받았는지 생각나지도 않고, 언제 쓰고 두었는지도 기억에 없는 물건이었다. 탁해진 유리컵에 든 초는 먼지가 잔뜩 끼어 있었다. 너무 굳어서 불도 안 붙고 향도 안 날 것 같았지만 가운데 놓여 일렁이는 그것은 좁은 방 안을 은은한 불빛과 향으로 채워주었다. 방 안에서 촛불 하나 반짝이고 있을 뿐인데 아쉬운 대로 크리스마스 분위기가 조금 났다. 맥주캔을 잡고 있는 손이 시려서 우리는 가끔 그 촛불 가까이 손을 대고 쬐기도 했다.

크리스마스 하면 떠오르는 것들에 대해 얘기를 나누고 있을 때 여러 명의 사람들이 한꺼번에 마당으로 들어오는 소리가 들려왔다. 동생과 나는 숨을 죽이고 방문 너머로 귀를 기울였다. 잠시 후, 축복 가득한 성탄절 되십시오, 라는 말에 이어 마당에 모인 사람들이 〈고요한 밤 거룩한 밤〉을 부르기 시작했다. 교회에서 나온 청년들이 각 가정을 방문하며 캐럴을 불러주는 모양이었다. 우리는 더없이 고요한 밤에 〈고요한 밤 거룩한 밤〉을 숙연해진 마음으로 들었다. 방 안은 아늑해졌고, 마음은 잔잔해졌다. 여기에 크리스마스는 있구나, 라는 생각이 들었다. 아니 어쩌면 내일이 크리스마스인 것도 모르던 사람들에게 저들이 알려준 건지 모르겠다. 특별히 누구를 만나지 않고 이벤트가 없어도 아는 것만으로 크리스마스는 있게 되는 것이다. 노래가 끝나가는 게 아쉬워서 한 곡만 더 들었으면 좋겠다 생각하고 있었는데 다음 곡이 이어졌다. 역시 고요한 노래였다. 원래는 한 집당 한 곡씩만 부르는 건데 여긴 여러 세대가 모여 있다는 걸 알고 두 곡을 불러주는 건가 싶었다. 어쨌든 중심가로 가지 않고 집에 있어서 들을 수 있었던 노래였다. 집에 남은 사람들을 위한.

그들이 떠난 뒤 맥주도 다 마셔가고 화장실도 갈 겸해서 방을 나와 마당으로 나가보았다. 눈이 내리는 가운데, 놀랍게도 아홉 군데 불이 전부 켜져 있었다. 와, 나도 모르게 탄성이 흘러나왔다. 오늘 밤 왜 중심가로 가지 않았나요? 각자 다른 이유와 사정이 있겠지만 집에 있는 편이 좋을 것 같아 그러기로 했다는 일치된 대답을 들은 것 같았다. 불 켜진 방. 그것은 마치 오래된 나무에 전구를 둥그렇게 휘감아놓은, 크리스마스트리 같은 모습으로 앉아 있었다.

그러나 자정 무렵 한 개의 전구가 꺼지는 일이 발생했다. 잠자리에 들 시간이라 방에 널브러진 맥주캔과 그릇들을 치우려고 자리에서 일어났을 때 갑자기 방문이 왈칵, 열리더니 누군가가 뛰어들어 왔다. 3번 방 여자였다. 잠옷 차림에 젖은 머리를 수건으로 감싸 올린 여자가 우리를 공포에 질린 얼굴로 쳐다보며 자신을 좀 숨겨달라고 했다. 손바닥만 한 방에 몸을 숨길 만한 데는 없었지만 여자는 스스로 숨을 곳을 찾아 비닐 옷장을 열고 안으로 들어갔다. 동생이 옷장 지퍼를 밖에서 닫아주었고, 우리는 숨을 죽이고 다시 자리에 앉아 아무 일도 없다는 듯 술 마시는 척을 했다. 밖에서 누군가가 세입자들의 방문을 1번부터 차례로 여는 소리가 들려와서였다. 드디어 끝방인 우리의 방문이 열렸고, 덩치가 산만 한 사내가 누군가를 찾듯 충혈된 눈으로 방 안을 살폈다. 술냄새가 진동했다.

"아저씨, 뭐야? 뭔데 남의 방문을 함부로 열고 지랄이야!"

동생이 사내를 향해 소리쳤고, 사내는 사과의 말은커녕 미안한 기색도 없이 한참을 노려보다 방문을 닫았다. 사내가 완전히 돌아가고, 동생이 비닐 옷장 지퍼를 열었을 때 여자는 웅크린 자세로 앉아 폭설을 맞은 사람처럼 바들바들 떨고 있었다. 괜찮다고 말해도 여자는 쉽게 밖으로 나오지 못했다. 숟가락을 넣어 문고리를 잠그고 나서야 조금 안심한 듯 옷장에서 나왔다.

"옛날 남친인데, 자기는 죽어도 못 헤어진대요."

애인과 데이트를 해야 하는 특별한 날에 여자는 전 애인한테 쫓기고 있었다. 여자는 악몽을 꾸는 듯한 눈동자로, 앞으로 어떻게 해야 할지 모르겠다며 걱정했다. 한때는 사랑하고 의지도 했을 사람이 도망치고 싶은 무서운 사람이 되다니. 우리는 경찰의 도움을 받아 보는 건 어떠냐고 했지만 여자는 그럴 수 없는 딱한 사정이 있는 듯 고개를 흔들었다. 남자가 다시 찾아올 것 같다며 여자는 그날 밤 우리 방에서 같이 잤다. 둘이 자다 셋이 누우니 서로의 어깨가 닿을 정도로 좁았다. 여자는 창문이 조금만 들썩거려도 깜짝깜짝 놀랐지만 동생과 내가 번갈아가며 말을 걸자 곧 안정되었다. 그러다 어둠 속에서 여자가 혼잣말하듯 말했다.

"여기 있으면 못 찾아올 줄 알았는데……."

그래서 2년이나 산 모양이었다. 단순히 방세가 싸서가 아니라. 내가 대답했다.

"여기도 사람 사는 곳이잖아요."

"크리스마스가 오는 데라 그럴까요……."

그렇게 말하던 여자는 크리스마스 다음날 한밤중 도망치듯 이사를 가버렸다. 어쩌면 여자가 간 곳은 여기보다 더 바깥인지도 모르겠다. 크리스마스마저 오지 않는 곳. 우리는 자전거를 더는 탈 수 없게 되었다.

5번 방 남자는 세탁을 자주 했다. 거품을 구경하고 싶어서 그러는 것 같았다. 남자와 부딪치는 곳도 늘 세탁실이었지만, 남자와 나는 서로 알은척을 하지 않으면서 각자 세탁만 했다. 처음부터 그렇게 시작해서인지 오히려 그게 자연스러웠고, 알은척하지 않는 게 다른 방식의 인사가 되었다. 저기 있구나, 라고 눈으로 보면서 생각하는 것만으로도 충분히 불편하지 않게 공간을 함께 쓸 수 있다는 것을 알게 되었다. 아직 말이 필요하지 않아서 그렇지, 어느 한쪽이 무심코라도 말을 건네는 상황이 벌어진다면 알은척하지 않음이 인사로 인정되었던 지난 시간은 지워질 것이다. 나는 속으로 누가 먼저 침묵을 깨게 될지 내기를 걸었던 것도 같다.

무릎이 나은 뒤로 아르바이트를 구하러 매일 나가던 동생은 요 며칠간은 따끈한 전기장판 위에 팔자 좋게 드러누워 꼼짝하지 않았다. 다만 누군가와 열심히 메시지를 주고받고 있었다. 내가 다니는 어린이집에는 오늘 심각한 문제가 생겼다. 아동학대 신고가 접수되었다며 경찰이 CCTV 영상을 확보하러 어린이집을 찾아온 것이었다. 남자아이의 허벅지와 팔뚝에 꼬집혀서 생긴 멍자국이 여러 군데 발견되었다고 했다. 가해 교사로 지목된 담당 보육교사는 아이들끼리 장난감을 두고 다투다 생긴 불상사이지 자신과는 무관하다며 펄쩍 뛰었지만, 어린이집은 발칵 뒤집혔다. 패닉에 빠진 원장은 학부모로부터 걸려온 수십 통의 전화에 응대하느라 초주검이 되어버렸고, 뒤숭숭한 분위기 속에서 교사들의 퇴근이 두 시간이나 늦어졌다.

집에 돌아오니 동생은 게으름을 털고 일어나 빨래를 널고 있었고, 저녁상을 차려 상보로 덮어놓고 나를 기다리고 있었다. 늦어진 식사시간 때문인지 밥맛이 좋아서, 한 공기 더 담아와 첫술을 뜰 때 동생이 언니야, 라고 낮은 목소리로 불렀다. 할 얘기가 있는 눈치였다.

"후미꼬 알지?"

후미꼬는 동생이 대학 다닐 때 교환학생으로 왔던 일본인이다. 동생은 남보다 조금이라도 빨리 일본어에 능통해지고 싶어서 후미꼬에게 다가가 자주 말을 걸었다. 후미꼬도 동생에게 한국어로 자꾸 말을 걸었다. 이국의 언어는 둘을 가까워지게 해주었다. 졸업 후 후미꼬는 고국으로 돌아갔지만 제법 친한 사이가 되어 아직까지도 이메일로 안부를 주고받으며 지내는 걸로 알고 있었다. 나는 우유를 넣어 부드럽고 촉촉하게 만 계란말이를 베어 물며 고개를 끄덕였다.

"후미꼬가 그러는데, 일본은 지금 경기가 호황이라 구직난보다 구인난이 심각하대. 일할 사람을 못 구해서 가게를 닫아야 할 정도라, 한국 대학생들을 연수시켜 자기 나라로 좀 보내달라고까지 한대."

나는 밥상에 수저를 가만히 내려놓았다.

"후미꼬 말이 거긴 프리터로 사는 젊은 애들도 많고, 시급이 세서 월급쟁이 못지않게 번대. 같은 일을 할 거면 일본에서 하는 게 훨씬 나을 것 같아. 현지에서 아르바이트하며 일본어를 더 익히는 것도 나쁘지 않을 것 같고, 봐서 정규직 자리를 구해도 괜찮고. 정 힘들면 한국어를 가르쳐도 되고."

동생은 진취적인 데가 있었고, 나보다 겁이 없는 편이었으며, 미래에 대해 걱정하거나 불안해하지 않는 성격이었다. 닥치면 그때 가서 하는 게 걱정이지 미리 할 필요는 없다고 생각하는 애였다. 내가 아닌 동생이라서 세울 수 있는 계획으로 보였다. 벌써부터 좀 들뜬 것도 같았다. 여길 벗어나는 게 일단은 좋은 걸까.

"방은?"

"후미꼬가 당분간 자기 집에 머물러도 좋대."

화장실 때문일까. 물을 많이 마시고 싶어진 걸까. 하지만 일본이라니…… 왠지 여기보다 더 외진 곳 같았다.

"지진도 많고 방사능 문제도 있어서 건강에 해롭지 않을까? 위험하지 않을까?"

"후미꼬가 사는 데는 오오사까야. 후꾸시마와 좀 떨어진 데라 괜찮을 거야."

"그래도."

"그렇게 따지면 일본하고 우리나라도 별로 안 멀어."

동생은 이미 마음을 굳힌 듯 보였다.

"후미꼬는 좋은 친구지?"

"생각도 바르고, 한국 사람에 대해 우호적이야."

"……."

"걱정돼?"

"응."

"그냥 어학연수 간다고 생각해."

"어학연수?"

"그래, 어학연수."

"어학연수라니까 근사하긴 하다."

"나 대학 때 진짜 가고 싶어 했잖아. 동기들 중에 나만 안 갔어."

"그랬지."

"일본어로 먹고살겠다는 애가 일본에 안 가봤다는 것도 이상하고."

"근데 일본어는 욕이 몇 가지 안 된다던데 욕 못 해서 어쩔 거야?"

"욕할 일 있으면 한국말로 해야지. 욕은 한국말로 해야 찰져서 욕한 것 같아."

"구인난이라니 일본 애들은 좋겠다. 하지만 방사능, 그건 안 좋네."

"우리나라도 곧 그런 시절이 오지 않을까. 마냥 바닥만 치지는 않을 거야. 그때쯤 돌아오면 돼."

동생은 나보다 어린데도 항상 어른스럽고 당찼다. 재난이 많은 나라에서도 살아올 아이였다. 여기 혼자 남을 내가 걱정되는지 동생이 물었다.

"나랑 같이 갈래?"

"일본어도 모르는데 어떻게 가."

"몰라도 일할 수 있는 데는 여기보다 많을 거야. 거긴 호황이라니까."

나는 잠시 생각에 잠겼다. 어린이집 상황이 마음에 걸렸지만 얘기하지는 않았다. 나는 잘 알고 있었다. 내가 가지 않을 걸 알면서 물어봤다는 걸. 여기 혼자 두고 가는 게 미안해서 그냥 해본 말이라는 걸.

"방사능 때문에 께름칙해?"

"……"

"언니, 넌 오래 살고 싶구나? 난 오래 안 살고 싶어."

나는 안다. 동생이 일본에 가려고 하는 건 오래는 안 살고 싶어도, 당장은 살기 위해서라는 걸.

"내 꿈은 여기에 있잖아."

꿈이 있는 곳이면 거기가 어디든 견딜 수 있을 것이다. 동생도, 나도.

어린이집은 결국 내일부터 운영 정지된 후 폐쇄절차에 들어가게 되었다. 우울증을 겪던 담당 보육교사의 학대가 사실로 밝혀졌고, 피해 어린이가 두 명 더 있다는 것까지 드러났다. 폐쇄되지 않더라도 경찰조사에 들어갔다는 소식이 전해진 뒤로 학부모들이 아이를 어린이집에 보내지 않아, 오늘도 아이들 대부분이 결원상태였다. 보조교사였을 뿐이라 짐이 많지 않아서 어린이집을 나오는 손은 무겁지 않았다. 대신 돌아오는 길에 시장에 들러 가벼운 양손을 음식으로 무겁게 채웠다.

음식이 식을까 봐 걸음을 빨리했다. 가빠지는 숨을 따라 흩날리는 눈송이 사이로 하얀 입김이 퍼져 나갔다. 자전거가 있으면 좋겠다는 생각이 들었다. 집에 가까워질수록 빛이 줄어들고 어둠은 짙어져 갔다. 북쪽에서 불어오는 바람은 차고 거칠었다. 그러나 거기에도 집들이 있었고, 사람이 살았으며, 불빛이 흐르고 있었다. 집을 옮긴 후 내 몸에도 무늬 하나가 생겼다는 느낌이 들었다. 언제가 될지는 알 수 없으나 그것이 말의 형태로 드러나 누군가에게 도움을 주게 될 무늬라고 생각하자 걸음은 더 빨라졌다.

집에 거의 다 왔다. 다행히 음식은 아직 온기를 잃지 않았다. 동생이 좋아하는 것들이었다. 일본에 가면 그리울 음식들. 일본으로 떠나기 전 마지막 밤이라 동생은 아마 들뜬 얼굴로 짐을 싸고 있을 것이다. 이제 물을 실컷 마실 수 있게 된 동생의 마음이 무거워지지 않도록 어린이집 얘기는 하지 않을 생각이었다.

열려 있는 녹슨 대문을 지나 마당 한가운데 서서 잠시 거칠어진 숨을 골랐다. 숨을 고르며, 불이 들어온 방의 개수를 세었다. 그래도 다섯 군데나 되었다. 동생이 가고 나면 나는 더 자주 저 네모난 불의 개수를 세며 지내게 될 것이다. 그때, 등 뒤로 누군가가 걸어오는 소리가 들리더니 혼잣말인 듯한 작고 부드러운 말이 내 옆을 스쳐 지나갔다.

"오늘은 좀 늦었네요."

5번 방 남자였다. 남자가 자기 방으로 들어가 불을 켜자 창호지 문이 노랗게 밝아졌다. 불은, 그로써 여섯 군데가 되었다. 나는 동생의 이름을 부르며 9번 방 문을 열었다.

제20회 이효석문학상
대상 수상작가 자선작

울어본다

:

장은진

밤이 되면 냉장고는 자주 운다. 가끔은 크게도 운다.

깨어 있는 이 하나 없는 고요한 밤, 냉장고 우는 소리가 들리면 여자는 부엌으로 나가 냉장고 문을 열고 안으로 고개를 살며시 집어넣는다. 귀를 기울이듯. 어떤 말을 전하려는 울음인지 알아보려는 듯. 하소연을 다 들어주겠다는 듯. 무슨 할 말이 그리도 많냐는 듯. 그럴 때면 냉장고 입구는 노란색 립스틱을 바른 커다란 입 같다. 그 입속에는 다양한 이야기들이 보관되어 있다. 시간이 지나도 썩지 않는 것들이다. 그래서 늘 생생하게 팔딱대는 것들이다. 잊혀지지 않는 줄거리다.

여자는 냉장고 문을 닫고 몸통에 손바닥을 댄다. 그것이 울 때마다 손바닥이 심장처럼 뛴다. 안은 냉혹하게 차갑지만 바깥은 다정하게 따뜻하다. 여자는 생각한다. 냉장고는 따뜻한 물건일까, 차가운 물건일까. 둘 다라 한다면 그것은 냉장고의 이중성이라 해야 할까.

냉장고는 낮에도 분명 울지만 부산한 움직임과 다른 소음에 가려 잘 들리지 않는다. 아니 들으려고 하지 않는다. 집에 없으면 들을 수도 없다. 부재중이지만, 어쩌면 냉장고는 안간힘으로 낮에 더 크게 울지도 모른다. 다른 소리를 이겨보려 몸부림치면서. 그러므로 밤은 누군가의 울음을 알아차리기에도, 남한테 알리기에도 좋은 순간이다. 몰래 울기에도 좋은 때다. 하여튼 밤은 여러모로 울기 좋은 시간이다. 모든 사람들이 밤에 운다면 슬픔은 오래가지 않을 것이다. 여자는 생각한다. 눈물이 나는 건 슬퍼서일까, 기뻐서일까. 둘 다라 한다면 그것은 눈물의 이중성이라 해야 할까.

어느 순간 냉장고는 울음을 뚝 그친다. 그런데도 울음소리가 계속 들린다. 여자가 우는 소리다. 여자는 밤이 되면 자주운다. 가끔은 크게도 운다. 자주, 그리고 크게 우는데도 아무도 나와보는 사람이 없다. 그래서 맘 놓고 울 수 있다. 왜 우는지는 여자도 모른다. 한 가지 이유 때문인 것 같기도 하고 여러 가지 문제 때문인 것 같기도 하다. 여자는 이제 습관처럼 밤에 운다. 냉장고처럼.

우느라 잠이 오지 않는 스산한 밤이면 여자는 이불을 가져다 냉장고 옆에 깔고 눕는다. 보일러 온도를 높여놓아서 바닥은 뜨끈하다. 엉덩이 밑으로 손을 넣어본다. 더 따뜻해진다. 찬바람에 딸꾹질하듯 유리창이 들썩인다. 창문이 꽉 닫히지 않았는지 틈새로 바람이 들어올 때마다 귀신 흐느끼는 소리 같은 게 들린다. 무서워진 여자가 울음을 그친다. 그러자 이번에는 냉장고가 이어서 울기 시작한다. 여자는 어둠 속에서 눈을 감고 그 소리에 집중해본다. 심장박동 같아 리듬을 따라가다 보면 언제 잠들었는지 모르게 스르르 잠에 빠지는 순간이 있다. 그러나 냉장고가 울다 멈추기를 일곱 번이나 반복했는데도 오늘 밤은 잠이 오지 않는다.

여자는 이불을 걷고 일어나 냉동고 문을 연다. 바닐라색 아이스 트레이를 꺼내 양쪽으로 비튼다. 우지직. 정사각형으로 단단하게 얼려진 투명한 얼음이 여기저기서 두더지처럼 고개를 내민다. 여자는 가장 높이 솟은 얼음을 집어 입에 넣고 다시 바닥에 눕는다. 얼음은 소스라치게 차갑고, 혀에 찰싹 달라붙어서 한동안 떨어지지 않는다. 시간이 좀 흐르자 입안에서 얼음이 부드럽게 돌아다니며 날카로웠던 각을 천천히 녹인다. 딱딱한 얼음이 이에 스치면 기분 좋은 소리가 난다. 그것은 마치 하이힐을 신고 꽁꽁 언 시멘트 바닥을 걸을 때 나는 단정한 소리와 비슷하다. 녹은 얼음물이 이 사이로 시리게 파고든다. 여름보다는 더디지만 얼음은 점점 작아져 결국 알갱이가 된다. 여자는 절대 깨물지 않고 얼음을 끝까지 녹여 먹는 버릇이 있다. 그 순간, 종잇장처럼 얇아진 얼음이 혀 위에서 스륵, 사라지고 여자의 입안은 텅 빈다. 한 개 더 먹을까. 이상하게 여자는 여름보다 겨울이 되면 얼음 생각이 간절하게 난다. 이어 여자는 어렸을 때 냉장고에 얼린 얼음을 '얼음 사탕'이라 불렀던 오랜 기억 하나를 끄집어 낸다.

여자의 집은 가난했다. 이름도 출생지도 모르는, 멀리 떨어진 사람과 비교할 필요 없이 가까운 동네 친구들과 견주어봐도 확실히 가진 게 적었다. 당시 여자가 부자와 가난을 나누는 기준은 단순했다. 부엌에 냉장고가 있느냐 없느냐. 친구들 중 냉장고가 없는 집은 여자네뿐이었다. 물론 전에도 여자는 자기 집에만 냉장고가 없다는 걸 잘 알고 있었다. 그게 창피한 일이라던가 집에 냉장고가 있다는 걸 부러워해야 할 만큼 대단한 일이라고 여기지는 않았다. 냉장고가 있으면 여름에도 음식을 신선하고 차갑게 보관할 수 있다는, 냉장고의 필요성이나 좋은 점에 대해 배워 알고는 있지만 '없음'에는 다 그럴 만한 사정이 있기 때문이라고 여겼다. 그러니까 생길 만한 이유가 생기면 자연스럽게 생기리라는 것도.

집에 냉장고가 있다는 걸 부러워해야 하는 일임을 알게 된 건 초등학교에 입학하고 처음 맞는 여름 방학 때였다. 날도 덥고 심심해서 여자는 첫 번째로 사귄 같은 반 친구 집으로 놀러를 갔다. 초대받은 건 아니었고, 여름 방학을 보통 어떻게 보내는지 궁금해서 기별도 없이 찾아간 길이었다. 친구 집은 낮은 슬레이트 지붕에 금방이라도 쓰러질 듯 위태로운 모습을 하고 있었다. 굳이 세간을 구경하지 않아도 어떤 형편인지 훤히 들여다보이는 그런 집이었다. 여자는 대문 밖에서 친구의 이름을 작게 불렀다. 크게 부르면 집이 흔들릴 것만 같아서였다. 친구는 갑작스런 방문에도 싫어하거나 당황하지 않고 여자를 반갑게 맞아주었다.

외화를 좋아한다는 친구는 방에 드러누워 티브이를 보고 있던 참이었다. 한국영화나 만화영화도 아니고 외국영화를 보는 게 취미라니, 여자는 친구가 자기보다 조숙하고 어른스럽게 느껴졌다. 친구는 장롱에서 베개를 꺼내주며 같이 보자고 제안했다. 친구처럼 고상해지고 싶어진 여자는 얼른 베개를 베고 누웠다. 아빠나 엄마 건지 베개는 평소 여자가 베던 것보다 높았고, 눕자마자 보인 건 티브이 브라운관이 아니라 천장이었다. 그것은 너무 낮은 데다 가운데가 움푹 주저앉아 있어서 금방이라도 얼굴로 쏟아질 것만 같았다. 가끔 천장 위로 쥐새끼가 진짜 쥐새끼처럼 쏜살같이 지나가는 소리가 들려왔다.

여자는 자꾸 뒤로 미끄러지는 베개를 고쳐 베며 친구에게 물었다. "아빠 베개야?"

친구는 아무렇지 않게 자기는 아빠가 없다고 말했다. 막내 동생이 엄마 뱃속에서 나올 즈음 오토바이 사고로 죽었다고. 그때 친구가 입에 뭔가를 집어넣고 오물거렸다. 입술이 꿈틀거릴 때마다 예쁜 소리가 났고 양쪽 볼이 번갈아 가며 볼록거렸다. 사탕인가? 하지만 친구의 입에서는 아무 냄새도 나지 않았다. 과일향이라던가 설탕 냄새 같은. 여자가 아는 친구라면 자기 집을 찾아온 동무에게 사탕 한 개쯤은 줄 수 있는 아이라고 믿었다.

그 믿음대로 친구가 여자에게 물었다. "덥니?"

여자는 응, 이라고 대답해야 할 것만 같아 그렇게 말했다. 그러자 친구가 옆에 놓인 분홍색으로 된 직사각형 틀을 여자에게 무심히 건넸다. 분홍 틀에는 꽃모양의 구멍이 숭숭 뚫려 있었고, 그 안에 반질반질한 갈색 빛깔의 무언가가 들어 있었다. 여자는 누룽지 사탕이냐고 묻고 싶었으나 묻지 않고 그냥 한 개를 꺼내 입에 넣었다. 그것은 짐작과 달리 차디찬 얼음이었다. 보리차로 얼려서 보리차 맛이 구수하게 나는. 하지만 여자에게는 단맛이 나는 사탕처럼 느껴지던 놀라운 순간이었다.

여자는 영화에 집중하고 있는 친구에게 물었다. "어디서 샀어?"

친구는 처음에는 무슨 뜻인지 모르다가 집에서 만든 거라고 말했다. 여자는 자리에서 벌떡 일어나며 물었다. 어떻게? 호기심 가득 찬 눈빛을 차마 외면할 수 없었는지 친구가 영화 보는 걸 포기하고 여자를 부엌으로 데리고 갔다. 부엌 역시 천장이 낮았다. 시커멓고 지저분한 데다 어수선한 느낌까지 났다. 어두컴컴한 부엌에서 친구는 아까 거와 똑같이 생긴 꽃무늬 틀에 보리차를 부었다. 그러고는 냉장고 위 칸을 열었다. 천장이 얼마나 낮은지 냉장고가 바듯하게 닿아서 문을 열 때 천장에 스치는 소리가 기괴하게 났다. 친구는 물이 흐르지 않게 조심하며 그 안에 틀을 넣었다. 활짝 열린 냉장고 안에서는 차고 하얀 냉기가 입김처럼 뿜어져 나오고 있었다. 친구는 여기다 물 대신 딸기 우유를 넣고 얼리면 딸기 사탕이 만들어지고 커피를 부으면 커피 사탕이 된다고 말했다. 플라스틱 막대가 꽂혀 있는 길쭉한 틀을 보여주며 이걸로는 아이스바도 만들 수 있다고 설명해주었다. 한여름에도 차가운 얼음을 맛볼 수 있다니. 그것도 집에서. 그날 여자는 냉장고 위 칸이 하는 일에 대해 처음으로 알게 되었다. 왜 냉장고가 두 칸으로 나뉘어져 있는지를. 냉장고만 있으면 언제든 집에서 얼음을 만들어 먹을 수 있다는 사실도. 어둡고 습한 부엌에서 친구의 냉장고는 막 삶아낸 행주처럼 하얗고 깨끗하게 빛나고 있었다.

여자는 멍한 표정으로 다시 방으로 들어와 얼음을 쉴 새 없이 집어 먹으며 티브이를 시청했다. 얼음은 겨울에 먹을 때와는 완전히 다른 맛이 났다. 역시 얼음은 더울 때 먹어야 하는 거란 생각이 들었다. 여자는 한 개라도 더 먹기 위해 나중에는 입에 넣자마자 딱딱한 그것을 깨물었다. 아무리 먹어도 얼음은 얼마든지 공짜로 만들어낼 수 있는 것이기에 눈치 같은 건 보이지 않았다. 여자는 얼음을 씹으면서 줄곧 그 냉장고 생각에 빠져 있었다. 아빠도 없이 엄마와 두 동생이랑 살고 있는 친구도 가지고 있는 냉장고가 우리 집에는 왜 없을까. 우리 집에는 아빠도 있고, 동생은 하나뿐인 데다 천장도 낮은 집이 아닌데.

여자는 얼음 알갱이를 이리저리 굴리며 친구에게 물었다. "너희 집은 전세야, 월세야?"

"자가." 친구는 시선을 티브이에 고정한 채 던지듯 대답했다.

"자가?" 생소한 말이었다. "그게 뭔데?"

"쫓아내는 사람이 없어서 이사 안 가도 되는 집." 말투는 기계적인데 왠지 멋진 설명처럼 들렸다.

여자는 얼음과 함께 '자가'란 단어를 여러 번 입안에 넣고 굴렸다. 집이 있으면 저런 어렵고 고급스런 단어도 알게 되는구나, 어떤 단어를 아는 것조차 형편을 따르게 되는구나, 라고 여자는 생각했다. 맞는 말이었다. 경험이 있고, 경험을 한다는 건 곧 그 경험이 가리키는 단어를 익히는 과정이었다. 알던 단어라도 경험을 하게 되면 진짜 자기 단어가 되는 것이었다. '자가'란 단어는 아무리 볼품없고 허름해도 우습게 봐서는 안 되는 집을 의미했다. 여자는 말없이 얼음 세 덩어리를 연달아 입에 넣었다. 여자의 집은 천장이 낮지는 않지만 '월세 단칸방'이라 집주인이 나가라고 하면 언제든 비워줘야 하는 집이었다. 경험으로 알게 된 언어. 그래서 냉장고가 없었던 것일까. 여자는 친구처럼 천장이 한없이 낮아도 좋으니, 너무 낮아서 누어놓아도 좋으니 냉장고가 있는 집이었으면 좋겠다고 생각했다.

여자가 얼음을 먹을 수 있는 건 겨울철이었다. 겨울은 얼음이 필요한 계절은 아니었다. 차가운 걸 되도록 피하고 싶은 계절이었다. 날이 추워지고 눈이 내리면 처마 밑에는 항상 바늘처럼 뾰족한 고드름들이 길이가 다르게 매달려 있었다. 여자는 여름에는 얼음을 먹을 수 없기 때문에 춥고 차가운데도 불구하고 창밖으로 팔을 뻗어 고드름을 잡아서 분질렀다. 그러고는 손이 시리지 않게 밑부분을 수건으로 돌돌 감아 동생과 함께 아이스바처럼 혀로 핥아먹었다. 여름에는 먹고 싶어도 구할 수 없는 것이므로 될 수 있는 한 양껏 먹어두어야 했다. 가끔은 수돗가로 가 고무 다라이 속에 얼어 있는 얼음을 돌멩이로 깨 대접에 한가득 담아다 이불을 둘러쓰고 뜨거운 아랫목에서 깨물어 먹기도 했다. 그러면 여름에 먹는 얼음 맛을 알 수 있을 것 같았다. 겨울 얼음은 녹여 먹는 재미가 있고 맛도 좋지만,

속이 금방 얼얼해진다는 단점이 있었다. 여름이라면 시원하다고 느꼈을 차가움이었다. 여자는 얼음 녹은 물을 삼키며 생각했다. 얼음이 꽝꽝 어는 겨울 중 며칠을 끊어다 가장 무더운 한여름 어딘가에 붙여놓을 수 있으면 좋겠다고. 창가로 해가 들면 고드름은 물방울을 뚝뚝 떨어뜨리며 천천히 녹아내렸다. 여자는 아까워서 남동생과 나란히 창틀에 엉덩이를 걸치고 앉아 입을 벌려 그 물을 받아먹기도 했다. 한번은 남동생이 찬 걸 너무 많이 먹어 배가 아픈지 인상을 쓰며 고드름이 우는 것 같다고 말했다.

친구 집에서 목격한 대로라면 냉장고만 있으면 땡볕이 내리쬐는 한여름에도 고드름을 먹을 수 있다는 얘기였다. 여자는 친구에게 양해를 구하고 얼음 세 덩이를 손에 쥐고 집으로 달려갔다. 남동생에게도 먹여주고 싶어서였다. 한여름에 먹는 달디단 고드름의 맛에 대해 알려주고 싶었다. 아랫목에서 이불을 뒤집어쓰고 먹던 얼음은 여름을 흉내 낼 뿐이었다는 걸 보여주고 싶었다. 그러나 집에 도착하기도 전에 주먹 안의 그것은 물기조차 남김없이 사라지고 없었다. 남동생한테 거짓말을 한 꼴이 되고 말았지만 여자는 여름 방학 내내 그 친구 집에 가서 얼음을 얻어먹었다. 그냥 수돗물을 얼려 만든 얼음도 충분히 예쁘고 맛있었다. 그러나 언제까지 얼음을 구걸할 수는 없었다. 너그러운 친구는 갈 때마다 얼음을 여자에게 내주었지만 눈치가 안 보인다고 할 수는 없었다. 그런 애가 아니란 걸 알면서도 친구가 속으로 '집에 냉장고도 없는 애'라고 한 번은 해봤을 것 같았다.

'집에 냉장고가 있는 애'가 되고 싶어진 여자는 친구 집에 가는 걸 멈추고, 대신 엄마가 외출하고 없을 때 찬장에 보관해둔 반찬을 밖에 꺼내놓기 시작했다. 망을 보던 남동생이 엄마가 돌아오는 신호를 휘파람으로 보내오면 빠른 속도로 다시 찬장에 넣어두었다. 반찬 가짓수가 몇 개 되지 않아서 시간이 많이 필요하진 않았다. 그 과정을 두세 번 반복하자 음식은 계획대로 금방 쉬어빠졌다. 여자는 아프지도 않은 배를 움켜쥐며 화장실을 들락거리는 척했다. 남동생한테도 똑같이 하라고 시켰다. 그리고 어느 날 밤 부엌에서 상을 차리던 엄마가 아빠에게 말하는 소리가 작게 들려왔다. 올해는 덥긴 덥나 봐요. 반찬이 금방 쉬네요. 냉장고를 사야 할까 봐요. 여름 방학이 거의 끝나갈 무렵이었다.

냉장고가 집에 들어오기로 한 날 여자는 방학 동안 얼음을 아낌없이 주었던 친구 집에 찾아갔다. 자랑도 하고 싶었고, 고마웠다는 말도 전하기 위해서였다. 하지만 자랑도 고마웠다는 말도 하지는 못했다. 얼음을 먹으러 가지 않았던 일주일 사이 무슨 일이 있었던 건지 친구는 다른 도시로 이사를 가고 없었다. 천장 낮은 집은 이미 헐리고 보이지 않았다. 마치 쫓기듯 급하게 떠난 것처럼 막내 동생 것으로 보이는 멀쩡한 구두 한 짝이 버려져 있었고, 분홍색 얼음 틀은 가장자리가 깨진 채 그 옆에 놓여 있었다. 냉장고가 있던 자리였다. 여자는 흙 묻은 그 얼음 틀을 손에 들고 거리를 돌아다니다 어둑해질 즈음 집으로 돌아갔다.

집으로 들어서자 약속대로 부엌에 냉장고가 도착해 있었다. 그러나 그것은 친구네 집에서 보던 것과 아주 많이 달랐다. 등치도 작았고 색깔도 누리끼리했다. 여기저기 검은 녹도 슬어 있었다. 중고 냉장고였다. 아래 칸은 자석 기능이 약해져 접촉이 잘 되지 않는 탓에 문을 닫을 때마다 불편하게 벽돌로 눌러놓아야 하는 형편이었다. 결정적으로 위 칸은 고장이 나서 작동되지 않는다고 엄마가 말했다. 여자는 그 말이 사실인지 확인하기 위해 위 칸을 열고 안을 뚫어져라 들여다봤다. 노란색 불이 들어오는 아래 칸과 달리 위쪽에서는 불도 켜지지 않았고 하얀 입김도 나오지 않았다. 여름 방학 동안 여자를 괴롭혔던 날씨만큼이나 더운 온기와 퀴퀴한 냄새만 흘러나왔다. 거짓말이 아니었다. 얼음을 만들지 못하는 냉장고를 냉장고라 부를 수 있을까. 여자는 어디 가서 집에 냉장고가 있다고 말해도 되는지 알 수 없었다. 여자는 깨진 얼음 틀을 그 안에 던져 넣고 문을 쾅, 닫았다. 그러고 방으로 들어가 울었다. 아무도 왜 우는지 묻지 않았다. 묻는다고 해서 뭐라 대답해야 할지 여자도 알 수 없었다. 중고 냉장고는 가족 누구에게도 냉장고로 기억되지 않았고, 인정받지도 못했다. 다행히 그건 삼 개월 후 아래 칸마저 완전히 고장 나서 첫눈이 오던 날 아빠가 리어카로 실어 고물상에 버렸다. 겨울이라 냉장고는 더 이상 필요 없었다. 얼음도.

밤이 되면 여자는 자주 잠을 못 이룬다. 가끔은 날을 꼬박 샐 때도 있다.

우느라 잠이 오지 않는 것과는 다른 느낌의 불면이다. 잠이 안 올 때는 억지로 울어보기도 한다. 우는 건 뭐라도 하고 있다는 뜻이다. 그러면 잠이 오지 않는다는 사실이 조금은 받아들여진다. 하지만 지금처럼 눈물조차 나지 않는 밤이면 긴 불면이 여자를 당혹스럽게 한다. 병이 아닐까 싶어진다. 정신과 상담을 받거나 처방전이 필요한 게 아닐까. 비슷한 나이에 엄마에게도 불면증이 있었다. 유전일까. 여자는 겁이 나서 뭐라도 해야겠다고 생각한다. 여자는 보일러 온도를 끝까지 높여놓고 맨손체조를 해본다. 야단치듯 보일러 돌아가는 소리가 커진다. 땀은 금방 흐른다. 하지만 피곤하거나 기진맥진해지지는 않는다. 그저 더울 뿐이다. 여자는 베란다로 나가 창문을 열고 밖으로 팔을 내민다. 금세 시원해진다. 눈은 느리고 얌전하게 내리고 있다. 느리고 얌전해서 그런지 손에 스치는 눈송이들이 차갑다는 느낌은 별로 들지 않는다. 소복하게 눈이 쌓인 바닥에는 발자국이 하나도 찍혀 있지 않다. 밤에는 아무도 돌아다니지 않는다는 증표이자 잠을 자야 한다는 약속이고 합의다. 여자는 세상의 합심에 잠시 시무룩해진다.

여자는 하얀 눈발 사이로 주변에 들쭉날쭉 솟아 있는 아파트를 둘러본다. 불이 켜진 곳은 없다. 딱 한 군데만 빼고. 저 멀리 처량하게 서 있는 청아아파트. 맨 왼쪽 위에서 두 번째 칸. 항상 불이 켜져 있는 곳이다. 어두워지면 잠을 자야 하는 거라는 약속과 합의를 깬 유일한 곳. 여자는 잠이 오지 않는 밤이면 방에서 나와 그 집을 쳐다보곤 한다. 역시나 오늘도 배반하지 않고 거기는 불이 또렷하게 켜져 있다. 그 집을 보고 있으면 묘한 안도감이 든다. 자기 혼자만 잠을 못 이루고 있는 게 아니라는 위안. 자신과 비슷한 사람이 세상에 단 한 사람만 있어도 힘이 될 때가 있다. 비록 서로 얼굴은 모르더라도, 존재한다는 자체만으로도 충분히 그렇다. 동지애를 느낀 여자는 가끔 컨디션이 나아져 잠이 오더라도 불을 켜둔 채 잠자리에 든다. 저 사람도 혹시 여자가 켜둔 작은 불빛에 안도감을 느낄지 모른다는 생각에. 불안한 마음을 추스르기 위해 한 번쯤 베란다 문을 열고 여자처럼 한밤중 불이 켜진 아파트가 있는지 애타게 찾아봤을지 몰라서. 받은 만큼 갚고 싶어서. 그것은 무언의 약속이자 의리 같은 것이다.

여자는 불면의 밤이 시작되면 저쪽을 보고 있단 사실을 알리기 위해 불을 껐다 켜보기도 한다. 하지만 저쪽은 여자의 신호를 받지 못했는지 똑같이 불을 껐다 켜지는 않는다. 그러면 많은 이야기들이 궁금해진다. 하는 일이 무엇이며, 불을 밝히고 있는 사람은 여자인지 남자인지. 그저 밤낮이 뒤바뀐 생활을 하고 있어서 밤늦게까지 불을 켜두는 것뿐인지. 아니면 여자처럼 불면증이 있는 것인지. 깊은 절망에 대해 아는지. 누군가의 갑작스런 죽음을 겪어본 적이 있는지. 밤에 소리 죽여 울어본 적은 있는지. 얼음을 사탕이라 생각하고 맛본 적이 한 번이라도 있는지. 그리고…… 혹시 자신을 아는지.

체온이 떨어져 추워진다. 여자는 창문을 닫고 부엌으로 들어간다. 냉장고 옆에 이불이 깔아져 있다. 여자는 책이라도 읽어볼까 한다. 재미도 없고 서사도 없어서 잠이 오게 하는. 다행히 그런 책은 그렇지 않은 책보다 훨씬 많다. 여자는 냉동실에서 얼음 한 덩이를 꺼내 입에 넣고 읽을 만한 책을 찾아 들고 다시 부엌으로 간다. 잠시 걸음을 멈춰 서서 첫 페이지를 펼친다. 첫 장을 읽자마자 왜 샀지, 하고 후회했던 책이다. 하지만 오늘은 쓸모가 있을 것 같다. 세상의 모든 책들은 결국 나름의 가치를 갖고 태어난다. 여자는 냉장고에 등을 기대고 앉은 뒤 이불을 끌어다 무릎을 덮는다. 그사이 입안에서 돌아다니던 얼음은 녹고 없다. 얼음은 언제나 결국 사라진다. 우리를 닮았다.

재미도 없고 서사도 없는 책을 열 장이나 읽었는데도 잠이 오지 않는다. 여자는 이 책의 쓸모를 잘못 판단했다 결론 내리고 미련 없이 덮는다. 등 뒤에서 냉장고는 징징거리며 여자의 등을 만진다. 때리는 것일까. 아니면 어르고 다독이는 중일까. 그날도 여자는 집으로 돌아와 가장 먼저 한 일이 냉장고에 등을 기대고 한참을 멍하게 서 있는 것이었다. 냉장고 우는 소리가 등을 지나 심장 깊숙이 파고든다. 어서 울라고 재촉하는 것도 같다. 냉장고 우는 소리에 여자도 결국 따라서 운다. 울고 나면 눈이 묵직해지거나 피로해질 것이고, 그러면 잠을 잘 수 있을 것 같아 나중에는 억지로 소리 내 울어본다. 여자의 등을 단단하게 받치고 있는 냉장고는 여자의 첫 냉장고다.

엄마의 첫 냉장고는 여자가 중학교 1학년일 때 생겼다. 집에서 살림만 하던 엄마는 어느 날 갑자기 돈을 벌겠다고 선언했다. 혼자 버는 것보다 둘이 벌면 형편이 나아질 거란 말에 아버지는 빈말로도 말리지 않았다. 아버지는 오래전부터 엄마도 함께 일해주길 바라온 듯한 눈을 하고 미역국을 떠먹고 있었다. 그 눈빛이 엄마에게는 서운하면서도 한편으론 오기가 나게 한 모양이었다. 엄마는 보름 동안 악착같이 일자리를 찾아 돌아다녔고, 결국 자동차 부품 하청 공장에 취직을 했다. 아침마다 출근하는 사람이 된 엄마는 스스로를 무척이나 자랑스러워했다. 매일 피곤해하면서도 월급날을 생각하면 희한하게 모두 참아진다고 말했다.

엄마는 첫 월급을 이틀 만에 다 써버렸다. 돈을 벌면 꼭 사야 하거나 사고 싶었던 목록을 번호를 붙여가며 50가지나 수첩에 적어놓았는데 6번까지 지우고 났더니 월급은 한 푼도 남지 않았다. 그렇게 따지면 다음 달과 그 다음 달 월급도 쓸 곳이 예약돼 있어서 며칠 만에 바닥날 게 뻔해 보였지만 엄마는 돈을 벌어 좋은 점이 많다는 걸 알게 되었다. 남편의 눈치를 보거나 남편과 번거롭게 의견을 나누지 않고 사고 싶은 걸 살 수 있다는 것. 자식들이 원하는 걸 오랫동안 고민하지 않고 들어줄 수 있다는 것. 엄마는 자기 힘으로 집 안에 들인 물건들이 여기저기서 반짝거리는 걸 보면서 진작 일을 할 걸, 하고 후회하기도 했다. 여자의 집은 엄마가 받는 월급만큼 넉넉해졌다.

엄마가 첫 월급으로 산 첫 번째 살림이 냉장고였다. 번호 1번. 중고도 아니고 등치가 작지도 않은, 흠집 하나 없고 녹슨 데도 없는 금성 냉장고. 냉장고는 찬장이 있던 자리에 놓았다. 엄마는 자신의 첫 냉장고를 굉장히 아꼈다. 괜히 한밤중에 일어나 행주로 냉장고를 닦는다든가 잠이 안 오면 문을 활짝 열어놓고 느닷없이 냉장고 정리를 하곤 했다. 그것은 엄마에게 냉장 보관이 필요한 식재료를 맘 놓고 사다 둘 수 있는 즐거움을 주었고, 요리하는 재미에 빠진 엄마의 칼질 소리를 한 키 높여놓았다. 엄마가 만든 음식은 냉장고 덕에 신선하고 맛도 훨씬 좋아졌다. 다른 집 엄마들이 그렇듯, 전기세 많이 나온다며 자주 여닫지 말라는 고리타분한 타박도 했다.

엄마는 냉장고를 사기 전, 냉장고가 생기면 미숫가루에 얼음을 동동 띄워 먹는 걸 처음으로 해보고 싶다 했고, 아버지는 수박을 차게 얼려 숟가락으로 파먹고 싶다 했으며, 남동생은 물방울이 송글송글 맺힌 우유를 팩째 들고 마시고 싶다 말했고, 여자는 보리차로 얼린 얼음을 먹고 싶다고 생각했다. 냉장고가 들어오던 날 네 식구는 그걸 한꺼번에 다 했고, 그 후로도 가끔 각자가 원하는 걸 원하는 방식으로 하면서 때론 시원하고 가끔은 차갑게 지냈다. 행복한 풍경이었다.

이상한 건 냉장고가 생기면 매일 그렇게 원하는 걸 하고 살 것 같았지만 시간이 지나자 모든 게 시시해지거나 시들해지기 시작했다는 것이었다. 여자는 얼음이 예전 친구 집에서 얻어먹던 것만큼 맛있지 않다는 걸 느꼈다. 어느 순간부터는 얼음을 얼리는 일도 귀 찾아졌고, 여름에 얼음을 먹을 수 있다는 사실도 더 이상 신기하지 않았다. 얼음은 얼음일 뿐 사탕이 될 수는 없었다.

그 즈음 엄마는 냉장고가 집에 어울리지 않는다는 걸 알게 되었다. 집에 비해 냉장고가 너무 크고 좋아서였다. 엄마는 냉장고에 맞는 집으로 이사를 가고 싶다고 생각했다. 엄마는 수첩에 적어둔 남은 목록들을 모두 지우고 번호도 없이 한가운데 '집'이라고 큼지막하게 썼다. 집은 이제 엄마가 구매하고 싶은 유일무이한 목록이 되었고, 넓은 집으로 이사할 때까지 절약해야만 했다. 냉장고는 24시간, 사계절 내내 돌아가긴 했으나 그 시작처럼 풍요롭지는 않았다. 엄마는 돈을 조금이라도 더 벌기 위해 야근에 특근까지 했고, 자주 피곤해했으며, 음식은 맛이 없어졌다.

그날은 특히 여자가 반찬투정을 심하게 하던 아침이었다. 도시락 반찬이 나흘째 똑같은 데다 간까지 맞지 않았다. 여자는 엄마한테 화를 내며 부엌 바닥에 도시락을 집어던지고 학교에 갔다. 점심은 매점에서 컵라면과 크로켓 한 개로 때웠다. 그것은 엄마가 대충 싸주는 도시락보다 훨씬 풍미가 있었다. 매일 이렇게 사 먹는 것도 나쁘지 않겠다는 생각이 들었다. 그러니까 엄마가 도시락 반찬에 신경을 안 쓴다는 핑계로 인스턴트를 마음껏 먹을 수 있다는 게 여자는 오히려 좋았다. 만족스런 점심을 끝내고 매점을 막 나서는데 짝꿍이 다급하게 여자를 찾아와 이상한 소식을 전해주었다.

사고의 원인은 잦은 야근과 불면증이었다. 일하다 깜빡 졸았던 게 안전사고로 이어졌다고 공장 관계자는 말했다. 짝꿍이 전해주기로는 응급실이라 했는데 여자가 병원에 도착했을 때 엄마는 영안실로 옮겨진 상태였다. 엄마는 검은 기름때가 덕지덕지 묻은 작업복을 입고 있었다. 체구가 작은 엄마한테는 좀 크고 갑옷처럼 무거워 보이는 옷이었다. 여자는 그날 처음 엄마가 어떤 모습으로 공장에서 일하는지 알았다. 노동환경이 그리 좋은 공장이 아니란 사실도. 일이 많이 어렵고 힘들었겠다는 것도. 엄마의 손톱 밑에도 더러운 기름때가 잔뜩 끼어 있었다. 그 또한 여자는 처음 봤다. 그 검은 손으로 엄마는 쌀을 씻고 열무를 다듬고 나물을 무쳤다. 여자는 엄마의 손을 잡았다. 냉장고 속을 감돌던 냉기처럼 차갑고 싸늘한 손이었다. 엄마가 마지막으로 전하고 싶은 말은 무엇이었을까. 결국 잘 살라는 말이었겠지. 이것저것을 다 합해도 삶은 사는 것밖에는 아니고, 거기서 '잘' 살면 성공한 거니까.

엄마를 꽁꽁 언 땅에 묻고 집으로 돌아온 여자는 목이 말라 부엌으로 갔다. 문 앞에서 여자는 자기도 모르게 멈춰 섰다. 엄마가 없는 자리에 커다란 냉장고가 우두커니 서 있었다. 냉장고를 산 지 일 년 반밖에 되지 않은 시간이었다. 냉장고에 녹도 슬지 않은 시간이었다. 그것은 아무것도 모른 듯 열심히 돌아가고 있었다. 하지만 분명, 그것은 울고 있었다. 여자는 냉장고에 등을 기대고 서서 그날 부엌 바닥에 던져놓고 갔던 도시락을 먹었다. 밥은 얼음처럼 차갑고 딱딱했지만 엄마가 싸준 마지막 도시락이었다.

그러나 여자에게는 울 여유가 없었다. 아무 일도 일어나지 않은 건 아니지만 아무 일도 일어나지 않은 것처럼 생각해야 했다. 엄마가 없어 더욱 가난해졌지만 가난하지 않은 듯 살아가야 했다. 그냥 살아가기도 아니고, '잘' 살기 위해서 여자는 다음 날부터 엄마를 대신해 아침 일찍 일어나 밥을 짓고 남동생의 도시락을 쌌다. 처음에는 서툴렀지만 점점 솜씨는 나아졌고 속도도 빨라졌다. 그 속도와 함께 여자는 고등학생이 되었고 대학생이 되었다. 그 모든 게 냉장고가 있어서라고 여자는 생각했다. 그것은 여자가 부엌에서 하는 수고를 덜어주었다. 가끔은 여자가 해야 할 일을 대신해주기도 했다. 냉장고가 있어서 쉴 수도 있었다. 그래서 여자는 냉장고가 부엌을 관장하거나 관조하는 신 같다고도 생각했다. 여자는 아버지의 아침과 서녁을 차려주고 남동생의 도시락을 챙겨주는 일이 지칠 때면 냉장고에 등을 대고 서서 눈을 감고 있곤 했다. 그러면 그것은 여자를 대신해 울어주기까지 했다. 울지 않고도 운 것 같아서 여자의 가슴은 냉장고처럼 금방 차가워졌다. 냉정함이 필요했던 긴 시간이었다. 하는 일이 참 많은 냉장고는 그 자체가 당시 여자에게는 하나의 부엌이었고, 세계였다. 어디든 냉장고가 있는 곳이 부엌이었고, 부엌이 없으면 냉장고가 곧 부엌이 되었다.

여자가 취직을 하고 집에서 독립했을 때 아버지가 독립 선물로 사준 것도 그 작은 부엌, 냉장고였다. 아버지가 대리점에서 직접 골랐다는 냉장고는 혼자 사는 여자에게는 굉장히 큰 용량이었다. 들어가서 지내도 될 정도로 안은 깊고 넓었다. 여자는 아버지가 일부러 큰 걸 골랐을 거라고 생각했다. 여자의 첫 냉장고가 원룸으로 들어오던 날 여자는 늦은 저녁 아버지에게 전화를 걸어 물었다. 왜 하필 냉장고냐고. 아버지가 말했다. 세탁기는 없어도 빨래가 썩거나 상하지 않지만 음식은 금방 상하는 거라 꼭 필요한 것이잖니. 그리고 이어 말했다. 냉장고는 엄마 같은 게 아니냐.

그렇게 말했던 아버지는 여자가 떠난 자리가 컸는지 연애를 하기 시작했다. 아버지에게도 엄마가 필요했던 것이다.

밤이 되면 여자는 자주 허기를 느낀다. 가끔은 참을 수 없을 정도로 크게도 느낀다.

그러면 달리 먹을 도리밖에 없다. 허기를 달래지 않으면 잠이 오지 않는다. 불면증을 극복하기 위해 일부러 배가 고프지 않은데도 억지로 먹을 때도 있다. 식곤증이라도 유도해보려는 노력이다. 그러나 대체로 불면과 허기는 동시에 찾아온다. 잠이 안 와서 허기가 지는 것인지 허기 때문에 잠이 안 오는 것인지 알 수 없으나 둘은 꼭 붙어 다니며 그렇지 않아도 무력한 여자의 밤을 괴롭힌다. 배고픔도 불면증만큼이나 고통스럽다.

창밖의 눈은 눈처럼 내리고, 보일러 돌아가는 소리와 냉장고 우는 소리가 번갈아 들린다. 양을 세듯 소리의 리듬에 맞춰 숨을 쉬어보지만 이번에도 잠드는 건 실패다. 배고픔이 더 크기 때문일까. 울음이 터져 나올 것만 같다. 여자한테는 무엇으로든 그 입을 틀어막고 싶은 밤이다. 크게 울어도 울음을 알아차릴 사람 하나 없고, 그래서 몰래 울 필요도 없는 처지지만 여자는 왠지 울고 싶지 않다. 오늘 밤의 울음은 패배 같기 때문이다. 여자는 결국 자리에서 벌떡 일어나 냉장고 앞으로 가 앉는다. 이불을 머리 위까지 둘러쓰고 냉장고 문을 연다. 새어 나오는 노란 불빛에 여자의 눈이 잠시 찌푸려진다. 그것은 창밖의 가로등 불빛을 닮아 있다. 노란 가로등 불빛을 지나는 눈송이처럼, 눈은 내리지 않지만 그 안도 바깥만큼이나 차다. 그리고 바람 없이 춥다. 여자는 이불 밖으로 오른쪽 발을 내밀어 문이 닫히지 않도록 꾹 누른다. 수족냉증이 있어서 발가락 끝이 찌릿해진다.

아버지가 사준 냉장고는 듬직할 만큼 크다. 옆으로 눕히면 그것은 진짜 커다랗고 두툼한 입술 같을 것이다. 가끔은 거대한 위장처럼 보이기도 하고, 깊은 지하 동굴 같다고 생각되기도 하며, 작동이 간편한 단순한 상자로 여겨지기도 한다. 안은 빈 공간을 조금도 허용하지 않겠다는 듯 음식으로 가득 차 있다. 냉장고가 이보다 더 컸다면 더 많은 음식으로 채워져 있었을 것이다. 가끔은 빈틈없이 꽉꽉 채워진 냉장고를 쳐다보는 것만으로도 허기가 잠잠해질 때가 있다. 부자가 된 느낌도 든다. 반대로 냉장고가 비어 있으면 배가 고프지 않은데도 배가 고프다는 생각이 든다. 이 모든 게 다 최근에 벌어진 일이다. 여자는 사냥할 타이밍을 노리는 맹수처럼 냉장고 속 음식을 응시하며 허기가 수그러들기를 기다린다. 하지만 오늘 밤은 이 또한 실패다.

　여자는 식빵에 마요네즈를 듬뿍 발라 입에 넣는다. 아니 틀어막
는다. 조금만 늦었어도 패배할 뻔한 것을 식빵이 구해준다. 여자는
이어서 어묵 봉지를 뜯어 어묵을 롤케이크처럼 돌돌 말아 두 번 만
에 베어 먹고, 귤을 까서 한입에 넣은 뒤, 딱딱하게 굳은 피자 두 조
각을 겹쳐서 뜯어먹다가, 콜라를 한 번도 멈추지 않고 마시고 나서
는, 청국장에 썰어 넣을 생두부를 손으로 파먹고, 날달걀을 송곳니
로 구멍을 뚫어 쪽쪽 소리 내어 빨아먹는다. 마치 여자는 대결에 나
선 푸드 파이터 같다. 그런데도 허기는 가시지 않는다. 그렇다고 맛
으로 먹는 것도 아니다. 맛에 대해서라면 아무것도 느낄 수 없다. 그
저 다 같은 맛이 난다. 이걸 먹어도 저걸 먹어도 맛이 안 나는 맛이
다. 이상한 건 이렇게 한밤중에 먹는데도 살이 찌지 않는다는 것이
다. 살이 찌지 않아 여자는 더 안심하고 먹게 된다. 먹은 만큼 살이
찐다면 그 핑계로라도 멈출 수 있을 텐데. 더 이상한 건 이렇게 먹는
데도 냉장고는 여전히 꽉꽉 채워져 있다는 것이다. 생각보다 허기가
작은 걸까, 냉장고가 큰 걸까, 음식이 많은 걸까, 위장이 작은 걸까.
여자는 무엇 하나 줄지 않는 지금의 상황이 화수분 같아 겁이 난다.
여자는 갑자기 먹는 걸 멈춘다. 그러자 기다렸다는 듯 울음이 터지고
만다. 눈물은 아까부터 나고 있었지만 음식이 입을 틀어막고 있어서
여자는 울지 않았다고 착각하고 있었을 뿐이다. 눈물은 소리가 없어
서 그것을 증명하려면 입이 필요하다. 입이 있어도 소리가 전해지지

않는다면 그 또한 눈물을 증명할 수 없다. 눈물은 금방 말라버리기에. 그래서 여자는 눈물을 증명하는 또 하나의 방법을 알고 있다.

여자의 입에서 흘러나온 울음소리가 냉장고의 커다란 입속으로 들어간다. 늦은 밤 냉장고만이 여자의 울음을 허용한다. 그리고 알아차린다. 알아주는 존재가 있어서 울음소리는 점점 더 커진다. 커다란 냉장고 때문에 더 크게 울리는 것도 같다. 울음소리는 얼어서 눈이 되고, 그것은 가로등 불빛을 닮은 노란색 빛을 지나 눈처럼 내린다. 여자는 점점 추워진다. 보일러가 높은 온도를 유지하며 돌아가고 있고 이불을 둘러쓰고 있는데도 몸이 덜덜 떨린다. 여자는 추워서 허기를 잊는다. 여자는 냉장고 문을 누르고 있던 발을 거두어 이불 속으로 집어넣는다. 그러자 냉장고 문이 자력에 이끌려 저절로 닫힌다. 노란 가로등이 꺼지고 눈은 보이지 않는다. 가로등이 꺼진 게 아니라 눈이 멈춘 걸까. 여자는 이불을 쓴 채 그대로 냉장고 옆에 쓰러지듯 눕는다. 방바닥은 뜨겁고 딱딱하게 얼었던 몸은 노곤하게 녹아든다. 잠이 올 것 같은 느낌이다. B는 잠을 설친 적도 울어본 적도 없겠지. 먹고 먹어도 좀처럼 끝나지 않는 허기도.

B는 대학교 과 선배였다. 여자가 기억하는 B의 대학생 때 모습은 그리 선명하지 않았다. 활동적인 사람이 아니라서 학교생활 내내 몇 번밖에 보지 못한 데다 이름만 겨우 알고 있어서 그렇게밖에 표현할 수 없었다. B는 선후배는 물론이고 동기들과도 어울리지 못했

다. 선배를 대접할 줄도 후배를 챙길 줄도 몰랐다. 늘 혼자 학생식당
에서 저렴한 백반으로 끼니를 때웠고 수업도 혼자서 들었다. 전공과
목 수업에도 전염병 환자처럼 동기들과 멀찍이 떨어져 구석에 앉아
있었다. 그렇다고 공부에 매진하는 것도 아니었다. 성적이 우수해서
학기마다 장학금을 받는 처지는 아니란 얘기였다. 겨우 학사경고를
면하는 수준의 학점을 받았다. 그저 어떻게든 남들 눈에 띄지 않게
조용히 지내다 졸업하는 게 유일한 목표인 사람처럼 보였다. 공부를
잘해 장학금을 받으면 그 또한 사람들한테 거슬리는 존재가 되므로
일부러 학점을 조절하는 거라고 말하는 사람도 있었다. 그래도 수업
은 빠지지 않고 꼬박꼬박 출석했는데, 그걸 두고 사람들은 대리 출
석해줄 친구가 없어서일 뿐이라고 수군거렸다. 시간이 지나면 B 같
은 부류에게는 소문이 무성하게 따라다니게 되어 있었다. B에 대한
소문은 극과 극을 오갔다. 굉장한 부잣집 아들인데 신분을 감추기
위해 사람들과의 접촉을 일부러 피하는 거라는 낭만적인 소문과 소
년원 출신이라는 어둡고 칙칙한 소문까지. B는 사람들 속에서 소문
으로만 무성하게 지내다 소문처럼 무사히 대학을 졸업했다.

여자가 B를 다시 만난 건 출근하는 지하철에서였다. 지하철이
막 출발하는데 뒤에서 누군가 어깨를 가만히 두 번 두드렸다. 고개
를 돌려보니 모르는 남자가 여자를 쳐다보며 부드러운 미소를 짓고
있었다. 누구세요? 라는 여자의 한마디에 B는 자신에 대해 아주 선
명하게 설명하기 시작했다. 여자는 놀란 표정을 지었다. 여자의 이

름을 알고 있어서도, 먼저 여자한테 다가와 아는 척을 해서도 아니었다. 대학교 때의 B와는 전혀 다른 인상을 하고 있었기 때문이었다. 검정색 뿔테 안경을 쓴 하얀 얼굴은 스마트했고, 다이어트를 혹독하게 했는지 슈트가 잘 어울리는 몸매로 바뀌어 있었다. 여자는 신분을 감춘 굉장한 부잣집 아들이란 소문이 진짜였다고 속으로 생각했다.

B는 여자보다 한 정거장 전에 탔다가 한 정거장 나중에 내렸다. B의 집은 여자보다 한 정거장 전에 있었고, 회사는 여자보다 한 정거장 다음에 있었다. 두 사람의 출근 시간과 퇴근 시간은 거의 비슷했다. 그래서 시간만 어기지 않으면, 그러니까 정해진 시간에 도착하고 출발하는 지하철을 놓치지 않으면 두 사람은 지하철이란 곳에서 매일 만날 수 있었다. B는 어느 날 출근할 때와 퇴근할 때의 지하철 칸 번호를 알려주며 거기서 기다리고 있겠다고 말했다. 말하자면 데이트였고, 자연스럽게 서로에게 스며들듯 시작된 연애였다. 여자는 매일 '거기서' B를 만났고, B는 '거기서' 매일 여자를 기다려주었다. 그리고 '거기서' 여자는 B에 대해 매일 조금씩 알아가게 되었다.

B는 굉장한 부잣집 아들도 아니었고, 그렇다고 어두운 소년원 출신도 아니었다. B는 그냥 평범한 남자일 뿐이었다. 환경에 따라 자신을 바꿀 줄 아는 사람. 학생 때는 타인의 눈치를 보지 않고 자유를 맘껏 즐기다 사회에 진출해서는 적극적으로 거기서 요구하는 색깔에 맞추어 자신을 변화시킬 줄 아는. 자기 안에서 원하는 게 무엇이고, 또 자기 바깥에서 바라는 게 무엇인지 알고 스스로를 훼손하

지 않는 한도 내에서 변신시키는 사람. 타인에게 피해를 끼치지 않는 범위 내에서 적당히 균형을 유지할 줄 아는 사람.

매일 출퇴근길에 이뤄지는 B와의 설레는 데이트 덕분에 여자는 징글징글하고 고단했던 출퇴근길이 몹시 기다려지게 되었다. 그토록 길고 무료하게 느껴지던 지하철 안에서의 따분한 시간들이 너무도 금방 지나가 버려서 집과 회사가 좀 더 멀었으면 좋겠다고 생각했다. B와의 헤어짐은 늘 아쉬웠다. 내려야 할 역이 다가와 하던 얘기가 중간에 끊기면 퇴근길 지하철이나 다음날 출근길 지하철에서 만나 얘기를 이어갔다. 아무리 다음 이야기가 궁금해도 밤에 전화를 하거나 문자를 보내지 않았다. B의 잔잔한 눈을 들여다보고, 옷에서 나는 깨끗한 냄새를 맡고, 손가락을 만지작거리면서, 오감을 자극받으며 듣는 얘기가 얼마나 달콤한지 알기 때문이었다. 보통의 연인들처럼 함께 영화를 보거나 커피숍에 앉아 있지 않아도, 주말이 되면 교외로 굳이 드라이브를 가지 않더라도 불만이 생기지 않는, 꽤 신선하고 독특한 데다 질리지 않는 데이트 코스라고 생각했다. 유리지갑 직장인에게는 더할 나위 없이 경제적인 연애이기도 했다.

어느새 여자에게 데이트는 일상이 되어 있었다. 일을 하듯. 일을 하듯, 일의 연장선에서 하는 데이트였기에 출근하지 않는 주말에는 데이트를 쉬고 각자가 원하는 다른 일상을 이어갔다. 밀려두었던 세탁기를 돌린다던가 친구를 만난다던가 하는 사적인 일들. 간혹 어느 한쪽이 야근이나 중요한 회식이 잡혀 지하철에서 만나지 못하게 될 때는 주말의 하루 정도를 평범한 연인들이 보내는 방식으로 데이트

를 즐겼다. 영화를 보고 커피를 마시고 저녁을 먹은 뒤 모텔에 가는
순으로. 어쩌다 한 번쯤은 시시한 연인이 되어보는 것도 나쁘지 않
았다.

　그러던 어느 날 여자는 정해진 시간에 도착한 출근길 지하철과
약속된 칸에서 B를 만나지 못했다. 그날은 지하철이 연착될 만한 사
고가 있었던 것도 아니었다. 처음 있는 일이라 여자는 걱정이 되어
덜컹거리는 지하철에서 B에게 전화를 걸었다. 전화기가 꺼져 있다
는 멘트가 덜컹거리며 흘러나왔다.

　다행히 여자는 그날 퇴근길 약속한 칸에서 B를 다시 만날 수 있
었다. 그러나 표정이 어딘지 모르게 어두워 보였다. B는 여자한테
몇 마디 인사를 건네고는 뭔가를 심각하게 고민하는 얼굴로 새까만
유리창만 오랫동안 쳐다보고 있었다. B는 끝까지 시시한 연인이 되
고 싶지 않았던 걸까. 여자가 내려야 하는 역이 안내 방송에서 흘러
나오길 기다렸다가 B가 말했다. 헤어지자. 여자는 그 말에 대한 대
답이며 이유를 물을 시간도 얻지 못한 채 지하철에서 쫓기듯 내려
야만 했다.

　그에 대한 이유는 다음날 출근길 지하철에서 들을 수밖에 없었
다. 여자는 초조하게 출근 준비를 마치고 지하철을 기다렸다. 그리
고 문이 열렸다. 여자는 그때까지도 B로부터 엊저녁에 들은 그 말
이 '지하철 데이트'란 특수한 연애방식을 노린 B의 장난이라고 생각
했다. 자칫 지루해질 수 있는 데이트 패턴에 조금의 긴장감을 주려
는 그의 귀엽지만 잔인한 노력이라고. 약속한 칸에 B가 굳은 얼굴

로 고개를 숙이고 앉아 있었다. 여자는 가까이 다가가 B앞에 손잡이를 잡고 서서 물었다. 헤어지자는 말이 정말이냐고. 고개를 들어 여자를 올려다보던 B가 시선을 떨어뜨린 채 고개를 끄덕였다. 여자는 이유를 물었다. B는 오랫동안 꾸물거렸다. 그럴수록 여자는 다그쳤다. 이유를 알아야 헤어지든 말든 할 거 아니냐며. B는 계속 꾸물거렸고, 여자가 내려야 할 역은 점차 다가오고 있었다. 말하라고! 여자는 크게 소리를 질렀다. 승객들이 동시에 여자를 쳐다봤다. 그 시선이 창피했는지 B가 마지못해 입을 열었다. 못생겨서. 그러고는 조금 있다 덧붙였다. 애교도 없고. 그 말을 남기고 B는 내려야 할 역에서 내렸다. 내려야 할 역을 이미 놓쳐버린 여자는 종점까지 갔다. 회사에 두 시간이나 지각한 여자는 그날 팀장한테 심한 꾸중을 들어야 했다. 결국 여자의 연애의 시작은 지하철이었고, 이별도 지하철이었다.

여자는 지하철에서 더는 B를 만날 수 없었다. 일부러 다른 노선을 이용하거나 탑승 시간을 늦추거나 빨리한 거라고 여겼다. 여자는 적어도 B가 얼굴도 예쁘고 애교도 많은 여자를 만나고 있을 거란 걸 알았다. 어쩌면 그 여자 또한 지하철에서 만났을 수도 있었다. 지하철에는 여자가 많았다. 그만큼 선택의 기회도 많았다. 여자는 그중 하나였을 뿐이었다. 지하철을 이용하는 여자 중 선택이 잘못된. 돈이 들지 않는 경제적인 데이트라 그 누구와 해도 무방했을 그런 연애 기간. 경제적이라 당장 그만두어도 아깝거나 아쉬울 게 없는 그런 관계.

여자의 출퇴근길은 다시 지긋지긋하고 피곤해졌고, 여자는 집에 돌아오면 알 수 없는 허기에 시달렸다. 몸이 종종 달아오르면 여자는 열을 식히기 위해 냉장고에서 아이스트레이를 꺼내 무릎 위에 올려놓고 얼음을 한 개씩 집어 먹었다. 얼음을 먹고 있으면 저절로 눈물이 났다. 얼음은 울음이었다. 분노, 미움, 원망, 증오, 억울함, 복수심 같은 온갖 복잡한 감정들이 혼합되어 만들어진 눈물이 네모진 아이스트레이 속으로 떨어져 고였다. 그렇게 여자는 자신도 모르게 B 때문에 흘린 눈물을 모았다. 여자의 울음은 냉장고 속으로 들어가 차디차게 얼었다. 참 열심히도 울었고, 그래서 더 이상 쏟을 눈물이 없다고 여긴 어느 날 여자는 냉장고에 얼려둔 눈물을 꺼냈다. 고작 두 덩어리에 불과했다. 여자는 두 개의 차디찬 얼음을 한꺼번에 입에 넣었다. 오래된, 한때의 자기 눈물을. 무수한 밤, B 때문에 흘렸던 눈물의 증명을. 조금 짰다. 그것은 세상에 존재하지 않을 것 같은 '소금 사탕'이었다. 얼음은 금방 녹았고, 그렇게 여자는 자기 눈물을 삼켰다. 결국은 조금 짠맛이 나는 물일 뿐인 그것을.

밤이 되면 여자는 자주 외롭다고 느낀다. 가끔은 '외롭다'가 '괴롭다'로 바뀐다.

고독은 입구만 있고 출구는 없는 것 같다. 그러니 버틸 용기가 없다면 되도록 문을 열고 들어가지 말아야 한다. 여자는 괴로워질까 봐 베란다로 나가 창문을 활짝 연다. 하늘에서는 작고 하얗고 가벼운 얼음이 내린다. 사이사이, 간혹 눈이 눈물처럼 무겁게도 떨어진다. 오늘은 올해의 마지막 날이다. 그러니까 내일은 '화이트 설날'이 될 전망이다. 그런데 여자는 당장 전화할 데가 없고 이야기를 나눌 상대도 없다. 여자는 너무 늦은 시간이라서, 라고 생각해버린다. 아무도 없어서가 아니라 밤이니까 그렇다고. 여러모로 밤은 합리화하기 좋은 시간이다.

대신 여자는 청아아파트 맨 왼쪽 위에서 두 번째 칸을 쳐다본다. 불이 꺼져 있다. 그새 이사를 갔거나 혹시 어디가 아픈 걸까. 여자는 괜히 걱정이 된다. 무슨 일이 생긴 건 아닌지. 아니면 연말이라 대부분의 사람들처럼 지인과 함께 제야의 종소리를 들으러 시내로 나갔을까. 그런 생각이 들자 여자는 문득 배신감을 느낀다. 의리를 지킬 줄 안다고 믿었는데. 여자는 배신자가 되지 않기 위해 잠이 오는 밤에도 일부러 불을 켜두고 잠자리에 들곤 했는데. 여자의 섭섭한 마음이 전해진 걸까. 그때였다.

어디선가 제야의 종이 첫 번째 타종을 마친 소리가 희미하게 들려오자, 맨 왼쪽 위에서 두 번째 칸에 기적처럼 불이 들어온다. 그러고는 조금 있다 다시 꺼진다. 점멸이 여러 번 반복된다. 여자한테 보내는 신호다. 늦은 밤마다 당신의 존재를 알고 있었다는. 배신자가 아니라는. 여자는 섣부른 오해가 괜히 미안해져 얼른 거실로 뛰어가 자신도 똑같이 저쪽을 향해 신호를 보낸다. 여러 번 불을 껐다 켜는 것으로. 어둡고 고요한 밤, 불빛으로 포장한 새해 선물이 핑퐁처럼 오랫동안 먼 거리를 오간다. 그렇게 한밤의 고독을 절반씩 나누이 갖는다.

　선물 교환을 끝낸 여자는 창문을 닫고 부엌으로 들어온다. 마침 냉장고 우는 소리가 들린다. 냉장고는 울어야 제 일을 해낼 수 있다. 한참 서서 가만히 소리를 듣고 있던 여자가 냉장고 문을 연다. 가로등을 닮은 노란 불이 켜지고 안에서 차가운 냉기가 흘러나온다. 여자는 냉장고 속 깊숙이 상체를 숙여 자신을 집어넣는다. 그러고 소리 내 울어본다. 한 가지 이유 때문인 것 같기도 하고 여러 가지 문제 때문인 것 같기도 하다. 어쩌면 제 일을 해내기 위해서인지도 모른다. 소리가 울려 퍼지고, 이번에는 냉장고가 아니라 여자가 자신의 눈물을 허용한다. 울자 차가운 눈물이 흐르고 여자의 몸은 따뜻해진다. 따뜻해지기 위해서는 차가운 게 필요하고 차가워지기 위해서는 따뜻한 게 필요하다. 오늘 밤 여자는 잠이 안 오고, 허기는 가시지 않으며, 외로움이 괴로움으로 바뀌어도 괜찮을 것 같다고 생각한다. 눈 오는 새해니까. 살아가는 날들 중에는 부끄러운 것들이 훨씬 많으니까. 여자는 울음을 그치고 냉장고 문을 닫기 위해 허리를 편다. 그때 냉장고가 좀 더 크게 소리 내 물어본다. 잘 살고 있느냐고.

장은진

외진 곳은

긴 시간 내가 머물던 자리다.

춥고 외로운 자리고, 고통도 많은 데지만

이상한 힘이 있어서 소설을 쓰게 하는 곳이다.

나는 그 힘이 좋았다.

주위를 의식하게 하지 않고

꺾인 무릎을 펴주어 다시 걷게 해준 힘.

돌아보니 나쁜 것만 있는 건 아니었다는 생각이 든다.

오래 머물러 움푹 패인 그 자리에 눈물이 고인다.

눈물이라면 더 필요하진 않은데

잠깐만 젖어 있다, 다 마르면

다시 그곳의 이상한 힘으로 글을 쓰겠다.

쓰고 지우고, 쓰고 버리기를 반복하겠다.

나의 자리는 이동하지 않을 것이다.

앞으로도 불안과 고통은 계속 내 삶을 파고들 테지만
그 순간마다 펼쳐볼 수 있는 한 페이지를 선사해주신
다섯 분의 선생님께 감사의 말을 전한다.
더불어 못나고 연약한 딸을 위해
새벽의 성당 문을 가장 먼저 열고 기도하러 가시는 엄마와
축하의 말을 건네준 이들에게도.

모두 편했으면 좋겠다.

생의 거대한 나이테에 새겨진
빈곤의 무늬

:

김유태

김유태

1984년 서울에서 태어났다. 2018년 월간 《현대시》 신인상에 〈무국
적 체류자〉 외 4편이 당선되며 등단했다. 서울대 국어국문학과를
졸업했다. 매일경제신문 금융부, 경제부, 유통경제부에서 근무했고,
지금은 문화부에서 문학을 담당하고 있다.

봄에서 여름으로 넘어가는 계절이면 한 뭉치의 서류를 기다린다. 심사위원이 가려 뽑은 이효석문학상 예심 작품의 제본서다. 충무로 편집국에 도착한 제본서는 올해 두 권으로 나뉘었고 각 권당 여덟아홉 작품씩 도합 열일곱 작품이 수록돼 있었다. 예심 작품을 추린 직후부터 그해 이효석문학상은 본격적으로 시작된다. 원형 탁자의 구석에 앉아 격렬하기에 뜨겁고 엄혹하기에 차가운 심사위원들의 대화에 가만히 귀를 기울이고, 해독과 호명을 동시에 기다리는 텍스트를 신문 지면에 조심스럽게 소개하며 독자와 상응케 만들어야 하는 직임을 맡은 기자에게, 막 도착해 손에 들린 제본서는 긴장과 기쁨을 동시에 건네는 요물이다. 지나버린 두 계절엔 그런 마음으로 출퇴근길에서 사무실에서 침대에서 제본서를 오래 품었다. 밑줄을 긋고 의미를 추출하다 보면 이 글들은 세계 곳곳에서 전달된 수신인 없는 익명의 편지와 같다는 느낌이 들곤 했다. 기자 아닌 독자로서, 열일곱 편의 편지 가운데 유독 한 작품은 가장 '낮은' 자리에서 건네진 수신인 없는 편지 같아서 눈길을 사로잡았다. 제3의 인물인 관찰자로서 한 마디의 발언조차 조심스러울 수밖에 없어 속내를 꺼내 보이지 않았으나 내심 그를 무언으로 응원하는 마음이 없지 않았는데 이 작품은 결국 최종심에 오르더니 결국 대상 수상작으로도 선정됐다. 심사가 완료된 직후에 심사위원장 오정희 소설가께서 수상자에게 전화를 걸자 예상보다 울음소리가 훨씬 커서 탁자의 모두가 숙연해졌고 심사위원으로 참여하신 혹자는 울컥한 마음을 숨기지 않았다. 기운 것을 붙들고 약한 것을 감싸며 헤진 것을 꿰매는 게 소설이라면 이 단편은 모두의 평정심을 부수기에 충분했다. 여전히 울음기가 걷히지 않은 수화기를 건네받고 인터뷰 약속을 잡았다. 이틀 뒤 광주에서 상경한 그와 탁자에서 두 시간 동안 이야기를 나눴다. 두 번의 울음이 탁자를 지나쳤지만 웃음기도 없지 않았다. 올해 이효석문학상 대상을 수상한 장은진 소설가와의 대화를 복원해 기록에 남긴다.

▷ 수상을 축하드려요. 전화 받으시던 그 순간, 무얼 하고 계셨는지 궁금해요.

▶ 창문 바깥의 구름을 쳐다보던 중이었어요. 그저 흘러가는 구름요. 고민이 있거나 뭔가를 생각하려면 창문을 보곤 하거든요. 최종심에 진출했다는 이야기는 이미 들었지만 분명한 기대보다는 막

연한 바람에 가까웠어요. 창문을 쳐다보다가 전화를 받았는데 '오정 희입니다'라는 말에도 현실이 아니라고 생각했어요. 최종심이 그날 이라고는 예상하지 못했거든요. 오 선생님 말씀을 듣고도 전혀 감을 잡지 못하고 있었는데 수화기 너머로 들려오는 심사위원 박수소리 에 무너져 버렸어요. 그 소리에 울음이 터졌던 것 같아요.

▷ 이번 소설은 '네모집'이라 불리는 구옥舊屋으로 이사한 두 자 매가 소외의 처소에서 소외의 처지를 가만히 응시하는 작품으로 읽 었어요. 왜 제목이 '외진 곳'이었을까요. 또 네모집을 떠올린 계기는 무엇이었을까요.

▶ 웨스 앤더슨 감독의 2014년작 영화 〈그랜드 부다페스트 호 텔〉을 보다가 자막에서 본 '외진 곳'이라는 문구를 봤는데 참으로 생경한 감정이었어요. 평범한 단어라도 전혀 다르게 달리 느껴지는 순간이 있어요. '외진 곳'이란 단어에 중학교 시절 살던 집을 떠올렸 어요. 네모집과 구조가 비슷했거든요. 소설에선 아홉 가구로 나오지 만 제가 살았던 집은 여섯 가구였어요. 배경만 경험에서 가져왔을 뿐이지 소설 내용은 허구입니다. 소재를 삶에서 찾는 편이 아니라 자전소설은 쓰지 않거든요. 사람에 따라 판단은 다르겠지만, 자전소 설은 자기 살 파먹고 사는 것 같아서 기피해왔어요. 삶에서 가져온 부분은 네모집의 구조뿐이에요.

▷ 네모집 거주민들이 익명匿名을 자처하며 배려하는 모습이 호평을 받았어요. 인물들은 서로 익명을 자처하는데 그 익명이 배타적인 개인주의가 아니라 자기를 감추고 또 상대를 모른 척함으로써 기꺼이 배려해주려는 마음이라는 점이랄까요.

▶ 사실 저로서는 그런 마음이 당연하고 자연스럽다고 생각했거든요. 깊은 주제가 될 줄은 몰랐어요. 가난한 사람이니 가난한 사람의 사정을 가장 잘 알 수밖에 없고 그렇기에 모른 척해주기를 바라는 마음은 자연스럽지 않을까요. 솔직히 놀라워요. 쓰는 사람보다도 읽는 분들이 더 많은 지점을 찾아내시는구나 하는 생각이 들어서요. 독자는 작가의 의도보다 더 넓고 더 깊은 의미를 찾아내므로, 역시 작가보다 위대하다는 생각이 들어요.

▷ 가동 중인 드럼세탁기의 투명창을 '폭풍 치는 바다'로 묘사한 문장이 일품이었어요.

▶ 드럼세탁기를 사용해본 적은 없는데 티브이에서 광고를 보다가 바다라는 생각이 들었어요. 안쪽이 배라면 바깥쪽은 바다가 되겠죠. 비유는 의도 없이도 자연스럽게 흘러나오곤 해요.

▷ 실패와 좌절에 분노하기보다는 감내해야 생존이 가능한 세상이 됐다는 생각을 해봤어요. 소설에서도 '나'의 동생이 일본행을 택

하잖아요. 왜였을까요.

▶ 동생은 꿈을 위해 해외로 가는 게 아닐까 싶어요. '나'는 자기 꿈이 나름 네모집에 있기 때문에 출국을 원치 않고, 동생은 당장 살기 위해 떠나는 것이랄까요. 동생을 일본으로 기꺼이 보내는 건 '그래야만 하는' 언니의 마음일 거예요. 혼자 살아야 하지만 기꺼이 동생에게 희생한다고도 볼 수 있을 것 같아요.

▷ 마지막 장면의 네모집에서 불이 들어온 방의 개수가 다섯 군데에서 여섯 군데로 늘어나죠. 아직도 절반 이상의 희망은 남아 있다는 의미로 해석되는데, 의도적인 결말일까요.

▶ 네, 아주 조금 남았던 희망이 아주 조금 더 많아진다는 뜻으로 해석되기를 바랐어요. 소외된 자리에도 희망은 있다. 그리고 아직 인생엔 절반 이상의 희망이 있다고요. 5번 방 남자가 '나'에게 인사하는 장면도 같은 마음이었어요. 네모집 사람들은 모른 척하고 있을 뿐이지 관심을 두고 있었어요. '나'는 혼자 남겨지지만 연대하는 세상이 되면 혼자 남겨지는 게 아니리라는 희망이랄까요. 동생이 떠나더라도 네모집 사람들과 잘 지낼 수도 있지 않을까를 상상하며 썼어요.

▷ 선생님의 장편 《날짜 없음》과 《아무도 편지하지 않다》를 읽

었어요. 거친 해석이겠지만 두 가지 생각이 들었습니다. 첫째, 선생님이 머무는 소설적 공간은 소외된 자리라는 느낌이 강했습니다. 왜 소외된 자리에 가닿으려 하셨을까요. 둘째, 선생님이 설계한 소설 속 인물들은 고정적이지 않고 유목遊牧적입니다. 이번 수상작의 표현을 빌리자면 '잠시 머물다 가는 곳'이에요. 정박되지 않는 삶, 왜일까요.

▶ 소외된 자리에 가닿는 이유는 그것만이 소설가의 본분이라고 생각하기 때문이에요. 소외된 사람들에 대해서 이야기하는 사람은 소설가밖에 없으리라는 절박함이 저의 소설을 그곳으로 이끌곤 해요. 내가 다루지 않으면 누가 그곳을, 그들을 다뤄줄까, 이런 생각을 하거든요. 제가 문학이라는 '외진 곳'에 있기 때문이기도 하고요. 제가 잘 알기에 잘 쓰게 되는 부분도 있을 거예요. 그리고 소외된 공간에 위치한 사람들은 조금씩 이동하며 조금씩 나아져요. 그래서 정처定處가 없죠. 정처하지 못하고 떠돌며, 인간은 소통하는 사람을 찾고, 그것이 모여 삶을 이룬다는 생각을 해요. 죽음으로 해산되기까지 소외된 자리의 풍경이 늘 그런 것 같아요.

▷ 장편《아무도 편지하지 않다》로 2009년 문학동네작가상 받으신 지 10년 만에 이 상을 받으셨어요. 당시 책에 실린 인터뷰를 보니 오래전에 이런 생각을 하셨더라고요. '나 같은 사람은 죽었다 깨어나도 소설가는 될 수 없겠구나'라고요. 절박하게 써야 했던 마음

은 왜였을까요.

▶ 어머니가 한국 소설을 주로 읽으셨어요. 책장에 소설이 가득
했죠. 그래서 소설을 읽고 나면 이렇게 많은 문장을 어떻게 쓰지, 하
는 생각이 들었어요. 그래서 생각했죠. 죽었다가 깨어나도 나는 소
설가는 못 되겠다고. 그러나 어느 순간에 '쓸 수밖에 없는' 상황이
되니 쓰게 됐어요.

▷ 일란성 쌍둥이 동생인 김희진 소설가의 권유로 소설을 쓰기
시작했다고도 하셨어요. 습작기에 처음으로 쓴 소설을 기억하시나
요. 지금도 보관 중이신지도 궁금해요.

▶ 희진이가 소설을 써보라고 권유했어요. 첫 소설의 제목은 '박
물관의 시간'이었어요. 원제는 '멈춰버린 시간'이었다가 개작하면서
제목을 고쳤어요. 고통을 잊으려 매일 똑같은 행동을 반복하는 인물
의 이야기예요. 소설을 쓴다는 생각 자체를 해본 적도 없었지만 만
약 소설을 쓰게 된다면 이걸 써봐야겠다고 생각했었어요. 주제는 괜
찮다고 생각했는데 오랜 시간이 흐르고 보니 표현을 못 한 것 같아
서 결국은 첫 소설집 내던 무렵에 버렸어요.

▷ 홀로 간직하는 소설은 얼마쯤 되나요. 또 지금 집필 중인 소
설의 내용도 궁금해요.

▶ 출간된 소설보다 묵히거나 버린 소설이 더 많아요. 청탁을 받은 뒤에 쓰기 시작하면 마음이 급해져서 청탁과 무관하게 미리미리 써서 저장해두는 편이에요. 작품도 자기 운명이 있는 것 같아요. 나올 책들은 어떻게든 출간되고 비운의 작품은 버려지니 작품에도 운명이 있다는 말을 믿어요. 지금은 중편을 작업 중인데 내용을 발설하기가 망설여져요. 사실 내용을 미리 밝히면 꼭 출간이 안 되는 징크스가 있거든요(웃음). 다른 문예지 편집장님과 어제 통화했는데 투고했던 작품이 문학상을 수상하는 경우는 정말 이례적이라고 하시더라고요. 저로서도 이례적인 경험으로 기억될 거예요.

▷ 소설을 미리 써둔다고 하셨는데 〈외진 곳〉도 청탁 전에 쓰셨는지 궁금해요.

▶ 실은 투고작이었어요. 저보다도 연배가 많은 선배들도 투고하고 또 '물을 먹는다'는 얘기를 듣고 용기를 냈죠. 단편에 소홀했다고 느껴져 대여섯 편을 내리 썼던 차였는데 소설을 읽은 동생이 "이게 제일 낫다"며 투고를 권했던 단편이 〈외진 곳〉이었어요. 응답이 오기까지 보통 몇 주 걸린다고 들었는데 투고 후 하루 만에 긍정적인 답변을 받았고 문예지《창작과비평》작년 여름호에 실렸어요. 당시에 한 번, 이번에 또 한 번, 전화를 두 번 받았으니 이 작품은 운명이 강하네요. 이례적인 기억으로 남겨지겠죠.

▷ 소설 쓰는 일은 "타인의 시간을 채우는 일"이라고 말씀하신 적이 있어요. 선생님께 소설이란 타인의 흘러가는 시간에 '나'를 채워 넣는 작업일까요.

▶ 장편소설을 쓰는 데 반년 정도 걸려요. 작가의 시간이 응축된 소설을 독자가 읽는 시간은 네다섯 시간이에요. 긴 시간을 들여 자기를 썼는데 독자가 저의 세계를 읽는 네다섯 시간이 아깝지 않은 시간이어야 한다고 생각해요. 독자의 시간을 생각하면 정말 열심히 써야겠다고 다짐하고 또 다짐하게 돼요. 아깝지 않고 행복한 시간이기를 바라는 마음이에요.

▷ 다소 관념적인 질문입니다. 아마도 '골방'이라는 단어를 사용할 수 있을 것 같아요. 카페든 집이든 작업실이든 뭔가를 들여다보며 쓰는 순간의 장소를 '골방'이라고 흔히들 표현하죠. 물질이 아니라 정신으로서 '장은진의 골방'은 어떤 풍경인가요. 생각할 시간을 드릴게요.

▶ 음……. 창문이 커다란 골방이에요. 방이나 좁은 공간, 아니 고립된 공간이 있고 창문만 커다랗습니다. 나가고 싶은데 나갈 수 없어 창문만 쳐다봅니다. 벗어나고 싶지만 항상 바깥만 내다보는 창문이랄까요. 봄이 오면 나가야지 싶다가도, 밖으로 나갈 용기가 없어서 골방에 머물러요. 소설에 좁은 공간이 자주 등장하는 이유는

바로 그래서일 거예요. 좁은 공간이지만 좁은 공간이기에 더 흥미로운 이야기가 가능하다고 믿어요. 골방에서 저는 창문으로 바깥을 들여다봅니다. 그런 점에서 소설 자체가 저에게는 창문이기도 해요.

▷ 다시 관념적인 질문입니다. 선생님의 장편《날짜 없음》의 '작가의 말'에 남겨진 첫 문장은 이렇습니다. "날짜 없는 달력을 대하듯 소설을 쓰는 일은 백지를 마주하는 것으로부터 시작된다." 이 문장을 인용한 마지막 질문입니다. 이번 소설〈외진 곳〉은 선생님의 문학적 분기점이 될 텐데 '소설가 장은진'에게 오늘은 1월 1일부터 12월 31일 중 몇 월 며칠일까요. 역시 고민할 시간을 드리겠습니다.

▶ 아네요. 즉답할 수 있어요. 저의 '날짜'를 생각해본 적이 있어요. 제게 하루는, 매일이 '1월 1일'입니다. 이제 시작일 뿐이니까요.

제20회 이효석문학상
작품론

지옥의 한가운데서,
지옥 아닌 것을 구별하기

:

이지훈

이지훈

2013년 《문학사상》 신인문학상을 수상하며 등단했다. 서울대 국어
국문학과 대학원에서 박사학위를 받았다. 정본定本 《이효석 전집》
(전 6권, 서울대학교출판문화원, 2016)의 편집위원이다. 현재 서울
대 언어교육원에 재직 중이며, 서울대 국어국문학과 강사로 활동
중이다.

1. 지옥에 관하여

'지옥'에 관한 가장 유명한 문학적 묘사는 밀턴에게서 찾을 수 있을 것이다. 밀턴의《실낙원》에 의하면 지옥은 사방에서 유황불이 타오르는 곳이다. 하지만 그 유황불의 불꽃에는 아무런 빛이 없어서, 지옥에는 완전하고 철저한 어둠만이 존재한다. 밀턴은 이러한 어둠의 역설을 통해 희망이 존재하지 않는 지옥의 이미지를 강조했을 것이다. 단테가《신곡》에서 말한 것처럼 지옥에 있는 자들에게는 아무런 희망이, 심지어 죽음에 대한 희망마저도 없기 때문이다.

그런데 지그문트 바우만에 의하면 우리가 살고 있는 이 세계, '새로운' 근대야말로 어떤 희망도 발견할 수 없는 곳이다.° 불확실성

° Zygmunt Bauman, 한상석 역,《모두스 비벤디》, 후마니타스, 2010, 42~46면.

의 공포가 지배하고 있는 이 시공간에서 우리는 미완성 상태로 언제든 폐기될 수 있는 쓰레기로 존재할 따름이다. 따라서 바우만이 위험에 무차별적으로 노출되어 무방비 상태로 놓여진 사람들, 그리고 희망 없는 이 공간을 지옥으로 생각한 것은 어색한 일이 아니다.

하지만 우리가 살고 있는 지옥에 관해서라면 이처럼 추상적으로 설명될 필요가 있을까. 웹툰으로 연재되어 큰 인기를 끌고 드라마로까지 제작된 《타인은 지옥이다》에서는, 우리가 살아가는 지옥이 어떤 곳인지 매우 구체적으로 묘사되고 있다. 시골에서 상경하여 고시원에 머물게 된 사회 초년생 윤종우는, 좁고 더러운 고시원에서 무언가 이상한 느낌을 받게 된다. 알 수 없는 시선과 수상한 소음들에 둘러싸인 방에서 서서히 미쳐가던 주인공은, 결국 사람들을 죽여 고기로 먹어 치우는 고시원 사람들의 기괴한 정체와 마주하게 된다.

다소 황당한 설정의 이 웹툰이 젊은 사람들의 눈길을 끌었던 것은 단순히 그 자극적인 설정 때문만은 아닐 것이다. 서로가 서로의 먹이이자, 잡아먹지 않으면 잡아먹히는 현실의 알레고리라는 것도 다소 촌스럽다. 기묘하게 매력적인 이 웹툰의 핵심에는 더 이상 낯설지 않지만 결코 익숙해질 수 없는, 고시원이라는 공간 자체가 놓여 있지 않을까. 가냘픈 칸막이가 서로를 분명하게 구분 짓고 있지만 동시에 타인의 지독한 소음, 시선에서 잠시도 차단될 수 없는 고시원은 지옥이 되어버린 타인을 그대로 보여주는 공간이다.

이 웹툰은 별로 관심을 기울이는 것 같지 않지만, '타인의 지옥'에 관해서라면 사르트르를 떠올리지 않을 수 없다. 사르트르는 밀턴의 '빛이 없는 유황불'이라는 역설적인 지옥의 이미지를 흥미롭게 비틀어내고 있는데, 사르트르의 희곡 〈닫힌 방〉에 의하면 지옥은 꺼지지 않는 전등이 사방을 환히 밝히고 있으며 동시에 절대 밤이 오지 않는 곳이다. 빈약한 소품들이 놓여져 있는 비좁은 방들과 끝없이 이어진 복도, 정체를 알 수 없는 작은 방들. 지옥에 떨어진 자들은 그 방에서 결코 피할 수 없는 타인의 시선 아래 놓이게 된다.

> (가르생) 그러니까 밤이 절대 오지 않는다는 건가? (…) 나를 잡아먹는 이 모든 시선들을 (…) 그러니까 이런 게 지옥인 거군. (…) 아! 정말 웃기는군. 석쇠도 필요 없어. 지옥은 바로 타인들이야.°

타인의 시선에 의해 나의 주체성이 소거되고 와해된다는 사르트르의 설명처럼, 가르생은 꺼지지 않는 빛들, 피할 수 없는 타인의 시선으로부터 지옥을 떠올린다. 그런데 반대로 생각해볼 수도 있지 않을까. 그들이 왜 지옥에 오게 되었겠는가. 천사는 지옥에 머물지 않는다. 이들이 죄를 짓고 지옥에 떨어진 이상, 아무리 스스로를 포장한다고 할지라도 타인의 시선으로부터 그들은 자신의 죄를, 수치심을 감출 수 없을 것이다.

사르트르가 고시원이라는 공간을 떠올리며 '타인의 지옥'을 말

° Jean Paul Sartre, 지영래 역, 《닫힌 방》, 민음사, 2013, 81~82면.

했을 리는 없지만, 결과적으로 이 시대의 고시원이야말로 사르트르가 말한 지옥의 가장 강력한 재현물이라고 할 수 있을 것이다. 고시원의 지옥은 단지 불편한 생활환경이 만드는 것은 아니다. 고시원에서 사람들은 서로의 존재를 통해 그들이 이미 잡아먹혔다는 것, 돌이킬 수 없는 가장 추악한 곳으로 떨어져 버렸다는 것을 자각한다. 서로가 서로의 시선을 통해, 더러운 몰골과 피할 수 없는 소음, 고약한 냄새를 통해 지옥에 떨어졌다는 것을 깨닫게 된다. 지옥은 바로 이 수치심에서 온다.

근래의 많은 소설들이 주거 공간을 통해 지옥과 같은 삶의 조건들을 묘사해내고 있는 것은 우연이라고 할 수 없을 것이다. 한국문학의 새로운 경향을 열어젖힌 작가 김애란과 박민규의 초기 관심사 역시 고시원에 있었다. 김애란은 등단작인 〈노크하지 않는 집〉에서 화장실과 다용도실을 공유하는 익명의 주거 공간 속에서 똑같은 사물로 전락한 인간의 모습에 대해 극도의 공포와 두려움을 표현한 바 있다. 박민규 역시 비슷한 시기 〈갑을고시원체류기〉에서 다리도 뻗을 수 없고 생리현상조차 조용히 처리해야 하는 고시원 생활의 핵심적 감정을 부끄러움과 외로움으로 꼽았다.

그리고 그러한 삶의 모습은 점점 악화되고 있는 것 같다. 최근 10년 사이 고시원의 숫자는 두 배 이상 증가했으며, 우리나라의 주거빈곤율은 점차 높아지고 있다. 황정은은 〈누가〉에서 서로가 서로에게 피해자이면서 가해자인 현실, 서로에게 소음으로만 존재하는 삶의 양식에 대해 고통스럽게 말한 바 있다. 점차 더 많은 소설들이 서로가 서로를 침범하는 위협적이고 임시적인 주거 형태와 비극적인 인간관계에 대해 말하고 있다. 이 시대는 고시원이라는 공간이 자아내는 두려움과 수치심에서 벗어나지 못한 채, 반복적인 소설적 재현을 요청하고 있는 것이다. 여전히 타인은 지옥이다.

그런데 지옥의 어둠이 아니라, 희미한 빛에 대해 말해본다면 어떨까. 〈외진 곳〉은 주거 공간과 관련된 삶의 조건을 다루고 있으며, 그곳에는 다른 소설들과 마찬가지로 어느 정도의 공포와 두려움, 수치심과 외로움이 놓여 있다. 그러나 그것이 전부는 아니다. 장은진은 일찍이 '고립'에 대해 소설적으로 실험했던 작가였다. 철저하게 고립을 추구하는 《앨리스의 생활방식》에서도, 비어 있는 집의 주인을 기다리며 공허하게 빈집의 문을 두드리는 〈빈집을 두드리는 이유〉에서도 그래왔다. 그녀의 인물들은 집과 길 사이에서, 항상 타인을 발견하기 위해 고립되어왔을 수도 있다. 그리고 이제 〈외진 곳〉의 네모집 마당에 서서, 지옥의 한가운데에서, 우리가 정말 지옥에 빠져 있는지 묻기 시작한다. 우리는 지옥에서 무엇을 할 수 있는가? 아니, 이곳은 정말 지옥인가?

2. 여관이라는 삶의 형식

다단계 사기를 당해 엄동설한 길바닥에 나앉게 된 자매는 중심가에서 멀리 벗어나 '한 정거장만 더 가면 버스 종점'이 나오는, "어둡고 냄새나는 구석진" 곳으로 이사를 오게 된다. 버스가 더 이상 다니지 않는 세상의 끝, 구석진 공간에는 한 채의 집을 9개의 방으로 분리하여 나눈 네모집이 있었다. 주인아주머니는 그녀들이 방을 계약하던 날, "오래 말고, 조금만 살다 가"라고 말한다. 이곳에는 이리저리 떠밀릴 수밖에 없는 불안정한 존재들이 모여 있어서, 임시적인 삶이 일상적인 삶의 형태로 자리 잡는 곳이다.

"여긴 꼭 여관 같지 않아? 그냥 잠시 머물다 가는 곳."(20p)

동생은 서술자에게 네모집이 잠시 머물다 가는 '여관'과 같아 보인다고 말한다. 우리는 여관에 들르는 사람들은 어딘가로 이동 중이어서, 잠시 여관에 머물다 곧 다른 목적지를 향해 떠난다는 것을 잘 안다. 소설에서는 네모집이 이동하는 사람들의 임시 거처라는 것을 여러 번 반복하여 강조한다. 그리고 오제는 이러한 공간을 일컬어 비-장소(non-place)라고 명명한 바 있다.[*]

비-장소는 다양한 목적의 사람들이 일시적으로 머물게 되는 곳으로, 공항이나 도로, 호텔 방 나아가 수용소와 난민캠프 등을 들 수 있다. 자의 혹은 타의로 끊임없이 이곳저곳을 옮겨 다녀야 하는 사람들, 유동하는 사람들이 증가하는 만큼 임시적인 비-장소도 많아진다. 그렇다면 이 시대의 비-장소는 그야말로 고시원을 들 수 있

[*] Marc AUGE, 이상길 외 역,《비장소》, 아카넷, 2017.

지 않을까. 누구나 고시원을 일시적이고 임시적인 주거 공간으로 생각하지만, 또한 많은 사람들이 오랫동안 그곳에 정착해서 살아간다. 임시적인 장소에 장기적으로 머무는 사람들이 점차 많아지고 있다.

네모집 또한 정확히 이러한 특성을 갖는다. 사람들은 "사정이 나아지면 곧장 다른 데로 옮길 마음을 품고 살아"가고 있으며, 이사는 어느 날 갑자기 이루어지고, 따라서 "여기 사람들은 진짜 임시로 살아서 엉덩이를 방바닥에 반만 내려놓고 있"다. 외진 곳의 사람들은 언제든지 다른 데로 옮겨갈 마음을 품고 있다는 점에서, 이동 중에 있는 사람들이다. 그들은 자신들이 임시적인 거처에 있다는 것, 반만 엉덩이를 내려놓아야 하며 결코 이곳에 온전히 정착할 수 없다는 것을 잘 알고 있다.

비-장소에서는 정체성이나 관계성의 형성이 이루어질 수 없지만, 동시에 그곳에서는 '교류의 과잉'도 나타난다. 이곳에서는 이방인과의 수시적인 만남을 피할 수 없기 때문이다. 그러므로 비-장소는 교류의 차단이 오히려 미덕으로 여겨지는 곳이다. 이방인의 침입을 피할 수 없지만, 최소한 눈빛은 외면할 수 있다. 타인의 소음은 피할 수 없지만, 그 목소리에 귀 기울이지 않을 수는 있다. 타인과의 필연적인 접촉과 타인에 대한 무관심의 공존이 비-장소의 가장 큰 특징인 것이다.°

° Zygmunt Bauman, 이일수 역, 《액체근대》, 강, 2009, 166~171면.

여긴 왜 다른 사람들의 방까지 신경 쓰게 하나.(17p)

창호지를 붙인 문과 창문으로 불완전하게 분리되어 사소한 소리까지 밖으로 흘러나가고, 살면서 항상 다른 사람의 존재를 느껴야 하는 이 외진 곳에서 서술자는 위와 같이 질문한다. 9개의 방 사람들이 함께 사용하는 화장실과 세탁실은 가난의 불편함을 생생하게 느끼게 되는 공간이면서, 동시에 필연적으로 다른 방 사람들을 마주치게 되는 공간이다. 이들은 분리된 공간을 바탕으로 "서로 마주치지 않도록 각별히 조심하며 다니거나" 피해 다닌다. 외진 곳은 오히려 예민하게 타인의 존재를 의식해야 하는 곳이다. 오직 타인을 피하기 위해서.

하지만 네모집의 구조상 세입자들은 화장실이나 세탁실에서 반드시 타자를 마주하게 되며, 그곳에서 세입자들은 더러운 세면대와 "얼룩덜룩한 거울"에 비친 서로를 만난다. 막다른 곳에 처한 그들의 존재는 이미 서로의 수치심을 비추는 얼룩덜룩한 거울이다. 타인을 통해 자신의 수치심만을 확인하는 이 공간에서, 한 번도 본 적 없는 낯선 침입자가 난데없이 "남의 방문을 함부로 열고 지랄"하는 이 공간에서, 어떻게 타인이 지옥으로 여겨지지 않을 수 있겠는가? 지옥이란 바로 그런 곳이다. 어떠한 희망도 없이, 수치심과 두려움만으로 서로의 존재를 증명하는 곳.

끊임없는 유동성은 개인과 개인을 연결하는 유대관계를 녹인다. 유동적인 삶은 삶의 형식 자체를 바꾼다. 그리고 이러한 유동적, 일시적 삶의 양식은 점차 새로운 세대의 일상이 되어가고 있다. 그리고 이 소설에서 이러한 유동성이 극대화되는 부분은 바로 다음과 같다.

하지만 일본이라니…… 왠지 여기보다 더 외진 곳 같았다.(32p)

일본으로 떠나겠다는 동생의 당찬 계획에 대해 서술자는 일본이 네모방보다 더 외진 곳 같다는 생각을 한다. 하지만 이러한 언급은 다소 난감하다. 동생이 가는 곳은 경기가 호황이며 시급이 세고, 어쩌면 정규직 자리를 구할 수도 있는 일본, 그것도 대도시인 오사카이기 때문이다. 왜 오사카가 외진 곳이란 말인가. 하지만 서술자가 걱정하는 것은 일본의 방사능이 아니라 동생의 삶의 형식이 경제적 이주자의 모습, 진정한 '난민'의 형식을 취한다는 점에 있을지 모른다. 노동을 팔기 위해 전 세계로 유동하는 난민, 경제적 이주자들은 유동적인 근대 세계의 불안정한 삶의 모습을 극단적으로 보여준다. 따라서 일본으로의 이주 같은 것으로는 네모집에서, 외진 곳에서, 지옥과 같은 이 세계에서 결코 벗어날 수 없을지 모른다.

3. 다단계 이후

비-장소에서, 고시원에서, 이방인은 점점 더 낯설고 위협적인 존재가 된다. 마치 난민이라는 존재가 그러하듯이. 그렇다면 이제 그 공포에 대해서, 이방인이 비추는 우리의 수치심에 대해서 그만 말해도 괜찮을 것 같다. 우리는 충분히 어둡고, 고립되어 있다. 차라리 우리에게는 타자를 발견하고, 관계를 새롭게 조정하기 위한 방법이 필요할지도 모른다.

어차피 조금 있다 가버릴 사람들이고, 우리 또한 오래 있을 생각이 없으니까. 어쩌면 이미 아는 이야기 같아서 그랬는지도 모르겠다.(21p)

동생은 3번 방 여자에게서 네모집에 사는 세입자의 이런저런 사연을 상세하게 듣고 언니에게 전해주지만, 서술자는 "어쩌면 이미 아는 이야기" 같아서 "하나도 귀에 들어오지" 않는다. 네모집 사람들은 서로를 비추는 거울이라서 서로가 익숙하고 잘 아는 기분일지도 모른다. 위에서 서술자가 말하듯 이러한 감정은 일시적으로 머문다는 삶의 형식으로부터 생겨난다. 삶의 유사성은 무관심이나 혐오의 조건이 될 수도 있다. 비-장소에서는 서로 유사하고 비슷한 사람들이 모여 있지만 모두들 고독한 존재일 뿐이다.°

하지만 〈외진 곳〉에서는 그렇게 하지 않는다. 이 소설의 특별함은 바로 여기에 있다. 수치심은 잠시일 뿐, "이상하게 모두 아는 것처럼 느껴"진다는 것, "나와 같은 주소를 가"졌다는 것은 일시적이지만 여전히 함께 있음을 의미하는 것이기도 하다. 이들은 깊은 정을

° Marc AUGE, 이상길 외 역, 《비장소》, 아카넷, 2017, 125면.

나눌 필요성을 느끼지 못하지만, 그것은 또한 배려이기도 하다. 일시적인 삶의 형식을 공유하는 이들에 대한 배려. 바로 그때 서술자는 "얘기를 귀담아듣지 않은 게" 후회되기 시작한다. 임시적인 삶에 익숙해진 사람들은 그 안에서 삶의 양식을 만들어내기 시작한다. 그리고 그것에서 새로운 관계가 생겨날 수도 있다. 아무 일도 일어나지 않았지만 서술자는 "그날 밤은 늦도록 잠이 오지 않았다."

그렇다면 '이미 아는 이야기'를 말하기 위해, 소설의 첫 장면으로 다시 돌아가 보자. 이 소설은 사기를 당한 자매가 집을 옮긴 첫날 밤 장면으로부터 시작된다. 실제 추위가 느껴질 정도로 섬세하게 묘사된 그들의 딱한 처지를 보면, 독자들은 그들이 어떻게, 왜 사기를 당했는지 궁금해질 수밖에 없다. 하지만 이후 소설은 그녀들이 당한 사기에 대한 구체적인 정보는 전혀 제공하지 않아서, 그 침묵이 다분히 의도적으로 느껴진다. 소설이 사기에 대해 우리에게 알려주는 정보는 '다단계'라는 것이 유일하다.

다단계는 "저렇게 많은 사람이 하는 일이 그렇게 이상한 일일 리없다"고 여겨지는, 이 시대의 생활양식이다. 무언가 잘못된 것 같다는 느낌도 있지만, 이제 우리는 서로가 서로에게 먹이가 되는 피라미드 구조 이외의 경제적, 정치적 양식에 대해 잘 알지 못한다. 공정한 기회가 보장되어 있는 네트워크 마케팅 같은 것도 존재할 수 있을 것 같지만, 공정하게 경쟁에서 밀렸다고 해서 그 가난이 견딜 만

° 김애란, 〈서른〉, 《비행운》, 문학과지성사, 2012, 305면.

해지지는 않는다. 한마디로 우리는 모두 다단계에 속해 있지만, 그 것에서 벗어날 방법을 모른다.

힘의 원천이 무엇이든, 그 힘이 없으면 사람은 외진 데로 밀려나는 거였다. 바깥으로, 중심에서 먼 변두리로, 어둡고 냄새나는 구석진 자리로.(13p)

이제 무엇을 해야 할까. 이 소설은 사람들을 변두리로, 구석진 자리로, 외진 곳으로 밀어내는 '힘의 원천'에는 관심이 없다. 많은 소설들이 우리를 밀어내는 힘의 원천이 무엇인지, 그리고 그것이 얼마나 잔혹하고 비윤리적인지에 대해 고발해왔다. 하지만 이미 우리에게 익숙해져 버린 이 비슷비슷한 문제들이 왜 중요하겠는가? 핵심은 이미 우리들은 다단계 사기를 당했고, 변두리의 어두운 구석 자리로 내쫓겼으며, 이 다단계의 구조에서 누구도 벗어날 수 없다는 것을 안다는 것이다.

동생은 울고 싶을 때 우는 대신 욕을 하는 습관이 있었다. 아는 욕을 다 했다는 건 그만큼 많이 울고 싶은 날이었다는 뜻이다.(19p)

소설에 줄곧 등장하는 동생의 욕설은 사회에 대한 거친 분노처럼 들리지만, 그렇지 않다. 서술자는 심지어 그것이 욕이라는 사실도 깨닫지 못한다. 여기서 욕은 울음과 같은, 고통의 표현에 불과하다. 따라서 이 소설에서는 욕설이 어떠한 공격성도, 저항성도 지닐 수 없게 된다. 우리는 다양한 소설들에서 내뱉어진 섬뜩한 욕설들을 기억하고 있다. 그것은 우리의 삶에 대한 강렬하고도 파괴적인 고발로 들렸다. 하지만 이 소설은 파괴에도, 저항에도 관심이 없다.

어쩌면 이것은 일종의 회피처럼 여겨질 수도 있으며, 소설의 본질과 윤리에 대한 의문을 상기시킬 수도 있다. 하지만 지옥의 한가운데 있는 우리를 향해, 우리가 얼마나 끔찍한 지옥에 있는지에 대해 반복해서 말하는 것이 옳기만 할까. 바우만에 의하면 정체성도 없고 고정된 것도 없는 유동적인 삶, 임시적인 삶에서는 모두가 '사냥꾼'이 되어야 한다고, 사냥꾼처럼 행동하라고 강요당한다.[°] 다단계의 세계에서는 모두가 사냥꾼이고, 타자는 서로의 먹이에 불과한 존재다. 이러한 세계에서는 어떠한 원칙도, 약속도, 배려도 존재하지 않는다. 삶의 형식과 방향에 대해 고민하지 않는다.

그렇다면 이 외진 곳에서 아주 작은 배려, 서로에 대한 작은 관심이 도대체 어떤 의미인지 밤늦게 고민하는 그녀의 모습을 진지하게 바라볼 필요가 있다. 유사성으로 가득 찬 이 세계가, 지옥이 아닐 수도 있다고 말해야 할지도 모른다. 임시적인 삶에서도 관계 맺기가 가능한가를 묻는 것은 이 시대의 소설이 할 수 있는 가장 큰 질문일 수 있다. 지옥이 아닌 것에 대해 말해야 할 때다.

[°] Zygmunt Bauman, 한상석 역, 《모두스 비벤디》, 후마니타스, 2010, 159-161면.

4. 지옥이 아닌 것

이탈로 칼비노는 우리가 지옥에서 벗어날 수 있는 두 가지 방법에 대해 말하고 있다. 첫째는 지옥을 받아들이고, 지옥의 일부분이되는 것이다. 그것은 너무 쉬운 방법인데, 천국을 상상할 수 없다면지옥 그 자체도 사라져버리기 때문이다. 하지만 위험하고 어려운 두번째 방법도 있다. 그것은 지옥의 한가운데에서 지옥 속에 살지 않는 사람과 지옥이 아닌 것을 찾아내려 하고, 그것을 구별해내어 지속시키고 그것들에 공간을 부여하는 것이다.

네모집의 세입자들은 불빛과 소리로만 자기 존재를 알려오는 것같았다.(18p)

눈이 내리는 가운데, 놀랍게도 아홉 군데 불이 전부 켜져 있었다. 와, 나도 모르게 탄성이 흘러나왔다. 오늘 밤 왜 중심가로 가지 않았나요?(28p)

이 소설이 진정 새로운 의미를 가질 수 있다면, 그것은 이 소설이 지옥에서 벗어나기 위한 어려운 방법을 택하고 있기 때문이다.이 소설에서 서술자는 다른 방들에서 희미하게 켜져 있는 불빛을보고 그들의 존재를 짐작한다. 왜 반드시 불빛이겠는가. 지옥이야말로 완전하고 철저한 어둠의 공간이기 때문이다. 〈외진 곳〉의 서술자는 더 이상 네모집의 생활양식을 비관하지 않는다. 이것이 삶의 조건이라는 사실을 알기 때문이다. 그리고 섣불리 이곳을 떠나지 않으며, 실패와 좌절과 절망을 "감내"한다.

대신 그녀는 희미한 불빛들을 모음으로써 이곳이 더 이상 지옥이 아님을 증명한다. 누구나 '중심가'로 모여드는 크리스마스이브에, 그들은 아주 작은 촛불을 켠다. 촛불은 아무것도 아니지만, 손을 대고 쬘 수 있는 것이기도 하다. 그리하여 불빛은 중심가가 아니라 외진 곳에도 있다. 그뿐인가. 바로 그날, 네모집의 아홉 개 모든 방들은 이곳이 지옥이 아님을 증명하듯이 모두 불빛을 밝힌다. 그리고 그것은 시각적 감각을 넘어, 하나의 '말'이 된다. 아홉 개의 방에 켜진 불은 서술자에게 '질문에 대한 대답'으로 여겨지는 것이다.

그때, 등 뒤로 누군가가 걸어오는 소리가 들리더니 혼잣말인 듯한 작고 부드러운 말이 내 옆을 스쳐 지나갔다.(36p)

타인의 소음이 최근의 한국 소설에서 이러한 의미를 가졌던 적이 있었을까. 더 이상 말은 불쾌한 침입을 의미하지 않는다. 이 소설에서 타인의 소리는 불빛과 같은 것이고, 그 불빛은 차라리 하나의 말로 여겨진다. 이 소설에서 말은 타인을 공격하거나 파괴하는 것, 비판하거나 저항하는 것이 아니라 타인을 위해 쓰이는 무늬다. "무늬란 다른 사람 눈에는 보이지 않는 것이라서", 무늬는 불빛과 같이 말의 형태로 질문에 대한 대답이 되고, 타인을 향하게 된다.

이 소설이 지닌 특유의 낭만성이나 환상성, 예컨대 눈이 내리는 날 말없이 눈을 굴려 눈사람을 만드는 두 사람의 모습이나, 크리스마스날 고요히 들려오는 캐럴 소리 등이 이질감 없이 느껴지는 것은 바로 이 소설에서 타인을 향한 말, 그것이 갖는 쓰임 때문일 것이다. 하나의 무늬 그 자체가 된 이 소설은 고시원이라는 삶의 형식 안에서 자신의 말을 불빛과 같이 드러낸다.

오늘날 비-장소의 가능성이 전혀 없는 장소는 그 어디에도 없다.[*] 공항과 다국적 호텔, 수용소와 난민캠프는 양극단에서 동시에 늘어가고 있다. 우리는 그 방향을 돌리거나 늦출 수 있는 방법을 알지 못한다. 그러니 다만 우리가 할 수 있는 것은, 우리는 그런 존재가 아니라고 말하는 것이다. 어떤 곳에서건 타자를 발견해내고, 관계를 만들어내는 존재로서 우리를 구별해놓는 것이다. 우리의 고시원은 말이 하나의 무늬가 되는 곳이라고 상상해보는 것이다.

지옥이 삶의 전제가 되어버린 이 세상에서, 지옥의 한가운데에서 이 소설은 지옥과 지옥이 아닌 장소를 구별한다. 그것이 비록 네모집 마당 한가운데에서 "네모난 불의 개수를 세"는 헛된 몸짓일지라도 그렇다. 왜냐하면 그것이야말로 비-장소를, 네모집을, 그리고 여기를 지옥으로 받아들이지 않는 유일한 방법이기 때문이다. 스쳐 지나가는 작고 부드러운 말들 속에서, 유사성이 아니라 정체성을,

[*] Marc AUGE, 이상길 외 역, 《비장소》, 아카넷, 2017, 129면.

고독이 아니라 새로운 관계를 찾는 방법이기 때문이다. 그리고 다시 말하지만 그것은 회피나 도피가 아니라, 새로운 무엇인가를 위한 감내일 수도 있다.

이곳은 지옥이 아니라, 우리에게 주어진 삶의 장소이므로. 외진 곳을 향하는 말의 희망은 그것으로부터 시작될 것이다.

제20회 이효석문학상
우수작품상 수상작

보일러

김종광

1972년 충남 보령에서 태어났다. 1998년 단편 〈경찰서여, 안녕〉으로 문학
동네신인상을 받으며 등단했고, 2000년 중앙일보 신춘문예에 희곡 〈해로
가〉가 당선되며 문단에 나왔다. 소설집 《경찰서여, 안녕》《모내기 블루스》
《낙서문학사》《놀러 가자고요》, 장편 《야살쟁이록》《율려낙원국》《첫경험》
《군대이야기》《조선통신사》등을 출간했다. 제비꽃서민소설상을 수상했다.
중앙대 문예창작학과를 졸업했고 동대학원에서 박사과정을 수료했다.

1

김사또의 시야가 언뜻 훤해졌다. 뜻밖의 손님이다. 며느리뻘 두 여자. 화장품 냄새가 진동했다. 유니폼 잠바가 색다르다. 수양버들 같은 여자는 빨간색, 서낭당 소나무 같은 여자는 회색. 잠바에 기관 명이 박힌 것도 같은데 시력이 모자라 읽을 수가 없다.

경찰은 절대 아니고, 면사무소 직원도 아닌 듯. 암튼 공무원 족속 같기는 한데 소방서에서 나왔나? 축산 감찰기관에서 나왔나?

법 없이도 살 사람이라고 자부하지만 김사또도 찜찜한 것이 있기는 했다. 텃밭 한 귀퉁이에서 무시로 쓰레기를 태웠다. 허접한 것 가득한 창고에 면하고, 바람 타고 밭 두 뙈기 넘으면 바로 산자락이다. 만날 불조심 방송하며 싸돌아다니는 소방서 공무원이 작정하고 찾아올 만했다. 겨우 소 열 마리 키우는 축사도 입술에 걸면 입술고리 배꼽에 걸면 배꼽고리일 테다. 나름대로 규정을 준수한다지만 그건 키우는 사람 생각이고, 색출하는 게 직업인 사람 눈에 뭐는 안 걸리겠나.

"아버님, 저는 한국전력 직원 이나미라고 합니다."

"아버님, 저는 스카이보일러 영업과장 홍진희라고 해요."

두 여자가 명함을 건네주며 기억 절대 못 할 이름 석 자까지 일러주었다.

"난 또…… 괜히 긴장했구면. 그란디 어쩐 일로다? 나는 전기세도 꼬박꼬박 잘 내고 이봉주 접시 텔레비전이 고장 난 것도 아닌데……."

우린 감 한 소쿠리 따고 쉬던 참이다. 김사또의 은근한 눈초리를 스카이녀가 무질렀다.

"아버님, 진짜 좋은 상품이 있어서 찾아뵀어요. 한국전력하고 대기업 스카이가 공동으로 투자해서 개발한 효율 짱 보일러인데요……."

"에이, 뭐 팔러 왔구면. 그럼 그렇지, 젊은 신여성들이 영업 아니면 이 촌구석에 뭐 볼일 있겠나. 뭐 팔려는 건지 모르겠지만, 안 사요, 안 사."

김사또는 손사래를 쳤지만 마구 내쫓는 시늉까지는 아니었다. 옛날에는 여성 판촉원이 흔했다. 대개 화장품이나 패물이나 책을 팔러 와서 아낙들을 상대하고 갔지만, 농투성이 남정네들에게도 거리낌이 없었다. 새천년 들어서는 잊을 만하면 찾아오는 대신 덩치 크거나 비싼 거를 홍보했다. 창고 컨테이너, 만병통치 욕조기, 안마기, 자동자전거, 무병장수 보장 영양제…… 김사또는 한 번도 뭘 사지 않은 게 자랑이었다. 뭐 하나 장만해서 애물단지로 굴리며 속 끓이는 이들 종애 굻리는 재미가 쏠쏠했다.

스카이녀는 말 끊을 틈도 없이 자문자답까지 해대며 사분댔다.

"그러지 마시고 들어보시라니까요. 지금 쓰시는 (안채와 주방채 사이의 보일러실을 가리키며) 저 심야보일러 한 달에 전기세 50만 원씩 나오죠? 저희가 권해 드리는 스카이순환전기저장보일러로 바꾸면 한 달에 20만 원 나와요. 한 달에 30만 원씩 번다고요. 스카이에서 보일러도 만드냐고요? 그럼요, 세계 최고 대기업 스카이에서 안 만드는 게 어딨어요. 한국전력이랑 스카이랑 의기투합해서 정말 좋은 보일러를 만든 거예요. 우리나라가 전기가 점점 부족하잖아요. 한국전력은 전기 축적하고 소비자는 저렴한 값에 전기 쓰고 누이 좋고 매부 좋고란 거죠. 지금 쓰시는 심야보일러 업그레이드한 거라고 생각하시면 간단해요."

"엄청 비싸겠구먼."

"전혀 안 비싸요. 7백만 원이면 헐값이죠."

"7백? 헐!"

"이 보일러가 원래는 950만 원이에요. 물론 설치비까지 다 해서. 너무 부담되시잖아요. 한국전력에서 250만 원은 지원해드려요. 700만 원도 한 번에 받는 게 아니고 얼마든지 할부해드려요. 2년 동안은 무이자고요. 당장에는 700만 원이 큰돈 같으시겠죠. 하지만 한 달에 30만 원씩 번다고 생각해보세요. 2년이면 본전 뽑는 거예요."

한전녀가 도장 찍듯 한마디 덧붙였다.

"맞습니다, 우리 한국전력에서 250만 원 확실히 지원해드립니다."

김사또는 솔깃했지만 짐짓 어깃장을 놓았다.

"누가 보일러를 1년 내내 튼다? 겨울에만 잠깐 트는 걸."

"너무 안 트시고 사신다. 팍팍 때고 사세요. 나이 드셔 가지고 왜 춥게 살아요. 설령 겨울 석 달만 튼다고 해도 1년에 백만 원씩은 버는 거잖아요. 이제 돌아가실 때까지 보일러 바꾸실 필요 없이 20년 30년 쓰실 거니까 결국엔 남는 거죠. 백 살까지만 사셔도 도대체 얼마나 버시는 거예요?"

"저 심야보일러 놓을 때도 그렇게 말했지. 한 번 놓으면 죽을 때까지 쓴다고. 그런디 저 심야전기보일러가 놓은 지 10년밖에 안 된 물건이여. 내가 내일모레글피면 팔십인데 얼마나 더 오래 살 거라고 새로 장만한단 말여. 그냥 죽을 때까지 쓸 겨."

"10년이나 됐다고요? 어차피 바꾸실 때 됐네요!"

"20년 30년 쓰는 거라며?"

"20년 30년 쓰는 건 저희 스카이보일러고, 듣보잡 중소기업 거는 5년만 써도 감지덕지죠!"

김사또는 구미가 당겼다. 기존 심야전기보일러에 불만이 크던 차였다. 오래전 판촉 왔던 이들은, (그때도 한국전력 직원이 같이 왔었던가 가물가물하다) 등유를 쓰지 않고 저렴한 심야전기로 돌리므로, 난방비가 대폭 줄어들 것이라고 했다. 하지만 전기세가 너무 나왔다. 기름 땔 때보다 난방비가 더 드는 듯했다. 더욱 분통 터지는 게 기름보일러 때보다 덜 따뜻했다. 기름은 작정하고 틀면 방바닥은 타는 듯했고 외풍이 사라졌는가 싶게 얼굴까지 따뜻했다. 심야전기는 늦게 따뜻해지고 쉬이 식어버렸고 앉은자리 위로는 서늘했다.

"그래, 그 스카이보일러는 뭘 어떻게 한다는 겨? 막연히 감언이설 하지 말고 자세히 알려줘야지."

"아까도 말씀드렸지만 심야보일러를 업그레이드한 건데요, 알기 쉽게 말씀드리면……, 그건 전문가인 한전 직원께서."

스카이녀가 물러나고 한전녀가 알아듣기 어려운 소리를 남발했다.

괜히 물어봤다.

재미없어하는 김사또의 기색을 알아챘는지 스카이녀가 다시 나섰다.

"다 필요 없고, 스카이 거잖아요. 스카이인데, 왜 못 믿으셔요? 듣보잡 중소기업 거면 권하지도 않죠. 스카이 거니까 권하고 또 권하죠. 저희가 이 보일러 팔러 다닌 지 한 달째인데 호구시에서만 만 개가 팔렸다니까요. 이 동네서 제일 부자인 김천소 씨 아시죠?"

"갸가 내 사촌조카여. 훌륭한 일꾼이지."

"조카시라고요? 그래요, 그분도 사셨다니까요. 지금 막 설치하고 있을 거예요. 확인해보세요. 진짜가 가짜가."

똑 부러지는 천소 조카가 샀다고? 지금 설치 중이라고? 그럼 뭐 제품은 확실하다는 것인데. 아냐, 아냐. 푸른벌면에서 김천소 모르

는 사람도 있나. 판촉꾼이 돈 많고 명성 높은 사람 들먹거리는 것 일
도 아니지.

김사또가 마루에서 벌떡 일어서자, 두 여자는 다 끓인 라면 냄비
에서 달걀껍질이라도 발견한 얼굴로 소리쳤다.

"어디 가세요?"

"조카네 가보려고. 보일러가 어떻게 생겼나도 보고."

"지금 가봐야 못 보셔요. 설치하는 데 몇 시간 걸려요. 아버님, 정
말 철저하시다. 그러니까 저희가 사기꾼 같다는 거죠? 김천소 씨가
정말 샀는지 의심스럽다 이거시죠? 잠깐만요, 계약서 보여드릴게
요. 이 과장님, 아버님 좀 지키고 계세요."

"내가 나라여? 지키게."

스카이녀의 기세에 눌리고 한전녀가 몸으로 밀 듯해서 김사또는
마루턱에 도로 걸터앉았다. 몸은 말랐어도 가슴은 우뚝한 한전녀가
비밀이라도 가르쳐준다는 투로 소곤댔다.

"아버님, 이번 거는 진짜 괜찮은 것 같습니다. 저희 한국전력 거
래처가 수도 없잖습니까. 겪어보니 역시 대기업 게 좋더라고요."

금방 돌아온 스카이녀가 계약서 한 뭉치를 들이밀었다.

"보세요, 보세요, 김천소 씨 주소, 주민등록번호, 자필 서명, 인감
도장 다 있죠? 무려 다섯 장에 다 있죠?"

천소 조카 필적이 틀림없었다.

"보셨죠? 그래도 못 미더우시면 전화해보셔요, 여기 휴대폰 번호
도 적혀 있네."

"한동네 사는 조카 번호도 모를까 봐. 해봤자, 소용없어. 한참 짚 묶고 있을 때라."

스카이녀가 계약서 뭉치를 흔들었다.

"쇠뿔도 단김에 뽑으랬다고, 아버님도 바로 계약하시죠."

"뭐여? 난 산다고 안 했어."

"사시고 싶잖아요."

"생각 좀 해보구."

"무슨 생각을 해보세요. 물량 엄청 딸려요. 지금 안 하시면 언제 받으실지 몰라요. 한겨울에서 설치하면 손해예요. 하루라도 일찍 바 꿔서 이득을 봐야죠."

"추우려면 멀었구면."

"멀긴요! 서리 내리고 아침저녁엔 선득선득하잖아요. 어머님 생 각을 하셔야 돼요. 스카이보일러는 종일 뜨끈뜨끈해요. 많이 틀 필 요도 없어요. 낮에는 꺼놔도 따뜻해요. 밤에 뎁혀진 열이 식지를 않 으니까요. 돈도 돈이지만 열량에 획기적인 차이가 있다고요. 어머님 을 위해서라도 보일러 바꿔주셔야 돼요. 아버님들은 대충 서늘하게 사셔도 상관없다지만 어머님들은 다 늙은 나이에 절대로 춥게 주무 시고 그러면 안 돼요. 자, 이게 구입계약서인데요, 사인만 하시면 내 일 당장 놔드려요."

평생토록 함부로 뭘 산 적 없다. 싸구려 물건이라도 살 작정을 하면 열 번은 곱씹었다. 10만 원 넘는 물건은 백 번도 넘게 따져보 았다. 하물며 700만 원짜리라니 석 달은 심사숙고해야 마땅할 테다.

"7백이 개 이름이여. 그만들 가보셔. 정신 사나워서 살 수가 없네."

"30개월 할부 하시면 한 달에 23만 원씩만 내면 돼요. 이거 놓으면 한 달에 전기세가 2, 30만 원은 덜 나오잖아요. 할부값이랑 전기세 아낀 거랑 또이또이니까 공짜나 마찬가지죠."

말이 되는 소리 같지만, 저런 달콤한 소리에 속아서 멍텅구리 된 인간들 수없이 보았다.

"나는 이제까지 할부로 뭐 사본 적이 없어. 그게 다 빚이지 뭐야. 사면 사고 안 사면 안 사는 거지 할부는 지저분하고 신경 쓰여서 싫어."

"우와, 아버님 진짜 멋쟁이! 통 크셔요! 할부로 안 하고 한 방에 사시면 당연히 특별 대할인해드리죠. 30만 원 해드릴게요!"

"아따, 가라니까!"

손님들은 완강하고 검질겼다. 계약서에 사인해주기 전에는 절대로 나가지 않겠다는 듯.

김사또는 토방에 꼬박 서서 팔아보겠다고 아나운서처럼 떠들고 탤런트처럼 미소 짓는 며느리뻘 두 여자에게 괜히 미안해졌다.

2

3.5톤짜리 카고트럭과 세 사내가 들이닥쳤다. 영문 모르는 오지랖은 가슴이 벌렁댔다. 시골 노인네가 강도당하고 살인당하는 뉴스

가 툭하면 나오는 살벌한 시대였다. 벌건 낮에 도둑놈들인가. 뭐 훔쳐갈 게 있다고? 소를 훔치러 왔나? 나는 절대로 막아서고 그러지 않을 겨. 가져가고 싶은 거 다 가져가라고 길 터줄 겨. 살려만 달라고 싹싹 빌 겨. 그래도 물어는 봐야지.

"대관절 뉘시래요?"

조카뻘 사내가 뭐라뭐라 하는데, 티브이에서 미국사람 떠드는 소리 같았다.

오지랖은 덜덜 떨며 김사또에게 전화를 걸었다.

"이봐요, 큰일 났어요. 어떤 아저씨들이 쳐들어와서는 뭘 하겠대요. 어쩌고저쩌고 해쌓는디 당최 무슨 소리인지. 당신은 뭔 일인지 알아요?"

"뭐, 벌써 왔어. 진짜로 '내일 당장' 왔네. 허라고 혀."

"뭘 허라고 허는디요?"

"허라고 하면 알아."

세 사내는 심야전기보일러를 뜯어내기 시작했다. 한 10년 방구들 덥혀주었던 기계 부속품이 줄줄이 뽑혀 나왔다.

오지랖은 모르는 게 많으니 묻지 않을 수 없었다. 손자뻘, 아들뻘은 말할 짬밥이 안 되는지 말하기가 싫은지 일만 했고, 조카뻘이 마지못해서 대꾸를 해주었다.

"그니까 우리 영감이 보일러를 새로 샀단 말이죠?…… 새 거로 바꾼다는 거죠? 예, 못 들었어요. 생전 무슨 말을 해주는 영감이 아니라서. …… 내 말이 그 말이에요. 이런 큰일을 언질도 안 해줬으니 얼마나 놀랐게요. 근데 정말 보일러 하러 온 거 맞죠? …… 아니, 나는 영감태기가 허라고 해서 허라는 말을 아저씨들한테 전한 것뿐인데, 영감태기가 허라는 게 이 일이 아니고 딴 일일 것만 같아서요. 말짱한 보일러를 뜬금없이 바꾼다는 게 영 이해가 안 가서요. 영감 올 때까지 기다렸다가 하면 안 될까요? …… 바쁘겠죠. 요새 안 바쁜 사람이 어딨겠어요."

참을 만큼 참았던 건지 아들뻘이 별안간 버럭 소리 질렀다.

"할머니, 걱정 붙들어 매고 들어가 계셔! 거치적거리다가 다치시면 누가 책임져!"

오토바이 소리가 들리고 남편이 돌아왔다. 김사또 기색으로 보아 진짜 보일러를 바꾸는 모양이다. 비로소 안심이다.

오지랖은 참을 냈다. 사과 배 한 알씩 깎고, 삶은 문어, 떡 쪼가리, 김치로 구색을 갖추었다.

김사또가 막걸리 한 잔씩 따라주니 일꾼들이 시원하게 넘겼다.

"대기업이 직장이라 먹고살 걱정이 덜하겠소. 스카이에서 일하면 얼마나 받으쇼?"

"스카이라뇨? 우리 스카이 아닌데요."

"뭣이요? 나는 스카이보일러를 샀는데?"

"아하, 우리는 스카이에서 하청받아 나온 업체죠. 스카이에서는 만들기만 하지 설치는 우리같이 하루 벌어 하루 먹고사는 사람들이 하는 거죠."

"스카이가 아니라고? 얘기가 다른데. 팔러 온 아줌마는 스카이에서 설치까지 해준다고 했단 말여."

"스카이는 아닌데 스카이보일러 놓으러 온 거 맞습니다. 잘못 들으신 거겠죠. 스카이에 서비스센터는 있어도 설치회사는 없어요. 계약서 보셨잖아요. 거기에 쓰여 있을 겁니다. 설치는 하청업체에 맡긴다고."

계약서 그 작은 글씨가 보이냐고. 돋보기 쓰고 찬찬히 볼 틈도 주지 않고 홍보해대며 사인 안 하면 팰 것같이 구는 여자들 앞에서 본다 한들 깨알 글자가 눈에 들어왔겠느냐고. 하기는 스카이가 설치까지 해준다는 얘기는 못 들은 것도 같았다. 미심 찍어 확인 삼아 물었다.

"댁들이 지금 놓겠다는 보일러가 확실히 스카이가 맞기는 한 거요?"

"속고만 사셨나 보다. 그럼요, 트럭에 실려 있는 거 보세요. 스카이 마크 딱 박혀 있으니까."

김사또는 아내도 듣는 마당에서 세상 물정 모르는 티를 낸 것만 같았다. 만회하겠다는 듯 알은체를 했다.

"호구시에서만 스카이보일러가 만 개나 팔렸다면서. 스카이보일러가 좋기는 좋은가 보오."

"좋아봤자 얼마나 더 좋겠어요. 만 개요? 뻥 같은데요. 영업사원들 뻥은 알아주잖아요. 참고로 우리 업체에 할당된 것은 백 개밖에 안 됩니다."

"충청도 사람이 아닌 것 같소?"

"인천에서 왔습니다. 의외로 보일러설치 기술자들이 적어서 전국적으로 일해요. 요새는 인터넷으로다 일거리를 주고받으니까요. 하루에 네댓 집은 해야 한 달 안에 끝날 텐데, 열심히 해야죠."

"얼마나 걸리겠소?"

"우리 업체도 이 보일러는 처음이라, 뭐 금방 될 겁니다. 그냥 설치만 하면 그렇게 안 걸리는데 전에 있던 거 뜯어내는 게 시간 잡아먹는 거죠. 지금까지 뜯기만 했다니까요. 어르신 집처럼 놓을 자리가 애매하면 더 걸리죠."

"처음이라고요?"

"보일러가 다 거기서 거기죠. 걱정 붙들어 매시고 일 보세요."

김사또는 어제 한전녀와 스카이녀가 준 명함을 찾았다. 왜 스카이회사가 직접 설치까지 해주지 않느냐? 왜 인천 사는 사람들, 그것도 스카이보일러는 처음이라는 사람들을 보냈느냐? 왜 남의 집이 어쩌고저쩌고 탓을 하느냐? 경험상, 속 시원한 대답을 듣지 못하고 더 속 터지는 소리나 들을 테다. 그러니까 그 여자들 대답은 듣지 않고 따지기만 할 작정이다. 왠지 찜찜한 마음을 풀어나 보려고.

명함이 보이지 않았다. 환장하겠다. 분명히 받았는데. 마루 밑까지 살펴보았지만 없다.

"명함 못 봤어? 자기가 빗자루로 쓸어버린 거 아녀?"

오지랖은 내심 찔렸다. 아침나절에 명함 비슷한 것을 다른 쓰레기와 태운 듯도 했다. 이미 가뭇없어진 명함 때문에 괜히 혼날 필요 뭐 있나. 시치미를 떼고 오리발을 내밀었다.

"경칠라고 내가 명함 같은 걸 버렸겠어요."

"진짜 못 봤어?"

"선거 때나 보고 평소 못 보는 게 명함 아니요. 봤으면 반가워서라도 잘 모셔놨지요."

오지랖이 일하러 온 사람들 점심을 어쩌나 걱정하고 있는데, 벌써 끝났다고 했다.

"점심 자시고들 가셔야지요?"

"말씀만이라도 고맙습니다."

무릎이 부엌칼로 저미듯이 쑤시지 않았다면 기어이 밥 먹여 보냈겠지만, 여러 사람 상 차리기도 귀찮고, 갑자기 들이닥쳐서 상에 올려놓을 것도 없고, 붙잡는 말을 더하지 않았다.

김사또는 사위 처음 봤을 때처럼 새 보일러를 응시했다.

농협에 갔다.

"이거 일시불로 처리해줘. 이 통장에서 꺼내서 저 계약서 적혀 있는 계좌로 한꺼번에 다 쏴달라고."

"얼라, 할부로 사도 되는 거고만요. 670이면 목돈인데……."

"내 성격 알잖어. 할부는 신경 쓰여서 살 수가 없어. 자네도 알겠지만 내가 처남 천만 원 대출해준 거, 달마다 이자 수십만 원을 꼬박꼬박 10년 내느라고 뒈질 뻔한 사람이잖여. 그때부터 내 사전에 할부는 없었어."

"대출이자랑 할부랑은 다른디요."

"할부도 빚이여, 빚! 나는 빚이 싫어."

김사또는 푸른벌면에서 농협에 빚이 백 원도 없는 거의 유일한 농장주 겸 자작농이었다. 소 여남은 마리 키우고 논 다섯 마지기 가진 주제에 농장주니 자작농이니 남사스러운 말이지만 서류 기록상 그렇다는데 어쩔 것인가.

3

오지랖이 대도시 병원에서 양쪽 무릎에 인공관절을 집어넣느라 한 달 보름여, 시내 일반병원에서 두어 달을 지내는 동안 또 한 번의 겨울이 갔다. 생전 처음 추위를 모르고 살았다.

의사를 필두로 거의 모든 이가 적어도 1년은 아무것도 하지 말고 호텔 같은 데서 죽치고 쉬어야 제대로 걸을 수 있다고 했다. 호텔은 언감생심이고, 비싼 요양전문병원도 엄두가 안 났다. 가격대 만만한 요양병원은 소문이 안 좋았다.

"고려장 동굴이나 다름없어. 치매 걸리고 식물인간이나 다름없는 노인네들만 있는디 나같이 맨정신인 사람도 하루 있으니께 바로 정신병원에 있는 것 같더라니까. 내가 딸년한테 빌었어. 지발, 내 집에서 죽게 내버려 둬라."

"다 참겠는데 그놈에 냄새를 견딜 수가 없어. 화장실 가서 똥오줌 누는 노인네가 거의 없으니께, 똥뒷간이나 다름없다니께. 이녁처럼 깔끔시런 사람은 하루만 있어도 돌아버릴 겨."

"외로워서 미친다니께. 말할 사람도 없고 말 들어줄 사람도 없으니께."

"거기서 일하는 젊은이들이 저승사자처럼 무서워. 그 좋은 나이에 그런 더러운 데서 박봉으로 머슴처럼 일하는 분노, 충분히 알겠는데 그래도 직장 아닌가. 이건 뭐, 감옥 간수들 같어."

이런 소리 듣고 싸구려 요양병원에 어떻게 갈 수 있나, 시내 일반병원 중에 그중 서비스가 좋다는 데를 골라 들어앉았다.

한 보름은 있을 만했는데 시나브로 못 견딜 곳이었다. 쌓여가는 입원비가 무서웠다. 어딘가 아파서 오는 아줌마들 사이에 아파 뵈는 데도 없이 우두커니 있는 게 눈치 보였다. 간호사들이 대놓고 괄시하는 듯했다. 하릴없이 시간 때우기도 지겨웠다. 그나마 일이 있다면 새로 들어온 입원자의 신세타령 들어주는 것인데, 그 재미없고 엇비슷한 얘기들에 질릴 대로 질려버렸다. 예상 밖으로 남편은 혼자 살림을 잘해내는 듯했지만 사나흘에 한 번 문병이랍시고 와서 홀아비 티 팍팍 내며 우중충하게 있다 가는 남편 꼴을 보는 것도 괴로웠다. 두 달이나 있었다는 게 기적 같았다.

오지랖이 그만 퇴원하겠다고 했을 때, 김사또의 얼굴은 해바라기처럼 활짝 펴졌다. 그렇게 반가워할 수가 없었다.

"으휴, 그렇게 좋아유? 영감 그렇게 웃는 걸 결혼하고 처음 보네."

무릎수술 받은 노인에게 방바닥 생활은 절대 불가라고 했다. 김사또는 주방채 큰방에 침대를 들여놓았다.

칠순이 돼서야 각방 쓰게 되었다. 오지랖은 남편이랑 한방에서 한 이불 덮고 안 자면 큰일 나는 줄 알고 살아온 47년 세월이 우스웠다. 남편은 초저녁부터 자서 오전 두어 시경에 형광등 켜고 농민 신문도 보고 소설책도 읽었다. 아내의 잠을 생각하면 도무지 할 수 없는 짓이다. 비로소 잠을 제대로 잘 수 있게 되었다. 혼자 잔다는 게 이토록 천국인 줄 몰랐다. 신음이고 비명이고 마음대로 질러도 되고, 손발 실컷 뻗을 수 있고, 몸뚱이도 얼마든지 뒤척일 수 있었다. 새벽 다섯 시에 일어나 밥하러 주방채로 건너오는 것도 심히 괴로웠는데, 문만 열면 싱크대니 한갓졌다.

다만 오줌 누러 갈 때면 끔찍해서 병원으로 돌아가고팠다. 침대에서 내려와, 주방을 나가, 토방을 내려가, 지팡이에 의지하여 다섯 걸음이나 걸어, 안채화장실에서 일보고 오는, 말로 하면 아주 간단한 일이 애 낳는 것만큼 겨웠다. 까딱 넘어지면 수술받은 거 말짱 도루묵 된다니 초긴장이었다. 무사히 돌아와 다시 침대에 누워 그래도 집이 낫지, 한숨을 푹 내쉬고는 했다.

평생 방바닥에서 상 펴고 먹었는데, 식탁에서 먹게 되었다. 식탁을 영 불편해하던 남편도 적응이 돼서는 오만상 찌푸리는 일이 없어졌다.

자식들 전화 신칙이 장난이 아니었다.

"운동하셨어요? 잘하셨어요. 운동은 꼭 하셔야 돼요. 일하는 거랑 운동하는 건 완전히 다르다니까요."

"또 밭일 했어요? 안 된다니까. 무릎수술 받고 그러면 큰일 난다니까. 제발 하지 말아요. 그놈의 밭농사 뭐하러 짓냐고요. 그냥 사먹고 말지."

"아버지, 진짜 그러시면 안 되는데, 다리 아픈 엄마한테 소 물 주는 거 시키면 안 되는데, 엄마가 못 하겠다고 데모하세요."

"택시 타고 다니라니까요. 그 다리로 정류장까지 걸어가고 시내 걸어 다니고 그러다 다리 고장 나면 어쩌실라고."

인제 전화가 잘 안 오네. 사나흘에 한 번씩 하던 것들이 보름에 한 통꼴이네. 걱정도 안 되나. 즈이 엄마 다리 완전 정상 된 줄 아나. 아직도 쑤시고 아픈데, 고시랑대다 보니 어느새 또 겨울이었다.

전기세 많이 나온다고 벌벌 떠는 남편 때문에 참을 만큼 참고서야 보일러를 틀었다. 자정 무렵부터 새벽까지 지랄용천 소리를 질러댔다. 맞어, 저 물건이 꽤나 시끄러웠지. 까마득히 잊고 있었네. 영감태기, 저 소리를 듣고도 고치지 않았을 리는 없고, 진짜로 귀가 맛이 갔나. 수리비가 아까워서 참고 있나.

이태 전 겨울에도 그랬듯이 오지랖은 곧 대포소리에 적응이 되었다.

그날은 뭔가 좀 이상했다.

뭐지, 뭐지?

이런, 방이 하나도 안 따뜻하잖아!

얼어 죽을 것 같았다. 칠십 평생을 되새겨보니 죽을 뻔한 적이 숱했지만, 얼어 죽을 뻔한 적은 없었다. 나무 때던 시절에도 걱정 없었다. 가진 산은 없었지만, 바지런한 남편이 먼 산에 가서 도둑나무를 해다가 잔뜩 쟁여놓았고, 자신도 날마다 솔가리 두어 짐은 몰래 긁어왔다. 연탄보일러 때는 가스에 중독돼 죽을 뻔은 했어도 꺼트린 적은 없고, 기름보일러 때는 기름 떨어져 본 적이 없다. 전기가 떨어졌나? 전기는 떨어질 수 있는 게 아니지. 가만, 소리도 안 나네! 그렇게 소리 질러대더니 아무 소리가 없어!

외풍이 심해서 침대에 깔아놓은 전기장판이 아니었다면 정말 얼어 죽었을 테다. 등가죽만 빼고는 말로만 들어본 시베리아였다. 아니, 추위가 전기장판의 열기마저 얼려버렸는지 등도 별로 안 따뜻했다. 있는 대로 껴입고 이불을 세 채나 덮었는데도 시쳇말로 알래스카였다.

이놈의 영감탱이 무사한지 모르겠네. 도저히 궁금함을 견딜 수 없어 한파를 뚫고 가보았다. 남편은 전기장판 위에서 부들부들 떨고 있었다.

"추우면 이불을 더 갖다 덮어야지. 얼어 죽으려고 작정했소!"

윗방 장롱에서 이불 두 채를 끌어다 덮어주었다. 이 판국에도 전기 아낀다고 1이 뭐여, 1이! 전기장판 온도를 최고로 높여주었다.

김사또가 오지랖의 손을 덥석 잡았다.

"같이 견디면 덜 춥지 않을까."

"방바닥에 워칙히 눕는지 잊어버렸소."

"에이, 그려 각자 얼어 뒈지자구."

남편 말이 일리가 있다 싶었다. 오지랖은 못 이기는 척 남편 옆에 누웠다. 살갗을 댄 게 아니라 두툼한 옷을 맞대서 그런지, 젊었을 때는 옷깃만 스쳐도 나던 열은 나지 않았다. 기분은 좀 나았다. 얼더라도 같이 얼겠지.

"동태 된다는 말이 무슨 뜻인지 이제 알겠소."

"입도 아직 안 얼었구먼."

"지난겨울엔 별일 없었소?"

"아직 살아 있는 거 보면 몰러."

"칠백만 원이나 주고 샀다면서, 몇 년이나 썼다고 저 모양이요?"

"나가! 나 혼자 얼어 죽을 텨."

"춰서 못 나가겠소."

"시발, 소 밥 줄 생각하니께 미치겠구먼."

"소들은 괜찮을까요?"

"우리도 축사에 갈까. 거기가 여기보다 훨씬 나을 것 같은디. 송아지 춥지 말라고 켜놓은 전깃불 밑에 들어가 있으면 따스울 겨."

"우리가 소요!"

너무 추워서 잠도 안 오고, 잠들었다가는 얼어버릴까 봐 겁도 나고, 서로의 입김이 한기를 녹여준다 싶었는지 덜덜 떠는 소리로 자꾸 이어나갔다.

김사또는 119를 부르듯 윤기술에게 전화를 걸었다.

윤기술은 20년 전에 들어와 어느덧 토박이 대우를 받는 타관 출신 귀농자였다. 도시에서 공장일, 기계일, 운전일, 안 해본 일 없다고 자부심이 대단했다. 실제로 웬만한 농기계 고장은 자기 것이나 남의 것이나 그렁저렁 수리해냈다. 부품 교체하는 거 아니면 다 고칠 수 있는 기술자라고 자타가 인정했다.

아홉 시 넘기를 기다려 간절히 청해도 이 한파에 언제 올지 모르는 게 함흥차사 같은 수리기사일 테다. 불러서 그날 당장 오는 수리기사를 본 일도 없다. 실력이 아무리 뛰어나도 돌팔이는 돌팔이. 돌팔이에게 뭐 맡기는 법이 없던 김사또였지만 다급했다.

윤기술이 아직 어둑어둑한 눈길을 헤치고 달려왔다.

"제가 못 보는 기계가 어딨어요. 회장님 댁 일인데, 전화 끊자마자 댓바람에 달려왔습니다. 우와, 동태들 되셨네요. 추워서 어떻게 주무셨댜. 겁나게 춥던디. 밥은 어떻게 드셨어요?"

"뜨신 국물 먹으니께 그나봐 좀 살 것 같아요. 꼭두새벽부터 불러서 송구해요."

"이웃끼리 뭐가 송구하대요. …… 어디 보자. 어디가 잘못돼서 안 돌아가냐. 너무 추워서 보일러가 얼어버렸나."

"살면서 보일러가 언다는 소리는 첨 듣네. 보일러가 얼었으면 그간 우리 집 보일러는 다 얼었어야 하게."

김사또는 자기가 해결 못 하고 돌팔이를 부른 것이 계면쩍었다.

"보일러도 얼 수 있죠. 제가 강원도 살 때 두 집 건너 한 집 보일러는 얼어버렸다니까요. 강원도 진짜 춰요. 강원도 추위에 비하면 여기는 추운 것도 아닙니다."

윤기술은 보일러를 짯짯이 살폈다.

"별문제 없어 뵈는데…… 왜 안 돌아가는 거지? 겉볼안이라고 뜯어봐야 하나. …… 어, 이게 뭐지? 이 툭 튀어나온 관 보이죠? 이게 왜 있는지 모르겠네. 얘가 문제인 거 같아요. 내가 보일러 많이 보고 많이 고쳐봤는데 이런 거 달린 거 처음 봐요. 얘가 확실히 문제인 것 같은데. 얘네, 얘야. 다른 데는 문제가 될 게 없슈. 이 관 잘라버릴 게유."

윤기술은 허풍이 심한 이였다. 여러 기계를 고쳐봤지만, 보일러만큼은 한 번도 고쳐본 적이 없었다. 윤기술은 차고 온 연장주머니에서 커터칼을 꺼내더니 관을 싹둑 잘라버렸다.

김사또가 말리고 자시고 할 틈도 없었다. 저걸 잘라버려도 되나? 괜히 달려 있을 것 같지가 않은데. 기술자가 그렇다면 그런 줄 알아야겠지만, 뒷골이 띵했다.

곧 그 보일러 특유의 대포소리가 났다.

"이 소리 보일러 돌아가는 소리 맞죠? 되죠? 되네. 역시! 내 이럴 줄 알았어. 암튼 요런 사소한 거 하나 때문에 고장 나고 그러는 게 보일러죠."

"그런디 저 대포소리는 한밤중에만 났어요. 자정 녘부터. 그전까지는 총소리 정도로만 났어요. 영감, 그렇죠?"

"대포소리는 뭐고 총소리는 뭐야? 난 그런 소리 들어본 적이 없는데."

영감이 짐짓 생게망게한 척하는 게 아니라면 귀가 잘못된 것이다. 아니면 내 귀가 잘못되었나? 오지랖은 종잡을 수가 없었다.

어쨌거나 보일러는 작동하는 듯했다. 김사또와 오지랖은 뜨거운 커피 한 잔 대접하며 공치사를 넉넉히 해주었다. 윤기술이 우쭐대고 뻐기는 동안에도 의심을 거두지 못했는데, 방 안에 온기가 도는 걸 느끼고서야 진짜 고쳤나 보다, 비로소 살았다 싶었다.

기쁨은 오래가지 못했다.

김사또는 윤기술에게 또 전화했다.

"이봐, 자네가 가고 얼마간 보일러가 잘 돌아갔네. 갑자기 벼락 치는 소리가 나는 거야. 원래 나던 소리보다 백배는 큰 소리가 났다니까. 우리 마누라는 지진 난 줄 알았대. 요새 우리나라도 지진 많이 나잖아. 그 지진 여기도 난 줄 알았대."

"무슨 말씀을 하시자는 건지……."

"나가봤더니 보일러실에서 연기가 무진장 나는 거야. 큰불 난 줄 알았네. 방에 들어가서 마누라 둘러업고 나왔지. 너무 가벼워져서 허수아비를 업은 듯했네. 근데 불같지는 않은 느낌이 든단 말야. 연기에서 냄새가 안 났어. 딱 감이 와서 두꺼비집부터 껐어. 확실히 불은 아닌 것 같아. 불길도 안 보이고. 근데 벼락소리는 계속 엄청나. 우리 집서 나는 소리를 동네사람이 다 들었대."

"저는 못 들었는듀."

"여기저기서 전화가 와. 휴대폰으로도 오고 집전화로도 오고. 무슨 난리 났냐고. 자네 빼고는 다 들었댜. 자네 집은 맨꼭대기라 거기까지는 안 들렸나?"

"예, 못 들었슈."

"태어나서 그렇게 겁나기는 진짜 처음이었네. 덜덜 떨다가 보일러실 문을 열었어. 어마, 뜨거워라. 뜨거운 연기가 쏟아져 나오는데 아직까지 얼굴이 빨갛게 익어 있네. 정신 차려 생각해보니까 그게 연기가 아니고 수증기였던가 보네. 소리가 차차로 줄어들더니 지금은 아무 소리도 안 나네. 수증기도 다 빠졌고."

"보일러는유?"

"지금 보일러가 안 되고 있다는 소릴 하고 있잖나. 도로 아오지 탄광이네. 자네 도대체 무얼 자른 건가?"

"죄송해유. 지가 얼른 다시 가볼께유."

"됐네. 하도 속상하고 답답해서 전화해본 것뿐이여. 신경 *끄*고 잘 있게. 절대로 다시 오지 마!"

고쳐달랬더니 더 고장 냈냐고 으르딱딱댈 염이었지만, 차마 엄동설한 뚫고 달려와 나름대로 애써준 사람한테 더는 야멸치게 쏘아붙일 수 없었다.

4

오지랖에게는 차로 15분 거리에 사는 자식이 있었다. 작은아들네가 토요일 오전에 애들 데리고 들어왔다. 봐도봐도 또 보고 싶은 손자 손녀건만 쫓을 수밖에.

"애들 내리지 마라. 그냥 돌아가라."

집이 냉골 된 사연을 전하자, 작은아들은 펄펄 뛰었다.

"언제요? 엊그제요? 이틀이나 꽁꽁 어셨다고? 참 어머니 아버지도 답답하네. 당장 전화를 했어야죠."

"틈틈이 별일 아닌 거로 불러대는 것도 미안시럽고, 주말에 노상 들어오게 하는 것도 미안시럽고, 툭하면 아침나절부터 병원 데려다

달라고 전화하는 것도 미안시러운데, 이런 걸로 전화할 수 있냐. 직장 나가는 사람한테. 너한테 전화해봤자 달라질 것도 없고. 니가 범인은 잡아도 보일러는 못 고치잖냐. 니 아버지도 다 잘한다고 설치지만 딱 한 가지 기계에는 어둡고 자신 없어 하시잖냐. 전기 만지시는 것도 용허지. 너 낳을 때만 해도 두꺼비집 근처도 못 갔다. 니 아버지 닮아서 니들이 하나같이 문과잖냐. 다 기계를 모르니께 이럴 때 아섭기는 하다."

"보일러는 보일러고, 저희 집에 와 계셔야죠."

"우리 집 놔두고, 자식 집에 어떻게 있냐."

"왜 못 있어요? 멀기를 하나, 시낸데. 우리 집에 방도 많고 뭐가 문제예요?"

"소 밥은 누가 주냐."

"저녁때 잠깐 제 차 타고 가서 주면 되죠."

"나야 간다 쳐도 느이 아버지가 가겠니?"

"어머니라도 가야죠."

"나만 갈 수는 없다."

"그러다 동사하시면 책임지실 거예요? 환장하겠네. 빨리 가요. 저희 집으로."

"아녀, 견딜 만하다. 낮에는 마을회관에 가 있어. 거기는 뜨끈뜨끈하니까."

"그럼, 잠도 거기서 주무시죠. 잠은 왜 집에서 자요?"

"집 놔두고 어디서 자냐. 전기장판 있으니께 잘 만혀."

"전기장판이 그까짓 게 등만 따숩지. 허여튼 진짜 못 말리셔."

실은 등도 하나도 안 따숩단다, 아들아. 그러게 마을회관서 잠까지 자면 될 텐데, 왜 꼭 잠을 집에서 자려고 하는 것일까. 네 아버지도 그렇고 나도 그렇고 집이 아니면 잠을 못 자니 무슨 까닭일까. 병원에서는 어떻게 잤냐고? 그러게 말이다.

"언제 고치러 온대요?"

"글쎄 모르지. 느이 아버지가 전화를 했는디 나한테 얘기도 안 해줘서……."

아들은 안채 안방에서 덜덜 떠는 아버지한테 달려갔다.

"시베리아서 뭐하시는 거예요. 얼른 저희 집에 가요."

"싫다."

"안 추우세요?"

"얼어 뒈지겠다."

"수리기사는 언제 온대요?"

"물러. 다다음주나 올 수 있다는디. 고장 나서 대기하고 있는 보일러가 수십 개랴."

"거기가 보일러 놔준 데예요?"

"인천 사람들이 놔줬는데 언제 오겠냐. 시내 아무 보일러 가게에다 부탁했다."

"놔준 데다 해야죠, 그래야 빨리 오죠."

"거기가 어딘지 몰라서……."

"계약서 어디 있어요?"

"안 보인다."

"잃어버리신 거예요?"

"믈러."

"보일러 팔러 온 사람, 놔주러 온 사람들한테 전화번호나 명함 받아놓은 거 없어요?"

"없다."

"그런 거 꼭 챙기셔야죠. 그래야 이럴 때……."

"누가 너더러 보일러를 고쳐달래냐? 보일러 놓을 때 돈 한 푼 안 보태준 게 어디서 으르딱딱대."

"보일러 값 보태달라고 하지도 않으셨잖아요? 저한테 말했으면 제가 자세히 알아보고……."

"나가봐, 시끄럽게 하지 말고. 우리 일은 우리가 알아서 할 테니께."

아들은 이불 뒤집어쓰고 돌아눕는 아버지 왜소한 등짝을 무연히 바라보다가 더 말하지 않고 나왔다.

만만한 어머니에게 따지듯 물었다.

"아버지 진짜 계약서를 못 찾으시는 거예요? 계약서 안 쓰고 사신 거예요?"

"계약서를 쓰긴 썼나벼. 이틀을 찾으셨어. 어찌나 성질내면서 찾던지 집 다 때려부시나 했다. 참 신기하지. 느이 아버지가 50년 전 영수증까지 보관하시는 분인디 그걸 잃어버리다니. 참, 별일두 다 있다. 못 찾은 것도 문제인디, 그걸 못 찾은 게 속상하셔가지고, 치매 걸렸다고 어찌나 징징대는지……. 네 아버지가 자기 자신을 꾸짖는 소리 처음 들어봤다. 지금까지 그런 실수를 한 적이 한 번도 없으니께."

며느리가 한마디 했다.

"아버님, 사기당하셨네."

작은아들이 버럭 했다.

"무슨 말을 그렇게 해! 아버지한테는 절대 그런 말 하지 마."

며느리는 입술을 뾰족 내밀었다.

"속아서 사신 거 맞구만, 뭐."

오지랖은 야속했다. 며느리가 듣기 싫은 말을 곧잘 해도 내색 없이 참아왔지만 이번엔 그냥 넘어갈 수 없었다. 분명히 해두어야 했다.

"네 아버지 사기당하신 거 아니다. 나도 처음엔 느이 아버님이 사기당하신 건가 의심했다. 하지만 알아보니 아니더라. 천소 조카를 비롯해서 그 보일러 놓은 집이 푸른벌면에만 50집이라더라. 우리 집처럼 크게 문제 되는 집은 드물다더라. 전기세도 조금은 덜 나오는 게 맞고. 그러니까 하필이면 우리 집에 놓은 보일러가 문제인 거지, 보일러 자체는 괜찮은 물건인 거다. 하필이면 네가 산 차가 고장이라고 해서 그 차를 산 네가 사기당한 게 아닌 것과 같다."

처음 듣는 시어머니의 선생님 말투에 며느리는 무르춤했다.

오지랖은 야퀴 지었다.

"사기당하신 게 아니다. 잘못된 보일러가 하필 우리 집에 놓인 게다."

며느리가 시어머니가 듣고 싶은 말을 해주었다.

"제가 잘못 말했어요, 용서해주세요."

아들은 보일러를 이리저리 살펴보았다. 짐작대로 한구석에 붙어 있는 전화번호 하나를 찾아냈다.

"여기가 충청남도 호구시 푸른벌면 백호리 범골 115번지 김사또 댁인데요, 거기에서 보일러를 설치했다면서요? …… 문제가 있어서 전화한 거 아닙니까. …… 언제 적 놓은 거냐니? 여기 전화번호 박힌 스티커에 무상수리 5년간이라고 쓰여 있고만. 3년밖에 안 됐다고요. …… 이 최강한파에 보일러가 고장 나면 어쩌란 겁니까. 당장와서 고쳐요. …… 예약된 데가 많아요? 이봐요, 그러다가 우리 부모님 잘못되면 책임질 거야? 당장 와서 고치란 말입니다. 에이에스는 의무잖아요?"

아내가 어쩔 줄 모르겠는 표정으로 물었다.

"오빠, 아버님 어머님 우리 집 가셔야 되는 거야? 하나도 안 치웠는데."

"걱정 마. 얼어 죽을지언정 안 가실 분들이니까."

아들은 아버지와 어머니와 아내라는 세 줄기 폭풍우 사이에서 갈팡질팡하는 강아지처럼 어쩔 줄을 몰랐다. 차에서 잠들었던 아이들이 깨어나 내리겠다고 성화를 부리기까지 했다.

"안 되겠어요, 일단 돌아갈게요."

"아버지한테는 인사도 안 하고 가니?"

아내가 아버지를 뵙고 나오기를 기다렸다가, 아들은 시동을 걸었다.

오지랖은 멀어져 가는 작은아들의 차를 서럽게 바라보았다.

"영감, 아들한테 안 좋은 소리 했어요?"

"자식한테 무슨 말은 못 해."

"에휴, 자기 성질에 무슨 좋은 소리를 했겠어요."

"왜 안 따라갔어? 당신이라도 따라가지."

"당신만 놔두고 어딜 가란 말요."

"열녀 났네. 점심이나 줘."

"회관 가서 먹읍시다. 춰 죽겄는디 밥을 어찌 차리라고."

"아침밥도 차렸는데 점심밥을 왜 못 차려!"

"밥하기 싫다고요."

"굶을게."

"기다려요, 누룽지라도 끓여볼 테니께."

부부가 오들오들 숟갈질을 하고 있는데, 작은아들이 돌아왔다. 대문짝만한 전기난로를 끙끙 들여왔다. 처자들은 집에 내려놓고, 하이마트에 가서 최신형으로 가져왔다는 것이다.

오지랖은 고맙기는 했지만 좋은 말이 나오지를 않았다.

"배달 안 해준다냐? 배달해줄 때까지 기다려야지, 우리가 금방 얼어 죽냐? 벌써 며칠을 무사히 버텼구먼. 이걸 네가 무슨 힘이 있다고 혼자 들고 오냐? 허리 아프다는 놈이 저 큰 걸. 니 아버지라도 불러서 같이 들어야지. 네가 무슨 힘이 있다고. 야, 무슨 돈이 있다고 이 비싼 걸⋯⋯."

"누가 난로 사달라고 그랬냐. 이런 거 없어도 산다. 필요 없으니께 가져가."

김사또는 볼멘소리를 뱉어놓고 안채로 건너갔다.

오지랖은 남편이 머물렀던 자리에 종주먹을 들이대며 뒷말했다.

"어이구, 영감태기. 꼭 싫은 소리를 해야 직성이 풀리지."

올망졸망한 전기난로는 본 적이 있어도 이렇게 큰 전기난로는 처음이었다. 코드를 꽂고 1분도 안 돼 새빨간 열기가 따습게 퍼졌다.

"요 앞에서 꼼짝 마셔요. 주무실 때는 요렇게 방향만 좀 틀어주면 침대 쪽으로 가거든요."

"그려, 고맙다. 너밖에 없구나."

갑자기 난로에서 퍽 하는 소리가 나더니 집 전체 전기가 나가버렸다.

김사또가 깜짝 놀라서 건너왔다. 전기난로 앞에서 망연자실한 아들을 보고 상황을 파악했다. 보란 듯이 전기난로 코드를 빼버렸다. 밖 두꺼비집 스위치를 다시 올렸다. 전기가 들어왔다. 주방채로도 들어온 김사또는 구겨졌던 체면을 펴듯 야단치는 소리를 냈다.

"사도 저따위 걸 사냐. 그 나이 먹고도 생각이 없냐? 막걸리 한 병을 사더라도 이것저것 따져보고 사는데, 저 비싼 걸 사면서 아무 거나 막 사 오냐? 사십 넘은 애가 돈 귀한 것도 플르고, 쓸 줄도 플러."

작은아들이 자기한테 심문하듯 하고, 경찰 조사하듯 설치고, 보일러설치회사에 전화 걸어 질책하고 부산을 떠는 동안 김사또는 의

기소침했다. 자식 앞에서 항상 큰소리치고 살아왔는데, 처음으로 뒷전으로 밀려나 보릿자루가 된 기분을 맛보았다.

작은아들이 축 처진 꼴을 보더니, 오지랖이 역성을 들었다.

"저따위 보일러 산 사람도 있는데, 전기난로 가지고 시비래요."

이놈의 여편네가 늙더니 겁대가리를 상실해서는. 하마터면 아내 뒤통수를 막걸리병으로 내리칠 뻔했다. 평생 아내를 구타해본 적이 없는데 그 전력이 아까워서 겨우 참았다. 김사또는 분을 억누르느라고 얼음처럼 차가운 막걸리를 들이켰다.

"으휴, 저 뱃속에서 나왔으니 저리 칠칠찮지."

남편이 휙 나가버리고, 오지랖은 부접 못 했다. 아들의 속을 무슨 말로 달래줘야 할까.

아들이 맥없이 웃었다.

"아버지 저러는 건 하루 이틀인가요. 다행이죠. 저한테라도 스트레스를 푸시니까. 엄마도 하고 싶은 말 팍팍 하세요. 아까 며느리한테 했던 것처럼. 풀고 사는 게 낫지 쌓고 사시면 병 걸려요."

"네가 어른이 되기는 했나비다."

"저, 마흔다섯 살이에요. …… 좀 큰 걸로 샀더니 역시나 문제네요. 좀 작은 걸로 사 올게요."

"뭘? 난로를? 뭘 또 사."

"그럼 어쩌자고요?"

"우리 땜시 돈 자꾸 써서 어떡하냐."

아들은 억눌렀던 분을 토해내듯 버럭 했다.

"지금 돈이 문제예요!"

오지랖은 한탄했다. 어디다 풀란 말이냐. 내 스트레스는……. 다 힘들다고 징징대고 다 괴롭다고 난리이니 내 속상한 건 누구한테 쏟아내란 말이냐?

5

작은아들이 거듭 전화를 했다고 한다. 저번 전화에서는 하지 않았던 말을 했다고.

"이봐, 내가 누군지 알아? 호구시 검찰청 조사과 아무개 계장인데……."

차례가 되었던 건지, 검찰청 운운이 효력이 있었던지, 수리기사 두 사람이 수요일 오전 아홉 시 넘자마자 들이닥쳤다.

"댁들이 이 보일러 놓았던 사람들이요?"

아닌 것 같지만 인사 삼아 김사또가 에멜무지로 물어보았다.

"그분들 예전에 그만뒀죠."

젊은 쪽이 대략 살펴보더니 타박부터 했다.

"그런 사이비기술자한테 고쳐달라고 하시면 어떡해요? 처음부터 우리한테 전화했어야죠!"

이것들이 늙은이를 만만한 콩떡으로 아나?

"똥 싼 놈이 방귀 뀐 놈한테 지랄인 겨? 니들이 똑바로 놨으면 아무 일 자체가 없었잖여?"

"우리가 안 놨다니까요."

"니네 회사 사람이 놓은 거니까 니들이 놓은 게 맞지! 연대 책임 몰러? 그러고 니들이 와달라고 하면 바로 오는 것들이여? 이번에도 뭉그적거리다가 내 아들이 검찰청 조사과라고 하니께 겁나서 얼렁 달려온 거 아녀?"

"듣자듣자 하니까, 아, 언제 봤다고 반말에 막말이셔? 늙으면 아무 말이라도 막 하는 법이라도 생겼나."

김사또가 멱살 잡고 팰 듯한 낯빛으로 으르렁댔지만, 젊은 쪽도 세상 험하게 살아온 듯 수그러들지 않았다. 늙은 쪽이 젊은 쪽 입을 틀어막듯 밀어내고 억지로 하하댔다.

"어르신 고정하셔요. 저 사람이 요새 월급을 석 달째 못 받아서 예민해요. 오늘 아침엔 사장 놈한테 갑질 당해가지고 제정신이 아니에요. 어르신, 우리가 잘못 놨다는 증거도 아직은 없잖습니까."

"내가 고장 안 났던 걸 났었다고 한단 말여?"

"어이구, 우리가 잘 보겠습니다. 추운데 들어가 계셔요."

김사또가 회관으로 가버리고, 젊은 쪽이 오지랖이라도 들으라는 듯 씩씩댔다.

"그 개새끼 진짜 무식하네. 자동온도조절장치 배관을 잘라버리면 어떻게 해? 그런 사람이 기술자라고? 미치겠네. 보일러가 무슨 경운기냐고. 열이 식어야 하는데 뜨거운 증기가 밖으로 나가지 못하고 안에서 쌓이니까 온도조절이 안 되잖아. 계속 온도 상승하니까 보일러가 터지기 직전이 됐잖아. 까딱했으면 모터까지 타버릴 뻔했다고."

두 수리기사는 호호 입김을 불어가며 두 시간가량 보일러와 씨름했다.

보일러 돌아가는 소리가 났다. 오지랖은 소리만 들었는데도 살 것 같았다.

"근데 밤에는 저 소리보다 백배는 심한 소리가 나요. 자정만 되면 대포소리가 났어요. 이젠 그런 대포소리도 안 날 테지요?"

안 보는 사이 늙은 쪽이 젊은 쪽을 잡도리했는지, 젊은 쪽은 벙어리인 양 입을 꾹 다물고 있었다. 늙은 쪽이 반문했다.

"엥, 그럴 리가요. 이 보일러 소리 거의 안 나는데. 아버님도 그렇고 그 성질 막 낸 아드님도 그렇고 소리 얘기는 안 하셨는데요?"

"우리 큰아들은 들었대요. 작은아들은 집에서 잔 적이 없어서 그소리를 못 들어봐서."

"암튼 우리가 아무 문제없이 고쳐놨거든요. 이제 아무 일 없을 거예요!"

젊은 쪽이 하도 성난 얼굴이어서, 오지랖은 밥 먹고 가라는 얘기도 못 했다.

한밤중이 되자 대포소리가 나기 시작했다. 소리가 문제인가, 추위로부터 해방되니 말로만 들어본 하와이에 온 듯했다.

이틀 후, 오지랖은 작은아들이 악쓰는 소리를 또 들어야 했다.

"이봐요, 아저씨들이 고쳐주고 가고 그날 밤은 괜찮았거든요. 그런데 또 안 돌아가요. 보일러가 돌아가는 소린지 부서지는 소린지만 엄청 나고, 온도가 하나도 안 올라간다고요. 진짜 이런 식으로 할 겁니까? 제대로 못 고쳐요? 당장 와서 고쳐요!"

도로 빙하기였다.

6

토요일에 온 젊은이 둘은 수요일에 왔던 이들과 다른 유니폼 잠바였다.

"지난번에 온 분들은 설치회사고, 저희는 설치회사가 설치한 것을 에이에스 해주는 회사예요. 하청에 하청인 거죠."

오지랖이 부처님한테 빌 듯했다.

"누가 됐든 제발 확실히 고쳐만 주셔요. 미치겠어요. 미치겠어."

그들은 세 시간가량 열심히 뭔가를 했다. 연일 수십 년 만에 한파라고 시끄러웠고, 그중 추운 날이었다.

오지랖은 젊은이들이 안쓰러워 동동댔다.

"에효, 고생들이 자심허네요. 먹고사는 일이 참 애로워요."

방바닥은 기어이 따뜻해지지 않았다. 젊은이들은 두 손을 들고 말았다.

"부품을 다섯 개나 바꿔보고 저희가 할 수 있는 바는 다했는데, 안 되네요."

김사또가 기가 막혀 물었다.

"고치러 와서 못 고치겠다고 하면 어쩌란 말여?"

"최선을 다했습니다. …… 보일러실이 문제인 것 같아요. 보일러 자체는 아무 문제가 없는 것 같단 말이죠. 그니까 보일러실이라고 하기도 못하게 나무판자때기로 둘러싸 놓으셨잖아요. 바람을 하나도 못 막죠. 워낙 추우니까 그 차가운 바람이 그냥 들어와서 보일러 작동을 방해하는 거지요. 보일러가 돌면서 물을 끓여야 하는데 추운 바람 때문에 물을 못 끓이는 겁니다."

"그게 말이 되는 겨?"

"배관도 문제예요. 저 배관이 언제 깐 거죠? 2, 30년은 됐지요? 배관에 문제가 있어도 단단히 있죠. 썩을 수도 있고 어디에 구멍 날 수도 있고 뭐가 쌓여서 막힐 수도 있습니다. 뜨거운 물이 흘러가다가 어디서 새거나 막혀서 안 돌면 당연히 방은 안 따뜻하죠."

"그런 걸 고쳐달라고 부른 거 아녀?"

"저희가 가서 알아보고 다시 오겠습니다."

"밥은 먹고 가야죠. 워낙 집이 추워서 염치없지만 난로 앞에서 먹으면 그럭저럭 먹을 만해요."

"고치지도 못했는데, 면목이 없어서 못 먹겠습니다."

도망치듯 가버렸는데, 대신 오후에 전화가 걸려왔다.

"아까 에이에스 하러 갔던 분들 보고를 받고요, 안내 말씀드리려고 전화 드렸습니다. 보일러실 설치 및 새 배관을 하셔야 한다고요? 저희가 특별히 할인가로 40만 원에 해드리겠습니다. 계좌번호 문자 넣어드릴게요. 40만 원 입금하신 거 확인하면 즉시 설비팀을 보내도록 하겠습니다."

보이스피싱은 아닌 것 같았지만, 덥석 입금하기도 저어돼서 전
전반측했다.

일요일 아침에 달려와 심문하듯 하는 작은아들에게 전모를 밝
혔다.

"아버지 잘하셨어요. 이 미친 것들이 어디서 돈을 뜯어내려고 해."

이놈의 보일러 때문에 아들에게 큰소리 듣다못해 칭찬까지 받
네. 김사또는 수렴청정하다가 밀려난 대비마마 심정이면서, 한편으
론 작은아들이 대견했다. 부모 일이라면 옳건 그르건 잘했건 못했건
장례식장이든 지서든 경찰서든 죄 몰려가 따지고 싸우고 개개는 자
식들이 있었다. 그 부모에 그 새끼들로 참 극성스러운 집안이구만
밉보면서도 은근슬쩍 부러운 것이었다. 그게 효성인지는 모르겠으
나 이성 상실하고 부모 편역드는 자식들이라니. 나에게도 그런 자식
이 있다면 둘째뿐이라고 여겼다.

"둘째는 똑 나를 탁했다니까. 안 그려?"

"그려요, 걔 하는 짓이 탁 영감이요. 즈이 애들한테 성질내는 것
보면 딱 자기 젊었을 때요."

"사내라면 모름지기 그런 맛이 있어야지. 큰애는 자기 닮아가지
고 유약해서는 쯧쯧……."

이번에 나대는 걸 보니, 확실히 든든한 둘째였다.

아들은 소리부터 지르고 들었다.

"당신이 어제 우리 아버지한테 40만 원 얘기하신 그 여자분이십
니까? 돈 보내라고 문자 보내신 분입니까."

"아, 제가 어제 전화드렸습니다. 그러니까 왜 40만 원이냐면
요……."

"당신들 보이스피싱이야?"

"우리 정상 업체예요."

"그게 말이 됩니까? 그냥 고쳐줘도 참을까 말까 한데 40만 원을
더 내라고요? 당신들 사기꾼이야?"

"저, 그 여자분 아닌데요."

"방금 그 여자분이라고 했잖아요?"

"아네요, 저 아네요!"

"아니라고요? 그럼 그 여자분 어딨어요?"

"몰라요, 사라졌어요."

"좋아요, 그분은 됐고 과장이나 사장이나 있을 거 아닙니까? 이
런 결정하시는 분, 담당자, 책임자 있을 거 아니냐고? 당장 그분 바
꿔요."

여자는 전화를 뚝 끊어버렸다.

아들은 사흘 동안 스무 차례 전화를 했지만 계속 받지 않았다.
마침 인천에 출장 갈 일이 있어 직접 찾아가 보려고 했다. 인터넷으
로 발본색원해보았지만, 무슨 유령회사라도 되는지 도무지 그 에이
에스 회사 사무실 주소를 찾을 수가 없었다.

7

예고도 없이, 귀띔도 없이, 또 고치는 사람이 왔다.

"스카이 본사 에이에스팀에서 나왔습니다."

김사또는 반갑고도 의심스러웠다.

"스카이라고요?"

"예, 스카이입니다."

"지금까지 왔던 사람 중에, 진짜 스카이는 없었는데, 다 스카이의 하청이라고, 하청에 하청이라고 했는데, 진짜 스카이라는 거요?"

"그랬을 겁니다. 다 하청업체죠. 파는 회사, 설치 회사, 고치는 회사……. 처음부터 저희 본사로 연락하시는 게 빨랐을 겁니다. 아드님이 일주일 전에 인터넷으로 신고하셨어요. 정말 고생 많으셨을 것 같네요."

김사또는 괜히 작은아들에게 고마우면서도 부아가 났다. 아들에게 전화를 걸었다.

"야, 인마, 처음부터 스카이 본사로 신고를 했어야지! 배운 놈이, 검찰청 있다는 놈이, 그런 순서도 모르냐?"

"아버지, 이번에도 안 고쳐지면 보일러 갈아야 돼요."

"누가 너더러 보일러 값 달라고 할까 봐 겁나냐?"

오지랖은 헛웃음이 나왔다.

"감사하다고 혀도 시원치 않을 판에 왜 야단을 친대요?"

"어떤 아비가 자식한테 감사를 혀? 키워주고 가르쳐줬는데 이 정도도 못 혀?"

"부모가 무슨 벼슬이요?"

"요새 겁대가리를 완전 상실한 겨?"

"자기가 둘째한테 퍽 하면 성질내는 게 경우가 없어도 너무 없잖아요. 적반하장도 유분수지."

"나가! 가서 둘째랑 살아."

늘 두 사람 이상 왔는데, 혼자 온 기사는 보일러를 아예 해체하고 있었다. 추운 것은 말할 것도 없고, 깡깡 언 눈송이가 우박처럼 휘날렸다.

"정말 날이 드럽네, 드러워. 어쩔라고 다 들어내고 있대요?"

눈송이도 문제지만, 하필이면 기사가 일하는 자리가 처마 밑이었다. 고드름 몇 개가 기사의 등에서 부서졌다.

"아이구, 아프죠? 얼마나 아플래나. 고드름이 맞아본 사람만 알겠지만 겁나게 아픈 건디."

고드름 맺혔던 자리에서 낙숫물이 떨어져 기사의 등을 자꾸만 때렸다.

"워쪈다, 워쪄. 집이 이 모양여 가지고. 그러지 말고 옷 갈아입읍시다. 우리 영감 작업복 내줄 테니까 거기에다 우비 입고 해요. 벌써 다 젖어서 감기 걸리겠네."

"말씀은 감사한데 유니폼은 벗으면 안 됩니다. 저희한테 군복 같은 거라. 근데 태어나서 처마 처음 봐요. 이런 옛날 집에 가본 적이 없어서."

"맞아요. 농촌도 다 신식 집이지. 우리처럼 새로 짓지도 않고 70년도 그때 그 모양인 집은 드물어요. 지붕이라도 새로 한 걸 감사히 여기고 있어요."

오지랖은 제일 큰 우산을 가져와서 펼쳤다.

기사가 혀를 찼다.

"서비스기사 비 젖는다고 우산 받쳐주는 어머님은 생전 처음 보네. 어머니, 들어가 계세요. 제가 맘 불편해서 일이 안 돼요."

김사또가 오지랖에게서 우산을 뺐었다.

"이번엔 아버님이? 어이구, 왜들 이러셔요. 진짜 못 고치면 큰일나겠네."

"배관이 문젠가?"

"확실히 배관 문제는 아닙니다. 배관이 그렇게 쉽게 구멍 나고 부서지고 삭고 그런 게 아니에요. 용액 한 방울만 떨어트리면 배관 청소도 다 됩니다. 제가 지금 그 용액 넣고 돌려놨거든요. 그걸로 배관 문제는 자동 해결될 겁니다. 자잘한 부품 한 개만 문제가 있어도 보일러 작동이 안 될 수 있습니다. 하나하나 뜯어서 살펴보겠습니다."

"고생이 자심혀."

"직업인데요, 뭐. 근데 저, 정말 괜찮거든요. 어르신들이 우산 받쳐주니까 부담스러워서 일을 못 하겠네요. 제발, 들어가 계셔요. 너무 추워요."

두셋씩 와서 법석댈 때는 별로 미안스럽지 않았다. 혼자 와서 애쓰니 김사또와 오지랖은 여간 미안한 게 아니었다. 전에 왔던 이들은 어떻게든 끼니때 전에는 끝내고 갔는데, 어느새 정오에 다다랐다.

"기사님, 점심 자시고 하쇼."

"벌써 점심때가 됐어요? 전 신경 쓰지 마셔요."

"이 강추위에 남의 일도 아니구 우리 일 하는 사람 놔두고 밥이 넘어 가겠어요? 어서 같이 좀 떠요."

"저는 정말 괜찮아요. 배도 하나도 안 고프고요, 하던 일은 계속 하는 성격이라…….."

"실은 같이 밥 먹자고 하면서도 염치없는 게 방이 워낙 추우니께, 그래도 난로 앞에서 뜨거운 국물이라도 잡수면 몸이 좀 풀리지 않겠어요?"

김사또도 나와서 거들었다.

"딴말 말고 먹으쇼. 우리 집이 아무라도 오면 음료수 챙겨주고 밥때가 되면 꼭 먹여서 보내는 집이여. 하물며 일해주러 온 분인데."

"정 신경 쓰이시면, 시켜 먹을게요."

"시골은 배달 잘 안 해줘. 이 드러운 겨울에 누가 미쳤다고 배달을 혀."

"나가서 사 먹고 올게요."

"사 먹을 데도 없어. 짜장면 하나 사 먹을래도 20분은 나가야 돼. 거기 맛도 없어."

"진짜 안 됩니다. 고객님한테 밥 얻어먹으면 큰일 납니다."

"뭘 그렇게 각박해? 밥 한 끼니 가지고."

"먹고 싶어도 제가 다 젖어서 방에 들어갈 수도 없어요. 방 다 버립니다."

"여기 대충 갈아입을 옷 있어요."

오지랖은 헌 잠바와 두꺼운 운동복 한 벌을 챙겨 들고 있었다.

"정 그러시면, 일 다 끝내고 먹으면 안 될까요. 제가 아점을 먹어서 아직은 안 고프기도 하고 두 시간만 더 하면 일이 끝날 것 같습니다."

"증말 징그럽게 말 안 들으시네. 밥 먹고 하면 탈 나?"

"보일러 돌아가게 하고 따뜻하게 먹으려고요. 저는 추운 데서는 밥 못 먹습니다."

"그렇게 말해주니께 좀 편하네요. 허기는 추운 데서 먹으면 급체할 수 있어요. 우리야 적응돼서 그렇지만 젊은이는 조심해야지요."

"에이, 젊은 양반 고집도 황소고집이네."

부부는 포기하고, 둘이서만 잘 안 넘어가는 밥을 억지로 삼켰다. 누가 집일 해주고 있는데 저희끼리만 밥 먹어본 게 생전 처음이었다.

김사또가 회관 가서 낮잠까지 자고 와보니, 일이 겨우 끝나 있었다. 기사는 연장이며 교체한 부품들을 트럭에 싣고 막 갈 참이었다.

"밥 먹었소?"

"아뇨, 나가서 먹겠습니다. 바꿀 수 있는 것은 다 바꿨습니다. 지금은 보일러 돌아가는 것 같거든요. 이따 한밤중 돼야 진짜 문제없는 건지 알 수 있겠죠. 안 되면 아드님한테 또 신고하라고 하세요."

"아까 밥 먹고 가기로 했잖여. 어서 들어갑시다. 여편네는 손님일 끝난 것도 모르고 뭐하는 겨."

"그냥 조용히 갈려고 그랬는데…… 전 진짜 민폐 끼치기 싫습니다. 회사에서 알면 큰일 나요."

"젊은 양반, 그러는 게 아녀. 늙은이들이 이 정도 간청하면 못 이기는 척 먹고 가는 거지. 아까 먹고 간다고 했잖어. 댁이 그냥 가면 내 마음은 그렇다 치고, 우리 마누라 한 달은 고시랑댈 거요."

기사는 더는 사양할 수가 없었다. 출출하기도 했다. 축축한 유니폼 잠바와 바지를 벗고 오지랖이 마루에 내놓은 헌 잠바와 운동복으로 갈아입었다.

주방채로 들어갔다. 안은 안이었다. 꽁꽁 언 몸이 조금은 풀리는 듯했다.

"어머니, 보일러가 되는 것 같지요?"

"되고말고. 벌써 훈훈해요. 밤에 또 어쩔라나 모르지. 간자미찌갠데, 젊은 사람 입맛에 맞을는지 모르겠소."

오지랖이 여남은 반찬그릇 사이에 놓아주며 걱정했다.

"이건 뭐 진수성찬이네요."

"다 풀이지. 젓가락 댈 거나 있나요."

기사는 먹방 프로그램에서 연예인들이 먹듯이 허발했다.

"어머니, 너무 맛있어요. 진짜로 맛있어요. 한 그릇 더 주세요. 전 진짜 이런 밥 먹어본 적이 없어요. 이게 바로 고향의 맛이군요."

"시골에는 잘 안 가나 보네. 아무리 각박하다지만 일 시켜놓고 밥은 주잖아요?"

"시골도 많이 가죠. 아무래도 시골 보일러가 잘 고장 나니까. 근데 누가 이렇게 밥을 챙겨주나요. 밥을 챙겨주신다고 해도 저희가 고객님한테 얻어먹으면 큰일 나게 돼 있습니다. 하도 붙잡으셔서 먹는 건데, 진짜 먹기를 잘했네요. 어디 가서 이런 밥을 또 먹어보겠어요."

"술도 한잔하셔요. 우리가 없는 술이 없어요. 우리 집서 담근 동동주도 있어요."

"안 돼요. 진짜 술도 한잔하고 싶은데, 운전해야 됩니다. 음주운전 걸리면 저 잘려요."

누가 밥 잘 먹는 것처럼 보기 좋은 모습은 없다. 오지랖은 흐뭇했다.

"기사님, 잘 먹어줘서 고맙소."

"제가 감사하죠."

"아니오, 내가 더 감사해요. 우리 자식들도 기사님처럼 돈 버느라고 고생하고 있을 텐데, 기사님이 밥 잘 먹는 모습이 내 자식들 밥 잘 먹는 모습 같아서 참 보기 좋아요."

기사는 다시 축축한 잠바와 바지로 갈아입었다.

"그냥 입고 가도 돼요. 우리 그 옷 없어도 돼요."

"말씀은 고마운데, 직장인이 유니폼을 입고 다녀야죠."

김사또가 흰 봉투를 내밀었다.

"이게 뭡니까?"

"기름값이여."

"안 됩니다, 안 돼!"

"몇 푼 안 되여. 혼자 와서 칭일 애쓴 게 미안시러워서……."

"김영란법 아시죠? 저 이거 받으면 진짜 큰일 나요."

"우리가 아무 말 안 하면 되지. 젊은 양반이 너무 양심적이네."

"양심 때문에 그런 게 아니고요, 정말 겁나서 그래요. 아버님 어머님이 아무한테 말 안 해도 누군가는 알고 소문나게 돼 있어요. 세상이 얼마나 살벌한데요. 천 원짜리 한 장도 못 받습니다. 밥 먹은 것도 누가 알까 봐 걱정인데, 돈은 절대로 받을 수가 없어요."

"대기업이 무섭긴 무섭구만."

"제가 회장 자식도 아니고, 알아서 기어야죠."

기사는 도망치듯 차에 올라 시동을 걸었다.

"제가 보일러가 안 고쳐지기를 바라보기는 처음이네요. 그래야 어머니 밥 먹으러 또 올 수 있잖아요. 농담이에요, 농담. 보일러가 아무 문제가 없어서 어머니를 다시 보지 말아야죠."

흰소리를 남겨놓고 기사는 멀어져 갔다.

8

날이 풀렸다.

늙은이 사는 낙이 있다면 그나마 자식들 전화 받는 일일 테다.

자식들은 보일러 안부부터 물었다.

"보일러 무사히 돌아간다. 근디 잘 고쳐져서 그런 건지 덜 추워서 그런 건지 알 수가 없지. 그게 엄청 추울 때만 고장 났잖냐. 2월도 다 가고 있는디 또 한없이 추울 일 있겠냐. 내년에 추워보면 알겠지. 암튼 죽다 살아난 겨울이었다. 설 때 아버지 앞에서 보일러 얘기는 보 자도 꺼내지 말아라. 노인네가 얼어 죽을 뻔한 것보다 보일러 때문에 체면이 많이 상했잖냐. 계약서도 칠칠찮게 잃어버리고, 뭐든지 독판쳐야 직성이 풀리는 양반이 별로 할 수 있는 게 없었잖여. 애봐라, 늙었다고 체면이 어디 가냐? 눈 감을 때 남는 건 체면뿐이라는 말도 있잖냐. 체면이 뭐냐니? 것도 몰러. 그게 니들이 말하는 쪽인가 자존심인가 아니겠냐."

흐름 속으로 - 등잔

김채원

1946년 경기 덕소에서 태어났다. 1975년 단편 〈밤인사〉를 《현대문학》에
발표하며 문단에 나왔다. 소설집 《초록빛 모자》《봄의 환幻》《가득찬 조용
함》《달의 몰락》《쪽배의 노래》, 장편 《형자와 그 옆사람》《달의 강》 등을
출간했다. 이상문학상, 현대문학상, 형평문학상을 수상했다. 이화여대 회화
과를 졸업했다. 부친은 김동환 시인, 모친은 최정희 소설가, 언니는 김지원
소설가다.

맨해튼 43번가에 있는 아파트 건물 앞에 서서 정은 손을 흔들었다.

팔을 허리 위치로 낮추어 뻗은 자세로 180도로 휘저었다. 휘저을 때 몸도 자연스레 팔 리듬에 맞추어 움직였다. 어디 다른 곳에서는 본 적이 없는 그녀만의 독특한 동작이었다. 어떤 예쁨도 부리지 않은, 흔히 비행기 트랩 위에서 손을 흔든다거나 아침 출근을 하는 남편에게 집에 남은 젊은 부인과 아이들이 손을 흔드는, 사람들이 보통 건네는 이별의 인사와는 아주 다른 포즈였다.

그것은 그녀 나름의 쓸쓸함을 누르고 짐짓 아무렇지도 않다는, 잔가지들을 다 쳐버린 무언의 행동이었다. 그녀를 에워싼 무엇인가를 물리치고자 하는 무의식이 깃든 동작인 듯도 했으나 그보다는 수많은 세월을 살아온 그녀가 이제는 모든 것을 간단명료하게 정리하고 있는 듯한 동작이기도 했다. 그래 잘 가, 모든 게 아무것도 아닌 것이지……. 그녀는 너울너울 춤을 추는 듯했다. 거기에는 수줍음과 천진스러움이 배어 있었다. 결혼식장에서의 모습과 흡사한 무엇이 있었다. 어머니 친구가 말했었다. 걔가 어디 그게 결혼식장에 걸어 들어가는 거요? 학교 운동장을 걸어가는 거지. 그녀는 밝게 웃으며 너울너울 팔을 휘젓고 있었다.

일행이 탄 차는 움직이기 시작했다. 케네디공항을 향해서—.

연은 정의 모습을 잠깐 훔치듯 보았을 뿐 더 이상 아무것도 눈에 들어오지 않았다. 그냥 이 이별의 순간이 숨 가빴을 뿐이다. 가슴이 답답해지고 몸을 지탱하기 힘들어 앞 좌석 등받이에 얼굴을 가져다 대고 엎드렸다. 혼자이고 싶었다. 그러나 옆에 일행이 있었기에 그런 시간을 오래 가질 수 없어 고개를 들고 무언가 묻는 말에 대답해야 했다. 두 개의 물결이 합쳐지는 어떤 지점에서 잘 섞이지 않는 그 가운데에 서 있는 듯, 한쪽을 최대한 누르고 일행들의 공기 속으로 들어가고자 애썼다. 일행에게 자신의 지금 상태를 눈치채게 하고 싶지 않았다.

그들이 탄 차는 곧 정을 뒤로하고 맨해튼 거리를 달려가기 시작했다. 고층 빌딩이 있는 아스팔트 빛깔의 정돈되고 세련된 거리, 어딘지 낯익고 우수가 깃든 멀고 먼 나라 아메리카.

언젠가 연은 고국의 어느 바다에서 바로 이와 유사한 감정을 느낀 적이 있다. 무심히 일행을 따라 들어가 앉은 카페 창 너머로 뜻하지 않게 아주 가까이 바다가 보였다. 바다는 너무 거대했고 파도의 움직임이 땅을 뒤흔들고 있었다. 연은 숨이 콱 막혔다. 무겁게 달혀 있는 세계의 문을 열고 그 안으로 들어가야 할 듯한 절박함을 느꼈다. 열려 있으나 실제로는 뚫고 들어갈 수 없이 꽉 막혀 있는 듯한 세계. 그러나 바닷가 근처에 살고 있는 일행은 그것이 그들의 일상이므로 평상시대로 연에게 얘기를 붙였다. 그때도 연은 혼자이고 싶었다. 혼자이고자 하는 이쪽 물결과 일행의 물결이 잘 섞이지 않아 고투했다.

그때 섞이지 않던 두 물결, 어찌할 수도 없이 숨 가쁘기만 했던— 그러니까 정은 그렇게 맨해튼에 바로 바다와 같이 서 있었던 것이라고, 그 행동과 폭이 바다와 같았다고 연은 이제야 생각한다.

그러나 또한 좀 더 세심히 들여다보면, 그녀 특유의 수줍음을 물리치고자 하는 의지가 담겨 있음을 알 수 있다. 결혼식장에 들어갈 때조차 운동장을 걸어가듯 빠르게 걸었다고 하던— 그녀는 무엇보다 수줍었고, 그 어색함을 그렇게 리듬 있는 몸짓으로 커버하고 있던 것이다. 티 없는 미소 속에 그 어떤 검은 그림자도 들어설 수 없도록.

그 시간이 현생에서 마지막 시간이었음을 그들은 알았을까. 그 시간이 이제 이생에서 다시는 못 보는 영원한 이별의 순간이었다는 것을 그들은 예감인들 하였을까. 아니 그보다 형제라는 것이 함께인 듯하여도 유년 이후 성년이 되면 서로 제 갈 길 가느라 이별하는 사람들임을 그들은 알았을까. 생각해보면 형제라는 것은 인생 속에서 집을 떠나기 전의 짧은 시절을 함께할 뿐이다.

일행을 태운 차가 떠나자 햇빛 가득한 밖에서 건물 안으로 들어간 정은 엘리베이터 단추를 누르고 3층 그녀의 아파트로 올라갔다. 아파트 문을 열고 우선 현관과 마루방 불을 켰다. 창문이 없어 낮에도 불을 켜야 하는 아파트에서 오랜만에 정은 낯익은 빈 공간과 공기를 감지했다. 그러나 곧 불을 끄고 일행이 와 있는 동안 잠자리로 쓰던 소파에 앉았다.

불을 켜지 말고 어둠 속에 가만히 앉아 있어봐!

지난 한 주 동안 연과 둘이 된 시간이면 정은 간혹 이렇게 말했다. 자신이 알고 있는 어떤 세계를 연에게 소개하려는 듯, 그 순간을 놓치지 않으려는 듯. 그것은 정의 오랜 습관 같은 것이기도 했다. 정은 자신이 먼저 체험한 세계를 늘 연에게 알려주고자 했다. 연이 가고 있는 길 어디에 그녀는 미리 와서 서 있곤 했다. 무슨 일이 닥쳐왔을 때 그 일을 하겠다, 하고 마음먹는 일이 중요하다고 정은 말했다. 내가 하겠다, 하고 마음먹으면 두렵다가도 해낼 수 있어, 내가 해내겠다, 내가 그 사람을 만나겠다, 내가 그곳에 가겠다, 하고 일단 마음만 먹으면, 하고 강조했다. 처음 이민 왔을 때 스쿨버스 타기를 두려워하는 아이에게 준아! 이 세상에 두려워할 것은 아무것도 없어, 라고 정은 떠나가는 버스 뒤에서 속으로 외쳤다. 정이 보기에 아이는 언제나 겁먹은 얼굴로 버스에 올랐고 그때부터 정에겐 이것이 하나의 두려움을 극복하는 방법이 되었다. 아이의 두려움을 막아주고자 하는 생각에서 비롯되었으나 그대로 자신에게 적용시켜 스스로 실천해가며 힘을 얻었다. 그녀의 방법대로라면 내가 버스를 타겠다, 내가 학교에 가겠다, 라고 스스로 마음을 굳게 먹으면 해결되는 일이었다.

연이 뉴욕에 머문 동안 감기에 걸렸을 때 정은 옆에 누워 손으로 기를 불어넣었다. 연이 기를 받다가 눈을 뜨자 정의 얼굴은 무슨 애벌레처럼 해맑았으며 눈을 감은 채 집중하고 있는 모습에서 광채가 났다. 그 얼굴에는 그동안 그들 사이에 있었던 어떤 알력, 상흔 같은 것은 전혀 보이지 않았다. 서로 만나기를 주저했던 그 어떤 것도 거기에는 없었다. 오직 기를 주고받는 두 자매가 있을 뿐이었다.

불을 켜지 말고 가만히 어둠 속에 앉아 있어봐! 그녀는 무엇을 연에게 가르쳐주고자 했을까, 그렇게 어둠 속에 가만히 앉아 있어보면 그 어떤 두려움도 물러간다는 것일까, 그리하여 살아갈 힘을 새롭게 얻는다는 것일까. 아니면 그 무엇, 어떤 새로운 세계가 그 속에 있다는 것일까.

처음 연은 그들의 일정에 뉴욕을 넣지 않았다. 그러나 일행 중 한 명이 뉴욕에 들르기를 원했고 연도 결국 함께 가게 되었다. 정도 연에게 가까운 곳까지 왔으니 뉴욕에 들르라는 말을 못 하고 있었다. 그러나 정과 연은 만나자마자 예전 같은 마음이 되었고 모든 것을 잊고 함께 지냈다. 마음 한구석 어디에 석연치 못한 것들이 있다 하여도 그것이 표면화된 적은 없었다. 그러나 연이 맨해튼 아파트 건물 앞에서 정과 헤어질 때 그토록 절대적인 숨 가쁨의 절정을 맞은 것을 보면 모든 것을 다 풀어놓고 예전처럼 되지 않았음을 말해주는 것이기도 했다. 그렇다, 도시 무엇이 그들 사이에 끼어들어 이런 어두운 그림자를 던져놓은 것일까. 그 어떤 것…… 도대체 왜?

이제는 어렴풋하게나마 그래도 조금씩 보이는 인생의 지도는 왜 그리 보이지 않던가……. 나아갈 방향을 가르쳐주는 나침판의 바늘은 왜 그리도 움직이지 않고 부동자세로 있던가.

오래전 어느 날, 그들이 어렸던 날, 연이 자다가 눈을 떴을 때 정은 엎드려 책을 읽고 있었다. 석유 등잔이 타오르고 정은 책을 펴놓고 책 속에 몰두해 있었다. 천장에는 무엇인지 모를 그림자가 일렁였고 그 일렁이는 그림자로 하여 방은 훨씬 크게 보이기도, 동굴 속같이 작게 보이기도 했다. 연은 스르르 눈을 감고 다시 잠 속에 빠져들었고 몇 번이고 깨었다가 잠들기를 반복했다.

그리고 연이 자다가 다시 눈을 떴을 때 석유 등잔은 가물가물 꺼져가고 있었다. 정이 젓가락으로 심지를 돋우자 꺼져가던 불꽃이 정신 차린 듯 다시 타올랐다. 꺼져가던 불빛이 책 주변을 밝히자 글자들이 정에게 맹렬히 흡수되는 것을 느끼며 연은 다시 잠들었다. 책을 읽는 정과 책 속의 세계는 한 치의 틈도 나 있지 않았다.

연이 다시 눈을 뜬 것은 방문을 여는 정의 기척으로였다. 정은 턱이 높은 문지방을 넘어가고 있었다. 이어 대청마루를 스쳐 가는 소리. 방문 밖은 검은 칠을 해놓은 듯 컴컴했다.

정이 엎드려 동화책을 반쯤 읽었을 때 석유가 다한 등잔이 꼴깍 숨넘어가듯 꺼졌다. 책을 읽기 시작할 때부터 등잔불은 조금씩 가물가물해졌고 석유가 얼마 남아 있지 않음을 확인한 정은 더욱 빠르게 책을 읽어가고 있었다. 등잔불이 가물거릴 때마다 젓가락으로 심지를 조금씩 들어 올려놓았다. 등잔불이 마지막 불꽃을 피워 올리며 꺼졌을 때 정은 잠시 그대로 엎드려 있었다. 몹시 안타까웠다. 이대로 자야 하는가 생각했다. 그러나 뒷얘기가 궁금해서 잠이 오지 않았다. 선녀들이 하늘에서 내려와 옷을 벗고 연못에서 목욕을 하는 장면이었다. 둥근달이 산 위로 솟아올라 하늘 한가운데에 떠 있고 사위는 고요한데 선녀들의 움직임에 따라 일렁이는 물결 소리가 들려왔다. 황홀하였다.

정은 자신의 두 눈이 책을 읽는다기보다 몸속 다른 무엇이 책을 읽는다는 느낌을 받았다. 평소 생각하던 자신과는 별개의 어떤 무엇이었다. 그것이 강하게 자신을 이끌고 있음을 정은 느꼈다. 자신의 몸이 무엇인가 둘로 분리되는 것을 처음으로 어렴풋이 느낀 순간이기도 했다. 그것이 영혼과 육체라는 것을 나중에 알게 되었다. 그 영혼이 계속해서 책 읽기를 갈구하고 있었다.

정은 저도 모르게 몸을 일으켜 안채로 갔다. 대청마루를 지나 주인집 은자네 방 앞에서 조심스럽게 은자를 불렀다. 방에 불이 꺼져 있기에 그냥 돌아오려다가 한번 불러본 것인데 뜻밖에 은자가 방문을 열고 나왔다. 은자는 석유가 담긴 큰 병을 들고 와서 등잔에 따라주었다. 남을 몹시 어려워하는 정이었으나 책을 계속 읽고 싶은 마음이 그렇게 행동하게 했다.

정은 등잔을 들고 다시 방으로 돌아와 불을 켜고 책을 읽기 시작했다. 그러나 책을 다 읽기 전에 다시 등잔이 꺼졌다. 하룻밤을 밝히기에 등잔이 너무 작았던가, 등잔에 석유를 덜 채웠던가. 이제는 밤도 너무 깊어 또다시 등잔을 가지고 은자에게 가서 석유를 얻어 올 수는 없었다. 정은 체념하듯 그대로 잘 수밖에 없다고 생각했다. 잠든 연 옆에 눈을 감고 누웠다. 그러나 잠이 오지 않았다. 정신은 점점 또렷이 살아났다. 오직 책을 읽고 싶었고 나머지 얘기들을 알고 싶었다.

정은 자신도 모르게 일어나서 성냥을 켜고 성냥개비가 불을 밝히고 있는 동안 책 한 줄을 얼른 읽었다. 성냥을 들고 있는 손가락으로 성냥불이 타들어 오면 무서워 다 타들어 오기 전에 얼른 성냥개비를 떨어뜨렸다. 그러고는 또다시 성냥을 그어 불을 밝혔다.

연이 다시 눈을 떴을 때 머리맡에는 환한 불꽃이 일고 있었다. 환하게 불꽃이 일렁이다가 곧 꺼졌다. 그 짧은 순간 방 안은 빛이 가득했다. 그러나 불은 곧 꺼졌고 다시 성냥을 그어대는 소리가 타악! 하고 들렸다. 팔각형의 큼직한 성냥갑에서 성냥 그어대는 소리가 점점 더 규칙적으로 어떤 리듬감을 갖고 울리기 시작했다. 타악!…… 타악!…… 타악!…… 리듬과 비례하여 점점 글 읽기도 맹렬히 타올랐다. 계속될수록 등잔 주변은 타버린 성냥개비들로 그득했다. 밖에서 새벽의 먼동이 터오기 시작했다.

대구 피난 시절이었다. 어머니는 함께 피난 오지 못한 할머니를 만나러 어렵게 도강증을 구해 서울로 갔기에 아이들만 남아 있었다.

며칠 후 서울에서 돌아온 어머니는 불을 켜려고 성냥을 찾았다. 참 이상하구나, 엄마가 서울로 가기 전에 새 성냥을 사두었는데……. 아이들은 가만히 있었다. 어머니는 다시 물었다. 참 이상하구나, 성냥이 왜 이렇게 없어졌지? 아이들은 그냥 지나가기를 바랐으나 어머니가 반복하였다.

너희들 모르니?

내가 썼어.

그냥 지나가질 일이 아니라고 느꼈는지 정이 말했다.

내가 책을 읽느라고…… 등잔불이 꺼져서…….

어머니는 그제야 상황을 알아차린 듯 어이없어했다. 연 또한 자다가 눈을 뜨고 본 광경을 그제야 바로 이해했다. 그것은 그냥 한밤중에 자다가 꾼 꿈처럼 몽롱했을 뿐 연의 의식에서 이미 지워져 있었기 때문이다. 그것이 잠 속에서의 일이 아니라 실제 있었던 일임을 알았다.

그때 어이없어하던 어머니는 정을 어떻게 생각했을까. 조금 남다른 아이라고 생각했을까. 아니면 피난생활의 힘듦 속에서 그냥 묻혀두고 말았을까.

정이 등잔 밑에서 읽은 책은 《선녀와 나무꾼》이라는 우리나라 전래동화였다. 사냥꾼에게 쫓기는 사슴을 나무꾼이 구해주자 사슴은 생명의 은인인 나무꾼의 소원을 묻는다. 그리하여 사슴이 일러준 대로 나무꾼은 하늘에서 잠시 목욕하러 내려온 선녀의 옷을 감추고 소원대로 선녀를 아내로 맞는다. 그러나 아이 셋을 낳을 때까지 선녀가 입고 온 옷을 절대로 보여주지 말라고 한 사슴의 당부를 어기고 옷을 보여주자 선녀는 순식간에 그 옷을 입은 후 아이 둘을 데리고 하늘로 올라가 버린다. 하늘로 올라가는 선녀와 두 아이를 나무꾼이 넋을 잃은 채 바라보는, 크나큰 상실감 앞에서 동화는 끝난다.

　

서울에 다녀온 어머니는 눈에 띄게 어두운 표정을 짓고 있었다.

어머니가 탄 기차는 길게 기적 소리를 토하며 폐허가 된 도시와 도시 사이를 달렸다. 새벽달이 떠 있을 때 기차를 탔고 다시 하늘 높이 달이 떠올랐을 때 서울에 가 닿을 수 있었다. 어디라 할 것 없이 검은 거적이 덮여 있는 밤이었다. 어마이는 살아 있을까. 집은 폭격에 무사할까. 텅 빈 동네, 언덕 끝에 서 있는 집으로 가서 어머니는 대문을 두드렸다. 어마이! 어마이! 작게 조심스러운 소리를 내다가 점점 크게 부르며 정신없이 대문을 두드렸다. 한참 만에 마루문이 열리며 게 뉘귀 왔소? 하는 할머니의 목소리가 들렸다. 대문을 연 할머니는 대문에 기대어 몸을 지탱한 채 이게 뉘귀냐? 하고 넋이 나간 듯 딸을 바라보았다. 어머니는 서울에서 할머니와 하루 머물렀고 다음 날 새벽 기차를 타고 다시 떠나온 것이다.

어머니는 전쟁으로 인해 남편을 잃고, 어린 아들을 학도병으로 떠나보낸 후 소식을 모르며, 남동생은 의용군에 자진 입대, 할머니는 그런 아들을 기다리기 위해 딸과 함께 피난을 떠나지 않고 텅 빈 동네에 홀로 남았다. 6·25 때 피난을 떠나지 못한 어머니는 할머니와 두 아이와 인민군 치하에서 지냈는데, 국군과 유엔군이 서울 탈환 후 얼마 만에 전세가 역전되어 낙동강 유역까지 퇴각하자 대신 이북으로 쫓겨 갔던 인민군이 다시 북에서 밀고 내려왔다. 공산당 밑에서는 단 하루도 살 수 없음을 그간 체험으로 안 어머니는 두 아이를 데리고 마지막 피난 행렬에 던지듯 몸을 실었다. 할머니는 아무리 공산당이라 하더라도 혼자 있는 늙은이를 어떻게 하지는 않겠지, 라며 집에 남았다. 인민군이 다시 밀려올 때 의용군으로 자진 입대한 아들이 혹시 함께 내려오지 않을까 하는 기대가 있었기 때문이다. 그러나 또한, 아들을 기다리기 위해서라고 말하면서도 딸에게 짐 지우고 싶지 않은 속마음이 컸다. 전부가 떠난 빈 동네에 혼자 남는 것은 참혹하고 두려운 일이었다. 그때 할머니는 지금 맨해튼에서 헤어진 정과 연보다 젊은 나이였다.

할머니는 집 앞 공터에 무와 배추를 심어 그것으로 김치를 담가 동대문시장에 내다 팔았다. 전시임에도 어떤 연유에서든 피난 가지 못하고 서울에 남아 있는 사람들이 그래도 있었다. 인민군이 들어왔을 때는 쌀을 가져다주며 할머니에게 밥을 해달라고 했고 그래서 그 시기는 인민군의 밥을 지어주며 살아갈 수 있었다. 그러나 인민군이 다시 밀려갔고 유엔군이 들어왔다. 어느 날 할머니는 김치를 팔고 오다가 미군 지프차에 치였다. 미군이 지프차로 할머니를 집에 데려다주었고 할머니는 며칠인가 의식이 들었다 말다를 반복하다가 일어났는데 그 후 다리를 심하게 절게 되었다. 어머니가 도강증을 어렵게 구해 찾아갔을 때가 바로 그 시기였다.

피난 떠나지 못했던 6·25 당시의 서울 생활을 아이들도 체험했다. 폭탄이 터지면 두 손으로 눈을 가리고 손가락으로 귀를 막고 또 다른 손가락으로 입을 양쪽으로 찢어 벌리며 땅에 엎드리는 연습을 했다. 폭탄이 터지면 아이들은 어김없이 연습한 대로 행동했다. 폭탄이 터졌을 때 눈과 귀가 멀고 입이 찢어지는 일을 방지하기 위한 행동이었다. 폭탄이 터지고 나면 자욱한 연기 속에 화약 냄새 같은 역겨운 냄새가 가득했다. 파편이 사방으로 튀었고 불칼이 빠른 속도로 땅에 엎드린 사람들 위를 사정없이 날아갔다. 불칼은 단단하고 빨랐으며 붉은 헝겊을 감고 있는 듯 너울거렸다. 방공호 속에 숨었던 동네 사람들이 몇 발의 총성과 함께 줄줄이 머리에 손을 얹고 산에서 내려오는 것을 아이들은 다락방 작은 창으로 내다보았다. 그중 몇 사람은 피를 흘리고 있었다. 조금 전까지 어머니와 아이들도 방공호 속에 그들과 같이 숨어 있었던 것인데 할머니가 방공호로 숨 가쁘게 올라와 아무래도 예감이 좋지 않다고, 인민군들이 어머니를 찾으러 왔는데 식량을 구하러 시골 갔다고 말했다고 했다. 그들은 산 위 방공호 쪽을 올려다보다가 그냥 내려갔으나 곧 다시 올라올 것 같다는 얘기였다. 이렇듯 아슬아슬한 얘기들은 그 시절 흔했다. 간발의 차로 목숨을 잃고 간발의 차로 피를 흘렸다. 애국가를 불러도 된다고 했다가 하루 사이에 절대 부르면 안 된다고 했다. 산 너머에 사는 친척 집으로 어머니는 정을 업고 잠시 피신하기도 했다. 두 아이 중에서 정을 업고 간 것은 그 당시 정이 병을 앓고 있어서일 것이다. 어머니가 정을 업고 산길로 사라져 가는 것을 연은 집에 남아 담 너머로 바라보았다. 가을이었던가, 가을 같은 느낌이었다. 낙엽이 나무에서 떨어져 내리듯 어린 가슴에서 무엇인가 떨어져 내렸다. 콩 볶는 따발총 소리였다가 폭탄을 투하하기 위해 낮게 떠가는 B29기, 삼촌이 지원하여 들어간 인민군 치하였다가 오빠가 학도병으로 나간 국군과 유엔군, 이제 괜찮은가 하고 있으면 다시 쫓기는 피난길, 이해할 수 없는 세월이었다. 서울을 다녀온 어머니의 얼굴이 그토록 어두운 것은 홀로 저는 다리를 이끌며 살고 있는 할머니에 대한 마음 때문이었을 것이다. 또한 사라진 남편과 학도병으로 나간 아들, 의용군으로 자진 입대한 동생 때문이었을 것이다. 그리고 전쟁에의 공포 때문이었을 것이다. 그럼에도 멀리 피난 온 사람들은 한 조각 희망을 품고 살아가고 있었다.

달성공원 나뭇가지에 칠판을 걸어놓고 가르치는 피난 학교에 정과 연은 다녔다. 연은 칠판에 쓰인 글씨를 공책에 열심히 베꼈는데 어느 날 어머니가 연의 공책을 보다가 얘가 이거 큰일 났구나, 글자를 전혀 모르는구나, 라고 말했다. 연은 칠판이 낡아서 생긴 얼룩이나 점까지 그대로 베껴 왔던 것이다.

달성공원에 불던 바람과 바람 속에 섞여 있던 시간의 냄새, 옛날에서 먼 미래로 달려가는 듯하던 미지의 냄새, 저녁녘이면 낮 동안 팽창되던 것들이 갑자기 사그라들고 낮의 기운이 빠져나간 후 새로운 세계가 다시 펼쳐졌다. 낮의 밝음과 밤의 어둠이 천천히 뒤섞이며 순연한 빛을 띨 때, 그 시간이 지나 어두워진 하늘에 별이 한두 개씩 나타나면 공원 여기저기서 별을 헤는 소리가 들린다. 공원에서 저녁 바람을 쏘이던 사람들은 하늘을 바라보며 노래하듯 셈한다.

낙동강 전투 당시 피로 붉게 물들었던 그 강에서 수류탄으로 물고기를 잡아 매운탕을 끓여 먹던 기억은 무슨 초현실주의 그림처럼 아이들에게 남아 있다. 어른들은 낙동강을 향해 몇 걸음 달리다가 힘껏 수류탄을 던졌고 강물이 터지듯 높이 솟아오르고 난 후 죽은 물고기 떼가 물 위로 떠올랐다. 그것을 어망으로 건져 올려 커다란 솥에 넣고 끓였다. 일행 중 군인이 있었기에 가능한 일이었다. 마을 아낙이 강변 모래사장에 가마솥을 걸었다. 솥은 크다 못해 거대했다. 햇빛에 반짝이던 은빛 강물과 거대한 솥. 마을 아낙들과 주변에 몰려든 마을 아이들. 그들은 모두 그 솥을 향해 앉거나 서 있었다. 솥 이쪽에 앉으면 솥은 거대한 배 같아 보였고 그 너머로 은빛 강물이 멀리 퍼져 나갔다. 사람들은 솥에서 끓는 매운탕을 기다리고 있었다. 그 기다리는 시간이 영원처럼 길었다.

그들은 모두 누구였을까. 맑은 강물로 달려가서 하나 둘 셋 하고 멀리 수류탄을 던진 어른들, 정과 연, 마을 아이들, 마을 아낙들, 그들은 누구였으며 이다음 누구가 되기 위한 사람들이었을까. 할머니는 피난생활 중 찾아간 어머니에게 게 뉘귀 왔소? 라고 물었는데 그 누구란 누구인 걸까.

먼 훗날 맨해튼 건물 앞에 서서 손을 너울너울 흔들던 정은 누구가 된 것일까. 아니 누구가 되어야만 했을까. 우리들 각자 내부 속에는 독특한 자기만의 체험이 자리하고 있고 그것이 개인의 작은 역사가 되는가. 그리고 그것이 외부세계와 만나 한 사람의 인생 지도를 그려내는 것일까. 어떤 미지의 땅에 누가 되어 서 있을지 모르던 어린 날.

정이 거칠어진 손으로 부드러운 오버코트를 잡고 이거 얼마예요? 라고 묻던 것이 언제였나. 그녀가 첫아이를 몸속에 갖고 있을 때니까 결혼 후 아직 1년이 채 지나지 않았을 것이다. 정과 연은 무슨 일로인가 시청 앞에서 만났고 일을 본 후 근처 반도아케이드로 구경을 갔다. 당시 한국에는 외제품이 조금씩 들어오기 시작했는데 반도아케이드에 그런 물건들이 있었다. 쇼윈도에 진열된 물건을 구경하면서 안쪽으로 들어가다가 어느 상점 앞에서 연은 걸음을 멈추었다. 너무 마음에 드는 코트를 보았기 때문이다. 연은 그 물건을 만져보았고 그러나 매우 비싼 가격일 거라는 생각에 단념해야 했다. 그런데 정이 뒤늦게 그 코트에 손을 대더니 한 자락을 잡고서 이거 얼마예요? 하고 주인에게 물었다. 주인의 대답에 그녀들은 놀랐다. 정은 할 수 없이 코트를 손에서 놓았다. 정은 진정 그 코트를 연에게 사주고 싶어 했다. 안타까워하는 모습이 역력했다. 정은 그때 얼마 되지 않는 남편의 월급으로 살림을 꾸려가고 있었다. 친정에 와서 쌀을 자루에 담아 가지고 간 일도 있다. 이거 얼마예요? 하고 아주 조심스레 가격을 묻던 거기에는 주인이 대답해줄지 아닐지 모르는 의문이 담겨 있었다.

시간이란 시작과 끝이 있는 것일까. 아니면 그냥 돌림노래처럼 시작도 끝도 없는 것일까. 우주 속으로 한없이 가고 있노라면 결국 출발 지점으로 되돌아오게 된다는 우주과학의 이치처럼 시작과 끝이 없이 꼬리에서 다시 되물리는 그런 연결 고리를 갖는 것일까. 그렇다면 무의식처럼 솟는 지난 시절의 기억이란 재구성되어 다가올 앞날의 일이 될 수도 있는 걸까. 그녀가 학교 앞 양장점에서 결혼할 남자가 보내온 고급 옷감으로 옷을 맞추던 때, 그 일 역시 오직 기억 속의 일인 걸까. 아직 생성되지 않은 미래의 시간은 아니었을까.

정과 연은 학교 앞 양장점으로 옷을 맞추러 갔다.

'이사벨라'라는 이름의 양장점이었다. 맞춤옷뿐 아니라 기성복도 조금씩 만들어 쇼윈도에 내놓는 조금 앞서가는 양장점이었다. 그당시 노라노라는 특이한 이름의 패션 디자이너가 기성복을 만들기시작했고, 그런 옷은 맞춤옷보다 세련되고 예뻤다. 정과 연은 왠지떳떳이 이사벨라에 들어가서 갖고 간 옷감을 전부 펼쳐놓고 양장점주인과 상의했다. 카탈로그에서 디자인을 살펴보기도 했다. 그런데정이 갑자기 이 감으로 작은 블라우스를 하나씩 더 할 수 있느냐고주인에게 물었다. 주인은 고개를 갸웃하더니 한번 연구해보자고 말했다. 그리하여 정의 옷들은 디자인이 변경되었고 연의 블라우스가매 옷감마다 하나씩 간신히 떨어졌다. 소매는 없거나 있어도 어깨에이어서 아주 조금 붙어 있는 디자인이었다. 대신 정의 옷들도 주름이 있는 원피스가 그냥 자루 모양이거나 소매가 거의 없는 민소매원피스가 되었다. 7부 소매여야 하는 투피스가 짧은 소매로 변경되기도 했다.

당시 연은 그런 일의 어려움, 즉 그런 마음을 내는 일의 어려움을 몰랐다. 변경시킨 디자인의 치명타를, 더욱이 결혼 예물로 받은옷감으로 신혼여행에 입고 갈 그 옷들이 마음에 드는 디자인이 아니라 옷감에 의해 임의로 만들어지는 그 일의 의미를 연은 잘 알지못했다. 정이 신혼여행에서 찍은 사진들을 보았을 때도 알아차리지 못했다. 그 후 세월이 지나 정이 세상을 떠난 후 서랍 속에서 우연히 신혼여행 때의 그 사진들을 보게 되었을 때 연은 그제야 알아차릴 수 있었다. 그 옷들이 전부 디자인 변형된 옷이라는 것을……. 그런 중요한 날 마음에 드는 디자인의 옷이 아닌, 어딘가 조금씩 손상된 옷을 입고 있는 정의 모습이 그제야 보였다.

정은 길을 걸으며 고개를 숙인 채 웃고 있었다. 그녀의 몸은 터질 듯 부풀어 오르고 허리 밑 치마 부분은 항아리를 품고 있는 듯 둥글었다. 웃고 있는 몸 위로 나무 그림자가 얼룩지고 있었다. 또 다른 사진은 뱃머리에 고개를 기댄 채 졸고 있는 사진이었다. 강물이 찰랑찰랑 뱃전에 부서지고 그 소리가 그녀의 잠결을 재촉하고 있었다. 그대로 한참 가노라면 강 저편 어디에 새로운 나라가 돋아나 있을 듯한 그런 느낌이었다. 그녀가 잠깐 졸다가 눈을 떠보면 아주 새로운 나라에 닿아 있을 듯한— 그녀의 상념이 사진에 고스란히 담겨 보는 사람으로 하여금 그런 것을 연상케 하였는지 모른다. 그녀는 소매가 짧고 몸을 타이트하게 조이는 원피스를 입고 있었는데 신랑 것으로 보이는 얇은 남자 점퍼를 옷 위에 걸친 것은 센 강바람 탓이리라. 그녀는 조금씩 잠 속으로 빠져들며 그곳이 어디인지 지금이 어느 때인지, 어린 날의 반향인지 먼 훗날을 향해 빠르게 지나가는 그림자인지 잘 분간하지 못하는 듯했다. 무언지 모를 불안이 저 밑으로 흐르는 것을 감지하고 있었는지 모른다. 무언지가 두려운……. 그러나 그것이 무엇이든 그녀는 삶의 기쁨으로 받아들이고 있었다.

서랍 속에서 그 사진을 발견하게 되었을 때 어머, 생명! 하는 소리가 연의 입에서 저절로 튀어나왔다. 그것은 정말 생명이었다. 사진 속에는 생명이 있었다. 그리고 이제는 바로 그 생명이 빠져나갔다는 것을 연은 깨달았다. 정이 떠나고 난 후 사진에서 발견한 생명. 사람들이 생명을 가지고 살아간다는 것을 처음 안 듯했다.

죽음이란 다른 무엇이 아니고 생명이 몸에서 떠나는 것이었다. 육체와 영혼이 나뉘는 것, 그것은 이미 알려진 사실이나 연은 처음으로 그것을 강하게 감지하였다. 사람은 육체와 영혼으로 나뉘며 정말로 우리 몸속에 생명이 자리하고 있고 그것이 몸에서 떠나면 죽음이라는 것을 아프게 깨달았다. 정이 어린 날 동화책을 읽으며 감지했던 육체와 영혼을 연은 뒤늦게 깨닫고 있었다. 그렇다면 육신은 없어져도 영혼은 따로 남아 있는 걸까. 어디에?

정의 손들은 지금 어디에 있을까.

맨해튼 건물 앞에서 너울너울 춤추듯 손을 저으며 떠나가는 친구들에게 인사를 하는 정의 손과 그녀의 옛 손들 사이에는 어떤 비밀이 있는 것일까.

연에게 공부를 가르쳐주던 손이 있다. 달성공원에서 칠판에 난 흠까지 글자인 줄 알고 베꼈던 그때부터, 그러니까 어머니가 얘가 글자를 전혀 모르는구나, 하고 얘기했던 그때부터 정은 연에게 글자를 가르쳤고 영어와 수학을 가르쳤으며 시험 기간 동안 같이 밤을 새웠다. 역사와 지리처럼 외우는 공부까지 같이 했는데 정은 뭔가 잘 이해를 못 하는 연에게 알기 쉽게 정리하여 외우는 요령을 가르쳤다. 여기서부터 여기까지 외워봐, 하고는 자신은 그 옆에서 다른 책을 읽기도 했다. 연이 어릴 때부터 대학 들어가기 전까지 머리를 땋아주던 손도 있다. 아침 등교만으로도 바쁜 시간에 정은 연의 머리를 땋았다. 땋은 머리가 마음에 안 들어 까탈을 부리면 풀어서 다시 땋았다. 언니로서 야단치거나 행세하지 않았다. 어느 때던가 연은 여름방학 숙제인 일기를 《학원》잡지에서 베꼈다. 나중에 그것을 본 정이 연에게 사정하였다. 이것을 절대로 내면 안 된다고, 자신이 전부 다시 써주겠다고 했다. 연은 일기가 수준 높게 써진 듯하여 마음이 흡족하였기에 싫다고 했다. 일테면 이런 문장들이었다. '오늘 오후 강가에 나갔다. 오수의 태양이 빛나고 있었다.' 오수의 태양이 무슨 의미인지도 모른 채 썼던 것이다. 그때 정이 그렇게 열심히 연을 설득하며 사정하던 모습, 이런 일이 있을 수 있을까. 그렇게도 자신을 송두리째 양보하는 손이 있을 수 있을까.

또 이런 손도. 정이 집에서 입던 옷에 슬리퍼 차림으로 버스에 올랐다. 정은 웃으며 연에게 지갑을 건네고 곧바로 뒷문으로 내렸다. 연은 정의 신혼집에 놀러 갔다가 돌아오는 길이었다. 새로 태어난 조카가 보고 싶어서였을 것이다. 그 무렵 어머니와 연은 조카가 보고 싶어 정의 집에 자주 갔다. 그날 연이 정의 집에 지갑을 두고 왔던 것이다. 다행히 가방 속에 차비가 따로 있었는데 그것을 모르는 정은 연의 지갑을 발견하자 뒤쫓았다. 연이 탄 버스가 이미 떠났지만 정은 택시를 잡아타고 ○○번 버스를 쫓아달라고 운전사에게 부탁했다. 한참을 달려 서대문 가까이 와서야 연이 탄 버스를 발

견할 수 있었다. 무얼 그렇게까지 하는가? 왜 택시비를 들여가며 그
토록 뒤쫓은 걸까 하는 의문이 들지 않을 수 없다. 정은 나중에 말했
다. 네가 뒤늦게 지갑이 없는 것을 알고 버스에서 당황할까 봐, 그래
서 차비를 좀 빌려달라고 낯선 사람에게 부탁할까 봐, 그러다가 무
슨 일이라도 당할까 봐, 라고 말했다. 사진 속 정의 몸이 터질 듯 부
풀었던 것은 실제 꿈으로 부풀어 오르기도 했겠으나 그보다 옷이
작았기에 생긴 현상이었을 것이다. 맞춤옷이었음에도 마치 기성복
작은 사이즈를 입은 듯 보이는 것은 연의 블라우스를 떼어냈기 때
문일 것이다. 정이 그녀 마음에 맞게 디자인한 맞춤옷을 입고 있었
다면 그녀의 인생 지도는 달라졌을까. 그녀가 택시를 타고 연이 탄
버스를 뒤쫓아 오지 않았다면, 오랜 기간 한결같이 연의 머리를 땋
아주지 않았다면, 연의 여름방학 숙제를 제발 내지 말라고 사정하지
않았다면, 그녀는 다른 인생 지도를 그렸을까.

*

빛과 어둠이 뚜렷이 나뉘고, 어둠 속에서 빛 쪽으로 나가려 하는
많은 사람들 속 한 사람으로 정은 걷고 있었다. 수많은 고층 빌딩이
일시에 불 밝히고 있는 뉴욕의 거리, 사람들은 그 불빛 속 한 점으로
스러지려 했다. 바람이 솔솔 그녀를 풀어내고 그녀는 솔솔 풀려 해
체되고 있었다. 정이 서 있는 곳이 종종 에드워드 호퍼의 그림이나
조지아 오키프의 그림 속이 되는 것은 그녀가 무의식으로 그런 것

을 그리기에 생기는 현상일 것이다. 신혼여행 때 뱃머리에 기대어 졸고 있는 사진 속에서, 보는 사람으로 하여금 강 저편에 새로운 섬이 돋아나는 것을 느끼게 하던 것과도 같이. 그리니치빌리지에 위치한 그들이 열고 있는 그로서리는 영화에서 흔히 보았던 상점이다. 그들 가족이 살고 있는 그리니치빌리지의 아파트 역시 영화에서 보았을지 모르겠다. 엘리베이터가 없는 좁은 나무 계단과 낡은 건물, 그러나 특유의 미가 어린 지은 지 오래된 아파트는 예부터 영화 속에 자주 등장했다. 밤이 되어 가게 문을 닫고 집으로 올 때 정은 때로 책방에 들렀다. 그 책방 역시 영화에서 보았을 것이다. 호퍼와 오키프의 그림책을 서서 보다가 정은 그것을 사서 연에게 부쳤다. 콜레트의 사진 앨범과 모마의 그림책도 샀다. 정은 가로등 밑에 서서 어느 책방에서 샀으며 어떤 책이라는 것을 간략하게 책 한쪽에 적었다. 미국 회화의 어머니로 불리는 모마는 70세에 화가로 데뷔했다고 적었는데 그것은 영어 실력이 부족한 연을 위한 것인 동시에 스스로에게 각인시키는 일이기도 했다. 마흔 안팎의 정과 연은 아직 데뷔를 꿈꾸고 있었기 때문이다. 꿈과 현실을 화해시킬 그 어떤 창의적인 일을 그녀들은 필요로 했다. 70세에 데뷔라니 그녀들에게 큰 위로가 되었다.

일하다가 쉴 때 정은 가게 뒤뜰로 나갔다. 쌓아 올린 빈 상자들, 나무 몇 그루와 풀들이 자라고 있는 손바닥만 한 작은 공간이었다. 부드러운 흰 치마를 손으로 훑어 내리며 앉으면 그녀의 샌들에서부터 향긋한 냄새가 퍼져 올랐다. 그녀가 훑어 내리는 그 동작은 무룬 뒤쪽에 치마를 접어 넣어 땅에 흐트러지지 않게 하기 위함이지만 그녀의 몸짓을 특징짓는 일이기도 했다. 그것은 그녀다운 독특한 행동으로 보이기 때문이다. 정은 언제나 바삐 집과 가게를 오갔으며 잠시 멈추기라도 하면 갑자기 튕겨져 나갈 듯한 생활 리듬을 갖고 있었다. 그녀는 남편과 오전 오후로 나누어 교대했다. 그녀의 남편은 공부와 일을 함께 하느라 늘 바쁘고 고달팠으며 그녀 역시 집안일과 아이들 키우는 일, 가게 일로 하루가 정신없이 흘렀다. 총을 든 강도가 들어온 일도 세 번이나 됐다. 그때마다 공포에 혼비백산하였지만 다시 재정비하여 가게를 이어갔다. 거의 연일 강도, 강간, 총기 사건, 테러 등이 일어나고 있는 대도시이나 정은 웃을 일을 찾는 사람처럼 늘 밝게 웃을 준비를 하고 있었다. 그녀는 비눗갑에서 비누를 꺼내 손 씻는 일, 칫솔에 길게 치약을 짜는 일까지도 재미있어했다. 이웃에 위치한 가게에서 빵과 커피를 사 와 간단히 점심을 할 때 그녀는 그 간편함을 즐겼고 인도 음식점에 길게 줄 서 있다가 들어갈 때면 행복해했다. 동네 한인 야채 가게, 세탁소 사람과 인사하는 일, 그곳에서 아르바이트하는 유학생들과 웃음을 교환하는 일, 길에서 보게 되는 거리 악사들, 마술사들…… 또한 가족에 대한 깊은 애정은 그녀를 살아가게 하는 힘이었다.

그러나 밝음 뒤에 그림자가 따르고 있었다. 빛이 있으면 어김없이 그림자가 있기 마련이었다. 그녀의 손은 어둠이 확산되는 것을 막으려고 언제나 긴장하였다. 그 때문인가 그녀의 손에서는 언젠가부터 강한 자기장이 나왔다. 그녀는 손의 열을 주체 못 하여 저녁녘이면 지는 해를 향해 손을 들어 올렸다. 그녀가 바람에 솔솔 풀리고 있는 인상을 주는 것은 바로 이 때문일 것이다. 집으로 돌아가는 밤 거리에 잠시 서 있을 때 부재하듯 하면서도 그 존재감이 울리는 것도 그 탓이리라. 빛과 그림자, 모순과 조화, 분열과 화합, 공산과 민주, 전쟁과 평화까지 끝없이 연결 지어지는 상반된 세계. 거기에는 어린 날 전쟁을 겪으며 자신도 모르게 체화되어온 세상의 이면에 대한 저항이 스며 있었다.

이 세상 모든 이야기는 결국 하나의 이야기일까. 이 세상 모든 동화가 결국 조금씩 변형된 하나의 이야기이듯이―. 어릴 때 읽었던 동화책 속에는 이미 인생 속 얘기들이 다 적혀 있다. 세상 속에는 해서는 안 된다고 하는 금기가 있고 사냥꾼과 사슴의 천적 관계, 사슴과 나무꾼의 보은 관계, 또한 꿈꾸게 하는 하늘나라의 선녀가 있고 소원을 말해보라고 하는 바로 그 소원이 인간에게 있다. 누구라도 이 범주를 벗어나지 않을 것이다. 누구라도 이 영역 안에서 자신의 생을 살게 되는 것이리라. 그런데 그렇게 역이 이미 정해져 있는 것이라면 그 배역 또한 따로 있는 것일까. 누군가가 이 역을 맡고 누군가는 저 역을 맡는가. 우리는 모두 자신의 역을 맡아 돌림노래를 부르는 사람들일까.

연은 정이 낮잠 자는 모습을 오랫동안 들여다보았다. 이민 초, 뉴욕 정의 집으로 어머니와 함께 방문했을 때였다. 한인들이 많이 살고 있는 플러싱이라는 지역의 한 낡은 아파트였다. 정은 낮잠을 자며 무서운 꿈을 꾸는지 얼굴이 고통으로 일그러졌으며 몹시 고단한 듯 깊은 잠에 빠져 있었다. 연은 정을 깨워서라도 그 순간을 모면케 해주고 싶었으나 너무 곤히 자고 있기에 그러지 못했다.

정은 어머니와 동생이 와 있어서 더욱 힘들었을 것이다. 자신도 결혼생활을 해본 후에야 연은 그것을 자연스레 알게 되었다. 처음 한동안 정은 그들은 몹시 반가워했으나 금방 힘이 바닥났다. 그러나 내색하지 않고 견디었다. 연이 이제 생각해볼 때 남아도는 힘은 일생 동안 결코 없었다. 언제나 현실 속에서 힘들었다. 그러나 연도 연의 어머니도 그때 그런 것을 살피지 못했다. 낯선 땅에서 두려워하는 아이들에게 매일 아침 스쿨버스 태우는 일 하나만도 정은 벅찼을 것이다. 이 세상에 두려울 건 아무것도 없다고 다짐하던 그녀지만 생활의 여의치 않음과 갑자기 불어난 가사 노동, 아르바이트로 하던 구슬 꿰는 일까지, 어디 하나 쉴 곳 없이 좁은 집 공간을 꽉 메우고 있던 식구들은 정을 숨 막히게 했을 것이다. 그러나 연은 그 당시 정의 힘듦을 파악하지 못했고 어떤 다른 힘든 일이 있나 보다 생각했었다. 그때 고통에 일그러진 정의 잠든 모습은 신혼여행 때 뱃머리에 기대어 졸던 모습에서 멀리 떨어져 있었다.

정은 저 앞에서 걸어가고 어머니와 연은 뒤에서 걸었다. 정은 간혹 허리를 깊숙이 숙였다. 옆에서 걸어가던 아들이 그녀를 올려다보았다. 어머니와 연은 그녀의 변화를 약간 두려움 섞인 마음으로 바라보았다. 오랫동안 그렇게 걸어 집에 돌아왔을 때 정은 다시 웃는 얼굴이 되어 있었다.

당시 맨손으로 이민 온 사람들은 주말이면 모여서 같이 저녁을 해 먹으며 일자리 정보나 고국 소식, 이민 가족들의 떠도는 소문 같은 것을 나누었다. 대부분 넓은 세상으로 나가 공부하려는 꿈을 안고 온 정네와 같은 사람들이었다. 휴전이 되고 잿더미 속에서 살아남은 사람들은 제각기 삶을 일으켜 세우기에 골몰했고, 그들이 겪은 전쟁을 영화나 소설 속에서 보며 자랐다. 그들은 자연스레 미국을 꿈꾸었다. 크리스마스카드에서 느끼는 멀고 먼 미지의 나라를 누구나 꿈속인 듯 동경하였다. 그러나 막상 그들은 하루 벌어 하루 사는 막노동에 공부 계획 같은 것은 아직 접어두어야 했던 고달픈 세월이어서 주말 모임에서 여러 문제들이 표출되곤 했다. 남 앞에서 남편이 부인의 머리끄덩이를 잡아당기거나 따귀를 때린 적도 있으며 서로에게 무안을 주고 언성을 높였다. 어머니와 연이 와 있는 동안 정의 가족은 그런 초대에 응하지 못하고 대신 주말이면 동네에서 몇 블록 떨어진 아이스크림집까지 온 식구가 천천히 걸어가서 아이스크림을 먹고 오곤 했다. 어느 날 저녁 어머니와 연이 집 근처 길을 걸어가는데 하루의 노동을 마친 정의 남편이 고개를 푹 숙인 채 걸어오고 있었다. 연이 길 건너를 향해 형부! 하고 불렀더니 갑자기 놀란 듯 어디서 나는 소리인가 사방을 둘러보다가 이쪽을 발견하고 환하게 웃었다. 그로부터 8년 후 정의 남편은 세상을 떠났다.

이런 일들, 좀 더 자세히 들여다보면 겪을 수밖에 없는 인간 행태가 이미 싹트고 있는 것인가. 가장 가까울 수 있는 식구의 어려움을 모른다는 것은 얼마나 치명적인가. 연과 어머니는 어째서 힘들어하는 그녀에게 얹혀 그토록 오래 머물렀던가. 남편이 아내의 머리끄덩이를 잡아당겼다는 얘기, 따귀를 때렸다는 얘기, 서로 무안을 주고 언성을 높였다는 얘기들은 표면화되었건 안 되었건 당시 이민 온 그들 모두의 얘기이지 않았을까. 정의 남편이 사고사를 당한 것도 결국 같은 맥락이지 않을까.

발병 후 한 달 만에 정은 떠났다. 그녀는 너무 빠른 속도로 급격히 망가져 갔다. 그러나 그녀가 차츰차츰 분열상태로 치닫기까지 10여 년의 어쩌면 그보다 더 오랜 유예기간이 있었다. 정은 혼자 힘으로 아이들을 키우며 여러 직업을 전전하다가 결국 모든 일에서 손을 놓았다. 맨해튼의 아파트에서 뉴욕을 방문한 연과 지인들과 함께 지냈던 때가 바로 그 시기일 것이다. 여러 사람이 와서 북적대던 당시 정의 몸에 들어와 있던 무엇은 아무런 힘도 발휘하지 못했다. 헤어질 때 너울너울 춤추듯 손을 흔들던 모습은 이제 다시 홀로 아파트로 들어가 어둠을 맞이해야 하는— 신을 향해 고해보는 정의 마지막 애원의 몸짓이었는지 모른다.

어느 때인가 정은 연에게 전화를 걸어 천상에서 들리는 노래를 그대로 받아 불러주었다. 성가 같은 곡이었다.

나는 이제 더 이상 이리 치이고 저리 치이고 싶지 않아!

항의하듯 얘기하던 가슴에 박힌 그 말을 연은 이제 빼낼 길이 없다. 시간이 지날수록 그 말이 다른 누구보다 바로 자신에게 하는 말이었음을 연은 느낀다. 세상 누구보다 한 형제인 연에게 치이지 않았을까. 어째서 손을 내밀지 못했을까. 손을 내밀기는커녕 제발 네가 심판하려 하지 말고 하늘에 맡겨! 이 말을 하고 났을 때의 그 후련함을 연은 기억한다. 연의 말에 정은 주춤했다.

정은 무엇인가를 오해하고 그것으로 자신과 연을 괴롭혔다. 천상의 소리를 듣거나 스스로를 괴롭히는 소리, 이 두 세계 사이에서 갈등하고 있었다. 빛과 어둠이 충돌하고 있었다. 어둠 속에 삼켜지려는 것들을 구하기 위해 그녀는 고투했다. 그녀는 혼란을 겪고 있었다. 무엇인가가 그녀 속에 들어와 그녀를 마음껏 휘저었다. 거기에서 벗어날 길이 없었다. 그녀가 사람들에게 받았을 모멸감을 생각하면 연은 살아갈 힘을 잃는다.

어느 날 연은 길에서 우연히 정과 가까웠던 친구의 친척을 만났다. 그 친척으로부터 다음과 같은 얘기를 들었다. 정은 남편이나 아이들보다 동생을 더 생각하는 것 같다고, 정의 친구가 그렇게 말하는 것을 들었다고 했다. 연은 그 얘기를 그 즉시 무심히 받아들였다. 그러나 그냥 모르고 묻히고 말았을 어떤 것을 아슬아슬하게 알았다는 느낌이 점점 짙어졌다. 그날 거리에서 우연히 정의 친구의 친척을 만나지 않았다면 결코 몰랐을 비밀을 알게 된 느낌이었다. 그것은 어느 순간 한꺼번에 문리가 터지듯 이해하게 되는 깨달음과도 비슷한 그 무엇이었다. 설명이 필요 없이 알 수 있는 것을 자신은 왜 몰랐을까.

정의 남편이 신혼여행에서 돌아왔을 때 했던 말도 떠올랐다. 정이 어머니와 동생에게 잘해야 된다고 그에게 부탁했다고 했다. 그런 말을 부탁해도 될 권한이 자신에게 있다고 느낄 때 정은 말했을 것이다.

어느 순간 정은 다시금 예전의 그녀로 돌아와 있었다. 그녀 속에 들어앉아 끝없이 괴롭히던 무엇이 떠나가 버렸다. 그렇게도 벗어나기를 바라던 무엇인가에서 벗어나 있었다. 그녀의 육체가 더 이상 버텨낼 힘이 없을 때 그것은 그녀의 육체를 놓아주었다. 그러나 정은 연을 찾지 않았다. 연 또한 정 앞에 나서지 못했다. 어떻게 무엇이라고 말하겠는가. 딱히 할 말이 있는 것도 아닌 듯했다. 아니면 너무 많은 얘기가 있었다.

정과의 마지막 전화 때 연은 해일이 덮쳐오는 것을 느꼈다. 그 엄청난 규모에 천지가 무너져 내리는 느낌을 막아서며 오직 힘 있게 버티고 서서 아무렇지도 않다는 듯 평상시처럼 얘기하려 애썼다. 조금도 슬픔을 내보이지 않고 부정하려 했다. 이상한 괴음이 터져 나오려 했으나 참 이상하게도 그런 순간에조차 자신의 어떤 역을 찾고 있었다. 그것이 정에게 오해를 불러일으켰을지도 모르겠다. 심판을 하늘에 맡기라고 연이 소리치던 그대로 되었다고 정은 생각했을 수도 있었다. 자신이 바로 그 심판을 받은 것이라고.

나오는 그대로 내보였어도, 오히려 그편이 나았으리라고, 그랬다면 마지막 말을 서로 나누었을 수도 있었을 거라고 연은 생각한다. 그러나 다시없을 그 귀한 시간을 그냥 흘려버리고 말았다. 참 이상도 한 일이었다. 그렇게도 허망하게 그런 식으로 끝이라니, 소꿉 장난도 아니요 실습장도 아닌 오직 한 번뿐인 실제의 삶에서ㅡ. 그 러나 이제 생각하니 다른 무엇보다 정은 마지막 순간까지 수줍었던 것 같다. 그리고 연도 사실은 그랬던 것 같다.

마지막 순간 정은 두 아들의 손을 꽉 잡고 그래! 괜찮아, 라고 말 했다. 어디서 그런 힘이 나왔는지 알 수 없이 센 힘이었다. 그녀는 있는 그대로의 모든 것을 받아들이고 있었다. 꿈꾸고 그리워하던 모 든 것이 허사가 되어버리고 먼 이국땅에서 홀로되어 중도에 이렇게 떠나가야 하는 쓰린 아픔을 너그러이 수용하고 있었다.

괜찮아!

긴 시간 암흑 속 어디를 헤매어 찾아진 말, 마지막 순간의 한마디!

두려울 때마다 내가 하겠다!라고 다지던 의지의 마음.

그녀의 생명은 다시 타오르고 있었다. 그렇다. 타오르는 것은 생 명이었다. 연이 정의 사진 속에서 빠져나갔다고 알아차린 그 생명이 었다.

*

정이 미국으로 이민 온 첫 무렵, 어느 저녁 아이들을 데리고 센 트럴파크에 바람 쐬러 나갔을 때 머리가 하얗게 센 할머니가 나무 밑에서 바이올린을 켜고 있었다. 정은 바이올린 케이스 옆에 마련된 통에 동전을 넣고 돌아서며 눈물을 쏟았다.

'돌아오라 이곳을 잊지 말고⋯⋯' 그녀는 두 손에 얼굴을 묻고 오랫동안 울었다. 아이들은 저쪽 풀밭에서 뛰어다니며 놀고 있었다. 그녀의 손은 구슬을 꿰느라 거칠어져 있었다. 쇠줄처럼 질긴 목걸이를 꿰는 줄로 인해 손바닥은 밭고랑처럼 갈라져 있었다. 목걸이 한 개를 꿰면 1불을 받는 일이었다. 정은 목걸이를 꿰고 남은 구슬들을 모았다가 목걸이를 만들어 연에게 보내주었다. 구슬 하나하나에서 지금 연은 정의 손길을 느낀다. 한 알 한 알 꿰어서 둥글게 원을 만든 목걸이, 시작도 끝도 없는 삶의 모습을 느낀다.

어린 날 등잔을 켜고 밤새워 동화책을 읽던 그때가 혹시 전생은 아니었을까. 피로 물들었던 낙동강에서 물고기를 잡아 배만큼 커다란 솥에 매운탕을 끓이던 그때가 전생은 아니었을까. 세계의 젊은 이들은 왜 이름도 모르는 동방의 한 작은 나라에 와서 그토록 많은 피를 흘렸을까. 무슨 까닭일까. 그리고 오늘 지금 이 순간 속에 다시 미래가 있는 것일까. 전생과 지금과 내일이란 하나의 돌림노래처럼 한 개의 목걸이처럼 서로의 꼬리를 물고 있을 뿐 삶이란 영원히 시작도 끝도 없는 것인가. 나무 밑에서 '돌아오라 이곳을 잊지 말고⋯⋯'를 켜던 머리가 하얀 할머니는 바로 그것을 자연스레 노래한 걸까. 바이올린 케이스 옆 통에 동전을 넣으며 눈물을 쏟은 것은 결국 미래의 정 자신에게였던가. 우리는 모두 누구인 걸까. 그리고 누구가 되어야 하는 걸까.

불을 켜지 말고 어둠 속에 가만히 있어봐!

어둠 속에서 타오르는 심지가 보인다. 타오르는 불빛! 스스로를 태워 빛을 내는…….

연은 자신의 패배를 느낄 뿐 무엇 하나 현재를 해석할 힘이 없다. 어찌하다 인생이 이런 소용돌이 속에 휩싸였으며 여기에 감추어진 비밀은 무엇인가. 무엇을 이리도 크게 잘못 살았는가. 모순과 우둔 속에서 헤매었는가. 아니 아니, 좀 더 심장에서부터 피 터지게 솟구치는 말을 찾아야 한다. 그러나 연은 자신이 누구인지 모른 채 엄연히 여기에 있는 것처럼 이 세상 모든 것들도 다 있다는 것을 어렴풋이 느낄 뿐이다. 이 세상 속 모든 것은 다 존재하는 것일 게다. 정의 몸에 깃들어 살았던 그 무엇까지도. 그 외에 모든 것이 다 그 자리에 있을 것이다. 자신이 여기 이렇게 있듯이 다른 것들도 다 거기에 있을 것이다. 어두운 밤 나타나는 하늘의 무수한 별들, 별의 빛남이 있고 어둠이 있듯이 또한 어둠이 있어야 별이 빛을 내듯이 어둠과 밝음에 대한 존재 자체의 이유가 있으리라. 그렇게 긴 시간 정이 죽음에 이르도록까지 깊은 어둠을 만들어낸 그 무슨 곡절이 있으리라.

세계 밖에 서 있을 뿐 너무 견고해 그 안으로 발을 들이밀지 못했던 연은 이제 서서히 발걸음을 떼어보려 한다. 옛 동화들을 끌어내어 새로운 삶의 이야기를 만들어가 보려 한다. 새로운 나침판이 새로운 지도를 만들어줄 것이다. 혼자 걸어갈 수 있을까. 정이 심지를 돋우며 함께해주리라.

흰 치마 한쪽을 다리 아래로 훑으며 앉으면 그녀가 신고 있던 샌들에서부터 향긋한 냄새가 올라오고, 늘 밝게 웃던 얼굴이 저 깊은 어디에서부터 끝없이 재생산되는 — 무엇을 더 알 수 있으랴. 우리 모두는 언제 어디서 누구가 되어 다시 만날 수 있을까.

제20회 이효석문학상
우수작품상 수상작

밤이 지나면

손보미

1980년 서울에서 태어났다. 2009년 단편 〈침묵〉으로 《21세기 문학》 신인상을 받았고, 2011년 동아일보 신춘문예에 단편 〈담요〉가 당선되며 문단에 나왔다. 소설집 《그들에게 린디합을》 《우아한 밤과 고양이들》, 장편 《디어 랄프 로렌》 등을 출간했다. 문학동네젊은작가상 대상, 한국일보문학상, 김준성문학상, 대산문학상을 수상했다.

정신 나간 여자. 외숙모는 그 여자에 대해 그렇게 말했다. 아니, 처음에는 그저 맞장구를 친 것에 가까웠다. 하지만 결국에 외숙모는 좀 더 과격한 단어를 사용하기로 한다. 맞아, 완전 정신이 나가버렸다니까. 미친 여자야. 미친년. 그러고 나서야 외숙모는 혼자 거실에서 티브이로 〈그림 명작 동화〉나 〈소공자 세디〉 같은 만화영화를 보고 있던 내 존재를 기억해내고는 큰 소리로 이렇게 묻곤 했다. "아이쿠, 너 내 말 들었니?" 내가 고개를 가로저으면 외숙모는 다시 부엌 식탁에 앉아 있는 '정신이 나가지 않은' 동네 아주머니들과 '정신 나간' 여자—혹은 기타 등등—에 관한 대화로 돌아갔다. 나는 티브이를 보는 척하며 싫증이 날 때까지 그녀들의 대화를 엿듣곤 했다. 외삼촌 부부와 함께 살기 시작한 이후로 나는 티브이를 보는 것에 제약을 받은 적이 없었다. 만약 우리 부모님이었다면 그 시간에 어린이를 위한 과학책 같은 걸 읽으라고 했을 것이다.

그해에, 그러니까 열 살이었던 그해 7월 말쯤에 나는 경기도의 작은 마을에 사는 외삼촌 부부에게 맡겨졌다. 몇 년 동안 외숙모는 가끔 내가 그 집에 있다는 사실 자체를 잊어버린 사람처럼 굴곤 했다. 식탁 위에 밥 두 공기만 놓인 적도 종종 있었다. 내가 부엌에 들어가면 외숙모는 나를 빤히 바라보다가 밥그릇을 하나 더 꺼내 밥을 담아주었다. 외숙모는 그런 것 때문에 내게 미안해한 적이 없었다. 내가 열두 살쯤 되었을 때 외숙모는 이렇게 말했다. "네 밥 정도는 니가 담는 게 어떻겠니?" 나는 깜짝 놀랐는데, 외숙모의 말투에 이루 말할 수 없는 위엄이 서려 있었기 때문이다. 외삼촌 부부에게 맡겨지기 전, 그러니까 열 살이 되기 전에는 내게 외삼촌이 있다는 사실조차 알지 못했다. 외삼촌은 작은 키에 몸이 아주 딴딴했고 피부는 얼룩덜룩했으며 사투리를 썼다. 나는 그가 너무 늙어 보인다고, 엄마의 오빠가 아니라 아빠 정도로 보인다고 생각했다. 하지만 그게 그렇게 부당한 판단은 아니었을 것이다. 엄마와 외삼촌의 나이 차는 열다섯 살 정도였기 때문이다. 외숙모는 외삼촌과 키가 비슷했고 몸통은 작은 편이었지만, 딱 벌어진 어깨에 언제나 위풍당당하게 걸었고 가끔은―위풍당당한 걸음에 걸맞지 않게―입술을 삐쭉거렸다. 외삼촌만큼 나이 들어 보이지는 않았는데 실제로 외숙모는 외삼촌보다 열 살가량이나 어렸다.

　외삼촌 부부에게 맡겨지고 나서 처음 몇 주 동안 나는 밤에 잠을 잘 이루지 못했다. 잠에 들더라도 한밤중에 불쑥 눈이 떠지기 일쑤였다. 그럴 때면 온몸은 땀으로 젖어 있고, 나는 방금 전까지 꾼 꿈을 전혀 기억하지 못한다. 그리고 혼란스러워진다. 여기가 어디지? 그 당시 나는 부엌에 딸린 조그만 방을 혼자 썼다. 방이 두 개 더 있었는데 하나는 외삼촌 부부가 함께 썼고, 다른 하나는 아무도 사용하지 않았다. 얼마 지나지 않아서 나는 그 방이 외삼촌 부부의 아들—나의 외사촌—이 쓰던 방이라는 걸 알게 되었다. "걔는 서울에 있는 대학을 다니고 있어. 방학에도 공부하느라 바빠서 못 오지만 언제 갑자기 올지 모르니까 방을 청소해두는 거야." 외숙모는 정기적으로 청소를 하러 그 방을 들락날락했지만 외삼촌은 절대 그러는 법이 없었다. 외숙모는 언제나 외삼촌이 집에 있을 때만 그 방에 들어갔고, 외삼촌은 그걸 못 본 척했다. 두 사람의 그런 태도에는 뭔가 웃기면서도 처량 맞은 느낌이 있었다. 처량 맞은 코미디. 두 사람 다 내게 뭐라고 한 것도 아닌데, 그 당시 나는 어쩐지 그 방에—몰래라도—들어갈 엄두를 내지 못했다.

부엌에 딸린 방을 썼다고 해서 내가 부당한 대우를 받았다거나 그런 건 아니었다. 내가 쓰는 방은 좁을지언정 누추하지는 않았다. 외삼촌 부부는 나를 위해 어린 왕자가 프린트된 벽지를 새로 발라줬고, 기린이 그려진—나는 그게 유치하다고 생각했다—침구와 싱글 침대를 준비해뒀으며, 스탠드가 딸린 그럴듯한 책상도 사주었다. 밤에 잠을 잘 이루지 못한다는 점, 그리고 외숙모가 아침식사 준비를 하는 소리 때문에 일찍감치 잠에서 깨어나야 한다는 점을 제외한다면 거의 모든 게 완벽했다.

그해 여름, 오전 동안 티브이에서 방영해주는 어린이용 프로그

램이 다 끝나면, 나는 해가 아주 뜨거워지기 전까지 마당 한쪽 그늘에 의자를 놓아두고 앉아서 꾸벅꾸벅 졸곤 했다. 그런 나를 발견하면 외숙모는 이렇게 말했다. "병든 닭 같아, 너." 나는 잠을 잘 이루지 못한다는 사실을 외숙모에게 알려줄 수는 없다고 느꼈다. 내가 어둠을 무서워한다는 사실은 더더군다나. 물론 나는 '밤'이 불가해한 것이 아니라는 걸 이미 알고 있었다. 어둠을 **비정상적으로** 두려워하는 나를 염려한 엄마가, 밤은 아무것도 아니라고, 그저 지구가 자전한 결과로 나타나는 자연스러운 우주의 이치라고 몇 번이나 설명해줬기 때문이다. "지구 반대편의 사람들은 지금 환한 햇빛 아래에서 점심도 먹고 공원에서 산책도 하고 있어." 그 후로 나는 가끔 밤에 깰 때마다 지구 반대편의 사람들을 떠올리려고 애썼지만, 그런다고 해서 어둠에 대한 두려움이 완전히 사라지는 건 아니었다.

그 집에 간 지 얼마 안 되었을 때, 오줌이 마려워서 잠에서 깬 적이 있었다. 불과 몇 주 전에는 한밤중에 잠에서 깨면 엄마를 불렀었다. 엄마! 엄마! 엄마! 서너 번쯤 부르면 엄마가 내 방으로 와서 전등 스위치를 올리고 나를 화장실로 데려다주었다. "우리 공주님, 언제 어른이 될래?" 하지만 이젠 엄마를 부를 수 없다는 사실이 떠올랐다. 외숙모나 외삼촌을 부를까? 그건 말도 안 되는 생각 같았다. 어둠 속에서 혼자 화장실까지 가는 건 더더군다나 불가능한 일이었다. 나는 참을 수 있을 때까지 참아보자고, 그러다 보면 아침이 올 거라고 생각했지만, 오줌을 누고 싶은 생각이 어찌나 간절하던지 내 몸에서 빠져나간 다른 내 몸이 화장실에 가서 팬티를 내리고 변기 위에 앉는 환각까지 볼 지경이었다. 변기 위에서 오줌을 누기 바로 직전에야 나는 가까스로 환각에서 빠져나올 수 있었다. 팬티에 오줌을 지린 것도 같았다. 선택을 해야만 했다. 나는 더 이상 어떤 종류의 수치심도 느끼고 싶지가 않았다. 어둠 속에서 이불 아래를 더듬거려 침구가 젖지 않은 걸 확인하고는 새 팬티를 움켜쥔 후 눈을 질끈 감은 채—대체 눈은 왜 질끈 감았던 걸까?—살금살금 걸어가기 시작했다. 그러다가 문득, 나는 외삼촌 부부의 방문 밖으로 새어나오는 목소리를 듣게 된다. 방문 아래 틈으로 비쳐 나오는 희미한 불빛. 외숙모는 이렇게 말한다. 외상 후 스트레스, 그러니까 트라우마를 겪고 있는 거라고. 외숙모의 말투에 걱정이나 우려, 공모의 감정 같은 건 깃들어 있지 않다. 다만 나는 그 말투에서 어떤 종류의 몰이해를, 그리고 그 단어에 스며 있는 불길한 기운을 어렴풋이 알아차린다. 나는 있는 힘을 다해 다리를 꼬고 오줌을 참으며 외삼촌의 대꾸를 기다린다. 외삼촌은 대답이 없다. 고개를 끄덕이고 있을까? 아니면 고개를 저었을까? 정적. 더 이상 오줌을 참을 수 없게 된 나는 화장실로 달려가는데, 너무나도 소란스러웠던 바람에 외숙모가 나와서 이렇게 묻는다. "뭘 하고 있니? 손에 든 그건 뭐야?"

얼마 전 외삼촌의 장례식에서 나는 그 당시 외삼촌이 외숙모가 하는 말의 의미를 알아차리지 못했을 가능성에 대해 겨우 생각해보게 되었다. 아, 외삼촌이라면 분명히 그랬으리라.

외삼촌은 공장에서 가구 만드는 일을 했다. 그는 사시사철 피부를 벅벅 긁어댔고 가끔은 피도 났다. 그래서 여름이 되면 반소매 티와 반바지 아래로 드러난 상처와 딱지를 볼 수 있었다. 매일 저녁 외숙모가 보습 크림을 건네주었지만 외삼촌은 그걸 제대로 바른 적이 없었다. 옆에서 이렇게 해라 저렇게 해라 잔소리를 하던 외숙모는 결국 직접 외삼촌의 다리와 팔뚝에 보습 크림을 발라주기 시작했다. 그 일은 내가 그 집에 사는 동안 거의 매일 저녁 반복되었는데, 그때를 제외하고 두 사람이 서로를 만지거나 다정하게 이야기를 나누는 모습을 본 적은 거의 없었다. 가끔씩 외숙모는 내게 크림을 내밀며 "너가 발라드려 볼래?"라고 물었고 나는 고개를 흔들었다. 외삼촌은 말수가 많지 않았다. 다른 사람들과의 교류도 별로 없어서 언제나 일터가 아니면 집에 머물렀다. 외숙모에게 무엇을 질문하거나 대답을 요구하는 법도 별로 없었다. 엄마는 수다쟁이는 아니었지만 질문을 많이 하는 편이어서 아빠를 쫓아다니며 이런저런 질문들을 던졌지만—특히 내가 외삼촌 집으로 오기 한두 달 전에—내 기억에 아빠가 속 시원하게 대답한 적은 별로 없었다. 그 기억이 어찌나 강렬했던지 한동안 나는 어른 남자들은 말하는 걸 싫어하는 부류인 게 틀림없다고 결론을 내렸을 정도였다. 엄마는 말로 내뱉을 수 없는 생각이라면 머리와 마음속에서 영원히 지워버려야 한다고 말했다. "그게 양심이라는 거야!" 외숙모는 수다쟁이였지만 외삼촌의 과묵함 때문에 상처를 받지는 않는 것 같았다. 나는 그 이유를 찾아냈는데 외숙모가 엄마처럼 질문을 던지는 타입이 아니었기 때문이다. 외숙모는 **진정한** 수다쟁이였다. 그건 외숙모가 마치 독백을 하듯 혼자서도 어떤 이야기든 술술 해낸다는 의미이기도 하지만, 동시에 다른 사람들로 하여금 외숙모가 자기 내장에 있는 것까지 다 끄집어내고 있다고 착각하게 만든다는 점에서도 그랬다.

외삼촌은 일요일에는 하루 종일 잠을 자다가 저녁을 먹을 즈음이 되어서야 슬슬 방 밖으로 나왔다. 온몸을 벅벅 긁으면서. 그리고 나를 발견하면 시간대에 맞지 않는 인사를 했다. "잘 잤나?" 하지만 애초에 내 대답을 기대하는 건 아니었다. 외삼촌은 그냥 나를 지나쳐서 뉴스 채널로 티브이를 돌렸다. 뉴스를 보다가 외삼촌이 종종 불같이 화를 낼 때가 있었다. 그때만큼은 외삼촌도 과묵하지 않았다. 외삼촌은 요즘 애들은 국가에 대한 충성심이 없고 어른에 대한 공경심도 부족하며 진짜 무서운 게 뭔지 모른다고, 저런 애들은 감옥에 가는 걸로도 부족하다고 말했다. "공부하라고 새빠지게 돈 벌어서 대학에 보냈더니 저런 빨갱이 짓이나 하고 다니나!" 그는 그게 설사 자기 자식이라도 용서하지 않을 거라고 말했다. 그래도 분이 안 풀리면 옆에 앉아 있는 나를 쳐다보며 말했다. "니는 나중에 절대 저래 하지 말거라." 그러면 부엌에서 저녁식사를 준비하던 외숙모가 꾸민 듯한 큰 소리로 말했다. "애, 외삼촌한테 물 좀 갖다드려!"

외삼촌이 종일 잠만 잤기 때문에 일요일 아침이나 점심 식사는 나와 외숙모 둘만 할 때가 많았다. 그럴 때는 종종 식탁 위에 밥 한 공기만 올려져 있었다. 밥을 먹는 동안 나는 외숙모의 말을 듣고 있다는 표시로 고개를 끄덕거렸다. "너네 외삼촌은 훌륭하신 분이야. 가구를 만드는 게 보통 힘든 일이 아니거든. 항상 피곤하시지……

게다가 만성습진에 걸렸어. 그건 나라에 충성을 다했다는 증거이 기도 하단다. 애, 근데 너 습진이 뭔지 아니?" 나는 고개를 흔들었 다. 외숙모는 그다음 문장을 이어가기 전에 잠깐 망설였다. "외삼촌 이 병에 걸렸기 때문에 나를 만나서 결혼을 할 수 있었던 거야. 내가 간호대학을 나와서 바로 취직한 병원에 너네 외삼촌이 입원을 했 거든." 두 사람이 만난 건 1969년 겨울의 일이었고, 그들은 일 년 후 결혼했다. '병'이라는 게 만성습진을 지칭하는 건 아니었다. 물론 그 것도 포함했겠지만, 그것보다는 좀 더 심각한 부상이 있었다. 그때 외삼촌은 베트남에서 돌아온 직후였다고 했다. "나중에 기회가 되면 외삼촌에게 가구 만드는 걸 구경시켜달라고 말하자꾸나―외숙모 는 외삼촌에게 한 번도 그런 말을 해준 적이 없었다―너네 외삼촌 은 기술자야. 기술자는 절대 안 굶어죽거든."

물론, 외숙모도 기술자였다. 그녀는 외삼촌과 결혼한 후 병원을 떠났지만 그 기술은 계속 써먹었다. 그게 바로 외숙모네 집에 사람 들이 복작대던 이유였다. 어떤 경로로 그런 게 가능했는지 모르겠지 만 외숙모는 부엌 싱크대 서랍 안에 병원에서 사용할 법한 온갖 약 품과 주사기 같은 걸 넣어두고 자물쇠로 걸어 잠근 후 열쇠를 항상 몸에 지니고 다녔다. 외삼촌에게 발라주던 크림도 거기에서 꺼낸 것 이었다. 동네 아줌마들은 단체로 거실에 주르르 누워 외숙모의 '집 도'―여자들은 눈을 감고 죽은 듯이 누워 있다가 아주 가끔씩 아 야, 아야, 하고 신음소리를 냈다―를 받았다. 외숙모는 집도가 끝날 때까지 내게 방에 들어가 있으라고 했는데, 나는 방으로 들어가는 척하면서 부엌에 숨어 그 장면을 엿보곤 했다. 그녀들의 팔에 링거를 꽂거나 혹은 얼굴에 주사기로 무언가를 주입할 때 외숙모의 표정은 진지하고 열성적이었다. 몰입. 나는 외숙모의 그런 표정에 완전히 넋을 잃곤 했다. 집도가 끝나고 나면 아주머니들은 얼이 빠진 표정으로 일어나 앉았고, 정신을 차린 후에는 모두 부엌으로 몰려가 다과를 먹으면서 수다를 떨기 시작했다. 그러면 방금 전까지 집 안을 메웠던 진지하고 심각한 분위기는 온데간데없이 사라져버렸다. 나를 처음 봤을 때 아주머니들은 내게도 관심을 기울였는데 그건 그녀들이 다른 온갖 사람들—특히 정신 나간 여자—을 대하는 그런 방식은 아니었다. 그녀들은 비유적인 단어를 몇 마디 던졌을 뿐이었다. "아, 쟤가 걔구나." 외숙모는 구슬리듯 내게 말했다. "소리 내서 인사 좀 해봐라." 나는 그냥 고개만 꾸벅거렸다. 그녀들은 그런 나를 약간은 안됐다는 표정으로 바라보다가 외숙모에게 말했다. "자기, 정말 대단하다. 남이나 다름없잖아." 나는 그렇지 않다고 속으로 생각했다. "엄마의 오빠라면 너에게도 가족이나 마찬가지야." 엄마는 언젠가 내게 그렇게 말했었다.

그해 8월 말에 나는 새로운 초등학교로 전학을 갔다. 교무실에서 담임선생을 만난 외숙모는 내게 잠깐만 복도로 나가 있으라고 말했다. 나는 외숙모가 무슨 이야기를 하려는지 알고 있었다. 우리 엄마와 아빠에 대한 이야기. 그 당시 어른들은 내 앞에서 절대로 내 부모에 대한 언급을 하지 않았다. 그런 걸 시도하는 사람은 전혀 없었다.

외숙모는 이런 말도 덧붙였을 것이다.

"여름에 우리 집에 온 후로 한마디도 하지 않았어요. 하지만 말을 못 알아듣는 건 아니에요."

내가 다시 교무실로 돌아갔을 때, 선생과 외숙모 사이에는 조금 어색한 기류가 흘렀다. 선생은 자신의 스커트 자락을 만지작거리며 나를 내려다보았다. 이윽고 외숙모가 약간 언짢다는 말투로, 그렇지만 이 말을 꼭 해야 한다는 투로 입을 열었다.

"책도 많이 읽었고, 산수도 잘하고, 똑똑한 애예요."

선생은 나와 외숙모를 잠시 교무실에 남겨두고 밖으로 나갔다. 그리고 조금 시간이 지난 후 돌아와서 나를 데리고 교실로 갔다. 교실 분위기는 어수선했다. 그녀는 반 아이들에게 나에 대해 간단하게, 새로 전학 온 친구라고 소개했다. 그런 후 내게 두 번째 분단 맨 앞자리에 가서 앉으라고 말했다. 가방을 책상 고리에 걸고 교과서와 필기구를 꺼내는 동안 나는 옆에 앉아 있는 여자애의 시선을 계속 느꼈다. 성비 불균형 때문에 남자애들끼리 짝을 이룬 경우는 있었지만 여자애들끼리 앉은 건 그 애와 내가 유일했다.

―안녕, 나는 영예은이라고 해. 앞으로 잘 도와줄게.

그 애는 이렇게 적힌 쪽지를 내게 내밀었다. 나중에 안 사실이지만 그 애는 선생에게 특명을 받은 직후였고, 원래 사귀고 있는 남자애 옆에 앉아 있다가 내가 교실로 들어오기 직전에 자리를 옮긴 것이었다. 그 애는 학급위원 중 한 명이었고, 그중에서도 유일하게 떠드는 사람을 칠판에 적을 자격이 있었다. 아침마다 자신의 엄마에게 머리카락을 어떤 식으로 묶어달라고 요구할 줄 알았고 색깔 있는 스타킹을 신고 등교했으며 방과 후에는 피아노 학원이나 영어 학원에 다녔다. 때때로 심술궂은 남자애들이 그 애의 권력에 도전했지만 남자애들은 그 애의 집요함과 악착같음에 결국 굴복하고 말았다. 나는 그 애의 쪽지를 읽고 아무런 반응도 하지 않았다. 쉬는 시간에 그 애가 말을 걸었을 때에도 아무런 반응도 하지 않았다. 그 애는 나 때문에 자존심이 상했고 며칠 후에는 내게 말을 거는 걸 그만두었지만 나를 공개적으로 미워하거나 밉상스럽게 굴지도 못했다.

왜냐하면 나는 언제나 선생의 시야에 있었기 때문이었다.

주시.

선생이 나에 대해 가지는 관심은 나로서는 좀 놀라운 것이었다. 학교에서 선생을 만난 후로 외숙모는 집도를 받으러 오는 아줌마들에게 그녀에 대한 정보를 은근슬쩍 물어보곤 했다. 외숙모가 개인적인 궁금증 때문에 '고객'들에게 다른 사람의 정보를 얻으려고 교묘하게 애쓴 적은 단 한 번도 없었다. "얘, 그런 게 직업윤리라는 거야." 외숙모는 그해 여름 자신의 직업윤리를 완전히 배반한 셈인데, 만약 세월이 흐른 후에 내가 그것을 언급했다면 이렇게 대답했을 것이다. "딱 한 번이야. 딱 한 번은 안 한 거나 마찬가지지." 어쨌든 외숙모는 선생이 삼십대 후반이라는 것, 그리고 결혼을 하지 않았다는 것을 알게 되었다. 나는 얼마 지나지 않아 외숙모가 왜 선생에 대한 정보를 얻으려고 애를 썼는지 알게 되었다. 저녁식사를 하다가 외숙모가 갑자기 분통이 터진다는 식으로 이렇게 말했기 때문이다. "아니, 글쎄 그 선생이 뭐랬는지 알아요? 우리가 애를 잘못 대하고 있다는 거예요. 애가 말을 안 하는 게 우리 탓이나 마찬가지라나? 얼마나 딱딱거리던지." 그리고 이렇게 덧붙였다. "성격이 그러니까 노처녀가 됐지." 하지만 만약 선생이 내게 기울이는 노력을 알았다면 외숙모는 뭐라고 했을까? "너무 헌신적인 여자들은 인기가 없어." 이렇게 말했을까? 그때는 '비혼'이라는 단어조차 없던 시절이었다. 선생은 전혀 차갑지 않았다. 오히려 나를 돕고 싶어서, 그러니까 내 말문을 트이게 하고 싶어서 안달이 나 어쩔 줄 모르는 사람 같았다. 그녀는 쉬는 시간마다 나를 불러서 이런저런 질문을 던졌다. 나는 그녀의 책상 옆 조그만 의자에 불편한 자세로 앉아서 질문에 고개를 젓거나 끄덕거렸다. "어떤 책을 좋아하니?" "여기 오기 전에 어디에 살았니?" "햄버거 좋아하니? 선생님이랑 햄버거 먹으러 갈래?" 내가 고개를 내저으면 선생은 이렇게 메뉴를 바꿨다. "아니면 치킨? 그것도 아니면 피자? 그것도 아니면 떡볶이?" 나는 메뉴 나열이 영원히 끝나지 않을까 봐 아찔한 기분이 들기까지 했다. 언젠가 선생은 어색하게 웃으며 말했다. "나는 어릴 적에 할머니랑 함께 살았어. 그건 불행한 일이 아니야. 그러니까 나는 너가 빨리 말을 했으면 좋겠구나. 세상에, 넌 병에 걸린 거나 마찬가지인데, 왜 니네 외삼촌은 너를 그냥 두는 걸까?" 선생이 그런 말을 할 때마다, 나는 전학 온 첫날 나를 잠깐 교무실에 남겨둔 선생이 교실에서 아이들에게 이렇게 말하는 모습을 상상해보곤 했다. "오늘 전학 오는 친구는 병에 걸렸어요. 여러분이 잘 도와줘야 해요." 하지만 그러지는 않았을 것이다. 그렇게까지 극적으로 말하지는 않았을 것이다. '병'이라는 단어를 사용했을 리도 없다.

어쨌거나—불행까지는 아니더라도—나를 곤란하게 만드는 건 바로 그녀가 내게 보이는 관심, 그것 자체라는 걸 그녀는 전혀 모르는 것 같았다. 영예은은 내 태도에 자존심이 상할 대로 상했고, 내가 선생의 관심을 독차지했기 때문에 자신이 아주 곤란한 처지가 되었다고 느끼고 있을 게 분명했다. 게다가 내가 말을 하지 않는다는 사실—내가 아무런 요구도 하지 않는다는 것, 불만이나 슬픔이나 분노, 혹은 기쁨을 표시하지 않는다는 것—이 반 아이들 사이에서는 좀 이상한 방식으로 받아들여지고 있는 것 같았다. 영예은은 결국 나를 미워하거나 괴롭히거나, 심지어 좋아하는 것조차 최종적으로는 소용없는 일이라고 느끼게 될 터였다. 그건 내가 예상하거나 소망한 일은 아니었지만, 적어도 그 당시 내가 그 상황을 즐기고 있었다는 사실을 부인하기는 어렵다.

한번은 이런 일이 있었다.

10월 말 무렵의 체육 시간이었다. 체육은 남자 선생이 따로 가르쳤는데 때때로 그는 우리들에게 운동을 시켜놓고 어디론가 사라져버리곤 했다. 그날도 그는 주전자에 든 물로 운동장에 거대한 사각형을 그려주고 피구를 하라고 지시한 후 사라져버렸다. 분위기가 이상하게 흘러간 건, 내가 수비팀에 속하게 되었을 때였다. 공격팀에 있던 영예은과 그 애의 무리들이 나에게만 공을 던지기 시작했다. 영예은이 머리를 굴린 것이었다. 신체적 고통을 받은 내가 만천하에 감정을 드러내고 입 밖으로 소리를 흘리는 것, 그게 바로 영예은의 목표였다. 나는 그걸 알 수 있었다. 그래서 나는 어금니를 꽉 깨물고 아무 소리도 내지 않으려고 노력했다. 마치 그 애들 앞에서 소리를 내면 내가 죽어 없어지기라도 하는 것처럼. 아, 내가 정말로 그런 생각을 했었을까? 지금 돌이켜보면 그때 나는 어떤 욕구를 느끼고 있었다. 마음속 깊은 곳에서부터 부추김당한 충동. 아무런 소리도 바깥으로 흘리지 않을 수 있다면 다른 사람이 될 수 있으리라는 막연한 소망. 하지만 대체 어떤 다른 사람? 시간이 지나자 공격팀에 있던 거의 모든 아이들이 나만 공격하기 시작했다. 영예은의 마수 때문이 아니었다. 그건 그 애들의 자발적인 행동이었다. 다른 아이들도 내 입에서 소리가 흘러나올지, 아니면 그런 일이 절대로 일어나지 않을지 순수하게 궁금했던 것이다. 나는 입을 앙다물고 공을 피해다녔지만 결국에는, 얼마 지나지도 않아서, 누군가가 던진 공에 얼굴을 정통으로 맞을 수밖에 없었고 악 하는 외마디 비명과 함께 그 자리에 주저앉았다. 이마가 찢어져서 피가 뚝뚝 떨어졌다. 신체는 통제를 벗어난다. 그 장면을 떠올리면 이 문장이 자연스럽게 따라온다. 신체는 결국에는 통제를 벗어난다. 마치 이 문장이 세계의 온갖 진실을 담고 있다는 듯이, 약간은 오만하고 건방지게.

나는 두 손으로 이마를 부여잡고 울지 않으려고 애썼다. 하지만 울음소리가 내 입에서 자꾸 새어 나왔다. 나는 패배감을 느꼈지만, 그렇다고 나를 둥글게 둘러싸고 있는 반 아이들에게서 승리감의 기색을 찾을 수 있는 것도 아니었다. 나는 이런 식으로 말하고 싶은 충동을 느낀다. 그 당시 그 애들 역시 나와 마찬가지로 패배감을 느꼈을 거라고. 영예은의 무리를 제외한 다른 애들은 내가 일종의 시험에 들었다고 판단했고 내가 그 시험에서 통과하기를 간절하게 바랐다고 말이다. 영예은 역시 승리감을 느끼지는 못했을 것이다. 피를 흘린 건 너무 과도한 반응이었다.

어딘가에서 농땡이를 부리고 있던 체육 선생이 아이들을 제치며 내게 다가왔다. 그는 얼빠진 표정으로 내 이마를 살펴보며 괜찮으냐고 물었다. 나는 새어 나오는 울음을 틀어막으려 노력했고, 여전히 말은 하지 않음으로써 최소한의 자존심을 지키려고 애썼지만, 반 아이들은 내가 시험에 통과하지 못했다고 도장을 꽝꽝 찍은 후 하나둘씩 멀어져 갔다. 나는 이제 완전히 위엄을 잃어버린 아이, 고통에 굴복한 그저 그런 아이가 되어버렸다.

피구 사건이 있고 나서 외숙모는 일주일 정도 나를 학교에 보내지 않겠다고 선언했다. 이마를 꿰매준 의사가 그다지 심한 상처도 아니라고 말했을 때—"애들이 뭐 이 정도는 다칠 수 있죠"—그 말에 불쾌해진 외숙모는 학교로 찾아가서 이런 일이 벌어진 것에 대해 담임선생에게 항의했다. 그러니까 이 사건에서 유일하게 승리감을 느낀 사람이 있다면 그건 바로 외숙모였으리라. 집에서도 외숙모의 대응은 신속하게 이루어졌다. 피구 사건에 대해서 내게 일절 묻지 않았고—어차피 나는 아무 대답도 안 했겠지만—외삼촌에게도 내게 대답을 강요하지 말라고 주의를 주었다. 외숙모는 아침마다 내가 좋아하는 코코아를 만들어주었고 식사는 침대로 가져다주었다.

놀랍게도 이 시기에 외숙모는 한 번도 내 존재를 잊어버린 적이 없었던 셈이다. 심지어 매일 밤 내 이마에 크림—외삼촌에게 발라주던 것과는 다른 종류의—을 발라주기까지 했다. "여자애 얼굴에 흉이 지면 안 되는데. 쯧쯧." 외삼촌이 내게 호통을 친 적이 있긴 했다. "말 안 할 거가? 니 평생 그렇게 입 다물고 살 거가? 아가 왜 저 모양 저 꼴이고?" 그 당시 어른들은 그런 내 태도에 대해 이런 식으로 말했다. "유별난 애야." 그래서 말도 하지 않고 감정도 표출하지 않는 거라고. 어쩌면 태어날 때부터 **비정상적으로** 심약했던 건지도 모른다고. 세상에는 그렇게 태어나는 사람들이 있는데 그런 건 어쩔 수가 없다고. 그들은—외숙모를 포함해서—내 앞에서 트라우마라는 단어는 절대로 쓰지 않았지만 비정상이라는 말은 시도 때도 없이 사용했다.

피구 사건이 있고 얼마 지나지 않아서, 그러니까 11월 첫째 주에 내가 그 여자—동네 아줌마들이 정신 나간 여자라고 부르는—를 따라나섰을 때, 어떤 사람들은 그 여자가 나의 '비정상적으로' 약한 마음을 이용한 거라고 말했다.

좀 더 과격하게 표현하는 걸 좋아하는 사람들은 그 정신 나간 여자가 말도 '못 하는' 나를 '납치'했다고 말했다.

사람들이 잘 몰랐던 것은—'잘 몰랐다'는 표현은 너무 평이하다. 어떻게 해야 더 극적으로 말할 수 있을까?—내가 완전히 입을 다물고 있었던 시기는 그해 여름 한두 달뿐이었다는 사실이다. 입을 다물고 있던 시간을 보상이라도 받겠다는 듯이 폭포수처럼 문장들을 뱉어냈던 것까진 아니지만 그래도 나는 하고 싶은 말을 충분히 했다. 나와 대화 상대가 되었던 게 바로 그 여자였다. 정신 나간 여자, 미친 여자, 그러니까, 미친년. 내가 그녀를 처음 만난 건 9월 중순쯤의 일이었다. 방과 후 집으로 돌아가는 길에 음료수를 사 마시려고 들어선 작은 식료품점에서였다. 2학기가 시작되고 처음 몇 번은 외숙모가 나를 데리러 왔고, 길이 대충 익숙해진 이후부터는 혼자 하교를 했다. 같은 동네에 사는 아이들과 어울려서 집으로 돌아가기도 싫었고 그렇다고 나만 떨어져서 멀뚱하게 걷고 싶지도 않아서 나만의 길을 찾아내려고 애쓰던 중이었다. 집에 조금 늦게 돌아가도 외숙모는 별로 신경 쓰지 않았기 때문에 나는 이 골목 저 골목을 찾아다니며 일부러 멀리멀리 돌아가곤 했다. 그 덕분에 그즈음에는 지쳐서 잠에 들었고, 한밤중에 깨어나는 경우도 거의 없었다.

그 마을의 한쪽에서는 고층 아파트를 올리는 공사가 한창이었다. 그전에 그곳은 논밭이었고 개울이 흘렀으며 소를 키우기도 했다고 외숙모는 말했다. "예전엔 여름마다 아들을 데리고 개울물에 수영을 하러 갔단다." 외숙모에게 집도를 받으러 오는 아줌마들 중에 그 아파트로 이사 예정인 사람들이 있었다. 그런 아줌마는 선망의 대상이었다. "화장실이 두 개야." 그런 주제가 나올 때마다 외숙모는 부루퉁한 표정을 지으며, 부러운 티를 내지 않으려고 노력했다. 지금은 그 지역 일대가 모두 고층 아파트 단지가 되었다. 물론 외숙모와 외삼촌이 살던 곳도 시간이 많이 흐른 후 고층 아파트로 변했고 외삼촌 부부는 그 아파트에서 살았다. 그 여자는 그 당시 아파트 공사가 이루어지던 곳 근처에서 식료품점을 운영하고 있었다. 이리저리 돌아다니던 그녀가 동네에 정착한 건 삼 년 전의 일이라고 했다. 외숙모네 식탁에 앉아 있던 아줌마들 중 한 명은 꼭 이렇게 말을 했다. "그전에 어디서 뭘 했는지 알 게 뭐야?"

그녀의 가게는 너무 조그마해서 계산대와 물품 진열대를 제외하면 성인 세 사람이 똑바로 서 있기조차 어려울 지경이었다. 가게 안에는 아이들이 먹을 만한 과자나 병음료, 그리고—다른 곳에서는 구하기 어려운—각종 레토르트식품과 스파게티 소스, 향신료 들이 있었다. 그래서 뒤에서는 그녀를 정신 나간 여자라고 비웃으면서도 그것들을 사러 그녀의 가게를 방문하는 사람들이 있었다. 새로운 삶의 형식을 바라는 사람들, 이를테면 고층 아파트로 이주할 사람들. 그렇게 구입한 식재료로 만든, 이국에서나 볼 법한 초록색 파스타나 올리브 오일을 곁들인 토마토 요리 같은 게 차려진 식탁에 빙 둘러앉은 사람들은 그녀의 존재 같은 건 눈곱만큼도 떠올리지 않았을 것이다.

나는 그녀에 대한 정보를 몇 가지 알고 있었는데, 그 여자가 이혼을 했고, 자식이 죽었는데, 그 여자가 죽인 거나 마찬가지라는 것—대체 어떻게?—이었다. 그리고 동네 남자들을 '꼬시려 든다'는 것. 외숙모는 자신이 욕설을 할 때는 내게 그 말을 들었냐고 되묻곤 했지만, 그런 말—꼬신다든가, 바람을 피운다든가—을 할 때에는 별로 거리끼는 기색이 없었다. 내가 그 의미를 파악할 나이가 아니라고—잘못—판단했기 때문이었다. 게다가 외숙모는 그런 주제에 그다지 흥미를 느끼는 것 같지 않았다. "우리 남편은 그럴 걱정이 없어." 딱 한 번 외숙모가 그런 말을 한 적이 있었는데, 다른 아줌마들이 까르르 웃었고 외숙모는 얼굴이 빨개져서 고개를 숙이고 절레절레 흔들기만 했다. 외숙모가 대화에 적극적이 되는 순간—그래서 미친년이라는 말을 내뱉게 되는—은 따로 있었다. 그건 그 정신 나간 여자가 예지몽을 꾼다는 이야기가 나올 때였다. 자주는 아니었지만 사람들은 그녀의 가게에 찾아가서 예지몽에 대해 물어보거나 혹은 예지몽을 꿔달라고 부탁했다. 그것에 대해 아줌마들은 언제나 두 편으로 갈렸다. 그녀가 진짜로 예지몽을 꾼다는 쪽과 거짓말에 불과하다는 쪽. 외숙모는 당연히 후자였다.

"비과학적이야. 난 학교에서 의학을 공부했잖아. 꿈이라는 건 원래 그냥 자신의 소망이 나타나는 거뿐이야. 예지몽이라는 거 자체가 있을 수가 없어. 그 여자는 거짓말쟁이야."

그러고 나면 다른 편의 누군가가 지지 않겠다는 듯이 그녀가 맞힌 꿈의 내용이라며 이런저런 이야기를 늘어놓았다.

"아니, 예지몽을 꾼다면 본인은 왜 그러고 산대? 꿈으로 로또 번호라도 좀 보든가."

외숙모의 말에 다른 아줌마들은 고개를 끄덕였고, 그러고 나면 아줌마들은 다른 주제로 넘어갔다. 그리고 그 주제는 다음번에 다시 식탁 위에 올라와서 똑같은 식으로 반복되었다. 그런 이야기들을 들으면서 나는 그녀의 모습을 상상해보곤 했다. 나는 그녀가 라푼젤처럼 길게 기른 머리를 뒤로 땋아 내렸을 거라고 생각했다. 아랫단이 치렁치렁한 스커트를 입고 손가락마다 반지를 끼고 있으며 아주 마르고 약간 신경질적인 아름다움을 품고 있을 거라고 생각했다. 입술은 붉게 칠하고 눈썹은 아주 새까말 거라고도. 하지만 실제로 본 그녀는 상상과는 완전히 달랐다. 그녀는 약간 통통한 체형에 머리카락은 남자아이처럼 아주 짧았으며 신경질적으로 보이지도 않았다. 입술에 붉은색 립스틱을 발랐지만 눈썹이 새까맣지는 않았다. 쇄골이 드러나는 튜닉 상의에 무릎 바로 위까지 덮는, 딱 달라붙는 반바지를 입고 있었는데 그런 걸 입은 어른 여자를 그 이전에는 본 적이 없었다. 담임선생보다 나이가 많은 것처럼 보이기도 했고, 어떻게 보면 훨씬 더 어린 것처럼 보이기도 했다.

내가 냉장고에서 오렌지주스를 하나 꺼내 좁고 먼지가 쌓인 계산대 위에 올려놓자, 그녀가 이죽거리는 말투로 물었다.

"너 그 집 애구나. 말을 안 한다는."

그때가 내가 그녀가 그 여자라는 사실을 깨달은 순간이었다. 나는 그녀가 어쩌면 나에 대한 예지몽을 꾼 건지도 모른다고 생각했다. 그런 생각을 하자 가슴이 콩닥거렸다. 비과학적인 생각, 거짓말쟁이.

"외삼촌네 집에는 왜 왔어?"

이번에는 실망했는데, 왜냐하면 그녀가 만약 나에 대한 예지몽을 꿨다면 내가 외삼촌네 집에 온 이유를 응당 알고 있어야 했기 때문이었다. 나는 아무런 대답을 하지 않았지만 그녀는 별로 상관도 없다는 듯이 계산도 하지 않은 오렌지주스의 뚜껑을 따서 내게 건네주었다.

"니네 엄마랑 아빠는 어디에 있는데?"

나는 건네받은 오렌지주스를 단숨에 입안으로 털어 넣은 후 대답했다.

"돌아가셨어요."

"둘 다?"

나는 고개를 끄덕였다.

"너도 장례식에 갔었니?"

"네."

내가 대답하자 그녀가 씩 웃었다.

아주 찰나에 불과했지만 그녀는 그 순간, 분명히 씩 웃었다. 그 웃음은 즐거움이나 난처함과는 거리가 멀었고, 무언가 얕잡아보거나 업신여기는 것에 가까웠다. 혹은 비열함에.

그날 집으로 돌아온 나는 외숙모의 얼굴을 보자마자 죄책감을 느꼈다. 외숙모를 배신한 것 같다는 생각이 들었기 때문이었다. 그녀를 만난 것과 그녀에게 내 목소리를 들려준 것, 둘 다. 나는 다시는 그 여자를 만나지 않을 생각이었다.

하지만 불과 며칠 후 나는 그 여자를 다시 찾아갔다. 외숙모와 외삼촌이 싸운 다음날이었다. 그 전날 밤에 외삼촌은 소리를 질렀고—"그 자식한테 또 연락하면 가만 안 둔다 했나 안 했나!"—외숙모는 울었다. 싸우고 나면 며칠 동안 집안일은 중지되었다. 나는 아침밥을 굶은 채로 학교에 갔고 저녁에는 외삼촌이 끓여주는 라면을 먹었다. 외삼촌에게 크림을 발라주는 건 말할 것도 없이 중지, 세탁기를 돌리는 것도 중지, 설거지도 중지. 하지만 집도를 해야 하는 날이 되면 외숙모는 설거지를 하고, 세탁기를 돌리고, 청소를 하고, 다과를 준비했다. 아줌마들은 그 집에서 누군가 소리를 지르거나 울었으리라는 느낌은 전혀 받지 못했을 것이다. 나중에 안 사실이지만, 외삼촌 부부가 아들과 그런 식의 불화를 겪는다는 것 역시 동네 사람들은 전혀 몰랐다. 사람들은 내 외사촌이 공부를 너무 잘해서—이건 사실이었다—외국 대학에 유학 갔다고—물론 이건 거짓말이었다—알고 있었다. "그래서 내가 돈을 많이 벌어야 한다니깐." 외숙모는 그렇게 너스레를 떨었다. 몇 년 후에 나는 두 사람의 다툼이 내 외사촌의 생일 즈음마다 일어나는 연중행사라는 것을 알게 되었다. 나중에는 익숙해져서 그런 일이 일어날 때면 그저 할 일을 찾아 하면서 그 분위기가 끝나기만을 기다렸다. 언제부터인가 외숙모는 그런 다툼이 있을 때마다 내게 하소연을 하기 시작했다. "내가 꿈꾸던 결혼생활은 이런 게 아니야." 외숙모가 보기에 내가 '여자'가 되어간다고 느꼈을 즈음—열다섯, 혹은 열여섯 살 무렵—일 것이다. 외숙모는 내게 동질감을 느끼고 있었는데, 그걸 깨달았을 때 나는 수치심이 들었다. 외숙모가 나에게 동질감을 느낀다는 사실만큼 나를 수치스럽게 만들었던 건, 바로 나 자신이 한때 입을 다물고 있던 어린 여자아이였다는 사실과 납치'당한' 적이 있다는 사실이었다. 문득 그 시절이 떠오르면 나는 몸이 부르르 떨렸다. 마치 불시의 침입이라도 받은 사람처럼.

　두 번째로 그녀를 찾아갔을 때 내가 외숙모와 외삼촌의 싸움에 대해 이야기한 건 아니었다. 잠깐 들러서 오렌지주스를 하나 얻어 마셨을 뿐이었다. 여전히 나는 외숙모에게 죄책감을 느꼈고, 그녀를 방문하는 건 그때가 마지막이 되리라고 생각하고 있었다. 하지만 그게 마지막이 되기는커녕 그 후로 나는 매일은 아니었지만 마음이 내킬 때마다 그녀의 가게에 들러서 한 시간 정도 이야기를 나누다가 집으로 돌아가곤 했다. 그즈음에 나는 가끔 그녀가 내게 이렇게 묻는 상상을 했다. 예의 그 이죽거리는 말투로. "니네 엄마랑 아빠는 왜 돌아가셨어?" 그러면 나는 이런 식으로 대답할 생각이었다. "엄마랑 아빠가 대판 싸우셨거든요. 저는 밤마다 자는 척을 했지만 사실은 엄마랑 아빠가 싸우는 걸 다 듣고 있었어요. 그날 엄마는 내가 깰 것 같다고 하면서 아빠에게 밖에 나가서 이야길 하자고 했어요. 두 사람은 차 안으로 들어갔어요. 거기에서는 아무리 소리를 질러도 다른 사람들이 듣지 못할 테니까. 그러다가 아빠가 너무 흥분해서 차를 운전한 거예요. 그러다가 사고가 났고요." 그런 대답을 떠올리면서 나는 어두운 밤, 텅 빈 도로를 질주하는 아빠의 코발트색 차를 머릿속으로 그려보곤 했다. 무언가에 부딪히고, 에어백이 터지고, 뒤집어진 차에서 엄마의 머리카락이 아래로 흘러내리는…… 하지만 그런 이야기를 털어놓을 기회는 없었다. 그녀는 내게 그런 걸 묻지 않았다. 그녀는 다만 이런 질문을 던졌다. "애들이 너 싫어하지?" "부모님한테 맞아본 적이 있니?" "커서 되고 싶은 게 있어?" 그녀는 나와의 만남을 다른 누구에게 발설하지 않았고 내가 가면 가게문을 닫고 '잠시 외출 중, 곧 돌아옵니다'라고 적은 종이를 붙여놓았다. 그리고 계산대 뒤편에 있는 작은 방으로 나를 데려갔다. 작은 화장대, 그 위의 얼룩들, 개지 않은 이불과 무질서하게 걸려 있는 옷가지들. "아휴, 정신없어." 엄마라면 그렇게 말했을, 정신없는 여자.

내가 그녀에게 외숙모와 외삼촌이 싸웠다는 사실을 털어놓은 건 10월 중순쯤이었다.

"그러니까, 니네 외삼촌이랑 외숙모가 싸웠단 말이지? 외삼촌이 외숙모를 때렸니?"

"아니요."

그녀는 내게 병에 든 자몽주스를 따라주며 약간 실망한 듯한 표정을 지었다.

"그럼 별일도 아닌 거야. 나는 맞은 적도 있어."

"누구한테요?"

"남편한테."

"그래서 이혼한 거예요?"

"그래서 그런 건 아니고. 너 그거 묻고 싶지? 내 자식이 죽었냐고?"

"아닌데요."

나는 고개를 저었다.

"난 아기를 낳아본 적이 없단다."

그녀가 약간 우쭐거리듯이 말했기 때문에 나는 어리둥절해졌다.

"어쨌든, 니네 외삼촌이랑 외숙모는 아들에게 버림받았어. 그래서 서로를 미워하는 거야."

나는 그녀가 뭔가를 잘못 알고 있다고, 두 사람은 서로를 미워하지 않는다고 말하고 싶었지만 어쩐지 그러면 안 될 것 같은 기분을 느꼈다.

"왜 버림받았는데요?"

"니네 외사촌은 정신이 똑바로 박혔는데, 니네 외삼촌은 좀 이상한 사람이거든."

"외숙모는 외삼촌이 나라를 위해서 베트남에 가서 싸웠다고 했어요. 훌륭하신 분이라고요."

"그래? 하지만 니네 외숙모는 **불법 시술자**잖니."

지금의 나라면 그녀의 말이 논리에 어긋난다고 지적했을 것이다. 외숙모가 불법 시술자인 것과 외숙모가 외삼촌이 훌륭하다고 말한 것 사이에는 아무런 연관이 없다고. 그런 식으로 손쉽게 어떤 사실관계들이 성립하는 건 아니라고. 아, 정말로 내가 그런 식으로 말을 하게 될까? 논리에 어긋나는 것은 진실이 아니라고? 어쨌든 그 당시의 나는 그녀가 그런 말을 했을 때 낙담한 기분이 들었고, 속이 상했다. 무언가 잘못되었다고 느꼈지만, 그걸 지적할 수가 없어서 답답했다. 내가 입을 다물고 있자 그녀가 나를 슬쩍 바라보았다.

"말 안 할 거야?"

나는 고개를 숙이고 입을 다문 채로 가만히 있었다.

"나한테도 말을 안 할 거니? 다른 사람들에게 하듯 나를 대할 거야?"

이제 그녀의 말투에서 이죽거림은 사라져 있었고, 심지어 약간 애원하는 듯한 느낌까지 들었다.

"너를 곤란하게 하거나 마음 상하게 하려는 게 아니야. 하지만 생각해봐. 내가 어떻게 이런 사실들을 다 알고 있겠니? 니네 외숙모네 사정을 아는 사람이 이 동네에, 아니, 이 하늘 아래에 나 말고는 아무도 없는데. 알겠어? 니네 외숙모가 나를 찾아왔었다고. 자기 아들이 공부는 안 하고 온갖 데모에 참여하다가 구치소에 들어간 것만 몇 번째인지 모르겠다고, 앞으로 어떻게 될지 좀 알고 싶다고 나를 찾아왔었단 말이야. 나에게 예지몽을 부탁하러 여기에 왔었다고."

"외숙모가 그랬을 리가 없어요. 외숙모는 의학을 공부했단 말이에요."

내가 소리치듯 말하자 그녀는 심술궂은 말투로 말했다.

"뭘 그럴 리가 없어? 내가 꿈 내용을 니네 외숙모한테 말해줬는데? 당신들 아들은 당신들을 떠날 거고, 죽기 직전에나 다시 볼 수 있을 거라고."

그 당시 나는 겨우 열 살에 불과했지만, 외숙모의 말—"아니, 예지몽을 꾼다면 본인은 왜 그러고 산대?"—에 간명하면서 누구도 거부할 수 없는 진실이 포함되어 있다는 걸 알고 있었다. 다른 모든 의견들은 얼씬거리지 못하게 만드는 강력한 진실. 그리고 나는 가끔 그녀의 가게, 그 작은 방에서 새어 나오는 불길하면서도 들뜬 기운—섹스와 관련된—을 느끼고 있었다. 무신경한 단어 선택과 이죽거리는 말투, 균형이 맞지 않는 화장과 옷차림과 정신없는 방과 여러 번의 이주가 그녀의 삶을 대변하고 있다는 것을 알고 있었다. 그럼에도 불구하고 나는 그녀를 찾아가는 걸, 그녀에게 내 목소리를 들려주는 걸 멈출 수 없었다.

그 후로 외숙모를 볼 때마다 나는 그런 장면을 떠올렸다. 외숙모가 그 여자—자신의 입으로 미친년이라고 명명한—앞에 무릎을 꿇고 앉아서 "제발 예지몽을 꿔주세요. 부탁입니다" 하고 애걸복걸하는 장면을. 나는 그런 장면을 상상하는 게 몸서리치게 싫었지만, 한번 떠올리면 그 상상에서 빠져나오기가 어려웠고 그럴 때면 가슴께가 무지근해지는 느낌에 사로잡혔다. 그리고, 이유를 꼭 집어 말할 수는 없었지만 외숙모의 집도가 내가 학교에 있는 동안 이루어진다는 게, 내가 그 장면을 보지 않아도 된다는 게 크나큰 행운처럼 느껴졌다. 역시 이유는 알 수 없었지만, 나는 외숙모가 내 몫의 밥그릇을 챙기는 걸 잊어버리고, 부엌에서 영문을 모르겠다는 듯이 나를 쳐다볼 때마다 마음속 깊이 안도감을 느꼈다. 하지만 피구 사건이 일어난 후, 매일 아침 외숙모가 코코아를 타줄 때면, 식사시간마다 죽 같은 걸 만들어서 방으로 가지고 올 때면, 혹은 매일 밤 내 이마에 약을 발라줄 때면, 그리고 그 말—"여자애 얼굴에 흉이 지면 안 되는데. 쯧쯧"—을 할 때면 나는 속이 울렁거렸고 괴로운 마음이 들었다. 괴로움은 학교로 다시 돌아갈 날이 다가올수록 강력해져서 거의 나를 **잡아먹을** 지경이었다. 나는 또다시 밤에 잠을 잘 이루지 못했고, 어둠 속에서 두려움에 벌벌 떨었다. 나는 더 이상 외숙모를 대면하고 싶지도, 학교로 돌아가고 싶지도 않았다.

그게 바로 내가 그녀―정신 나간 여자, 미친 여자, 미친년―를 따라나선 이유였다. 그녀를 따라나섰다. 이렇게 말하는 게 적절할까? 그녀가 나를 납치하도록 내버려두었다? 이 표현은 본질에서 훨씬 멀어진 듯한 인상을 준다. 그렇다면 이 표현은 어떤가? 내가 그녀를 부추겼다. 그런 일이 가능했을까? 하지만 그게 바로 실제로 일어난 일이었다. 학교로 돌아가기 며칠 전 오후, 몰래 집에서 빠져나간 나는 그녀의 가게를 찾아갔다. 그리고 그녀 앞에 무릎을 꿇고, 제발 나를 데리고 어디론가 떠나달라고, 사라지게 해달라고, 외삼촌과 외숙모와 담임선생과 영예은으로부터 멀어지게 해달라고 애걸복걸했다. 그때 그녀는 뭐라고 말했더라? 알았어, 내가 그렇게 해줄게. 그렇게 말했던가? 그건 범죄야, 라고 했던가? 후회할 거야, 라고 했던가? 아, 아니다. 그녀는 내게 그렇게 말했다. "알았으니까 그만 울고 화장실 가서 얼굴 좀 씻어. 못 봐주겠다."

내가 경찰에 의해 외삼촌과 외숙모의 품으로 돌아간 건 그러고 나서 열 시간도 채 지나지 않아서였다. 외삼촌은 약간 붉어진 눈으로 나를 내려다보며 이마를 긁적였고, 외숙모는 다른 누구도 듣지 못하게 내 귀에 대고 속삭였다. 불안정하고 신경질적인 목소리로. "그 여자가 너를 만졌어?" 나는 그게 무슨 의미인지 몰랐고, 곧 잊어버렸다. 최근에 나는 아무 맥락도 없이 외숙모의 그 질문을 다시 떠올리게 되었는데, 처음에는 놀라웠고 그다음에는 너무 당혹스러워서 웃음이 나왔다. 대체—다른 사람도 아닌—외숙모가 그런 식의 생각을 어떻게 할 수 있었단 말인가?

그녀는 내게 어두워질 때까지 가게 뒷방에서 기다리라고 말한 후, 문을 닫고 짐을 꾸리기 시작했다. 간단한 세면도구와 빵이나 초콜릿 같은 간단한 먹을거리, 속옷과 두꺼운 스웨터,—의아하게도—커다란 욕실 타월 여러 장, 그리고 약간의 현금. 그녀는 그것들을 챙기는 동안 아무 말도 하지 않았다. 때때로 엄청나게 화가 난 사람처럼, 가슴속에서 화산이라도 터진 것 같은 표정을 지었지만 그런 순간을 제외하면 대체로 감정을 찾아볼 수 없었다. 그녀는 내가 막연하게 예상했던 것보다 훨씬 더 차분했고, 침착했으며, 계획적이었다. 마치 이런 일을 예상하고 있기라도 한 사람처럼. 예지몽을 꾼 걸까? 아닐 것이다. 그녀는 자주 이곳저곳을 떠나 다녔기 때문에—그리고 때때로 야반도주를 해야 했기에—짐 싸는 일에 능숙한 것뿐이었으리라. 그녀가 차분하고 침착하고 계획적이라는 사실이 어떤 면에서는 나를 두렵게 만들었지만 그렇다고 떠나고 싶다는 생각이 흐려지는 건 아니었다. 나는 떠나야 한다고, 그 어떤 것도 무를 수 없다고 느꼈다. 왜냐하면 내가 무릎을 꿇고 애걸복걸했기 때문에. 게다가 내가 사는 곳을 떠난다 한들 그게 뭐가 그렇게 큰일이겠는가? 외숙모와 외삼촌은 우리 엄마와 아빠가 아니고, 거기는 우리 집도 아닌데. 나는 그냥 '여기'에서 '저기'로 옮겨가는 것뿐인데. 그녀는 커피포트에 물을 데워서 컵라면을 끓여주었다. 당분간 차에서 생활해야 하니까 따뜻한 국물을 먹을 수 없으리라고, 그러니까 든든하게 먹으라고.

비가 내리고 있었다.

"비가 오는 건 좋은 징조야. 하늘이 너를 돕나 보다." 하지만 그녀의 말투―이죽거리는 듯한―때문에 그 말이 희망적으로 들리지는 않았다. 해가 완전히 지고, 근처 아파트 공사장의 인부들이 모두 다 퇴근한 걸 확인한 후에 그녀는 커다란 가방을 들었고 내게도 배낭을 하나 메게 했다. 그녀는 두꺼운 점퍼에 청바지 차림이었고, 나는 잠옷 위에 초록색 카디건을 입고 있었다. 슬리퍼가 아닌 운동화를 신고 있다는 게 그나마 다행이었다. 불과 몇 시간 만에 대기는 아주 차가워져 있었다. 그녀와 나는 우산도 쓰지 않고 비를 맞으며 가게 뒤쪽으로 걸어갔다. 놀랍게도 거기에는 자동차가 있었다. 빨간색 티코.

"아줌마 차예요?"

그녀가 고개를 끄덕였다.

"그럼 누구 차겠니?"

그녀는 나를 조수석에 태운 후 안전벨트를 매라고 말했다.

그녀가 차를 출발시키자, 갑자기 엄청난 긴장감이 느껴지기 시작했다. 불확실한 설렘, 약간의 흥분감, 그리고 어쩌면, 자기기만적인 감정. 나는 낡은 와이퍼가 끼익거리며 움직이는 소리를 듣다가 꾸벅꾸벅 졸았다. 그리고 무슨 일이 있었더라? 내가 잠에서 깼을 때 주위는 완전히 깜깜했고, 우리는 넓은 도로―나중에 알고 보니 거기는 고속도로의 나들목 부근이었다―위를 달리고 있었다. 비는 그쳐 있었고, 도로에는 우리가 탄 차를 제외하고는 차가 한 대도 없었다. 그리고 또 무슨 일이 있었더라? 덜컹거림, 무언가가 못마땅하다는 듯한 그녀의 신음소리, 그리고 고무줄을 끝까지 잡아당겼다가 놓아버린 것 같은 느낌. 나중에 들은 바로는, 빗물에 미끄러진 차가 중앙분리대를 받았다고 했다. 한 가지 분명하게 기억하는 건 자동차가 중앙분리대에 부딪혔을 때 내가 시간을 감각했던 방식이다. 시간은 순차적으로 흐르지 않았다. 부딪히기 전에 나는 이미 우리가 부딪혔다고 느꼈고, 그리고 나서 진짜로 부딪힘이 일어났다. 마치 예지몽처럼. 그건 착각이 아니었다. 인식 다음에 꽝 하는 충돌, 그리고 반동. 순간적으로 나는 내가 상상했던 아빠와 엄마의 사고 장면을 떠올렸다. 진짜 사고는 그런 식으로 일어나지 않는다. 그럼 어떤 식으로 일어나는 걸까? 나중에 사람들은 차가 충돌한 것에 대해 '경미하다'고 표현했다. 그럼에도 불구하고 주위에서는 무언가 소진되어버린 것 같은 지독한 냄새가 났다. 체액, 축축한 느낌, 경미하지만 분명한 신체적인 훼손. 나는 그녀가 사고가 나는 순간 브레이크를 밟는 동시에 나를 꽉 끌어안았다는 사실을 깨달았다. 잠시 후 그녀가 손을 풀었다. 나는 그녀의 얼굴을 바라보았다. 전조등에서 뻗어나온 빛이 차 안으로 희미하게 비쳐 들었다. 체액은 내 것이 아니라 그녀의 것이었다. 그녀의 콧구멍에서 피가 흘렀고, 눈가의 핏줄도 터진 것 같았다. 그리고 눈물. 그건 누구의 눈물이었던가? 나는 가슴께가 뻐근하고 등이 아팠지만 놀랍게도 피는 한 방울도 나지 않았다. 긁힌 부분도 거의 없었다. 나는 울음을 터뜨렸다. "울지 마." 그녀는 이 정도 일은 아무것도 아니라는 듯이 글로브 박스에서 휴지를 꺼내 내 눈물과 자신의 피를 슥슥 닦았다. 그리고 한 손을 들어 자신의 짧은 머리카락 속에 손을 넣어 몇 번 긁고 아주 잠시 동안 생각에 잠긴 것 같았다. 그녀는 자기 가방을 메고는 차에서 내렸고 조수석의 문을 열었다. "내려. 가방은 그냥 두고."

범퍼가 완전히 찌그러졌지만 그 외에는 괜찮아 보였다. 반쯤 깨진 한쪽 전조등에서 나온 기다란 빛이 어둠을 관통하고 있었고 주위는 믿을 수 없을 정도로 고요했다. 도로에는 군데군데 빗물이 고인 웅덩이가 있었다. 차가운 공기가 얼굴을 철썩철썩 때리는 것 같았고 몸이 벌벌 떨렸는데 추위 때문인지 아니면 다른 이유인지 알 수가 없었다. 그녀는 내게 다친 곳이 있는지는 묻지 않았고, 그저 따라오라고만 말했다. 가드레일을 넘어간 그녀는 훌쩍거리고 있는 내가 넘을 수 있도록 도와주었다. 그녀와 나는 발아래로 잡초의 축축하고 거친 촉감을 느끼며 나란히 걸었다. 그녀는 내 손을 잡아주지 않았다.

저 멀리서 무언가 충돌하는 소리가 났기 때문에 그녀와 나는 잠깐 걸음을 멈추고 뒤를 돌아보았다.

무언가가 보일 리가 없었다. 이것 역시 나중에 들은 말인데, 우리가 떠난 후 거기에 있던 티코를 채 발견하지 못한 차들이 추돌사고를 일으켰다고—그 사고로 죽은 사람은 없었지만 심하게 다친 사람은 있었다—했다. 그녀와 나는 말없이 어둠 속에 서서 서로의 얼굴을 바라보았다. 이윽고 거칠게 숨을 내쉬던 그녀는 절뚝거리며 다시 걸었고 나는 그녀를 따라가기 시작했다. 도로에서 멀어지면 멀어질수록 어둠의 농도는 짙어졌다. 입안에 얇은 막이 생긴 것 같았고 집중력이 흐트러지는 것 같았다. 눈이 먼 것 같았고 방향감각이 사라지는 것 같았다.

그렇게 한참을 더 걷다 우리는 좁은 비탈길 위에 다다랐다. 오른쪽으로는 공터가 펼쳐져 있었다. 나무도 몇 그루 없었다. 여기가 어디지? 문득 그 방, 어린 왕자 벽지로 둘러싸인 그 방에서 밤중에 깨었을 때처럼 두려움이 나를 엄습했다. 여기가 어디지? 누구를 불러야 하지?

"아줌마."

그녀가 약간 쉰 목소리로 대답했다.

"왜?"

"어둠은 무서운 게 아니라고 우리 엄마가 그랬어요. 밤은 아무것도 아니라고."

"뭐라고?"

"몰라요? 밤은 지구가 자전하니까 생기는 거예요. 그러니까 지구 반대편에서는 사람들이 깨어 있어요. 거기는 낮이거든요. 여기는 밤, 거기는 낮."

"그걸 누가 몰라."

나는 그녀가 여전히 이죽거리고 있지만 발음이 미묘하게 뭉개져 있다는 사실을 알아차렸다. 잠시 후 그녀는 진심으로 놀랐다는 듯이 덧붙였다.

"아, 너 지금 무서운 거구나?"

하지만 그녀의 그런 반응은 얼마나 이상한 것인가? 나는 살고 있던 곳을 충동적으로 뛰쳐나온, 교통사고를 당해서—피 한 방울 안 흘렸다 해도—울음을 터뜨린, 겨우 열 살짜리 여자애였는데.

"근데 그게 무슨 소용이니. 너는 거기가 아니라 여기에 있는데."

그녀가 한숨을 쉬며 말했다.

"아무래도 잠깐 쉬었다 가야겠다."

그녀는 가방에서 커다란 욕실 타월을 몇 장 꺼내서 나무 앞에 깔 았다. 그런 후, 신음소리를 내면서 아주 천천히 그 위에 앉았다. 그 리고 내게도 앉으라고 말했다.

"차에 두고 온 가방에 초콜릿이랑 빵이 들어 있었는데."

그녀는 내가 그 가방을 들고 걷기 힘든 상태라는 걸 질책이라도 하는 듯이 말했다.

"저게 뭔지 아니?"

그녀는 아까까지는 우리 오른쪽에 있었고, 이제는 우리가 마주 보게 된 공터를 가리켰다.

"공동묘지야. 엄청나게 많은 사람들이 죽어서 묻혀 있는 곳. 무 섭지?"

나는 무덤들을 보지 않으려고 애썼다. 그리고 저 멀리 탁한 하늘과 잿빛 구름, 그리고 머리 위로 멀리 뻗어 있는 기다랗고 마른 나뭇가지를 바라보았다. 숨을 쉴 때마다 입에서 입김이 나왔다.

"저 소리 들려? 들개가 우는 소리야. 들개는 너를 죽일 수도 있어. 너가 죽게 된다면 그건 지금이 밤이라서가 아니야. 그건 너가 바로 지금 여기에 있어서야."

그 말을 하는 동안에도 그녀는 힘이 부치는지 계속 숨을 몰아쉬었다. 나는 침을 꿀꺽 삼켰다. 그리고 슬금슬금 움직여서 그녀의 옆에 딱 달라붙었다. 그녀의 심장박동이 느껴졌다. 너무 빨리 뛰는 게 아닐까 하는 생각이 들었지만 판단할 수 없었다. 그리고 열기. 바닥에 두꺼운 타월을 깔았지만 젖은 흙의 차가운 촉감이 고스란히 온몸에 전달되고 있는데도, 그녀에게서는 쇠약한, 그러나 사방으로 마구 분출되는 듯한 열기가 느껴졌다. 그녀는 가방을 뒤져서 보풀이 일어난 커다란 스웨터를 몇 벌 건네주었고 나는 그걸로 상체를 둘둘 말았다. 흘러나오는 콧물을 스웨터로 쓱쓱 닦았다. 이가 딱딱 부딪쳤고, 몸이 아픈데 어디인지 콕 집어 말할 수가 없었다. 나는 벌을 받고 있는 걸까? 하지만 무엇에 대해? 나는 그녀의 계획을 몰랐다. 우리는 계속 떠나갈까? 아니면 나를 집으로 데려다줄까? 그렇다고 그녀에게 어디를 갈 거냐고 물어볼 수도 없었다. 그녀가 어디론가 멀리 떠날 거라고 대답하든, 아니면 나를 외삼촌네 집으로 데려다줄 거라고 하든, 어쨌든 그 모든 대답이 나를 궁지에 몰아넣을 거라고, 모욕스러운 감정 속으로 밀어 넣을 거라고 느꼈기 때문이었다. 내가 뭘 원하는지도 잘 알 수가 없어서 그녀가 나에게 그런 걸—"너 어떻게 하고 싶니?"—물어볼까 봐 두려운 마음까지 들었다.

"무섭지?"

나는 고개를 숙인 채로 고개를 가로저었다.

"무서우면 무섭다고 말해도 되는데."

나는 그녀가 무언가를 망설이고 있다는 인상을 받았다. 내게서 무언가를 원하는 듯한 느낌도.

"뼈가 부러진 것 같아요."

"안 부러졌어. 엄살 좀 부리지 마."

그녀는 무언가 실망한 사람처럼 대답했다.

"그걸 어떻게 알아요?"

나는 너무 애처롭게 들리지 않기를 바라며 물었다.

"그냥 다 알아."

"나에 대한 예지몽을 꿨으니까요?"

그녀가 고개를 돌려 나를 내려다보았다. 내 입에서 그런 말이 나온 게 아주 의외라는 듯이. 어둠 속에서 그녀의 부푼 코가 마치 그녀의 얼굴에 속하는 게 아닌, 기괴하고 독자적인 생명체처럼 보였다.

"그래."

그녀가 대답했다.

"어떤 꿈을 꿨어요?"

"당연히 너에 대한 건 모두 다."

나는 그녀가 자신만만해하고 있다는 인상을 받았다.

"그럼 우리 엄마랑 아빠가 죽은 적이 없다는 것도 꿈에 나왔어요?"

그 순간 왜 나는 그런 말을 했던 걸까? 엄마와 아빠가 이혼을 했고 두 사람 다 나를 키우기를 거부했다는 사실이나, 두 사람이 서로에게, 그리고 내게 했던 말들—"당분간은 너와 같이 살 수가 없어" "엄마의 오빠라면 너에게도 가족이나 마찬가지야"—을 그녀가 이미 알고 있다고, 그 당시의 나는 믿었던 걸까? 아니면 정반대로, 그녀가 그런 걸 전혀 모르고 있을 거라고, 그래서 그녀에게 창피를 주고 싶다고 생각했던 걸까? 어쩌면 나는 그녀가 내 말을 듣고 그저 씩 웃어주기를 바랐던 걸까? 비열하게, 무언가를 업신여긴다는 듯이?

"아."

그녀의 반응은 그게 전부였다. 그녀는 웃지도 않았고, 깜짝 놀랐다거나 혹은 무언가를 확증받고 싶어한다는 듯한 느낌도 주지 않았다. 하지만 단조롭고 낮은 목소리에는 어떤 감정이 묵직하게 남아 있었다. 나는 그녀가 아무 말도 하지 않을까 봐 두려운 마음이 들었다. 잠시 후 그녀가 다시 입을 열었다.

"당연히 알고 있었지. 하지만 안타깝게도 너에게 뭔가를 얘기해줄 수는 없겠구나."

"왜요?"

"너가 나한테 처음에 거짓말을 했잖아? 그래서 너에겐 아무것도 알려줄 수가 없어. 그게 규칙이야."

그녀의 대답을 들었을 때, 나는 처음으로, 아주 명백하게 그녀를 상처 입히고 싶다는 생각을 했다. 그게 마치 내게 주어진 가장 급박한 임무인 것처럼. 그녀가 애초에 내 부탁을 들어주지 말았어야 했다고, 아무리 내가 애걸복걸했더라도 그래서는 안 됐다고, 따지고 보면 사고를 낸 건 명백하게 그녀의 실수이므로 어떤 수치든, 모욕감이든 그녀만 감당하면 되는 것이라고, 나는 생각했다. 지금 돌이켜보면 그건 참 이상한 일이었다. 초겨울의 차갑고 어두운 밤에, 교통사고—비록 경미하지만—후, 어딘지도 알 수 없는 산속 공동묘지 근처에 앉은 채로, 의지해야 하는 단 한 사람을 그토록 순식간에 미워할 수 있게 된다는 것이. 어둠에 대한 두려움이 그토록 순식간에 아무것도 아닌 게 되어버린다는 것이.

"우리 외숙모는 아줌마가 진짜로 예지몽을 꾼다면 그렇게 엉망으로 살지 않을 거라고 말했어요."

그녀는 한동안 아무 말도 하지 않았다. 그녀는 숨을 한 번 크게 들이마셨다가 잠시 동안 그 숨을 간직했다. 드디어 숨을 내뱉은 그녀가 말했다.

"그러언 사람들이 있어어."

나는 그녀의 말투에서 어느새 이죽거림이 완전히 사라졌다는 것을 깨달았다. 그녀는 마치 꿈을 꾸는 사람처럼, 공중으로 흩어져가는 것을 애써 낚아채려는 사람처럼 말하고 있었다. 나는 더 이상 그녀의 말에 대꾸하지 않겠다고 다짐했지만, 결국은 이렇게 물어볼 수밖에 없었다.

"어떤 사람이요?"

"특별하안 재능으 가진 사람으을 질투하느 사라암."

"우리 외숙모가요?"

"아아니 니네 외숙모가 그렇다느은 건 아니고오. 대부부은 사람들이 그래애. 나르을 두려워하거드은…….

"사람들이 아줌마를 두려워한다고요?"

"혹시이라도 너가아 죽으며언 니네에 엄마나아 아빠가 후회하알 거라느은 생각은 하지도오 마아. 너어가 그러케 되더어라도 니네 엄마라앙 아빠느은 너어를 결국엔 잊어버리이고 말 테니까아."

그녀의 말투는 완전히 뭉개져버렸다. 마치 모래성 주위를 살살 긁는 게임을 하다가 갑자기 모래성 전체를 무너뜨린 것처럼. 그녀가 나를 바라보았다. 여전히 무언가를 망설이는 사람처럼. 나는 덜컥 겁이 났다. 그녀가 갑자기 오른손으로 내 왼손을 꽉 잡았다. 그녀의 손은 너무 뜨거웠다.

"얘…… 너느은…… 아아프로…… 상상도오…… 하지이…… 못하한…… 그러언…… 삶으을…… 살…… 게…… 될 거어야…… 그러니까……."

갑자기 그녀의 몸이 짐짝 무너지듯 내 쪽으로 기울어졌다. 나는 너무 깜짝 놀라 숨도 제대로 쉴 수 없을 지경이었다. 겁에 질린 채로 주위를 둘러보았다. 그녀가 죽었을지도 모른다고 생각했지만 지금 돌이켜보면 내가 그 상황을 완전히 실감하지는 못했을 것이다. 하지만 내가 무엇을 실감했어야 하는 걸까? 그녀의 딱딱한 몸, 희미한 숨결, 습기를 품은 차가운 공기와 어디선가 들리는 정체를 알 수 없는 소리…… 내 손을 잡고 있던 그녀의 악력이 점점 약해졌다. 어느새 비구름은 완전히 사라져 있었고, 어두운 하늘에는 별이 하나둘씩 보이기 시작했다. 우주의 이치. 내 앞에 펼쳐진 수많은 묘지들. 문득 그런 생각이 들었다. 그녀가 죽으면 누가 그녀의 묘지를 만들어줄까? 누가 그녀의 시체를 가지고 갈까? 나는 내가 움직이기만 하면 그녀에게 끔찍하고 잔인한 일이 일어나기라도 할 것처럼, 마치 그게 전적으로 나의 권능에 달려 있는 양, 꼼짝하지 않기로 결정했다. 비과학적인 생각, 거짓말쟁이. 나는 그녀에게 거짓말을 했다. 엄마와 아빠가 교통사고로 죽었다고. 나는 그들이 어쨌든 어떤 의미에서는 죽은 거나 마찬가지라고 생각했다. 아, 하지만 이 얼마나 어리석은 생각인가? 그들은 죽지 않았는데. 엄마 아빠와 함께했던 마지막 몇 달은 엉망진창이었다. 대부분의 사람들은 이해하지 못하리라. 모든 것이 부스러지듯이 망가지던 시기와 엄마가 내게 "우리 공주님, 언제 어른이 될래?"라고 다정하게 말을 건네던 시기가 일치한다는 것을. 감당하기 어려울 정도의 증오와 믿을 수 없을 만큼의 사랑이 같은 공간을 차지할 수도 있다는 사실을. 그날 밤, 아빠는 코발트색 자동차 안에서 잠이 들었고, 잠옷 차림으로 따라 나간 엄마는 아빠를 깨워서 조수석으로 밀어 넣은 후 차를 출발시켰다. 그리고 얼마 가지 못하고 가로등을 들이받았다. 에어백 덕분에 크게 다친 사람은 없었지만, 그들은 그 일로 서로가 서로를 공격할 수도 있다는 사실을 깨달았다. 그건 마음과 관련된 문제가 아니었다. 신체와 관련된 문제였다. 서로에게 신체적인 위해를 끼치는 게 그렇게까지 어려운 일은 아니라는 것, 그건 한쪽 발로 자동차 액셀을 밟는 것만큼 이나 손쉬운 일이었다. 그들이 나를 외삼촌 집으로 보내기로 했을 때 나는 수치심을 느꼈다. 아직까지도 나를 놀라게 하는 건 내가 엄 마와 아빠가 차라리 죽은 거라면 좋겠다고 생각했다거나, 혹은 그녀 에게—즉 가족이 아닌 다른 사람에게—그들이 죽었다고 천연덕스 럽게 거짓말을 했던 것이 아니다. 지금도 나를 깜짝 놀라게 하는 건, 내가 엄마와 아빠의 장례식에 갔었다고 말했다는 사실이다.

어둠.

갑자기 어둠에 대한 나의 비정상적인 두려움이 되살아나는 것 같았다. 어둠 속에 도사리고 있는 사악한 기운이 금방이라도 나와 그녀를 공격—그리고 어렴풋이 나는 그 공격이 정신적인 것에 국한 되지 않는다고 생각했다—할 것만 같아서 몸이 덜덜 떨렸지만, 그 래도 나는 움직이지 않고 그 상황을 견디기로 했다. 그게 내가 그녀 를 위해, 그녀를 살아 있는 상태로 남게 하기 위해 할 수 있는 최선 의 일이라고 느꼈기 때문이었다. 전혀 몸을 움직이지 않았기 때문 에 내 손은 여전히 그녀의 반쯤 풀린 손 안에 있었다. 나는 눈을 감 은 채로—도대체 왜 이럴 때마다 우리는 눈을 감는 걸까?—엄마의 말을 떠올리기로 했다. 선택의 여지가 없었다. 지구 반대편의 사람 들은 지금 환한 햇빛 아래에서 점심도 먹고 공원에서 산책도 하고 있어. 곧이어 내 머릿속에서 그녀의 목소리가 들려왔다. 이죽거리는 목소리로. 근데 그게 무슨 소용이니. 너는 거기가 아니라 여기에 있 는데. 나는 소스라치게 놀랐다. 왜냐하면 그녀가 '우리'라고 말하지 않고 '너'라고 말했다는 사실을 새삼스럽게 깨달았기 때문에. 나는 눈을 떠야 할지 말아야 할지 모르겠다고 생각하며, 한쪽 어깨로 여전히 그녀의 묵직한 무게를 느끼고 있었다. 서서히 몸의 감각이 사라졌다. 차가운 공기 때문에 볼이 얼다 못해 불에 덴 듯 뜨거워지는 것 같은 기분을 느끼며, 하지만 여전히 눈을 감은 채로 나는 거의 흐느꼈다. 그러면서도 나는 그녀의 손이 내 손을 놓치지 않기를 간절하게 바랐다. 무언가가 다가오는 느낌이 들었다. 부스럭거리는 소리, 감은 눈 속으로 비쳐 들어오는 환한 빛. 죽은 사람들이 다가오는 걸까? 눈을 뜨자, 내 앞에는 휴대용 랜턴을 든 경찰들이 서 있었다.

"얘, 괜찮니?"

그들이 내 얼굴에 랜턴을 비추었다. 여전히 내 손은 그녀의 손 안에 있었다. 나는 거의 소리를 지르듯이 말했는데, 지금 돌이켜보면, 그건 한 치의 거짓도 섞이지 않은 완전한 진실이었다. 우연히 발설되고야 만 진실.

"길을 잃었어요!"

부모님은 그 사실을 아주 나중에 알게 되었다. 나는 고등학교 2학년 때부터 엄마와 함께 살기 시작했고, 엄마는 입버릇처럼 이렇게 말하곤 했다. "나는 결혼이랑은 잘 맞지 않았어. 알잖아, 여자들이 결혼하면 어떻게 되는지. 너는 절대로 결혼하지 마." 하지만 엄마는 내가 대학교에 입학하던 해에 재혼을 하겠다고 통보했다. 나는 아빠와 엄마에게 그냥 혼자 살고 싶다고 말한 후 이렇게 덧붙였다.

"제가 납치당한 적이 있다는 걸 알고 있어요?" 그때가 바로 내가 그 일을 처음으로 입에 올린 순간이었다. 외삼촌과 외숙모는 나를 발견한 초기를 제외하면 그 일을 언급한 적이 거의 없었는데, 마치 그들은 그런 일이 일어난 적이 없던 것처럼 굴었다. 그 이야기 속에서—그 당시 마을 어른들이 떠들어댔던 것처럼—나는 속임수에 넘어간 가련한 아이였고, 그녀는 말 그대로 미친 여자였다. 아빠는 자신이 그런 일을 알지 못했다는 걸 창피하게 여겼고, 엄마는 외숙모가 그 이야기를 전달해주지 않은 걸 못마땅하게 생각했다. 마치 나와 자신 사이에 생긴 미묘한 긴장감이 외숙모 탓이라도 된다는 듯이. 최근에 엄마는 이렇게 말했다. "난 정말 몰랐어. 내가 왜 그런 이야기를 안 해줬냐고 물었더니 니네 외숙모 말로는 너가 진짜 이상할 정도로 멀쩡했다는 거야." 어쨌거나 외숙모가 엄마에게 한 말은 사실이었다. 나는 뼈가 부러지지도 않았고, 약간의 타박상과 미열이 있었을 뿐이었다. 그다음 날, 나를 진찰해준 의사는 별 상처가 없다고, 외숙모가 아이를 너무 과잉보호한다고, 호들갑을 떤다는 식으로 말했고, 외숙모는 완전히 폭발하고 말았다. "얘가 어떤 일을 **당했는지** 아세요?" 의사는 이런 보호자는 징그러울 만큼 많이 봐왔다는 듯이 태연하게 대답했다. "모르겠는데요." 하지만 결국 의사는 내가 어떤 일을 '당했는지' 알게 되었고, 외숙모에게 정중하게 사과했다. 외숙모는 기어코 나를 입원시켰다.

퇴원하기 사흘 전쯤에, 선생은 같은 반 아이들을 몇 명 데리고 병실을 찾아왔다. 선생은 드디어 '병'이라는 단어를 사용했으리라.

"그 애는 병에 걸렸어요. 문병을 가야 해요." 반 아이들 중 몇 명은 편지를 써 왔고 누군가는 자신이 직접 만든 것이라면서 털실로 만든 열쇠고리를 선물로 주었다. 그 애들 중 영예은은 없었다.

"고마워."

애들은 내 목소리를 듣고 슬며시 웃었다. 업신여기거나 얕잡아 보는 웃음이 아니라, 천진하게 나를 용인하는 듯한 웃음. 나는 나중에 그게 선생의 작품이라는 것과 그 애들이 그렇게 웃음 지었을 때 가장 기뻐했을 사람도 뒤에서 우리를 지켜보던 선생 자신이라는 사실을 알게 됐다. 그리고 이제 나도 그 애들의 세계로 흘러가게 되리라는 것을 깨달았다. 함께 고무줄놀이를 하고, 다투고, 질투하고, 눈물을 흘리고, 억지를 부리는 세계로.

영예은이 찾아온 건 이틀 후였다. 그 애는 외숙모에게 잠깐만 나가주시면 안 되겠느냐고, 나와 단둘이 이야기를 하고 싶다고 말했다. 외숙모는 별일도 다 있다는 듯이 못마땅한 표정을 지었지만, 결국은 그 애가 원하는 대로 해주었다.

"난 선생님이 시켜서 온 거야. 선생님한테 내가 왔었다고 말해줄 거야?"

나는 이불을 목 부근까지 끌어당기고, 링거액이 투약되고 있는 팔이 영예은에게 잘 보이도록 한 후 애매모호하게 대답했다.

"글쎄."

영예은은 아마도 내가 말을 한다는 사실은 이미 알았겠지만, 그래도 좀 놀랐다는 듯이 나를 바라보았다.

"그럼 선생님한테 내가 병문안을 안 왔었다고 말할 거야?"

"모르겠어."

"너 정말 못됐다. 완전 못돼 처먹었어. 여기까지 오는 게 얼마나 어려운 일이었는지 알아?"

나는 이불로 얼굴을 덮었다. 잠시 후 내가 이불을 내렸을 때 영예은은 여전히 거기, 내 침대 앞에 앉아 있었다. 나는 다시 이불로 얼굴을 덮었다. 그래도 나는 그녀가 내게 못됐다고 말해주었기 때문에 약간은 속 시원한 느낌이 들었다.

"너 알아? 내가 너 때문에 얼마나 슬픈 일을 당했는지? 너가 전학을 오기 전에 난 내 짝이랑 잘 사귀는 중이었는데, 너랑 짝이 되면서 개랑 헤어졌어. 알겠어? 아웃 오브 사이트, 아웃 오브 마인드! 알아듣겠냐고!"

나는 이불을 슬쩍 내리고 영예은을 바라보았다. 자신의 불이익, 고통을 주장하는 그 애의 목소리는 자신만만했지만, 나와 눈이 마주치고, 내 이마의 꿰맨 흔적을 보자 그 애는 약간 양심의 가책을 느끼는 것 같았다. 그 애는 결국 패배를 인정한다는 듯이, 들릴락 말락 한 목소리로 말했다.

"미안하다."

그녀의 그 말을 듣자, 이상하게도 갑자기 눈물이 났다. 눈물을 흘린다는 사실을 숨기고 싶은 기분조차 들지 않았다. 얼굴을 타고 내려간 눈물이 내 목을 적셨다. 눈물은 그치지 않았고, 배꼽 근처에서 뜨거운 무언가가 부글부글 끓어올라서 가슴속을 헤집어놓는 것 같았다. 누군가의 뺨을 때리고 싶다는 생각이 들었다. 나는 울면서 그 애에게 말했다.

"괜찮아, 너는 앞으로 상상도 하지 못한 그런 삶을 살게 될 거야."

영예은은 얼떨떨하지만, 무언가 아주 무서운 말을 들은 사람처럼 한동안 나를 내려보았다.

외삼촌은 말년에 당뇨병으로 고통받다가 얼마 전에 합병증으로 돌아가셨다. 외숙모는 그게 전쟁에 참전해 얻은 병 중의 하나라고 말했다. "그래도 너네 외삼촌은 참전했던 걸 후회한 적이 없다니까." 그건 사실이었다. 내가 그 집에 사는 동안 외삼촌에게 가장 많이 들었던 말은 이것이었다. "너네들—외삼촌은 이 말을 할 때마다 언제나 복수형을 사용했다—은 그때 베트남에서 무슨 일이 있었는지 모른다 아이가. 내는 거기서 너네들은 상상도 못 할 것들을 맨날 봤다. 그래서 그걸 후회하느냐고? 아니다, 내는 내가 그런 일을 겪었다는 걸 다행이라고 생각한다. 내는 진짜 무서운 게 뭔지 아니까. 그런 시절이 없었으면 내 인생은 아무것도 아니었을 거다." 그 집을 떠난 이후로 나는 외숙모와 가끔 연락을 했는데, 통화를 할 때마다 외숙모가 전화를 끊으려고 하지 않아서 애를 먹곤 했다. 외숙모는 외사촌과 몇 년 전부터 왕래를 시작했다. 외숙모의 말에 의하면 외사촌은 이미 결혼을 해서 아들이 두 명이나 있다고 했다. "고아도 아니고 무슨 결혼을 그렇게 한다니?" 그래도 손자들을 보는 건 좋은 일이라고 했다. "니네 외삼촌은 아직도 아들이랑은 말을 안 해. 손자들만 가뭄에 콩 나듯 만나는 거지 뭐." 외삼촌은 죽기 직전에 자신들이 살던 아파트를 아들에게 상속했다. 외숙모는 계속 그곳에 거주할 예정이지만 미리 상속을 한 게 잘한 짓인지는 모르겠다고 했다. 나는 그 이야기를 장례식장에서 들었다. "네 외삼촌은 나한테 한마디 상의도 없이 그렇게 한 거야. 아들 없는 셈 치고 살겠다고 큰소리칠 때는 언제고." 그리고 외사촌은 군말 없이 외삼촌의 결정에 따랐다고 했다.

나는 장례식장에서 외사촌을 처음 만났다. 외삼촌이 늘 했던 말—내 자식이라도 절대 용서하지 않겠다던—이 떠올랐다. 나는 외사촌이 자신의 아버지에 대해 어떻게 생각하고 있는지 궁금했지만 그런 걸 물을 만큼의 배포는 없었다. 결국 나는 그에게 이렇게 말했다.

"외삼촌이 돌아가셔서 슬프시겠어요."

그러자 그는 내가 마치 무척 큰 결례를 저지르기라도 한 것처럼 한동안 나를 바라보았다.

"가족이니까 그런 거야. 넌 우리 가족이 아니니까 잘 모르겠지."

가족이 아니니까.

요즘도 나는 문득 한밤중에 잠에서 깰 때가 있다. 더 이상 어둠을 무서워하지는 않지만, 여전히 어리둥절한 기분으로 이렇게 생각할 때는 있다. 여기가 어디지? 시간이 좀 지나면 나는 내가 어디에 있는지 정확하게 알아차리게 된다. 돌이킬 수 없는 실수나 후회가 떠오를 때도 있다. 하지만 아침이 되면 그런 것들은 깡그리 잊어버리게 되리라. 마치 어떤 잘못이나 실수도 저지르지 않은 사람처럼.

지금 이 글을 쓰는 동안, 나는 약간 참담한 기분이 든다. 내가 그 시절의 일에 대해 그녀의 입장에서는 단 한 번도 생각해본 적이 없다는 사실이 떠올랐기 때문이다. 우리가 함께 길을 떠났던 날 밤, 그녀 역시 갈팡질팡했고 두려웠지만 자존심을 세우고 있었을 가능성 같은 것에 대해. 그녀 역시 자신이 무엇을 하고 있는지 전혀 알지 못했을 가능성에 대해. 아, 하지만 이 순간에도 나는 여전히 그런 식으로는 생각하고 싶지가 않다. 엄마와 아빠에게 내가 납치 '당했었다' 는 이야기를 한 후, 나는 내가 불리한 상황에 놓여 있다고 느낄 때면 언제 어디서든 거리낌 없이 그 이야기를 꺼내곤 했다. 부모님에게 말한 버전대로. 그러면 얼마간은 내가 원하는 대로 상황이 돌아갔다. 그러니까, 지금 이 세상에 그 시절의 일에 대해 제대로 알고 있는 사람은 그녀와 나밖에 없는 셈이다. 문득 그런 궁금증이 든다. 그녀는 지금 어디에서 누구에게 그 시절의 일에 대해 뭐라고 말을 하고 있을까?

외삼촌의 장례식에 다녀온 후 나는 그동안 잊고 있던 그녀와 관련된 기억들을 우후죽순처럼 떠올리게 되었는데—그게 바로 내가 지금 이 글을 쓰고 있는 이유 중의 하나다—그중에는 어떻게 그런 걸 잊어버릴 수 있었을까 싶은 것도 있다. 이를테면 이런 것. 그때, 그녀는 경찰에게 나를 집으로 돌려보낼 생각이었다고, 그저 나에게 멀리 떠나고 있는 것 같은 착각을 주려고 했을 뿐이라고 말했다. 물론 이건 그 당시 외숙모에게 전해들은 것이었고 나는 그 후로 그녀를 만나지 못했다. 그녀는 그 일이 있은 후 동네를 떠났다. 외숙모네 식탁에서 그녀가 화제에 오르는 일도 점차로 사라졌고 종내에는 아무도 그녀에 대한 이야기를 꺼내지 않게 되었다. 그때 나는 외숙모가 자신의 비밀을 알고 있는 유일한 사람이 동네를 떠나서 홀가분해한다고 느꼈다. "너 때문이 아니야. 그런 사람들은 한곳에 정착할 수가 없어." 너 때문이 아니야. 아마도 그 당시의 나를 상처 입힌 말은 바로 그것이었을 것이다.

물론 그녀와 나 사이에 있었던 자질구레한 일들도 떠올랐다. 어떻게 보면 여태까지 기억하고 있는 게 오히려 이상한 일들. 그중 하나는 이것이다. 그녀를 두 번째로 찾아간 날—외숙모와 외삼촌이 싸운 다음날—나는 가게 뒷방에 앉아서 과자를 먹으며 새로 생기는 아파트에 대해 이야기했었다. "화장실이 두 개래요." 그녀는 이죽거리며 대답한다. "내가 그런 걸 모를 것 같아?" 그리고 이렇게 덧붙인다. "화장실이 왜 두 개씩이나 필요한 거야? 가족이면 같은 변기를 사용해야지." 나는 '변기'라는 단어를 듣고 웃음이 터진다. 엄마와 아빠는 '변기'라는 단어를 사용한 적이 없었다. 엄마와 아빠는 언제나 '양변기'라는 단어를 사용했다. 거기서 고작 한 글자를 뺐을 뿐인데, 객관적인 용도를 설명하는 단어가 무언가 지저분하고 오염된 것, 우스꽝스러운 것으로 전락해버린 것 같았다. 그녀가 놀랍다는 듯이 내게 말한다. "너 그렇게 웃을 줄도 아는구나." 그러고 나서 그녀는 '변기'라는 단어를 몇 번이나 반복한다. 변기, 변기, 변기……지저분하고 오염된 것, 우스꽝스러운 느낌도 점점 퇴색되고 아무런 특색도 지니지 못한 것이 되어버려서 더 이상 내가 웃지 않을 때까지, 그녀는 경솔하고 무자비하게 그 단어를 반복한다. 기어코 그 단어에 거대한 구멍이 뚫리고 텅 비어버려서 우리 모두—나, 그, 그녀, 그리고 당신들 모두—가 그녀를 외면하고 눈을 감아버리게 될 때까지.

품위 있는 삶, 110세 보험

정소현

1975년 서울에서 태어났다. 2008년 문화일보 신춘문예에 단편 〈양장 제
본서 전기〉가 당선되며 문단에 나왔다. 소설집 《실수하는 인간》을 출간했
다. 문학동네젊은작가상을 2회 받았고 김준성문학상을 수상했다. 홍익대
예술학과와 서울예대 문예창작과를 졸업했다.

80_2054. 10.

　'품위 있는 삶 - 110세 보험'을 추천합니다. 집에서 편안하게 노후를 보내고 집에서 죽음을 맞을 수 있는 보험. 어쩌면 지금은 없어진 상품일지도 모르지만, 누군가가 권유하면 묻지도 따지지도 말고 꼭 가입하세요.

　제가 이 보험에 가입했던 삼십 년 전만 해도 이것이 제 인생에 어떤 역할을 할지 상상도 하지 못했습니다. 일반 회사원의 급여 정도 되는 납입금을 퇴직하기까지 이십 년간 매달 냈습니다. 저는 전문의가 여덟 명 정도 되는 여성전문병원의 대표 원장이었고, 돈을 쓸 시간도, 무언가를 깊이 생각할 시간도 없이 바빴기에 쉽게 가입할 수 있었어요. 그러면서도 한편으로는 이런 비싼 보험상품이 훗날 제 기능을 하게 될 것인지 반신반의했지요. 80년대 초, 제가 국민

학교에 입학했을 때 어머니가 교육보험을 들었더랬죠. 대학 등록금까진 문제없다고 생각했는데 고등학교 입학금을 내고 나니 더 이상 받을 돈이 없었다는 이야기를 귀에 못이 박히도록 들었기 때문에 보험을 신뢰하지 않았습니다.

게다가 저는 사십대까지만 해도 노후에 대해 심각하게 생각해본 적이 없었습니다. 많은 일들이 있었고, 너무나 바쁜 날들이었으니까요. 오십대에 들어서야 노후를 걱정하기 시작했습니다. 노후의 생활, 건강, 고독, 걱정되지 않는 것이 없을 정도였습니다. 휴식시간이나 수면시간처럼 아무 일도 없는 때에는 문득문득 늙어가고 있다는 생각에 견딜 수가 없었습니다. 그동안 노인복지를 위한 여러 가지 국가정책이 나왔고, 그중 몇 가지는 시행되기도 했지만 그것만을 믿고 늙을 수는 없었어요. 출산을 국가에서 무료로 지원해주는데도 제 병원에서 운영한 브이아이피 클리닉으로 산모들이 몰려들었던 것처럼, 아무리 국가에서 정책적으로 지원을 해주어도 더 필요한 것이 분명히 있을 거라고 생각했어요. 사실 국가정책이야 정권 바뀌면 회까닥회까닥 하는 거 아닙니까. 저는 자식도 남편도 의지할 만한 사람도 없었으니 믿을 건 돈 말고는 없었습니다. 듣기 거북할 줄 알지만, 뭐 그래요, 그게 사실이니까요. 최대한 비싼 것으로 가입하면 최악의 상황이 온다 해도 최소한의 보장은 해줄 거라 믿었어요. 속는 셈 치고 가입해, 나가는 줄도 모르게 자동이체되던 그 보험은 부지불식간에 만기가 되었고, 제가 만 70세가 된 달부터 보장이 시작되었습니다.

매일 아침 요리사가 제집으로 방문해 제 입맛에 맞고 영양이 풍부한 두 끼 식사와 간식을 준비해주고 돌아갔습니다. 늘 진료실에서 김밥으로 끼니를 때우던 저에게 엄청난 선물처럼 느껴지는 음식이었습니다. 가끔씩은 보험사에서 마련한 브런치 모임에 초대되어 명사와 함께 시간을 보내기도 했고, 브이아이피를 위한 디너 모임에 초대되어 한때 대단했지만 지금은 그냥 노인인 사람들과 교류를 하곤 했습니다. 그 솜씨 좋은 요리사가 십 년도 더 지난 지금까지 오고 있으니 저는 축복받은 사람입니다. 모임의 초대장은 조금 뜸하게 오는데, 늙었다고 이것들이 홀대하나 싶다가도 막상 받고 나면 가고 싶은 마음이 사라집니다. 자기 할 말만 하고 남의 이야기를 도통 들으려고 하지 않는 또래들과 이야기를 하다 보면 딱 치매에 걸릴 것 같은 기분이라 차라리 걷기 운동을 더 하는 게 낫습니다. 처음 몇 년간 제일 좋았던 것이 솜씨 좋은 요리사의 다채로운 음식을 먹고 사람들을 만나는 것이었다면, 그 이후부터 지금까지 쭉 제가 가장 좋아하는 것은 운동과 산책입니다.

　　퍼스널 트레이너가 제 연령에 맞는 프로그램을 짜주고, 저는 그것을 열심히 따라 했습니다. 요가, 수영, 아쿠아로빅, 사교댄스 등 안 해본 것이 없을 정도였어요. 그러다 보니 운동을 할 시간이 없었던 젊은 시절보다 더 건강해지는 것 같았지요. 운동이 끝나면 매일 한 시간씩 공원을 산책했고, 스파에 들러 목욕을 하고 마사지를 받은 뒤 귀가하면 집 안이 아주 말끔히 정돈되어 있었습니다. 이부자리와 베개 커버는 다림질한 것처럼 주름 하나 없는 새것으로 교체

되어 있고 바닥과 가구는 먼지 한 점 없이 깨끗하고, 욕실과 싱크대는 물기 하나 없이 보송보송했어요. 일하던 시절에는 상상도 못 해본 풍경입니다. 먼지 공이 굴러다니고, 욕실 타일에는 거뭇한 곰팡이가 슬어 있고, 맥주캔이 가득한 싱크대가 있던 그곳이 바로 이 집이라니, AI의 능력에 기대고 있는 이 시대에 인간 고유의 노동이 얼마나 고귀한 능력인지 감탄할 수밖에 없습니다. 저는 가끔 화장대위에 감사의 편지를 써놓고 외출을 했고, 하우스 헬퍼는 아주 다정한 답장을 남겨놓고 돌아갔습니다. 이런 다정한 응대까지 보험상품에 들어 있었는지 기억이 잘 나지 않는데, 가끔은 궁금해서 찾아보고 싶기도 하지만 보험을 가입한 것이 워낙 오래전 일이라 보험증권을 어디에 두었는지 가물가물해 찾아보기도 힘드네요.

80세가 되니 보장이 추가되어 목욕관리사가 매일 저녁 방문합니다. 가입할 때 꼼꼼히 봤는데도 이런 항목이 있었는지 기억이 나지 않지만, 80세 특약이라는 게 있었던 것 같긴 해요. 관리사는 늘 귀 뒤를 닦아주며, 여기를 잘 닦아야 노인 냄새가 나지 않아요, 라고 이야기해주었습니다. 그래서 그런 건지 아무것도 하지 않을 때 물티슈로 귀 뒤를 닦는 습관이 생겼는데, 피부가 너무 건조해 벗겨질 지경이 되었습니다. 관리사는 매일 스위트 아몬드 오일에 잉글리시 라벤더와 마저럼, 캐모마일 오일을 섞어 아로마 마사지를 해주고 있기 때문에 몸냄새를 걱정하지 않아도 된다고 말해주었습니다. 그 말을 들으니 제 아버지의 가령취가 기억났습니다. 깔끔했던 아버지에게서 갑자기 풍기기 시작한 냄새는 그분의 온 인생을 뒤덮어버렸습니다. 그때 이런 보험이 하나쯤 있었더라면, 이 감동적인 서비스를 받았더라면 노후가 그렇게 비참하지만은 않았을 겁니다.

아버지와 어머니를 보며 늙는 것이 너무 비참하고 슬픈 일이라고 생각했지만, 막상 저에게 닥쳐오니 다른 생각이 듭디다. 이렇게 아무 일 하지 않고 조용히 혼자 있을 수 있는 시간이 올 줄은 몰랐습니다. 불안과 고독 때문에 야간진료와 응급 분만을 도맡아 했던 날들, 밤마다 회진을 돌고 보조 침대에서 쪽잠을 잤던 날들, 선생님은 언제 밥을 먹고 자느냐는 물음에 웃음으로 대답했던 날들을 생각하면 지금은 천국과도 같습니다. 게다가 이제는 누군가와 깊이 교류해 피곤해질 일도 없고, 제가 책임져야 할 일도 사람도 없습니다. 느슨한 계획 아래 여전히 어제와 같은 일상이 흘러가고, 하고 싶은 일들을 마음껏 할 수 있으므로 더는 부족한 것이 없습니다. 일어나 팔을 뻗어 커튼을 열고, 혼자 몸을 일으켜 주방으로 걸어가 에스프레소를 한 잔 마실 수 있는 힘이 여전히 남아 있는 것만으로도 행복합니다. 해가 뜨면 세상은 밝아지고, 산의 푸름은 여전하며, 공기는 숨을 쉴 수 있을 만큼 맑습니다. 이런 사소한 것에 행복을 느낄 수 있다는 게 놀라워요.

가장 좋은 것은 이제 더 이상 걱정해야 할 노후가 없다는 겁니다. 늙는 일 뒤에는 더 늙는 일이 기다리고 있고, 병과 죽음이 잇따라 찾아오겠지만, 마지막까지 보험사에서 도와줄 거라 생각하면 나름 버틸 만합니다. 몸이 불편한 다른 노인들처럼 국가에서 무상으로 지원해주는 실버타운에 들어가 낯선 사람들 틈바구니에서 불편해하지 않아도 되고, 노인 병동에 누워 생을 마감하지 않아도 된다니 안심입니다. 죽으면 다 끝이라지만 죽기 전까지는 내가 좋을 대로 하고 싶어요. 집을 떠나 낯선 곳에서 살다가 죽고 싶지는 않습니다. 내 집에서 살다가 내 집에서 죽는 것, 그때까지 품위를 잃지 않는 것이 저의 희망입니다.

저는 노인이 되고서야 삶이 행복하다는 것을 알아버린 바보입니다. 그게 보험 덕택인지, 늙으면 다 그렇게 되는 건지 모르겠지만, 어쨌건 저는 오래오래 살아 이 행복을 누릴 거예요. 그러니까, 저는 이 보험의 계약을 유지합니다. 돈도 다 냈는데 안 할 이유가 없지요. 쓸데없이 이런 걸 왜 자꾸 해야 하는지 참 나. 당연히 누구의 강요에 의한 것이 아니고 제 의지로 진술한 겁니다. 제가 좀 늙었어도 누가 시켰다고 하고 말고 하는 사람이 아닙니다.

84_2058. 4._(1주)

길에서 아들을 봤습니다. 미술품 경매에서 젊은 화가의 그림을 최고가에 낙찰받고 오던 길이었는지, 아니면 내가 요즘 보고 있는 드라마 촬영장에 밥차를 보내고 배우들과 사진을 찍고 오던 길이었는지, 요즘 좀 깜빡깜빡하는 데다 충격이 워낙 커서 그런지 조금 헷갈리지만, 어쨌거나 돈을 좀 쓰고 오는 길이었습니다. 그런 날이면 살아 있는 느낌이 든다고 해야 하나, 아니 평소에도 살아 있는 느낌이 드는 요즘이니까 더, 더, 더 살아 있는 느낌이 들곤 합니다.

나도 알아요. 내가 산 그림을 그린 젊은 작가는 별 가망이 없다는 걸요. 하지만 그런 작가라도 인생에 한 번 주목을 받지 말라는 법은 없잖아요. 장욱진 화백의 작품보다 더 높은 가격에 낙찰된 신인 작가의 작품이라니. 누군가는 그 이유가 무엇인지 설명하려 할 테고, 누군가는 구입자의 좋지 않은 안목과 돈지랄에 혀를 찰 테고, 또 누군가는 이것이 마치 노인이 일으킨 사회문제인 것처럼 분석하려고 하겠죠. 생기 없이 조용하던 옥션이 꿈틀거리고 웅성웅성 시끄러워지는 것을 보면 오히려 내가 살아나는 것 같아서 하는 일인데, 너무 진지하게들 생각하는 것 같아요. 그림이 배송되어 벽에 걸릴 때면 뭐 저런 걸 그 돈을 주고 샀나 하는 생각이 들기도 하지만, 그래도 실물이 손에 남는다는 점에선 꽤나 괜찮은 일입니다. 그렇다고 드라마 현장에 밥차를 보내거나 종방연을 후원하는 것이 허무하다는 말은 아닙니다. 밥차를 보내는 사람이 한둘이 아니겠지만 팔십 넘은 노인은 나 하나일 것이고, 또 주연도 아닌 주인공의 친구나 적으로 등장하는 조연 배우의 팬이 보내는 경우는 아주 드물 테지요. 내가 좋아하는 삼십대 배우는 이제 날 알아보고 알은체를 하고 식사를 대접하고 싶어 하지만, 그를 개인적으로 알고 지내고 싶지는 않습니다. 그냥 그의 사진이 인쇄된 현수막이 걸린 밥차가 촬영장에 도착했을 때 미묘하게 당당해지고 생기를 찾는 그의 표정이 좋아서 하는 일일 뿐입니다. 주연배우가 되기에는 연기도 외모도 어딘가 조금 부족한 우리 배우님의 황금기는 지금일지 모릅니다. 황금기를 지나고 있는 그와 같은 시대를 사는 것이 좋습니다. 몇 안 되는 팬들이 그를 부를 때 수줍어하는 모습도 좋습니다. 배우의 젊은 팬들이 나를 큰언니라고 부르는 것도 좋습니다. 언젠가 날 어머니라고 부른 삼십대 여자애에게 소리를 빽 질러서 다들 그렇게 부르는 거라던데, 기억은 안 나지만 어쨌거나 언니라는 말은 참 듣기 좋습니다. 손녀뻘의 팬들과 한바탕 시끄럽게 있다 보면, 이거 이거, 살아도 너무 살아 있는 거 아닌가, 오늘은 그만 살자 하는 기분이 들 정도였습니다. 팬들끼리 장소를 옮길 때면 나는 집으로 향합니다. 그쯤 되면 나도 많은 사람들과 있는 것이 힘들어져 얼른 집에 돌아가 혼자 있고 싶어집니다.

전동 휠체어를 타고, 봄에 새로 구입한 구찌 선글라스를 쓰고 몇 년 전 구입한 에르메스 220주년 한정판 스카프를 휘날리며 집으로 돌아오는 길이었습니다. 조금 더 젊었더라면 할리데이비슨을 탔을 텐데, 몸이 가뿐하고 모든 관절이 편안했던 그때는 그 즐거움을 몰랐습니다. 젊은 몸으로 진료실 의자에 종일 앉아 있거나 운동을 한답시고 계단이나 오르내리며 창밖의 풍경을 보던 시간을 생각하면 마음이 갑갑합니다. 그런 삶이 정답이라고 생각하며 꾸역꾸역 견디던 내 등짝을 한 대 때려주고 싶을 정도입니다. 작년 겨울 인공관절 수술을 하고 보험사에서 받은 전동 휠체어는 우리나라에 열 대 정도 있는 귀한 물건입니다. 음성으로 작동되는 데다 자동차처럼 사용할 수 있어서 바이크보다 멋져 보이기도 합니다. 나는 외부와 차단되는 게 싫어 그냥 휠체어로 사용합니다. 그래야 내가 지나갈 때 손을 흔드는 젊은 애들을 볼 수 있습니다. 그들이 몰래 사진을 찍는 것 같기도 하고, 그 사진이 인터넷 어딘가를 떠돌아다닐지도 모르지만, 그것도 나쁘지 않습니다. 예전 같았으면 사진 찍힐 일도 없었을 거고, 그런 상황에서 가만히 있지도 않았겠죠. 어차피 내 얼굴은 나도 못 알아볼 정도로 늙었고, 하루하루 더 늙어가고 있고, 언젠가는 사라질 얼굴입니다. 그나마 오늘이 가장 젊은 얼굴일 테니 사진을 찍어두어도 괜찮을 것 같습니다. 젊었을 때 사진 찍히는 것을 유난스럽게 싫어했던 걸 후회하고 있습니다. 지나가는 얼굴들을 잡아두는 방법이 사진뿐이라는 것을 왜 몰랐을까요. 아니요, 고집불통인 나는 그걸 알고도 그랬던 겁니다. 그 모든 얼굴들, 나와 내가 기억하는 사람들의 얼굴은 내 머릿속에만 남아 있습니다. 내가 죽으면 사라질 것들이죠. 그래도 아직은 머릿속에 모두 남아 있으니 다행입니다. 그런데 신기하게도 오래전의 얼굴들이 더 생생합니다. 아들의 나이든 얼굴은 가물가물한데, 어린 시절 얼굴은 손에 잡힐 것처럼 또렷하거든요.

어쨌건 다시 돌아와서 아들 이야기를 하자면, 제길, 그 나쁜 녀석은 제 자식도 내팽개치고 에미가 걱정하든, 늙든 병들든 관심도 없는지 오랜 세월 잠적했던 후레자식입니다. 나는 그 애가 죽었을지도 모른다고 생각했지만, 어딘가 살아 있다면 결국 만날 거라고 생각했어요. 그런데 이렇게 가까운 곳에 있으면서 왜 연락도 하지 않았는지 원망스러웠습니다. 긴 세월이 지났지만 아주 멀리에서도 녀석의 얼굴을 알아볼 수 있었습니다. 머리숱이 적어져 나이가 들어보이긴 했지만, 허연 얼굴에 살이 좀 붙은 걸 보니 어디 가서 굶지는 않은 모양이었습니다. 그 애는 말끔한 양복 차림에 스니커즈를 신고 젊은 남녀 여럿과 함께 걸어가고 있었습니다. 그런데 어라, 옆에 손자 하준이도 있더군요. 하준이는 직장에 있을 시간인데, 거기 왜 있었던 건지 모르겠어요. 게다가 제 아빠에 대해서 한마디도 한 적이 없었는데 어찌된 일이었을까요. 어쩌면 아들은 늙어가는 내가 부담스러워 내 앞에서만 잠적했던 게 아닐까요? 나이가 들어 아둔해진 나는 이제 겨우 그것을 눈치챈 거고요. 휴, 좀 차분히 생각해보니 어쩌면 그때 둘이 오랜만에 만났을 수도 있겠네요. 나는 의문과 배신감에 사로잡혀 홀린 듯 그들을 따라갔어요. 아들의 이름을 부르려고 하는데 목이 콱 막힌 것처럼 아무 말도 나오지 않았고, 그전에 이미 머릿속도 콱 틀어막혀 부를 이름도 생각나지 않았어요. 애가 민기였나, 지후였나, 창민, 승훈, 시우, 현재, 명식이였나. 내가 알고 있는 남자들의 이름이 한꺼번에 떠올랐어요. 그중의 하나는 내 아들일 거고, 하나는 남편, 또 하나는 아버지, 아니면 내가 좋아했다가 사소한 이유로 싫어하게 된 연예인일 수도 있겠지요. 아니면 제 멱살을 잡았던 산모의 남편이거나, 사교 모임에서 만난 노인의 가슴팍에 달려 있었던 이름일지도 모릅니다.

걸음걸이도 아들, 신발 뒤꿈치도 아들, 손가락도 아들, 내 아들이 맞는데도 불러지지가 않아 계속 따라갈 수밖에 없었습니다. 오가는 사람들이 많아 속도를 낼 수도 없어서 여차하면 놓칠까 봐 정신을 바짝 차리고 뒤따랐어요. 마지막 아기를 받았을 때도 그렇게 정신을 바짝 차리진 못했던 것 같아요. 내 실수로 그 가녀린 쇄골이 부러졌던 것을 생각하면 60대 후반부터 이미 정신이 가물가물했던 것 같기도 합니다. 그럼요, 나는 알츠하이머 환자였던 아버지의 딸이니까요. 아들은 내 아버지와 나는 다르다고 했어요. 노인이 되면 누구나 조금씩 깜빡깜빡하는 거고, 돌아가신 아버지가 알츠하이머였다는 것을 기억하고 있는 걸 보면 젊은 사람 못지않다고 위로했어요. 아들의 말을 다 믿진 않았지만 그래도 위로가 되곤 했습니다. 내 아들은 그렇게 다정하고 사려 깊은 아이였어요. 퇴직한 나를 매일 찾아와 시간을 함께 보내주던 그 애가 갑자기 잠적할 거라고 단 한 번도 상상해본 적이 없었습니다. 아들은 외국 오지로 의료봉사를 잠깐 다녀온다고 했어요. 와, 어쩌면 내 정신이 온전치 못한 게 아닐까요. 생각해보니 아들도 의사였네요. 아버지도 남편도 아들도 모두 의사라니, 날 의사로 만들기 위해 잠도 재우지 않았던 어머니는 이 사실을 알면 얼마나 좋아했을까요. 어머니에게 생색을 좀 냈어야 했는데, 아쉽게도 내가 결혼도 하기 전에 돌아가셨네요.

　아들과 손자는 다른 사람들과 함께 큰 빌딩으로 들어갔습니다. 공교롭게도 우리 보험 본사 건물이었고 나도 여러 번 가본 적이 있는 곳이었죠. 아들이 통과한 게이트로 따라 들어가려고 하자 보안 로봇이 막아서더군요. 이곳은 휠체어가 들어갈 수 없는 게이트라며 몇 번으로 돌아가라고 한 소리 또 하고, 한 소리 또 하고, 그러는 동안 애들은 이미 안쪽으로 사라졌어요. 로봇이란 녀석들은 융통성도 없고 예의도 없는 것들이에요. 세상에서 일찍이 사라졌어야 할 것들이 싸다는 이유로 활보하며 이래라저래라 하는 것을 보면 말세가 사십 년 먼저 닥쳐왔다는 생각이 듭니다. 내가 전동 휠체어를 타지 않은 조그만 노인네였다면 겁이 났겠지만, 지금은 두려울 것이 없어요. 여차하면 요 버르장머리 없는 깡통을 향해 전속력으로 돌진해버리면 그만입니다. 그래도 내가 그 정도로 막돼먹진 않아서 소리를 지르는 것으로 갈음했습니다. 로봇이 아니라 렌즈 너머에서 보고 있을 직원에게 말이에요.

"장애인을 차별하는 거냐, 노인을 차별하는 거냐, 여자를 차별하는 거냐. 내려서 걸어 들어가면 뭐라고 하는지 지켜볼 거다."

좌석의 높이를 바닥 높이로 낮추고, 안전벨트를 해제했습니다. 나는 벌떡 일어나 게이트로 저벅저벅 들어가 로봇의 렌즈를 향해 주먹 감자를 먹일 계획이었어요. 그런데, 바닥에 오른발을 내딛기가 무섭게 나동그라졌습니다. 지팡이를 집에 두고 온 걸 잊었던 거지요. 왼발을 디뎠어야 했는데 그걸 잊을 정도로 화가 났던 겁니다. 그러고 나니 비정한 로봇도 내 주위를 빙글빙글 돌며 걱정을 해주는 것 같더군요. 무릎이 아파서 그랬는지, 아들이 보고 싶어 그랬는지, 몸 하나 건사하기도 힘든 신세가 슬퍼 그랬는지 잘 기억도 안 나고 기억할 필요도 없지만, 어쨌거나 부끄럽게도, 난, 울었습니다. 그냥 조금 울다 그만두려고 했는데, 그렇게 되진 않았습니다. 바닥에 누운 채로 힘을 다해 엉엉 울다가 다리를 어떻게 해보려고 버둥거리다 보니 이상한 힘이 샘솟는 것 같았어요. 이왕 이렇게 된 거 로봇 관리자 녀석아 맛 좀 봐라, 아들아 날 좀 봐라, 이래도 모르는 척할 거냐 하는 생각에 누워서 데굴데굴 구르며 울었지요. 사실 눈물을 흘린 게 아니라 즙을 짜냈다고 봐야 할 거고, 그 눈물은 짜지도 않았을 겁니다. 사람들이 둘러싸고, 보안 요원이 달려온 뒤에도 난 그 싱거운 눈물을 멈추지 않았습니다. 내가 누가 하라면 하고 말라면 마는 사람이 아니란 건 알지요? 아들이 돌아볼 때까지 계속 그러고 있을 생각이었습니다. 어차피 망가진 거 그냥 끝까지 가보자 싶었어요. 사람이 많은 로비였는데도 아무 소리도 들리지 않고 아무것도 보이지 않는 그런 곳에 누워 있는 기분이 들었어요. 난 그곳이 아들이 아기였을 때 가곤 했던 마트 장난감 코너 같았어요. 아들은 장난감을 사줄 때까지 뒹굴었거든요. 남편과 내가 저애는 누굴 닮아 저럴까 하며 서로 자기를 닮은 게 아니라고 티격태격했던 날이 기억났어요. 그 순간, 그 시간과 지금 이 시간이 한 점에서 맞닿은 채로 딱 연결되는 것 같았어요. 다 늙어빠진 할망구의 어제는 젊은 아기 엄마였네요. 젊고 행복했던 아기 엄마는 온 힘을 다해 사랑한 아기가 훗날 자신을 떠나 모른 척 살아갈 미래를 몰랐지요. 그리고 이제 보니 엄마가 아이를 닮았던 거로군요. 그 행복했던 순간과 지금, 아니 뭐 그렇다고 안 행복하다는 건 아니고요, 지금도 젊은 애들은 상상도 못 할 즐거움과 행복을 느끼며 살고 있다니까요. 아무튼, 그 두 점 사이의 시간이 접혀서 모두 삭제되고, 거기서 여기로 순간 이동한 기분이 들었어요. 와, 이 기분은 뭔가요. 늙어서만 느낄 수 있는 새로운 감각인가요. 그 사이의 시간은 다 어디로 가고, 사람들도 다 어디로 가버린 걸까요. 나는 언제 이렇게 멀리 와서 혼자 누워 울고 있는 걸까요. 그 순간 가슴을 쥐어짜는 듯한 통증을 느꼈습니다. 그리고 그때부터 즙이 아니라 진짜 짜디짠 눈물이 줄줄 흘러내렸습니다. 눈물은 멈춰지지 않고 꺼이꺼이 하는 소리가 새어 나왔습니다. 난 아들이고 뭐고, 진심으로 부끄러워 빨리 그곳을 빠져나오고 싶어졌습니다만, 어디가 잘못됐는지, 원래 내 몸이 그런 건지 몸을 일으킬 수도 없고 꺼이꺼이 말고는 아무 말도 할 수 없었습니다.

웅성거리는 사람들 속에서 나를 부르는 하준이의 목소리에 눈을 겨우 떴습니다. 하준이는 내 손으로 키운 손자입니다. 내가 세상과 연결되어 있다는 생각이 들게 하는 유일한 존재예요. 키울 때는 고생스러웠는데 세월이 흐르고 나니 어떻게 키웠는지 기억도 나지 않아요. 손자가 주는 기쁨에 비하면 고생은 정말 아무것도 아니었어요. 그런 손자가 있는데 뭣 하러 무정한 아들을 만나겠다고 이런 추태를 부렸나 후회가 들었어요. 내가 한 짓을 하준이는 못 봤기를 바랐지만, 쓸데없이 부지런한 로봇은 등짝에 달린 모니터로 내 행동을 기록한 영상을 반복 재생하고 있었습니다. 하준이에게 미안하고 부끄러워 눈물을 진짜로 멈출 수가 없었어요. 오 분도 되지 않아 의료 요원들이 달려와 나를 들것에 실어 구급차로 이동했어요. 흔들흔들하는 내 시야에 들어온 건 하준이뿐이 아니었어요. 제 아들이 하준이 옆에서 근심 어린 표정으로 나를 따라오고 있더라고요. 자식은 자식인가 보다 했는데 구급차에는 타지 않았고, 그 후로 전혀 연락도 없습니다.

발목 골절로 전치 6주 진단을 받고 깁스를 한 채 병원에 누워 있어요. 깁스를 하는 도중에 이미 내 고통과 슬픔은 진정이 되었어요.

아들에 대한 미련을 버리기로 하니 모든 게 거짓말처럼 다 괜찮아지더라고요. 둘이 남게 되자 하준이는 내게 거기서 왜 그러고 있었느냐 물었어요. 대답할 시간도 주지 않고 자기 말만 하는 걸 보니 질책하는 거였어요. 하필이면 왜 거기에서 그랬느냐고요. 아니, 생각해보면 그건 내가 할 질문이었어요. 너는 왜 그 보험사에, 왜 아빠랑 함께 있었니? 내가 거기 있으면 왜 안 되니? 이렇게 물으니 하준이는 숨도 안 쉬고 받아치더군요. 무슨 아빠요? 아빠는 돌아가셨어요. 예전에 말씀드렸는데 기억 못 하시죠? 이렇게 나오는 애한테 더 물어볼 수 있는 말은 없었어요. 제 아비에 대한 미움이 커서 그렇거나, 나를 속이는 것, 둘 중의 하나겠지요. 모두 슬픈 일이어서 이런저런 질문으로 손자의 마음을 아프게 하고 싶진 않았어요. 그냥 정신이 깜빡거려 추태를 부린 걸로 해두는 게 나을 것 같았어요. 옛날에 아들이 말한 것처럼 늙어 기억력이 흐려지는 것도 당연한 거니까요.

하준이가 뭐라고 했는지 의사는 뇌를 찍어봐야 한다고 했습니다. 하준이는 당장은 불편한 노인에겐 무리라며 일단 퇴원을 시키겠다고 의사와 실랑이를 벌였어요. 무리라고 할 수도 없는 일에 생떼를 쓰는 하준이에게 의사는 깁스를 풀러 오는 날로 검사를 예약해두겠다며 퇴원을 허락했어요. 의사도 늙은 할머니의 보호자로 온 젊은 손자가 불쌍해 보였을 거예요. 간호사는 돌아가서 어떻게 지내려느냐, 입원해 있는 편이 낫지 않겠냐 묻네요. 난 보험사에서 집으로 간병인을 보내줄 거여서 괜찮다고 했어요. 그리고 밥, 청소, 목욕까지 해주는 사람이 나와서 전혀 문제가 없다고 하니 사람들이 그런 보험이 뭔지 궁금해합디다. 옆 침상에 허리를 다쳐 왔다는 할머니가 자기는 꼼짝없이 요양원행일 텐데, 그런 걸 들어뒀어야 한다며 한탄을 하네요. 그러는 사이 골절 진단비, 위로금, 깁스 특약금이 입금되었다는 문자메시지가 연달아 들어왔어요. 젊었을 때처럼 서류를 챙겨서 직접 신청하지 않고 병원기록만으로도 보상이 되니 나이든 사람들도 잊어버리지 않고 받을 수 있어서 좋아요. 보험을 들지 않았더라면 어땠을지 상상해보면 아찔합니다. 돈이 있으니 어떻게든 해결할 수 있었겠지만, 일상으로 돌아가지는 못했을 거예요. 자식은 내게 발목 부상을 주었지만 보험은 나를 세심하게 돌봐줍니다. 그러니 이런 보험을 누가 파기한다고, 계속 계약을 유지하니 뭐니 자꾸 이런 번거로운 걸 시키는지 모르겠어요. 하준이가 오늘이 기한 마감이라고 병원 침상에 누워서라도 빨리 찍어 보내야 한다고 해서 이러고 있네요. 이젠 내가 피드백을 보내지 않아도 계속 유지해주면 안 될까요? 이 짓이 귀찮아서 파기해버리고 싶을 정도라니까요.

84_2058. 4. _(3주)

하준이는 간병인을 거절하고 내 옆에 붙어 있습니다. 휴직도 하고, 제집에 돌아가지도 않네요. 원래 오른쪽 다리가 불편했기 때문에 크게 달라진 것도 없어 그럴 필요 없다고 하는데도 막무가내였습니다. 사람들이 드나들면 안정을 취할 수 없다며, 요리사와 하우스 헬퍼도 당분간 오지 못하게 했어요. 처음 며칠간은 정말 좋았어요. 그냥 이대로 함께 지냈으면 할 정도로요.

원래 하준이는 매일 아침에 와서 점심까지 함께 시간을 보내고 출근하곤 했어요. 와서는 내가 그날그날 해야 할 일이 무언지 이야기해주었어요. 그래봐야 놀고먹는 일이고 새롭지도 않은 일인데, 우리 애가 하라고 하면 그게 엄청 중요한 일처럼 들려서 식사도 운동도 정말 열심히 했어요. 집안일이 제대로 되어 있는지도 살피는 것 같았고, 산책도 함께 하고 가고 싶은 곳으로도 데려다주었어요. 그땐 함께 지내고 싶은 욕심에 직장을 그만두고 나랑 같이 살자고 했어요. 난 하준이가 직장에 다니는 게 싫었어요. 무슨 일을 하는지는 들어도 잘 모르지만, 요즘 세상에 남아 있는 일자리래봐야 사람의 몸이나 감정을 착취하는 일뿐이니 고생할 것은 불 보듯 훤하니까요. 그 애가 안쓰러운 마음에 재산을 다 쓰지 않고 남겨줄 테니 하고 싶은 일을 하라고 해도 그냥 웃고 말더군요. 몸을 써야 일이에요, 이렇게 말하는 하준이는 옛날 사람 같아요. 확실히 VR 인터랙티브 시추에이션에 빠져서 삶을 회피하고 있는 다른 애들하고는 다르죠. 내가 젊었다면 값싼 식사 알약 하나 먹고 종일 VR이 만들어주는 가상세계에서 사는 것을 택할지 몰라요. 행복하게만 해준다면 거기나 여기나 뭐 그렇게 다를까 싶어요. 직장을 그만두기 전에는 오지 말라고 해도 그 애는 들은 척도 안 해요. 그렇다고 같이 살 생각도 없는 것 같고요. 고집불통인 성격이 나와 꼭 닮은 걸 보면 핏줄이란 게 참 신기한 것 같아요.

그런데 며칠째 붙어살다 보니 아이를 키우면서 혼자 있고 싶어

했던 날들이 떠오르곤 해요. 그때는 노인이 되어 외로워지면 시끌벅적했던 그날이 그리워질지 모른다고 생각하며 견뎠거든요. 그런데 이제 와서 보니, 난 그때나 지금이나 혼자 있고 싶어 하는 사람이었어요. 하준이에게 여러 번 이제 혼자 있어도 괜찮다고 말했지만, 자신의 편의를 봐주려고 하는 줄 아는지 꿈쩍도 하지 않아요. 혼자 있고 싶으니 이제 돌아가줬으면 좋겠어. 이렇게 말할까 생각도 해봤지만, 나를 영영 싫어하게 될까 봐, 제 애비처럼 나를 떠나버릴까 봐 아무 말 못 하고 있어요.

사실 하준이도 나처럼 스트레스를 받는 건지 변해가고 있어요. 늘 나긋나긋하게 이야기하고 친절했던 아이가 가끔 큰 소리를 내고 버럭 화를 내기까지 해요. 식사와 청소 빨래를 하느라 힘들어 그런지 매일 하던 산책도, 외출도 못 하게 합니다. 아직 다리가 낫지 않았다는 핑계를 대는데, 전동 휠체어가 있는데 왜 그러는 건지 모르겠어요. 걸려오는 전화도 자기가 받아요. 우리 팬클럽 동생들이 병문안을 오겠다는 것도 거절하고, 컬렉터 그룹의 회장에게도 당분간 활동하지 못한다고 말했어요. 갤러리에서 그림을 가지고 왔다고 하는데도 돌려보냈어요. 마치 나를 바깥이랑 차단되도록 하려는 것 같은 기분이 들었어요.

그리고 자꾸 자기가 누구냐고 물어요. 내 하나밖에 없는 손자, 눈에 넣어도 안 아픈 손자지. 이렇게 말하니 나를 끌어안고 꼬마 아이처럼 슬프게 웁니다. 그러다가는 뜬금없이 보험을 파기하라고 합니다. 더 늦기 전에 해야 한다고 하네요. 듣던 중 가장 어처구니없는 소리였어요. 그 이유를 물었더니 조금 전에도 말했다고 하며 화를 버럭 내요. 치매 안락사 특약. 이런 게 있다는 거예요. 계약 파기는 치매가 오기 전에야 가능하지 걸린 뒤에는 불가능하다고 하네요. 난 그런 조항은 들은 적도 본 적도 없었어요. 치매 걸렸다고 잘 살고 있는 사람을 안락사를 시키다니요. 그런 천인공노할 계약이 있을 리도 만무하고, 그런 계약을 설마 내가 했으려고요? 설사 그렇다 하더라도 난 아직 괜찮으니 천천히 알아보자고 했어요. 하준이는 보험사에서 그렇게 데굴데굴 구르고 왔는데 괜찮다는 말을 믿을 것 같냐고, 조금 전에 이야기한 것도 기억 못 하면서 뭐가 괜찮은 거냐고 성질을 부려요. 제가 나쁜 일 하는 걸 봤냐고 하면서 뇌 정밀검사까지 시간을 벌어놨으니 당장 파기하라고 난리네요. 얘가 나를 자꾸 정신 빠진 늙은이 취급을 하며 종용하는 꼴이 어째 많이 수상해요. 목적이 뭔지는 잘 모르겠지만, 애비 때문이 아닐까 하는 의심이 들어요. 하준이는 결코 이럴 애가 아닌데 애비를 만난 날부터 시작된 일이니까요.

보험을 파기할 경우 아들에게 무슨 이득이 있을지 생각해보았지만 답을 찾을 수가 없어요. 보험 해지환급금이 있기는 해도 낸 돈에 비해 아주 쥐꼬리만 한 금액이라 설마 이걸 노리고 그럴 리는 없다고 생각해요. 가만히 있어도 재산의 반은 자기한테 갈 텐데 쓸데없는 노력을 할 리도 없고요. 아들이 불효자일지언정 바보는 아니니까요. 나의 즐거운 생활을 망치는 것? 아니면 엄마가 사랑하는 손자가 돈을 갈취하려는 것을 눈치채게 만들어 괴롭히는 것? 목적이 뭐건 간에 후레자식입니다. 난 그놈이 원하는 걸 해줄 생각이 없어요. 착한 하준이가 괴롭힘을 당할 수도 있겠지만, 계약을 파기하는 대신 유서를 새로 쓸 생각입니다. 내 재산은 모두 손자에게 남기는 걸로요.

계약 유지 피드백 날짜가 되기 전에 알려주던 하준이는 이제 그것도 보내지 말라고 하네요. 이건 그런 계약이 아니라고 하니, 뭐건 간에 하지 말라고 난리를 칩니다. 내내 화장실까지 따라다니는 통에 도저히 녹화를 할 수 없어서 옆 동네 카페에서 파는 마카롱과 자몽티를 사다 달라고 했어요. 내 간절한 부탁에 어쩔 수 없이 나가면서 절대로 아무에게도 문을 열어주지 말라고 했습니다. 벌써 돌아왔는지 현관문을 여는 소리가 들리네요. 할 말은 많은데 여기서 끝내야겠어요. 어쨌거나, 이 계약을 유지합니다. 이십 년을 꼬박 붓고 보장받을 일만 남은 계약을 파기할 이유가 없잖아요. 우리 애가 이야기한 그런 특약이라는 게 있으리라고 믿지도 않아요. 그렇다 하더라도 난 아주 멀쩡한 거 아시겠지요? 이 동영상은 계속 말했듯 누구의 강요도 협박도 아니고 내 의지에 의해 촬영된 거예요. 만약 다음에 내가 파기한다고 말하면 그건 강요와 협박 때문일 겁니다. 마감일이 언제인지는 모르지만, 늦기 전에 먼저 보냅니다.

84_2058. 6._(1주)

정말 제 잘못일까요? 하준이도 아들처럼 내 곁을 떠났어요. 아들과 다른 것은 마지막 인사는 했다는 거예요. 그때는 그게 마지막 인사인 줄도 몰랐지만요. 어디선가 전화가 왔고, 하준이의 얼굴은 사색이 되었어요. 그리고 나를 보더니 해고되었다면서 눈물을 뚝뚝 흘리는 거예요. 그 애의 모습을 보고 잠시 여러 가지 생각을 했어요. 예전 같았으면 계속 함께 있을 수 있다는 생각에 기뻐했겠지만 그럴 수만은 없었거든요. 나는 깁스를 풀고 하준이가 직장으로, 자기 집으로 돌아가는 날만을 기다리고 있었어요. 그때 내가 예전처럼 돈은 안 벌어도 되니까 우리 집에 와서 살아, 이렇게 말했더라면 떠나지 않았을지도 모르겠어요. 짐을 가지러 회사에 간 하준이가 그 짐을 들고 내 집으로 다시 돌아올까 내심 걱정했던 마음을 알았던 걸까요? 소원처럼 난 혼자 남겨졌어요. 하준이의 휴대폰은 없는 번호가 되어 있었어요. 생각해보니 난 우리 애의 집이 어디인지도 모르고 있었어요. 어쩌면 아는데 잊은 걸 수도 있고요. 내가 하준이의 말처럼 그냥 깜빡하는 게 아니라 정신이 온전치 못한 것일 수도 있다는 생각을 처음 했어요. 하준이가 왜 떠난 건지는 지금 생각해도 잘 모르겠어요. 계속 결근을 해 해고당해서 내가 원망스러웠던 건지, 자기 말을 들어주지 않아서 그런 건지, 아니면 나를 볼 면목이 없어서 그런 건지, 모두 다 이유가 될 수 있을 것 같지만, 또 모두 이유가 아닐 수도 있을 것 같아요. 난 그 애가 무슨 짓을 해도 용서할 수 있어요. 내리사랑이라 그 애는 내 사랑의 크기를 가늠도 못 할 겁니다.

보험사에서는 혼자 된 것을 어떻게 알았는지 바로 간병인을 보내주었어요. 키가 작고 짧은 단발을 한 여자가 찾아왔을 때, 난 그녀를 어디서 본 것 같았어요. 그녀는 내가 말하지 않는데도 하준이가 해주던 일을 대신 해줍니다. 일을 하면서 나한테 자꾸 할머니, 어쩌고 하면서 알은체를 하는데 마음에 들지 않습니다. 나에 대해 너무 많은 걸 알고 있는 것 같아 이상한 기분이 들어요. 예를 들어 조명의 밝기는 주광색 7단계를 좋아하고 물은 냉수와 온수를 6대 4로 섞어 마신다는 것까지 아는 걸 보면 뒷조사를 단단히 했나 봅니다. 게다가 못 알아듣는 사람한테 말하는 것처럼 크게 천천히 말을 해서 귀도 아프고 속도 터져요. 부아가 치밀어서 못 들은 척하지만, 여자는 한 번도 화를 내지 않고 내내 친절하게 웃어요. 난 제풀에 오지 않았으면 해서 그냥 생각나는 대로 지껄이고 일부러 못되게 굴기도 하는데도 가면을 쓴 사람처럼 늘 웃는 얼굴이에요.

내키지는 않았지만 병원에 같이 가줄 사람은 그녀뿐이었어요. 같이 가서 깁스를 풀고 뇌 정밀검사를 받았어요. 왜 해야 하는지 모르는 채로 이리저리 옮겨 눕혀지는 게 유쾌한 기분은 아니었어요. 의사가 여러 가지 질문을 하는데, 나를 뭘로 보고 이런 질문을 하나 싶어 건성으로 대답했어요. 그녀가 나를 간신히 안아 올려 휠체어에 태워서 승용차 좌석으로 옮길 때는 나 자신이 짐짝처럼 느껴졌어요. 하준이는 쉽게 번쩍 안아 올리곤 했는데, 손자 녀석이 그리워 눈물이 났어요. 나는 나한테 뭐라고 하든 그 녀석과 함께 지냈던 행복한 시간을 되찾고 싶어졌어요. 그 아이가 원한다면 보험계약 파기라 해도 다 들어줄 수 있을 것 같았지요.

집에 돌아오자마자 여자에게 손자를 좀 찾게 도와달라고 했어요. 그녀는 미간을 찌푸리며 야릇한 표정을 짓더니 한숨을 쉬며 말했어요. 할머니한테는 손자가 없어요. 기가 막힌 나는 네가 뭘 아느냐고, 내 손자는 김하준이라고 쏘아붙이고 전화번호를 불러주었어요. 물론 없는 번호인 줄 알지만 엉뚱한 소리를 하는 여자의 입을 다물게 하고 싶었거든요. 여자는 픕 하면서 그건 주민번호잖아요, 합디다. 나는 저 웃는 낯짝이 보기 싫어요. 웃지 않는 눈과 오른쪽으로 치켜올라가는 입술이 불쾌합니다. 네년은 내 앞에서 웃지도 말라고 소리를 질렀더니, 웃는 건 자기 자유고 막말은 하지 말랍디다. 여전히 웃는 낯짝인 그녀의 얼굴을 참을 수 없어서 그만 지팡이를 휘두르고 말았어요. 젊은 그녀는 아주 가뿐히 지팡이를 잡아 나를 그 자리에 주저앉혔어요. 네가 한 이런 행동을 모두 회사에 알릴 거라고 하자 그녀가 내게 말했어요. 말했다기보다 이죽거렸다고 하는 게 나을 것 같네요.

저런, 이제 힘들게 동영상을 찍으실 필요가 없어요. 계약 유지 의향을 확인하는 단계가 지나버렸거든요. 말씀드려도 이해 못 하실 테지만, 이제부터 계약 파기는 불가능해요. 어떤 말씀을 해도 효력이 없어요. 진짜 할머니의 의지가 아니니까요. 할머니의 경우 증상만으로도 확실한 상태라 아까 받은 뇌 검사는 절차상 필요했을 뿐이에요. 이제 품위 있는 삶 특약이 적용됩니다. 치매 안락사 특약이지요. 중증 치매로 넘어가고 인격을 상실하면 자동 시행됩니다. 구체적인 것은 약관을 참조하세요. 어쩌면 이전 특약 담당자에게 들어서 알고 계실지도 모르겠네요. 저 지금 녹음하고 있어요. 내용 고지의 의무가 있어서요.

와, 그 여자가 한 말을 하나도 잊지 않고 다 기억하고 있는 내가 신기하네요. 이제 나를 비웃는 그 여자가 누구인지 기억났어요. 놀랍게도 내가 잘 아는 사람입니다. 여자의 이름은 나윤승이에요. 자기 손으로 아버지를 안락사시킨 극악무도한 의사예요. 저 여자는 나에게 와서 무슨 수작을 부리는 걸까요?

여자의 아버지도 나 같은 의사였어요. 한동네에서 사십 년 넘게 내과 의원을 하며 부랑자나 독거노인을 진료해준 훌륭한 의사였지요. 안타깝게도 그는 일흔도 되지 않아 알츠하이머에 걸렸어요. 너무 이른 나이에 얻은 병이라 가족들 모두 당황했어요. 하루하루 달라져 가는 그를 받아들일 수 없어 작은 이상 증상은 못 본 척했어요. 하지만 곧 좌우 구분을 못 하고 글씨도 읽지 못하게 되었고, 밥 먹는 방법도 잊었어요. 병은 점점 악화되어 아무 때나 뛰어나가 길을 내달렸고, 자신을 가로막는 모든 것을 부술 기세로 폭력을 휘둘렀습니다. 아내가 불륜을 저지르고 있다는 망상에 빠져 아내를 때리기 시작했고, 그것을 막는 딸도 때렸어요. 둘이 작당을 해서 자기를 죽이려 한다는 망상에 시달리다 집에 불을 지르려고 하기도 했어요. 백팔십 센티미터에 구십 킬로가 넘는 그는 너무도 건강해 가족을 다 망가뜨리기 전에는 지치지 않을 것 같았지요. 그녀와 엄마는 그를 요양원으로 보냈지만, 그곳에서도 쉴 새 없이 문제를 일으켰어요. 죄 없는 노인들과 요양보호사들을 때렸고, 옷을 훌훌 벗어던지고 발가벗은 채로 밖으로 나가 달렸어요. 남자 요양사 서너 명이 달려들어야 겨우 진정을 시킬 수 있었기에 그는 침상에 묶였습니다. 그녀가 찾아갔던 날, 그의 한쪽 발은 침대 기둥에 묶여 있었어요. 그는 딸을 알아보지 못하고 욕을 하며 풀어달라고 소리를 질렀어요. 그녀는 아버지의 퉁퉁 부은 발과 무방비한 표정을 보며 진짜 그는 이제 이 세상에 없다고 생각했어요. 아버지를 보는 것이 고통스러웠지만 아버지는 그보다 더 고통스러울 거라 생각하니 자주 가보지 않을 수 없었어요. 아버지는 점점 더 인간이 아닌 존재로 변해갔어요. 그녀는 자기가 아버지였다면 더 살고 싶지 않았을 거라고 생각했지만 살아 있는 아버지를 어떻게 할 수 없었어요. 나날이 나빠지던 아버지는 병원을 빠져나가 달리다가 배수로에 빠져 머리를 다쳐 회복 불능한 식물인간이 되었어요. 그것은 안락사의 조건에 해당되는 증상이었지요. 그 시절에는 안락사에 대해 논란이 많았지만 회복 불능한 상태에 한해서는 처벌을 받지 않았기에 본인의 동의서만 있으면 문제가 없었거든요. 아버지는 건강했을 때 적극적 안락사 동의서를 공증해두었기에 그녀와 어머니는 아버지의 안락사를 요구했어요. 한편으로는 고통스러웠지만 또 한편으로는 홀가분했어요. 여자의 아버지는 법적 절차를 밟아서 안락사했고, 그것은 우리나라의 여덟 번째 합법적 안락사로 기록되었어요. 처음에 모녀는 다시 예전처럼 평온한 가족으로 돌아가는 것 같았으나 서서히 사이가 멀어졌어요. 왕래가 없던 일 년 사이에 어머니는 우울증으로 음독자살을 하고 말았어요. 그녀는 오랜 시간이 걸려 겨우 정신을 차렸고, 동료 의사와 결혼도 했어요. 곧 사내아이를 낳아서 키우며 겨우 행복을 찾는 것 같았어요. 초등학생이 된 아이를 태운 스쿨버스가 전복되기 전까지 그녀는 자기 인생에 더 큰 불행은 없을 거라고 생각했어요. 그러나 안타깝게도 아이는 뇌사상태가 되었어요. 의사 부부는 돌이킬 수 없다는 것을 알았기에 인공호흡기를 떼는 데 동의했어요. 여자는 아버지를 안락사시킨 벌을 받았다고 생각하고 무척 괴로워했어요. 그녀는 일에만 몰두하는 폐인이 되었고, 남편도 오지로 의료봉사를 갔습니다.

그녀의 이야기는 그렇게 끝나는 줄 알았고, 그 여자가 어디에서 무엇을 하는지 잊어버리고 있었는데, 내 앞에 나타날 줄은 몰랐어요. 나는 저 여자 손에 죽게 되는 걸까요? 나는 저 여자의 아주 오래된 가족사를 다 기억하고 있는데 이래도 치매일까요? 사람이 늙어서 생기는 증상들이 죽어 마땅한 이유가 되는 걸까요?

하준이의 마지막 인사가 기억납니다. 할머니, 꼭 끝까지 사셔야 해요. 몸이 아파도, 정신이 아파도 그것도 할머니니까 포기하지 마세요. 난 정말 죽지 않을 겁니다. 늙어서 겨우 얻은 행복을 포기할 수 없어요. 정신이 오락가락해도 해가 뜨고 지는 것은 볼 수 있을 거고, 공기는 내 폐를 들락날락할 거예요. 나는 그것만으로도 행복할 수 있을 뿐 아니라 어떤 상황에서든 즐길 거리를 찾아낼 수 있을 거예요. 어두운 방에 누워 창으로 들어오는 불빛으로 손가락 그림자 유희를 할 수 있는 것처럼요. 지금도 충분히 그러니까요. 여자는 이제 동영상을 찍지 않아도 된다고 하지만, 그 여자의 말도 믿을 수가 없어요. 내가 동영상 보내는 것을 멈추는 순간, 내게 주어진 모든 게 사라지고, 홀로 요양원으로 가게 되는 거 아닐까요. 그리고 이 모든 것이 내 아들의 계략일지도 모르고요. 그런 개수작에 속아 넘어갈 내가 아니에요. 여전히 이렇게 정신이 멀쩡한데 안락사 당할 이유도 없고, 그런 무정한 계약이 있을 거라고도, 그걸 내가 했다고도 생각하지 않아요. 아무튼 나는 계약을 계속 유지할 거예요. 이것은 누구의 강요도 협박도 아니에요. 오히려 강요 때문에 파기할 판이니까, 내 집에 있는 저 여자를 좀 치워주세요. 제발요.

84_2058. 7._(3주)

드디어 하준이한테서 전화가 왔어. 요 착한 게 할머니 잘 지내는지 궁금해서 전화를 했대. 할머니, 내가 누구예요? 하는데 하준이라는 걸 모를 리가 없잖아. 이쁜 내 손자지 하니까 헤헤 웃어. 얼마 만에 듣는 웃음소리야. 나는 얼른 취직해서 시간 나면 찾아오려무나 했어. 그리고 내 집에 매일 오는 여자에 대해 이야기해주었지. 안락사 전문가인 나윤승이란 여자에 대해서. 여자는 의사라는 직업을 숨긴 채 내 옆에서 수발을 들고 있다고. 내가 정신줄을 놓는 순간 죽을 수도 있다니 너무 무섭다고 하자 하준이가 이제 자기 말을 믿는 거냐고 말했어. 당연하지, 내가 손자 말을 안 믿었겠어? 아들을 못 믿은 거지. 나와 함께 보험사 본사에 가서 계약서를 확인하고 대체 누가 내 목숨으로 장난질을 쳤는지 확인하고 찢어버리자고 하니 하준이는 그럴 수는 없을 거라고 했어. 내가 세상에 파기 안 되는 계약이 어디 있느냐고, 내 손으로 돈을 다 냈는데 마음대로 못 한다니 말이 되느냐고 하니까 하준이도 일단 해보기라도 하자고 했어. 하준이는 나윤승이 우리 집에 도착하기 전에 아주 일찍 오기로 했어. 아직 취직을 못 해서 시간이 된다고 하는데 그게 다행인지 아닌지는 잘 모르겠어.

하준이는 아주 많이 안돼 보였어. 훤칠하던 녀석이 못 먹은 놈처럼 등이 꾸부정해지고 볼도 쑥 들어간 걸 보면 그동안 일자리를 찾느라 엄청 고생한 것 같았어. 내 탓인 것 같아 속이 탔어. 예전에 몰고 다닌 것은 회사 차라 반납했다고 하며 버스를 타게 해 미안하다고 했어. 고작 버스를 타는 일이 뭐라고. 난 괜찮았어. 내가 탄 전동 휠체어가 버스에 올라가니까 사람들이 막 신기하게 쳐다보는 거야. 사진을 찍어도 된다고 했더니 사람들도 나한테 다정하게 굴었어. 늙으니까 사람들이 쉽게 말을 걸고, 나도 아무한테나 말을 지껄이게 돼. 젊었을 땐 왜 그렇게 새초롬했는지 후회가 될 지경이야. 예뻤을 때 좀 친절했으면 얼마나 좋았겠어. 하지만 뭐 사는 동안엔 오늘이 제일 젊고 이쁜 날이니까 난 내내 친절할 거야. 하준이도 내 옆에 있고 얼마나 좋았는지 몰라. 기분이 좋아서 그새 내가 어디로 가는지 깜빡했지 뭐야.

우리는 본사 건물로 들어갔어. 이번엔 좀 넓은 게이트로 들어갔더니 보안 로봇이 안 막더라고. 난 로봇이 우리를 막고 우리는 그걸 따돌리면서 안으로 들어가는 걸 상상했는데, 너무 평화로워서 싱거웠어. 직원 하나가 우리를 안내하겠다고 해서 난 정말 감동받았어.

불청객 취급을 받을 줄 알았는데 말이야. 우리는 엘리베이터를 타고 9층에 내려서 '아카이브'라는 팻말이 달려 있는 방으로 안내되었어. 그곳은 도서관처럼 뭐가 책장에 잔뜩 꽂혀 있었고, 한쪽 벽에는 문이 하나 달려 있었어. 우리에게 그 방에서 조금 기다리면 담당자가 올 거라고 했어.

잠시 후 들어온 담당자를 보고 나는 가슴이 무너지는 것 같았어. 그게 내 아들 민기였거든. 이게 무슨 상황인지 짐작할 수도 없었어. 어쨌건 그때 빌딩 앞길에서 봤던 개가 내 아들이 맞았어. 내가 노망이 든 게 아니었다고. 민기는 분명 그때 나를 봤을 텐데, 마치 아주 오랜만에 만난 것처럼 나를 부둥켜안고 놔줄 생각을 안 했어. 이놈이 쇼를 한다 싶어서 뿌리치는데 힘이 어찌나 센지 몰라. 간신히 밀어내고 나니까 그동안 어떻게 지내셨어요, 하고 묻는데, 눈가가 시뻘건 거야. 윗입술도 실룩거리고 곧 울기 직전의 얼굴처럼 아주 가관이더라니까. 날 버리고 떠난 놈이 아주 연기를 곧잘 한다 싶었지만, 나도 정말 오랜만에 아들 목소리를 듣고 나니 가슴이 미어졌어. 왜 보험사만 가면 그렇게 눈물이 나는지, 또 울었잖아. 아주 엉엉 우니까 민기도 울고 하준이도 울어. 이것들이 병 주고 약 주는 건지 어이가 없었지만 그래도 눈물이 안 그쳐서 다들 혼났어. 이럴 거면 왜 잠적을 한 거냐고 소리를 질렀더니 민기는 죄송해요, 하고 다른 말을 못 하더라.

내가 왜 왔는지는 알고 있는 눈치라 보험증권을 가지고 오라고 소리소리 질렀어. 하준이는 나한테 소리는 지르지 말라고 했지만 내가 또 남 얘기를 듣는 사람도 아니고, 내 목숨이 달렸을지도 모르는 일이어서 당당한 기세가 필요했거든. 또 내가 그 자리에서 목소리 말고 내 뜻대로 할 수 있는 게 뭐가 있었겠어. 갑자기 방이 어두워지더니 앞 벽에 걸려 있던 컴퓨터 화면이 밝게 켜졌어. 거기에는 여러 개의 폴더가 들어 있었어. 민기는 나윤승이라고 적힌 폴더를 열었어. 나윤승이 보내온 파일들이겠다 싶었는데, 많아도 너무 많았어. 어림잡아 이백 개 가까이 되어 보였으니까. 파일 이름은 참으로 멋대가리 없었어. 모두 날짜인 것 같은 제목이 붙어 있었거든. '71_2045. 10.'이 처음이고, '84_2058. 6._(1주)'가 마지막이었어. 그리고 보험증권 파일도 들어 있었는데 아차 싶지 뭐야. 난 그게 종이일 줄 알고 찢어버리려고 했는데 말이야.

민기는 맨 처음 동영상을 열었어. 그건 내가 처음 보낸 파일인 것 같았어. 나윤승이 그 오래전부터 나를 담당하고 있었는 줄은 몰랐어. 내가 보낸 파일이 그 여자한테로 전달되었던 거라니 소름이 다 끼치더라고. 영상 속의 나는 아직 백발이 다 되지 않았고 검버섯도 없었는데, 우울해 보이고 조용했어. 그냥 계약을 유지한다는 말이 다더구먼. 지금도 기억나. 그땐 모든 게 다 귀찮았거든. 민기가 영상을 띄엄띄엄 보여주는데, 나는 내내 시무룩한 얼굴이었다가 여든 살이 넘어가면서 아주 주저리주저리 말이 많아지더라고. 그런데 말이야, 내 표정은 정말 좋아 보였어. 미간에 있던 세로 주름이 펴질 것 같았으니까. 제일 좋은 얼굴을 뽑으라면 여든 살의 얼굴이었어. 뒤로 가니까 표정은 좋았지만 상태가 아주 엉망이었지 뭐. 무슨 소리를 하고 싶어서 지껄이는지 나도 모르겠고 화장은 왜 그렇게 진하게 했는지 눈뜨고 못 봐줄 꼴도 있었어. 지난달에 보낸 건 아예 기억도 안 나더라고. 보다 보니 애가 나한테 이걸 왜 보여주고 있는지 그 속셈을 모르겠는 거야. 그런데 민기가 마지막으로 열어준 2047년 3월 파일에 그 답이 들어 있었어. 미리 준비를 해놨는지 파일 이름도 다른 거랑 다르게 진한 파란색이더라고. 일흔세 살 때니 조금 젊었는데도 그날은 말이 많았어. 이상해.

　오늘은 아버지의 기일입니다. 저와 같은 나이에 돌아가신 아버지는 알츠하이머 환자였습니다. 그 병이 저를 피해갈 거라고 생각하지 않습니다. 저는 저 자신을 잃고 사람이 아닌 존재가 되어가는 것을 견딜 수가 없어요. 사실 노후의 삶이 풍요롭고 편안하기는 바라지도 않아요. 저는 즐거우면 안 되는 죄인이에요. 그런데도 주제넘게 이런 보험에 가입한 것은 품위 있는 삶 특약 때문이에요. 제가 짐승처럼 살아도 아무도 신경 쓰지 않을 겁니다. 아마 요양원에 들어가 죽을 때까지 그렇게 살겠지요. 발가벗고 국도를 달리거나, 다른 사람들에게 욕을 하고 때릴 수도 있을 거예요. 전 저를 잃어버린 채로 그렇게 목숨을 연명하고 싶지 않아요. 그렇게 될지 모르는 저의 삶을 정리해줄 수 있는 것은 지금의 저와 이 보험뿐이라는 것을 알고 있어요. 병이 시작되면 반드시 계약대로 이행해주셔야 합니다. 매번 계약 유지 동영상을 보내고 있지만 이것이 제대로 이행될지 의문입니다. 제가 훗날 파기한다고 하면 제 뜻이 아니라 병 때문이라고 생각하시면 될 겁니다. 이것은 저의 의지로 진술된 영상입니다.

처음에는 조작된 영상이라고 생각했는데, 곰곰이 생각해보니, 와우, 그런 말을 했던 게 다 기억났어. 그러니까 난 아직 치매가 아니라고. 그런데 말이야, 내가 왜 저런 소리를 했는지는 기억이 안 나. 내가 그런 소리를 했네 마네 따지는 것보다는 내가 애초에 그런 특약을 알지도 못했다는 것, 따라서 동의를 한 적도 없다는 것을 증명하는 편이 설득력이 있을 것 같았어. 그래서 이런 거 말고 보험증권을 보여달라고 했어. 그게 진짜니까. 사실 회사에서 파일을 안 보여줄 줄 알았는데 의외로 순순히 열어줘서 놀랐어. 더 놀란 것은 계약자에 내 이름이 아니라 나윤승이라고 쓰여 있었기 때문이야. 내가 분명히 계약을 한 기억이 있는데 다른 사람이 계약자라니. 피보험자 역시 나윤승이었어. 그녀의 가족은 없었고, 사망보험금 수령인은 글로리 데이 재단이라고 되어 있었지. 나는 그때 약간 눈치를 채고 있었어. 그동안 내가 보험 때문에 누려온 것들을 그년이 가로채려고 수작을 부린 것 같았어. 저 재단이 어딘지 캐보면 더 자세한 흑막이 밝혀지겠지만 지금 생각하기에 민기는 그년에게 빠져 도우려고 했던 거고 하준이는 영문도 모르고 제 애비가 하라는 대로 했던 거겠다 싶었어. 난 이미 눈치를 채버렸지만 입을 다물고 보기만 했어. 보장 내용이 적힌 페이지가 네 장이 넘어갔어. 내가 지금 받고 있는 보장들이 그대로 다 적혀 있었고 앞으로 받게 될지 모르는 항목들도 있었어. 특약이 많았지만 품위 있는 삶 특약은 맨 앞에 있어서 쉽게 찾았어. 정말 그런 게 있다는 걸 알고 나니 심장이 얼어붙는 것 같았어. 하지만 그 계약 모두 내가 한 게 아니라 나윤승이 한 걸로 되어 있으니 역설적으로 다행이었지 뭐야. 어쩌면 여태껏 받아온 보장을 모두 못 받게 될지도 모르지만, 내 계좌에서 돈이 나간 것을 증명하면 되지 않을까 싶었어. 내가 뭐라고 말을 해야 이놈이 순순히 인정을 할까 싶어 머리를 굴리느라 정신이 없었어. 나는 한마디만 했어.

"계약자도 피보험자도 내가 아니잖아. 난 저기에 사인을 한 적도 없다고. 저년이랑 내 재산을 갈라서 가지려고 하는 거냐? 저 재단은 뭐고?"

내 말을 들은 민기는 두 손으로 자기 얼굴을 감싸 쥐고 고개를 푹 숙였어. 하준이도 같이 고개를 떨구더라고. 아니 이것들이 장난질을 치다가 들켜 놀랐나 싶었어. 먼저 고개를 든 민기는 내게 말했어. "에구, 어머니, 어머니가 나윤승이잖아요." 하도 어이가 없어서 하준이를 쳐다보니 그 애가 얼빠진 눈으로 나를 쳐다보고 있었어. "어머니 이름이 뭐라고요?" 민기가 다시 물었는데, 글쎄 기억이 죽어도 안 나는 거야. 현주, 지영, 선영, 그런 흔한 이름은 아니었고, 아버지가 윤리적으로 살면 결국 승리한다고 지어준 이름이었어. 아, 귀에 익었던 그 나윤승은 내 이름이었구나. 그 여자가 아니고 나였구나. 윤리적으로 살지 못해 망한 삶이구나. 그런 생각이 순식간에 마구 밀려왔어. 그날은 여느 때와 다르게 머리가 팽팽 돌더라고. 본과 때 책을 통째로 사진 찍듯이 외웠던 것처럼 들으면 들은 대로, 말하면 말한 대로 기억이 났어. 나는 빠져나갈 구멍을 찾으려고 머리를 굴렸어.

품위 있는 삶 특약은 들었지만, 그게 안락사 특약인지는 몰랐다는 걸로 빠져나가려고 했어. 그러자 민기가 가입할 때의 동영상을 찾아 틀었어. 영상 속에는 오십 살의 내가 있었어. 젊긴 했지만 피부는 푸석하게 부어 있었고, 짧은 머리카락에는 윤기가 없었어. 행복감이라고는 전혀 없는 여자였구나, 그런 생각이 들어 그 와중에도 나 자신이 안쓰러웠어. 보험설계사는 기억나지 않는 키가 크고 건장한 여자였고, 나는 그녀와 마주앉아 설명을 들으며 고개를 계속 주억거렸어. 민기는 긴 영상을 스킵해서 특약의 약관을 읽어주며 설명을 하고 사인을 하는 장면을 찾아주었어. 설계사는 품위 있는 삶 특약이 품위 있는 삶—110세 보험의 숨겨진 하이라이트라고 했어. 국내 유일의 치매 안락사 보험이라며 자랑까지 하는데, 나는 이런 상품을 찾다가 이 비싼 보험에 가입한 거라며 여자의 자랑에 추임새까지 넣고 있더구먼. 설계사는 이 특약을 언제든 파기할 수 있다고 했어. 70대 초반에는 두 달에 한 번, 중반부터는 매달, 80대 초반에는 2주에 한 번, 중반부터는 매주 계약 유지 확인을 위한 피드백 동영상을 보내야 하는데, 기한 내에 피드백이 없거나 이상한 조짐이 보이면 정밀검사를 의뢰한다고 했어. 진단이 내려지고 나면 계약을 파기할 수 없는 단계로 이행된다고 하니까 아주 좋아 죽네. 자의식이 완전히 소실되고 수치심이 사라지면 시행하는 것에 체크를 하고서 이제야 안심이 된다고 방정을 떨어. 아니 왜 아버지 죽을 때 너도 그냥 죽지 그랬어, 라는 말이 저절로 튀어나왔어. 저 얄미운 년한테는 그것 말고는 할 말이 없었어.

"그래. 내 손으로 내가 죽겠다고 했나 보다. 에미를 네가 직접 보내니 시원한가 보구나. 아들 보는 데서 그러는 거 아니다. 그런데 안타깝겠지만, 난 아직 치매는 아니야."

민기는 아무 말 없이 동영상을 끄지 않고 계속 보라는 듯 화면을 가리켰어. 80세 특약 설명을 끝낸 설계사는 자녀 특약이라는 것을 설명하기 시작했어. 70세 이후, 자녀의 역할을 해주는 사람을 배정해 생활을 도울 수 있도록 해주는 특약이라고 했어. 저런 특약은 쓸데없었네 하고 말하려는데, 영상 속의 내가 호호거리며 말하는 거야. "저도 애가 없어서 꼭 필요해요. 이것도 가입 체크합니다." 지금의 나는 그때의 나를 이해하지 못하고 멍청하게 앉아 있었어. 이걸 아들과 손자에게는 뭐라고 설명해야 하나. 혼란스러워 눈을 감고 생각하고 있는데 민기가 하준이에게 말했어.

"진하준 씨, 이것 보세요. 자기 이름도 모르는 할머니가 자신의 앞날을 결정할 수 있을 거라고 생각해요? 당신만 할머니를 생각하는 게 아닙니다. 나는 할머니와 십 년을 함께 지냈어요. 할머니와 수많은 이야기를 나눴어요. 나도 처음에는 당신과 같은 생각을 했지만 어떤 설득에도 할머니의 생각은 변하지 않았어요. 이렇게 된 지금까지도 피드백을 보내시는 걸 보면 할머니의 의지가 어땠는지 모르겠어요? 할머니는 아주 꼿꼿하신 분이었어요. 곁도 주지 않고 직급도 없던 저를 김 실장이라고 부르면서 끝까지 존대를 하실 정도였어요. 젊은 사람이 노인이랑 너무 오래 붙어 있으면 안 된다며 본사로 가야 한다고 했어요. 특약맨 출신인 제가 관리자급으로 승진한 건 할머니 덕분이에요. 남의 앞날까지 신경 썼던 분이 사 년 만에 이런 상태가 되다니, 당신의 관리 소홀이 아니라고 할 수 있어요? 아무리 연세가 드셔도 제대로 케어를 해드리면 이 정도는 아니에요. 게다가 알츠하이머가 진행되고 있는데 아무 보고도 하지 않다니 할머니에게도 큰 죄를 지은 건 줄만 아세요. 수치스러운 일을 하게 되는 걸 얼마나 두려워하셨는데요. 그냥 해고로 끝난 게 다행인 줄 아세요. 업무방해로 고소해버리려다가 참았으니까."

"김 실장님. 저는 다른 건 모르고요, 그냥 내가 맡은 사람이 멀쩡한데도 죽어야 한다는 사실이 견디기 힘들어서 그랬어요. 할머니는 예전이랑은 다르겠지만 매일 즐거워하셨어요. 돈도 펑펑 쓰고 부끄러운 차림으로 돌아다니기도 했지만, 나는 그게 보기 좋았어요. 지금 행복하면 된 거 아니에요? 몸이 불편하면 회사가 끝까지 책임져줄 거잖아요. 손자라고 하면 손자라고 하고, 아들이라고 하면 아들이라고 하면 되지 그게 뭐가 문제예요."

둘이 싸우는 게 꼴 보기 싫어서 조용히 하라고 빽 소리 질렀어. 셋이 함께 있어 모처럼 신났는데, 뭐 이런 일이 다 생긴 건지 모르겠어. 난 어떤 놈이 나쁜 놈인지 판단이 서지를 않아. 그래도 얘들이 나를 싫어하지 않아 다행이야.

진짜 정말 이상해서 내가 자꾸 말하는데, 오늘따라 내 기억력 상태가 아주 좋아. 건강한 젊은 애의 심장처럼 펄떡펄떡 뛰는 내 머리통은 우리가 나눈 이야기를 하나하나 다 기억하고 있어. 그런데 무슨 소린지 다는 이해가 안 가. 이해한다 한들 기억 못 하는 날도 있고 오늘 같은 날도 있는 거겠지 뭐. 나는 그냥, 태어난 나와 죽을 나,

두 지점 사이에 접혀서 삭제된 시간 속에 있는 거야. 과거의 내가 누구인지 중요하지도 않아. 내가 미래에 대해 무슨 약속을 했건 그건 잘 모르고 한 개소리야. 살아보지도 않은 시간을 어떻게 알겠어. 모르니까 무서웠던 거지. 그 알지도 못하는 것 때문에 도대체 난 인생을 얼마나 허비한 거냐.

그러니까, 제발 나 좀 살려줘. 이쁜 내 새끼들아.

일년

최은영

1984년 경기 광명에서 태어났다. 2013년 중편 〈쇼코의 미소〉로 《작가세계》 신인상을 받으며 문단에 나왔다. 소설집 《쇼코의 미소》《내게 무해한 사람》 등을 출간했다. 허균문학작가상, 김준성문학상, 이해조소설문학상, 한국일보문학상, 문학동네젊은작가상을 수상했다.

처음 사흘은 날이 맑았다. 창밖으로는 멀리 고가도로와 고가도로 위를 달리는 자동차가 보였다. 고가도로 앞으로 아파트와 상가건물, 다세대주택, 가지만 남은 나무들이 있었고 가끔 새들이 푸른 하늘을 무리 지어 날았다. 그녀는 피와 진물을 받아내는 주머니를 몸에 달고 링거를 맞으며 병실 침대에 누워 그 풍경을 바라봤다. 겨울이었다.

사흘 뒤부터 그녀는 바퀴가 달린 링거 지지대를 끌고 병동 복도를 걸었다. 누워만 있으면 회복이 더디다는 의사의 말을 듣고부터였다. 그녀는 천천히 걷다, 중간에 휴게실 의자에 앉아서 텔레비전을 봤다. 텔레비전을 건성으로 보면서 환자와 환자의 보호자, 방문객들의 이런저런 이야기를 듣기도 했다.

종종 문병 오는 사람들도 있었다. 멀리 사는 이모가 수술 전 입원부터 수술 직후까지 곁에 있어줬고, 그 후로는 간간이 아는 사람들이 찾아왔다. 그녀와 별다른 정이 없는 큰아버지 부부가 찾아와 통성기도를 해주고, 찬송가를 불러줬다. 회사 동료들 몇몇이 찾아와서 안부를 물어주기도 했다.

그녀에게 그런 방문들은 뜻밖의 일이었다. 사람들은 다정했고, 그녀가 겪은 고통을 위로했다. 그녀는 잠시였지만 그들에게 정성껏 받아들여지는 경험을 했다. 그 느낌은 수술 후 그녀의 혈관을 흐르던 모르핀처럼 부드럽고 달았고, 그녀는 덜 아플 수 있었다. 그들이 한때 누구보다도 그녀를 아프게 한 사람들이라는 사실을 잊은 건 아니었지만.

그녀가 다희를 만난 건 수술한 지 일주일이 지나서였다. 8층 복도를 걷고 있을 때, 검은색 트레이닝복 차림의 여자가 맞은편에서 걸어왔다. 어느 정도 거리가 가까워졌을 때 그녀는 그 여자가 다희라는 걸 알아볼 수 있었다. 다희는 시선을 돌리지 않고 그녀 쪽으로 걸어왔다.

선배.

다희 씨.

여기 왜…….

다희는 놀란 표정으로 그녀를 바라봤다.

수술받았어요. 다희 씨는 왜…….

엄마가 입원해서요.

다희는 화장기 없는 얼굴에 부스스하게 머리를 묶고, 슬리퍼를 신고 있었다.

어디 잠시 앉을까요? 다희가 물었다.

그럴까요?

둘은 휴게실로 천천히 걸어갔다. 텔레비전에서는 저녁 뉴스가 방송되고 있었고, 몇몇 사람들이 작은 목소리로 이야기를 나눴다. 다희를 우연히라도 다시 볼 수 없으리라고 생각했기에 그녀는 조금 당혹한 채로, 휴게실 의자에 앉았다. 조도가 낮은 휴게실에서 다희는 어머니의 상황에 대해 말했다. 어머니가 유방암 수술을 앞두고 있어서 오늘 입원했다는 이야기였다.

그러는 사이 복도의 조명이 몇 개 더 꺼졌다. 그녀는 어떤 말도 하지 못하고 슬리퍼를 신은 다희의 발에 시선을 뒀다.

그녀도 자신의 상태에 대해 이야기했다. 병을 알게 되고, 수술을 받고, 회복하는 과정을 짧게 정리해 말했다. 다희는 그녀의 말 중간 중간에 네, 그렇죠, 그랬어요? 라고 응답했다. 오랜만에 만났지만 다희와 대화하는 동안 그녀는 익숙한 편안함을 느꼈다.

그녀의 말이 끝나고, 둘은 서로의 얼굴을 물끄러미 바라봤다. 조금 어두운 조명 아래로 다희의 긴 눈썹이 보였다. 다희가 말할 때면 이리저리로 움직이던 눈썹. 미간을 찌푸리며 웃고 있는 다희의 얼굴 위로 긴 눈썹이 곡선을 그렸다.

그녀가 다희를 만난 건 스물일곱, 지금으로부터 팔 년 전의 일이었다. 그녀는 입사한 지 삼 년 차 사원이었고, 다희는 일 년 계약 인턴이었다.

풍력발전기 공사가 막바지에 다다른 무렵이었다. 공사 시일이 빠듯해 현장에서 늘 여러 문제가 발생했다. 현장 사무실과 현장 감독이 따로 있었지만 현장에 어떤 문제가 있는지 본사 직원이 직접 가서 확인하고 본사에 보고하는 일이 필요했다.

다희가 인턴으로 입사하기 몇 달 전부터 그녀는 그 일을 했다. 매일 공사장에 들러 발생하는 문제와 민원을 수집했고, 팀장에게 상황을 보고했다. 현장에 머물기만 할 때도 있었지만 일주일에 몇 번은 본사에 가서 보고하고 회의에 참석해야 했다. 이런 번거롭고 고된 일을 선호하는 사람이 없어서 그녀가 일을 맡기 전에도 몇 번이나 직원이 바뀌었다. 그런 일에 그녀가 지원했을 때 사람들은 놀라면서도 안도하는 눈치였다.

그녀는 자주 늦은 시간까지 일했다. 혼자서 하기에는 많은 양의 일이었지만, 그렇게라도 자기 존재를 사람들에게 증명하고 싶은 마음이 컸던 시기였다.

일을 끝내고 운전해서 집으로 갈 때면 스물일곱밖에 되지 않은 자신이 다 늙어버린 노파처럼 느껴졌다. 입사하기 전의 기억은 아주 멀리 있었고, 그때의 자신은 온전한 남처럼 기억됐다. 잠을 줄여

가며 공부하고 그 많은 시험에 통과해서, 그렇게 노력해서 도착한 곳이 간척지 공사장, 자신에게 소리치는 사람들 앞이었다. 아무것도 없는 간척지 위에서 커다란 풍력발전기 세 대만이 그녀를 내려다보고 있었다.

간척지를 오갈 때, 그녀는 인안대교를 건너야 했다.

대교 양옆으로는 넓은 바다가 펼쳐져 있었고 멀게는 작은 섬들의 군락이 보였다. 대교의 바닥은 포장이 잘되어 있어서 진입할 때면 바퀴가 바닥에 부드럽게 닿아 미끄러져 가는 느낌이 좋았다. 그럴 때면 차체의 소음이 조금 감소했고, 바퀴가 부드러운 표면을 달리는 일정한 소리가 났다. 바람이 많이 부는 날이면 차체가 심하게 흔들리기도 하고, 가끔은 공중에 걸린 기다란 길을 달리고 있다는 생각에 겁이 나기도 했지만.

일몰 전후의 대교는 아름다웠다. 대교에 달린 전구와 가로등 불빛이 때로는 붉은빛으로, 때로는 보랏빛으로 물든 부드러운 하늘 속에 길을 내고 있었다. 해가 완전히 지고 멀리 이어진 대교를 볼 때면 자동차들이 허공 위를 달리는 것 같았다. 하늘을 나는 자동차. 어릴 때 그녀는 하늘을 나는 자동차가 발명될 미래에 대해 들었다. 하늘은 구름과 새의 집이 되어야 한다고, 그렇게 어지러운 장소가 되어서는 안 된다고 어린 그녀는 생각했다. 그녀는 이제 완성된 풍력발전기가, 그 많은 이점에도 불구하고 하늘을 나는 새들에게는 피할 수 없는 도살 기계가 되리라는 것을 알았다.

인안대교를 건널 때면 그녀는 늘 그런 생각 속으로 빠져들었다.

반쯤은 몽롱하고 반쯤은 또렷한 정신이 이리저리 섞이며 그녀가 마주한 현실에서 그녀를 몰아냈다.

다희는 인턴생활 한 달 만에 그녀의 어시스턴트로 일을 시작했다. 중국어에 상당히 능통해서 중국인 기술자와 협력업체 직원들 지원 명목으로 현장에 파견됐다. 그러나 다희는 운전을 하지 못했고, 공사장까지 이동할 수 있는 대중교통이 있는 것도 아니었다. 조수석에 인턴을 태우고 달리는 길이 온전한 쉼이 될 수 없어서 처음에 그녀는 마음이 무거웠다.

처음으로 카풀을 한 날, 숱이 많은 단발머리를 잘 정돈한 다희는 재질이 좋은 얇은 코트를 입고 깨끗한 구두를 신고 있었다. 차에 타서는 검은색 백팩을 무릎에 얹고 전에도 타던 차를 타는 것처럼 자연스레 앉았다.

고마워요, 선배님. 제가 운전을 배웠어야 했는데.

다희는 백팩에서 귤을 꺼내 껍질을 까기 시작했다. 차내에 금세 귤 향기가 퍼져 나갔다. 다희는 그릇 모양으로 벗긴 껍질 위에 귤 알맹이를 하나하나 올려 그녀에게 건넸다. 그녀는 귤 몇 개를 집어 입에 넣고, 괜찮으니 자기에게 더는 주지 않아도 된다고 말했다. 다희는 백팩에서 계속 귤을 꺼내 먹으며 이런저런 이야기를 했다. 인턴 교육을 받을 때의 일, 그녀와 같이 일을 하게 된 사정, 회사 밥이 맛있다는 이야기도 했다. 그건 꽤나 특이한 경험이었다. 아무리 낯가림이 없고 사교적인 성격이라 하더라도 회사 선배와 처음으로 단둘이 가는 길에서, 그렇게 귤을 까먹으며 허물없이 대할 수 있는 사람이 몇이나 될까. 그런 다희를 보며 그녀는 입사 초기의 자기 모습을 떠올렸다. 회사 사람들에게 애써서 최선을 다하려 했던 자신의 모습을, 그 뒤의 낙담을.

그렇게 입고 가면 추울 거예요. 허허벌판에 바람도 많이 불어서.

저, 중학교 때 중국 선양에서 지내서, 웬만하면 추위 안 타요.

그래도 바람은 달라요. 머리 울리고 아파요.

그럼 어쩌죠.

저기, 차 뒷좌석에 얇은 침낭 있어요. 이따 힘들면 그거라도 둘러요.

바람이 많이 부는 날이었다. 그녀는 양모로 뜬 털모자를 쓰고, 다희는 파란색 얇은 침낭을 어깨에 두르고 차에서 내려 걸었다.

아무것도 없는 간척지와 커다란 풍력발전기는 언제나 그녀를 압도했다. 그곳에서는 모든 것이 다 살아 있는 존재들 같았다. 땅도, 발전기도, 바람도 그랬다. 바람이 심하게 부는 날에는 그 소리가 사람 목소리로 들렸고, 퇴근하고서도 환청으로 들리곤 했다. 하얀 발전기는 바람개비를 높이 든, 흰옷을 입은 사람처럼 보였다.

다희는 별말 없이 발전기를 올려다봤다. 흥미 있는 대상을 유심히 관찰하는 얼굴이었다. 1호기부터 3호기까지 발전기를 둘러보는 내내 마찬가지였다. 그녀는 처음 간 곳에서 현장 관계자들과도 자연스럽게 이야기를 나눴다. 다희는 사람들을 지나치게 의식하지 않으면서도 사람들 사이로 잘 섞여 들어갔다. 큰 눈에 감정이 그대로 비쳤고, 말할 때면 긴 눈썹이 쉴 새 없이 움직였다. 짧은 시간에도 여러 표정을 지었고, 웃음소리가 아이 같았다.

다희는 스스로를 낮추는 식으로 다른 사람을 대하지 않았다. 실수를 해도 자신이 잘못한 부분에 대해서 깨끗하게 사과할 뿐, 자학하듯 자신을 깎아내리지 않았다. 매사에 눈치를 보고 저자세로 일관하는 그녀에게 다희의 그런 태도는 그녀 자신의 모습을 돌아보게 했다. 누구보다도 앞장서 스스로를 질책하고 과도하게 몰아세우던 자기 모습을. 이상하게도 다희와 함께 있으면 그녀는 자기 자신을 조금이나마 편안하게 받아들일 수 있었다.

그녀는 회식 자리에서 처음으로 다희와 인사를 나눴다. 가볍게 맥주 몇 잔을 마시는 자리였는데 다희의 얼굴이며 목이 온통 울긋불긋했다.

억지로 안 마셔도 돼요.

그녀의 말에 다희는 유쾌하게 웃었다. 그 자리에서 그녀는 다희가 그녀와 같은 나이라는 것, 오래 방송국 피디 시험을 준비했으나 잘되지 않아서 작년에 포기했다는 말을 들었다. 그 후로도 여러 기업에 원서를 냈지만, 끝까지 통과한 건 이 기업의 인턴 자리밖에 없었다는 사실도 알게 됐다.

그런 정보를 스스럼없이 사람들 앞에서 이야기하는 다희를 보면서 그녀는 다희가 솔직하지만 아직 미숙하여 경솔한 행동을 하고 있다고 생각했다. 이런 곳에서 상대에게 미리 자기가 지닌 패를 보일 필요는 없었다. 다희는 인턴 중에서도 나이가 가장 많은 축에 들었고, 여자였다. 그런 경솔한 행동이 득이 될 리 없는 위치였다. 술을 마셔 나른해진 얼굴로 말하는 다희의 모습이 그녀의 눈에는 불안해 보였다.

다희의 솔직함은 그러나 사람들에게 흠만 잡힐 경솔함이 아니었다. 솔직하되 자기를 비하하거나 부정하지 않았고, 웃고 말하는 모습이 자연스러워서 부담스럽지 않았다. 다희와 같이 통근하고 일하게 되면서 그녀는 다희에 대한 우려가 기우였다는 걸 조용히 깨달았다.

사거리에서 우회전하면 농협이 나왔고, 다희는 언제나 그 앞에 서 있었다. 조수석에 앉아, 가만히 귤을 까서 그녀에게 건넸다. 맑은 날에도, 눈이 오는 날에도, 비가 오는 날에도 다희는 귤을 먹는 것이 무슨 의식이라도 되는 것처럼 매일 그 일을 반복했다.

집에서 귤농사 지어요?

엄마 친구가 지으세요. 십 년 전인가 제주도로 내려가셨거든요.

다희는 한 손으로 귤을 주무르면서 말을 이었다.

이거 노지 귤이에요. 보면 흠이 많고 껍질도 두껍고 예쁘지도 않고, 맛도…… 솔직히 말하면 신맛이 강하잖아요. 처음에는 맛없다고 생각했어요. 근데 이걸 먹다 보면 다른 귤이 맛없어지더라구요. 손바닥 대보세요.

다희가 귤 몇 점을 그녀의 손바닥 위에 올렸다.

아무것도 먹고 싶지 않을 때가 있었는데, 그때 그 이모가 제 자취방으로 귤 박스를 보낸 거예요. 냉장고도 없는데. 난감해서 방 한쪽에 귤 박스를 두고 있다가 할 수 없이 하나씩 먹었어요. 왜 이런 걸 보내느냐고 막 화를 내면서요.

그래서요?

그렇게 며칠을 귤만 먹었는데, 귤이 이런 맛인 줄은 몰랐어요. 한 박스를 다 먹고 나서는 입맛이 돌더라구요. 그 이모도 참, 제가 자기 친조카도 아니고, 친구 딸일 뿐인데 그렇게 마음을 써요.

다희 씨 어머니랑 가까우신가 봐요.

젊었을 때 같이 일했대요. 각자 결혼하고는 가까이 살지 못해서 실제로는 자주 본 사이도 아닌데, 그 마음이 뭘까 궁금했어요.

다희는 자신의 엄마와 그 이모와의 인연에 대해 이야기했다.

그날 이후로 이야기는 여러 갈래로 뻗어 나갔고, 그녀는 라디오를 듣듯이 다희가 하는 이야기에 자연스레 귀를 기울였다. 그녀는 다희의 할머니에 대해, 부모님에 대해, 다희의 중국생활과 다희가 만났던 사람들과 동물들에 대해서도 들었다. 돌이켜보면 다희는 타고난 이야기꾼이었다. 분명 슬프고 외로웠을 법한 일조차도 그녀는 가볍고 웃기는 이야기로 전했다.

다희 씨 참 웃겨요. 그녀가 말했다.

다들 처음에는 그렇게 말해요. 너 참 재밌다, 웃기다.

다희는 조금 작아진 목소리로 말을 이었다. 소리가 작아지자 목소리 자체가 다르게 들렸다.

그러다가, 실망하는 거죠. 전 언제나 그 사람들 기대만큼 밝은 사람이 아니었으니까. 아, 너 이런 애였니? 이러고 가버리는 거예요. 아주 어릴 때부터.

그렇게 말하고 다희는 힘없이 웃었다.

그래서 사람을 좋아하게 되면, 잃고 싶지 않으니까 무리를 하게 돼요. 좋은 모습만 보이고 싶어서.

다희의 목소리에 실린 감정이 그녀의 마음에도 가까이 느껴졌다.

그랬더니 이런 사람도 있었어요. 다희 너는 깊이가 없어, 얕아, 그래서 좀 질려.

침묵 속에서 자동차가 지면을 달리는 소리가 들렸다. 그녀는 그 순간 다희가 직장 동료로서의 선을 넘었다고 생각했다.

선배 차에 타면 저도 모르게 이런 말이 나와서…… 다희가 말했다.

아니에요.

죄송해요.

괜찮으니 마음 놓아요. 전 좋아요, 이렇게 얘기하는 거.

그렇게 말하면서도 그녀는 자기 마음을 의심했다. 괜찮다고 했지만 정말 괜찮은지, 좋다고 말했지만 좋기만 한지 확신할 수 없었다. 자신에게 경계를 허물어준 다희에게 고마움을 느끼면서도 한편으로는 다희의 순진한 마음에 어떻게 대응해야 할지 알 수 없었다.

농협 앞에서 다희를 태우고, 둘은 서쪽으로 갔다. 시내를 통과해 아파트단지와 상가들을 지나서 고속도로를 타고 이동했다. 중간중간 터널을 통과해 마지막 터널을 지나면 인안대교가 나왔다. 인안대교를 지나 작은 마을을 지나 더 서쪽으로 가면 간척지가 나왔고, 세대의 발전기가 보였다.

그녀와 다희는 발전기가 시험 가동될 때 그 첫 모습을 함께 지켜보았다. 둘은 가깝게 서서 풍력발전기가 움직이는 모습을 바라봤다. 발전기에 달린 발광체에서 레몬색의 빛이 나왔고, 날개가 돌아가는 소리와 바람 소리가 섞여 일정한 리듬을 지닌 목소리가 울리는 것 같았다. 그 소리는 마음을 압도하면서 두렵게 다가왔지만, 한편으로는 시원하고 자유로운 느낌도 줬다.

그날, 집으로 돌아오면서 다희는 커다란 기계가 주는 안도감이 있다고 그녀에게 말했다. 기계는 감정이 없고, 그래서 기쁨도 슬픔도 불안도 느끼지 않고, 변덕을 부리지 않고, 누굴 속이지도 않고, 자기 모습을 감추거나 매번 변형시키지 않고서도 훼손되지 않는 단단한 존재라고, 그래서 발전기를 보고 있을 때면 알 수 없는 안도감 같은 것이 든다고 말했다.

다희는 어느 일 년 동안, 사랑하는 이들을 여럿 잃었다고 말했다. 피디 시험을 준비한 지 이 년 됐을 때의 일이라고 했다. 그런 일을 겪으면서도 나름대로 살아보겠다고 참으면서 스터디에도 나가고 공부도 하고, 그러다 집에 와 혼자 울었다는 이야기였다.

그때 기억은 좀 나요? 그녀가 물었다.

아뇨, 그냥 드문드문. 언론고시 스터디를 하고 있었는데 스터디에 빠지려면 불참 사유를 말해야 해서 일이 생길 때마다 솔직하게 말했어요.

거기까지 말하고 다희는 고개를 숙인 채로 말을 잇지 못했다. 잠시 침묵하다 다희가 다시 말을 이었다.

처음에는 스터디 사람들도 저를 위로해줬어요. 안됐다고. 그러다 그해 겨울에 저랑 삼 년을 같이 산 고양이가 죽었을 때, 사람들이 그러는 거예요. 다희 씨, 어떻게 다희 씨 주변에는 이런 일들이 이렇게 잦아요? 어떻게 매번 누가 죽어요?

다희가 가방에서 휴지를 꺼내 코를 풀었다.

공채 시즌이어서 다들 예민해졌을 때였어요. 스터디원이 빠지면 모두가 피해를 보는 구조였으니까요. 스터디에 빠지고 싶어서 제가 거짓말을 하는 거라고 생각했나 봐요. 사람들 앞에서 슬픈 사람처럼 보이지 않으려고 그렇게 노력했었는데, 사람들은 그런 제 모습을 보고 제가 의심스러웠나 봐요.

다희 씨.

다희는 그녀 쪽을 보고 웃었다.

이렇게 말하니 좋네요.

다희는 귤껍질을 벗겨서 그녀의 손에 귤 몇 점을 올렸다. 귤은 아주 시고 달았다. 귤을 다 먹고, 그녀가 망설이며 입을 열었다.

저도…… 작년에 할머니가 돌아가셨어요.

거기까지 말하고 그녀는 입을 다물었다. 왜 이런 이야기를 여기서 한 거지, 라는 생각이 들었고, 고작 그 한마디를 했을 뿐인데 눈물이 나와 놀랐다. 그녀는 눈물을 참으면서 한참을 더 운전했다.

저를 키워주신 분이었거든요. 저도 다희 씨처럼, 회사에서는 웃다가 이 차 안에서 많이 울었어요.

그 말을 하고 그녀는 입술을 깨물었다.

외할머니라고 휴가가 하루밖에 안 나온 것도, 부모상이 아니니까 아무렇지 않을 거라고 사람들이 가정하는 것도 마음에 남았어요.

선배.

다희가 그녀의 팔에 손을 얹었다.

자동차 안에서 다희에게 했던 이야기들은 오래도록 그녀 안에서 아우성치며 밖으로 나가기를 바랐던 것처럼 그녀를 밀어붙였다. 그녀는 정제된 언어로, 자신이 이미 정리한 시간들을 이야기했지만 그 말을 하는 자신의 몸은 다른 말을 하고 있었다. 땀이 나고, 심장이 빠르게 뛰고, 머리가 아프고, 때로는 그날처럼 눈물이 고이기도 했다.

한 시간 남짓 달리는 자동차 안에서 서로의 이야기에 몰입하는 동안 그녀와 다희는 선후배도, 친구도, 애인도, 우연히 지나치는 사람도 아니었다. 자동차에서 내려 일터로 나가면 둘은 동료가 되었다가, 자동차에 올라타면 다시 서로의 이야기에 몰두하는, 알 수 없는 사이가 되었다.

유일하게 대화가 끊기는 순간은 인안대교를 건널 때였다. 자동차가 인안대교에 진입하면 둘은 아무 말도 나누지 않았다. 이야기를 하다가도 중단하거나 대교가 보일 무렵이면 대화를 정리하는 식이었다. 자동차가 인안대교를 지날 때, 다희는 오른쪽 창으로 고개를 돌려 바깥을 유심히 바라봤다. 매일 보는 풍경인데도 마치 처음 보는 사람처럼, 다희는 바다와 작은 섬들을, 밝은 하늘을, 일몰을, 어둠을 물끄러미 바라봤다.

그 시간을 지나며 그녀의 마음은 두 갈래로 갈렸다. 공과 사를 구분해야 한다는, 자신이 어리석은 행동을 하고 있다는 마음이 하나였고, 다희와 계속 그렇게 이야기 나누고 싶다는 마음이 다른 하나였다.

다희와 이야기할 때면 따뜻한 바닷물에 들어가 수영하는 기분이 들었다. 몸에 부드럽게 감기는 물처럼 모든 것이 자연스러웠다. 다희와 만나고 그녀는 지금껏 그녀가 알았던 대화가 사실은 대부분 서로를 향한 독백이었다는 걸 깨달았다. 시간을 메우기 위해, 혹은 최소한의 사회적인 관계를 위해, 자신을 방어하기 위해 했던 말들이 어른이 되고 나서 그녀가 알던 대화의 전부였으니까. 그제야 그녀는 아무 소리도 들리지 않는 조용한 자기 방에서 온전히 혼자가 되기를 바랐던 마음, 그 누구의 목소리도 듣기 싫었던 마음 안에도 사람과 이야기 나누고 싶은 자신이 있었다는 걸 알게 됐다.

할머니는 어떤 분이셨어요? 다희가 물었다.

초등학교 이 학년 때 소풍 가서 보물찾기를 했는데, 제가 찾은 쪽지에 이 층 필통이 나왔어요. 그래서 그걸 받고 집에 가려는데 어떤 남자애가 자기 필통이랑 바꾸자는 거예요. 싫다니까 저를 발로 차고는 필통을 뺏어 갔죠. 버스 타고 학교에 도착했는데 할머니가 기다리고 있었어요. 할머니에게 가서 일렀어요. 쟤가 나 때리고 내 거 가져갔다, 그랬더니 할머니가 그 남자애랑 그 남자애 엄마에게

막 걸어가는 거예요.

그래서요?

처음엔 좋게 말했죠. 그런데 그 남자애 엄마가 자기 아들이 그랬을 리가 없다고 그래요. 그랬더니 할머니가 거짓말하지 말라고, 흥분해서 소리를 지르는 거예요. 당신 아들 가방 열어봐라, 거기 필통 두 개 있다, 뺏어 간 필통은 이러이러하게 생겼다, 이러면서. 가방을 열어보니 그 필통이 나왔어요. 남자애 엄마가 저에게 돌려주고 떠나면서, 어쩜 노인네가 저렇게 못되게 늙었대? 말하고 쳐다봤어요. 벌레 보듯이. 그랬더니 저희 할머니가 이러는 거예요.

뭐라고 하셨어요?

너 같은 사람들 때문에 이렇게 늙었다, 왜! 이…… 씨발년아.

그 말을 하고 그녀는 작게 웃었다.

그때 할머니 모습이 잊히질 않아요. 말로 일격을 가하고 싶으면서도 겁먹은 게 제 눈에는 보였거든요. 씨발년아, 라고 할 때는 목소리가 작아지면서 꼭 울 것 같았어요. 욕도 못 하는 사람이 최대치의 욕을 한 거죠. 할머니 생각하면 그 기억이 자주 떠올라요. 저를 지키려는 매 순간순간이 무서웠을 것 같고, 용기를 냈어야 했을 것 같고. 세상 소심한 사람이 막, 씨발년이라는 말도 해야 하고.

선배.

네.

고마워요, 선배. 말해줘서.

발전소 개소식은 아침 열한 시, 풍력발전기가 멀리 보이는 공터에서 시작됐다. 음향시설과 연단, 의자들을 실은 트럭이 도착한 건 아홉 시쯤이었다. 맑은 하루가 되리라는 일기예보가 있었지만 어떻게 된 일인지 바람이 심하게 불었고 하늘에도 짙은 구름이 떠 있었다. 접이식 의자를 펴서 세워놓으면 넘어지기도 했고, 본격적으로 비라도 내린다면 행사 진행에 어려움이 있을 것이었다. 별다른 방법이 없어서 그녀와 직원들은 의자가 쓰러지면 다시 펴서 세워두는 식으로, 그 바람이 지나가기를 바랐다.

그녀가 속한 팀 직원들과 인턴들이 개소식을 준비했다. 행사와 식사를 겸할 수 있는 장소를 섭외하고, 초대장을 만들어 부치고, 보도자료를 쓰고, 플래카드와 당일 나갈 홍보물을 만들고, 전문통역사, 사진작가, 영상작가를 섭외했다. 손님들이 타고 이동할 관광버스와 야외행사에서 쓰일 비품들을 준비하기도 했다.

손님들로 국회의원, 시장과 고위직 공무원, 시의원, 단체 임원들이 들어섰고 신문사 방송사 기자들이 왔다. 정장을 입은 남자들이 일렬로 나란히 서 있는 동안 인턴들이 테이프 커팅식에 쓰일 리본을 단 봉을 양쪽에 설치했다. 오색 리본이 일자로 펴진 순간, 치마 정장을 입은 가장 어린 여자 인턴 둘이 양쪽에서 스테인리스 쟁반을 들고 걸어와 모두에게 가위를 나눠 줬다.

그 장면을 보면서 그녀는 신입사원이었던 자기 모습을 떠올렸다. 여기 여직원들 중에 막내가 누구지? 새로운 신입사원이 들어오기 전까지 그녀는 행사 때마다 꽃다발을 전달하는 역할을 담당했고,

사람들은 그런 일을 하는 신입을 '꽃순이'라고 불렀다. 그녀는 자신의 진실한 감정을 드러내지 않기 위해 애썼다. 자기감정이 조금이라도 표정으로 드러나, 어른스럽지 못하고 사회인답지 못하다는 말을 듣고 싶지 않았다.

열한 시에 시작해서 열두 시에 끝나야 했을 행사가 열두 시 반에도 끝나지 않았다. 중요한 사람들이 차례로 나와서 자기 감상을 말했는데, 마이크가 잘 들지 않을 때면 이거 왜 이래? 라고 직원들이 있는 쪽을 보고 반말을 하기도 했다. 그녀는 쩔쩔매는 직원들 사이에 서서 바람을 맞고 있었다.

직원들에게 소리치거나, 반말을 섞어 쓰는 사람들을 그녀는 자주 보았다. 그러나 그만큼이나 피로한 건 그런 사람들의 입에서 나오는 무의미하고 진부한 말들이었다. 왕년에 자신이 얼마나 진보적인 활동을 했는지, 혹은 현재 자신이 얼마나 이 세계에서 중요한 위치를 점하고 있는지 자랑하는 말들. 자기가 느끼는 감정을 얼굴에다 드러낼 수 있고 자기가 하고 싶은 말이라면 생각나는 대로 다 할 수 있는, 자기 권리를 과시하는 사람들.

호텔로 이동해서 오찬이 이어졌다. 직원들은 행사장 뒤처리를 하는 팀과 호텔 레스토랑에서 손님들을 의전하는 팀으로 나뉘었다. 그녀는 행사장 뒤처리를 하고, 뒤늦게 호텔로 이동했다. 레스토랑 입구에서 그녀는 다희와 김 상무가 서서 이야기하는 모습을 봤다. 가까이 다가가니 김 상무는 사람 좋은 미소를 지으면서 다희에게 자기가 한 말을 중국어로 통역하라고 지시하고 있었다. 문장은 죄다 불편한 유머였다. 김 상무는 자신이 다희를 불편하게 하고 있다는 것을 눈치채지 못하는 것 같았다. 그녀는 김 상무에게 다가가 행사장 정리를 마쳤다고 보고했다.

여기 다희 씨, 지수 씨 팀 인턴이죠?

네.

아주 재미있는 친구네. 우리 여자 인턴 중에 나이가 가장 많지, 아마?

다희는 고개를 끄덕였다.

간절히 원해야 하는 거예요. 대충대충 해선 안 돼.

알겠습니다.

다희는 김 상무 앞에서 과도하게 상냥해 보였다. 김 상무에게 당신이 그런 말을 해줘서 진심으로 고맙다는 듯이 연기하고 있었다. 그렇게라도 인사권자에게 좋은 이미지를 주려고 애쓰는 다희의 모습이 그녀는 불편했다. 저렇게까지 해야 하나, 라는 마음이었다.

그럼 수고들 해요.

김 상무가 자리를 떠나고, 그녀와 다희는 창가로 가서 행사장에서 남은 생수를 마셨다.

김 상무님 말, 너무 신경 쓰지 말아요. 그녀가 말했다.

아무렇지도 않아요. 다희가 웃으며 답했다.

다희는 창밖을 보며 립스틱이 지워져 테두리만 남은 입술을 손가락으로 만지고 있었다. 창밖으로는 멀리 수평선이 보였다.

팀 선배들이 하는 얘기 들었어요. 김 상무님이 선배 예뻐한다는 말요.

다희가 무슨 뜻으로 그 말을 하는지 알 수 없어 그녀는 마음이 무거웠다.

사람들이 또 무슨 얘기하는데요.

선배, 일 잘하고 똑 부러진다고, 그래서 어른들도 선배 좋아한다고.

그녀는 멀리 보이는 수평선에 시선을 두고 사람들이 자신과 김 상무를 두고 어떤 태도로 이야기했을지 어림해봤다. 그 정도는 괜찮다고 생각하면서.

온종일 이어진 행사가 피곤했는지 다희는 평소와는 다르게 집으로 가는 차에서 별다른 말을 하지 않았다. 바람이 거세게 불어서 길가 나무들의 가지가 한쪽으로 기울어지고, 쓰레기가 공중에 날렸다.

저…… 아까 한 말이 마음에 남아서요. 다희가 말했다.

뭐가요.

사람들이 뒤에서 선배 얘기했다는 거, 정말 생각 없이 한 말이었어요.

그게 뭐가 어때요.

그녀는 대수롭지 않다는 듯 말했다. 잠시 망설이던 다희가 입을 열었다.

선배와 김 상무님은 전혀 다른 사람이에요.

알아요.

같은 인턴들도 그렇고 선배들도 다 지수 선배 좋은 사람이라고 해요.

다행이네요.

자동차가 인안대교에 진입하자 다희는 고개를 돌려서 어둠 속에서 점점이 보이는 작은 빛들을 바라봤다. 그녀는 멀리까지 이어진 인안대교의 불빛에 시선을 두고 '좋은 사람'이라는 말을 생각했다.

은근한 따돌림이 있었을 때도 동료들은 그녀에게 친절했다. 아침이면 밝은 얼굴로 출근 인사를 했고, 엘리베이터나 화장실에서 만나면 반가운 내색을 했다. 점심을 같이 먹으러 가자고 하기도 했다. 공적인 일에서 그녀를 배제한 것도 아니었다.

그런데도 몇몇 분명한 순간들은 있었다. 모두가 받은 동료의 청첩장을 받지 못했을 때, 회사 내 메신저로 조금이라도 개인적인 감정을 나누고자 했지만 답이 오지 않았을 때, 아주 사소한 주제라도 그녀와는 사적인 대화를 이어가지 않으려는 기미가 느껴질 때, 어떤 말도 없었지만 그녀와 함께 있어서 버겁고 불편하다는 분위기가 감돌 때, 우리의 세계에 온전히 소속될 수 없는 당신을 나는 안타깝게 여기지만 도울 생각은 없다고 그녀를 바라보는 사람들의 얼굴을 볼 때.

그녀는 그런 상황에 체념한 채로, 그 모든 일이 지나가기만을 바랐다. 고통스러웠지만 살아졌고, 그녀는 살아진다는 것이 무엇인지 알고 있었다. 살아진다. 그러다 보면 사라진다. 고통이, 견디는 시간이 사라진다. 어느 순간 그녀는 더 이상 겉돌지 않았고, 그들의 세계에 나름대로 진입했다. 모든 건 변하고 사람들은 변덕스러우니까. 그러나 그 후에도 그녀는 잠들지 못하거나 질이 낮은 잠을 끊어 자며 아침을 맞았다. 가끔씩 스스로에게 벌을 주듯 폭음을 하고는 환한 대낮의 사무실에서 사람들과 웃으며 대화했다.

인안대교를 다 건널 무렵 비가 내리기 시작해서 그녀는 와이퍼를 켰다.

다희 씨에게 따로 얘기한 적은 없지만 내가 직장에서 좀 겉돌았어요. 많이 서툴렀어요, 사람들 사이에서.

다희는 고개를 돌려 그녀를 봤다.

내가 뭘 잘못했지…… 오래 생각했어요. 많이 나아졌다지만 지금도 그런 생각해요.

왜 선배 잘못일 거라고 단정해요? 다른 사람들이 나빠서일 수도 있지.

그런가요.

입사 초기 무렵, 그녀는 자신을 받아주지 않았던 회사 사람들을 어두운 마음으로 바라봤다. 좋은 사람들에게 거절당한다는 경험은 고통이었으므로, 그녀는 차라리 나쁘고 냉혹한 인간들이 자신을 무시하고 있다고 생각하는 편을 택했다. 그들이 자신을 거절하는 것이 아니라, 그녀가 그들을 거부할 이유를 발견하는 서사가 덜 아팠으니까. 그들은 가치 없는 인간들이어야 했다. 네가 뭐라고 날 무시해? 그녀는 회사 사람들의 얼굴, 목소리, 몸짓, 혹은 그들의 존재 자체에서 그들을 혐오할 수밖에 없는 혐의를 발견해냈다. 자기 속이 얼마나 망가졌는지도 모르는 채로 그녀는 그 일을 매일 반복했다.

입사한 지 일 년 정도 됐을 때, 엘리베이터에서 김 상무를 만난 적이 있다. 그는 그녀가 그와 같은 대학을 나온 걸 알고 있었다면서 다정한 말투로 그녀에게 말을 걸었다.

지수 씨 같은 신입은 억울할 거야. 고졸 특채들이랑 같이 신입이라는 이름으로 묶여 들어왔으니.

그는 다 이해한다는 표정으로 그녀에게 웃어 보였다.

겉으로는 같은 입사 동기지만, 다 형식적인 거고, 우린 걔네 후배로 생각 안 해. 그러니까 걱정 마요.

그가 내리고, 그녀는 엘리베이터 거울에 비친 자신의 얼굴을 봤다. 예전의 자신이었다면 김 상무의 그런 말에 억지로라도 웃지 못했을 것이었다. 그러나 그가 그 말을 했을 때 그녀는 분명 안도했고, 그런 식으로라도 자기 존재를 인정해주는 그에게 친근감을 느꼈다. 차별하는 사람의 입장에 설 수 있게 한 그의 말에 위로를 느꼈다. 거울에서 그녀가 본 건 기쁨과 안도가 스민 진짜 웃음이었다.

어쩌면 사람들은 자신의 그런 추한 가능성을 알아보았는지도 몰랐다. 난 그런 사람이 아니야. 날 이렇게 만든 건 다 당신들 탓이야. 모두에게 그렇게 말하고 싶었지만, 그런 생각은 자기 자신조차 설득할 수 없었다.

그때의 자신의 모습을 그녀는 다희에게 말하지 못했다.

발전소가 문을 열고부터, 다희와 그녀는 다른 일을 맡게 됐다. 그녀는 발전소 관련 자료집을 펴내는 일을 맡았고, 다희는 에너지 박람회 준비팀에 보조 인턴으로 참여했다.

다희는 마다했지만, 그녀는 개소식 후로도 출퇴근 시간에 다희를 태우고 운전했다. 다희는 차에 올라타서 과일이나 떡, 견과류, 빵 같은 것을 먹기 좋은 크기로 잘라 그녀의 손바닥 위에 올려줬다.

그 무렵 다희는 주중에 출근하고 주말에 도서관에 가서 취업 준비를 했다. 인턴생활이 끝날 무렵, 회사는 자체 시험으로 인턴의 삼분의 일을 신입사원으로 채용했다. 세 명 중 한 명이에요. 다희는 그 말을 농담처럼 종종 하곤 했었다. 세 명 중 한 명. 떨어질 확률이 더 높지만 희망을 주는 조건이었다. 그녀는 다희가 그 셋 중의 하나가 되기를 빌었다.

다희가 그녀처럼 사 년 전 이 회사에 지원했더라면 어렵지 않게 합격할 수 있었을 것이다. 그러나 다희는 더 어려운 선택을 했고, 그 동안 취업 조건은 더 까다로워졌다. 다희는 지난 사 년 동안 무리할 정도로 최선을 다했지만 그 시간은 그녀가 상황 판단을 잘하지 못했다는 인상만을 남길 것이었다. 별다른 실패 없이, 매번 똑똑한 선택을 하여 최대한 빨리 기업에서 요구하는 모든 것을 갖추어도 좋은 일자리를 얻기 어려운 세상이었다. 자신이 어느 정도의 부담감으로 취업을 준비하고 있는지 다희는 구체적으로 이야기하지 않았다.

집으로 돌아가던 어느 날, 터널을 지나며 다희가 말했다.

어릴 때는 터널 지날 때 숨을 참았어요.

왜요?

숨을 참고 터널 다 지나면 소원이 이뤄진다고 해서요.

무슨 소원 빌었어요?

모르겠어요. 잊어서.

그녀는 잠시 고개를 돌려 다희를 바라보았다. 터널 조명이 다희의 얼굴을 스치며 얼룩을 내고 있었다.

숨 참느라 힘들었던 것만 기억나고 억울하네요.

지금은요?

이제 저를 위해 빌지는 않아요. 저에게 바라는 건 있지만, 그 무언가에게 빌지는 않아요.

터널을 빠져나갈 무렵 다희가 말을 이었다.

선배가 행복하길 바라요. 그리고 건강하길.

고맙다고 말하고 그녀는 앞만 바라보며 운전했다. 나도 그렇기를 바란다는 말을 입 밖으로 낼 수가 없어서 입을 다문 채로. 다시 고개를 돌려보니, 다희는 잠에 빠져 있었다.

다희가 일하는 박람회 준비팀의 총책임자는 충동적인 사람이었다. 매번 마지막 순간에 결정을 번복했고, 자기가 개입하지 않아야 할 일까지 개입해서 잘 마무리된 일을 엉클어놓았다. 수습은 인턴들의 몫이었다. 그녀는 책임자가 인턴들의 불안한 상황을 이용하고 있다고 생각했다.

사람이라면 응당 할 수 있는 실수에도 다희는 예전과 다르게 초조해했다. 다희는 좋게 말해서 신중해졌지만, 어떻게 보면 계속되는 체념 속에서 자기 빛을 잃고 있었다. 가끔 멍한 표정으로 사람들 속에 서 있는 모습을 그녀는 멀리서 바라보곤 했다. 분위기를 맞추려고 따라 웃고 고개를 끄덕이기는 했지만, 다희라는 사람의 껍데기만 남아 있는 것처럼 보였다.

그런 다희에게 그녀는 무리하지 말라는 말을 자주 했다. 일을 융통성 있게 해야지, 다른 사람들 일까지 떠맡아서 할 필요 없다, 그러다 보면 다희가 그렇게 일하는 것이 고마운 일이 아니라 당연한 일이 되는 거라고. 몇 번 그런 이야기를 할 때쯤 다희가 웃으며 말했다.

선밴 인턴이었던 적 없죠.

장난스러운 말투에 숨겨진 진심이었다. 그 말을 하고 다희는 창밖을 내다보는 시늉을 했다.

다희가 자주 야근을 하면서 그녀는 혼자 집에 돌아가는 날이 많아졌다. 다희는 같은 팀 인턴들과 빠른 속도로 친해졌고, 야근이 없는 날에도 저녁에 같이 어울리곤 했다. 출근은 매일 같이했지만 다희는 아침에 차에서 자주 졸았다.

그 무렵부터 그녀는 다희에게 회사에 관한 것이라면 자잘한 불만도 털어놓지 않았다. 자신이 순전히 운이 좋아 이런 직장을 구했다는 것을 그녀는 누구보다도 잘 알고 있었다. 다희와 같은 위치였다면, 다희가 자신보다 훨씬 더 유리한 입장이었으리라는 것도. 불안해 보이는 다희를 볼 때면, 그녀는 자신의 편안한 처지에 옅은 죄책감을 느꼈다.

그녀의 팀 사람들은 인턴들이 없을 때 인턴들에 대해 이야기했다. 아직 일해본 경험이 없어서 오히려 일을 만드는 경우도 많고, 일을 습득하는 속도도 느리다는 말이었다. 그런 불만들은 '그래도 인턴을 챙겨야 한다'는 시혜적인 말로 끝나곤 했다. '우리'가 그들을 도와야 하고, 이끌어야 한다는 식이었다. 팀 사람들은 그녀에게 다희와의 관계에 대해서 묻곤 했다. 어차피 떠날 확률이 더 높은 사람에게 왜 그렇게 잘해주느냐고. 그녀는 그저 통근하는 경로가 비슷해서 같이 차를 타고 다니는 거라고만 답했다. 대졸 공채 출신 정규직 사원과 친밀하게 지냈더라면 그런 질문을 받을 일도 없었으리라고 생각하면서.

다희를 만나고 얼마 후, 그녀는 회사 내의 대학 동문 모임에 초대받아 참석한 적이 있었다. 몇 기수 위 선배가 인트라넷 메시지로 동문들을 비밀리에 초대했다. 그 자리에 가서 그녀는 인간이 배타적인 공동체에서 얻는 끼리끼리의 저급한 쾌락을 읽는 동시에 어린 여자인 자신이 그들의 '진짜 우리'에 들어갈 수 없음을 알았다. 그리고 더 이상 그들의 '우리'에 관여하고 싶지도 않았다. 왜 그 모임에 다녀와서 기운이 없고 울고 싶었는지 그녀는 다희와 대화하며 알 수 있었다. 그곳에서 사람들은 모두 같은 목소리로 저마다 방백하고 있었던 것이다.

박람회가 이틀 남은 날, 다희는 야근을 했다. 박람회에서 나갈 팸플릿에 오자 두 개가 발견되어서 스티커 처리를 해야 한다고 했다. 마지막 피디에프 파일을 인쇄소에 보낸 것이 다희였기에 그 일은 다희의 책임이 됐다. 원고를 수정한다고 마지막에 손을 대 부정확한 정보를 쓴 팀장은 그 책임을 전부 다희에게 돌리고 퇴근했다. 인턴 몇이 남아서 팸플릿 오백 장에 스티커를 붙여야 했다.

다희를 돕고 싶었고, 그녀 자신도 처리해야 할 일이 있어서 그녀는 잔업을 하며 다희를 기다렸다. 지하철역까지가 아니라 집까지 데려다줘야겠다고 생각했다. 다희는 열한 시쯤 일을 끝내고 그녀의 사무실로 왔다.

선배.

다희는 미간을 찌푸리며 웃는 특유의 얼굴로 그녀에게 다가왔다.

이렇게 기다릴 필요 없었는데. 고마워요.

나도 할 일 있었어요.

더 늦게 끝날 수도 있었는데, 그럼 제가 너무 미안해지잖아요.

다희는 진심으로 난감하다는 표정을 지었다.

다른 인턴들 보기에도 좀 그래요. 제가 무슨 특별대우 받는 것처럼.

알았어요. 앞으론 그냥 갈게요.

대수롭지 않게 말하고 웃으며 사무실을 나왔지만 씁쓸한 마음을 숨길 수가 없었다. 다희가 원하지도 않았는데 기다려서 오히려 부담이 되었을지도 모른다는 생각 때문이었다. 그녀는 다희에게 서운함을 느끼지 않기 위해 노력했다. 서운하다는 감정에는 폭력적인 데가 있었으니까. 넌 내 뜻대로 반응해야 해, 라는 마음. 서운함은 원망보다는 옅고 미움보다는 직접적이지 않지만, 그런 감정들과 아주 가까이 붙어 있었다. 그녀는 다희에게 그런 마음을 품고 싶지 않았다.

자동차는 어둠 속을 천천히 달렸다.

선뱀 안 피곤해요?

다희는 그녀의 손바닥 위에 초콜릿을 올려놓았다. 민트 맛이 나는 다크초콜릿이었다.

한 달 뒤에 인턴이 끝나요.

그렇죠.

오늘 야근하면서…… 내년 이맘때쯤에 제가 어디 있을지 생각했어요.

다희는 그렇게 말하고 백팩에 얼굴을 기댔다.

인턴 셋이 작업을 했는데, 내년에 우리 셋 중 둘은 여기 없겠지…… 그런 생각이 들면서 아, 그 하나가 내가 되어야 한다고 정말 간절하게 생각하게 됐어요.

누구나 그럴 거예요. 그녀가 답했다.

선배.

네.

가끔은…… 제가 커다란 스노우볼 위를 기어 다니는 달팽이 같아요. 스노우볼 안에는 예쁜 집도 있고, 웃고 있는 사람들도 있고, 선물 꾸러미도 있고, 다들 행복해 보이는데 저는 그걸 계속 바라보면서 들어가지는 못해요. 들어갈 방법도 없는 것 같고.

그녀는 어떻게 답해야 할지 몰라 망설이다 입을 열었다.

다희 씨 합격하겠지만, 아니더라도 더 좋은 곳 갈 수 있다고 생각해요.

그 말을 뱉었을 때, 그녀는 뭔가가 잘못되었다는 것을 느꼈다. 변명을 하고 싶어 망설이는 동안 다희가 입을 열었다.

선배는 빈말 안 하는 사람이라고 생각했어요.

빈말 아니에요.

저한텐 그렇게 들렸어요.

그랬다면 미안해요.

말은 그렇게 했지만, 그녀는 다희의 반응도 심했다고 생각했다. 무책임한 말이긴 하지만, 행운을 빌어주고, 조금 마음을 놓으라고 말해준 것인데 그렇게까지 딱딱하게 말할 필요는 없는 것 아닌가. 아무리 그래도 늦은 시간까지 기다려서 집까지 태워다주는 자신에게 다희가 그런 식으로 말해선 안 되는 것 아닌가.

있잖아요, 선배.

자신을 부르는 다희의 목소리가 떨렸다. 다희는 한참을 망설이다 말을 이었다.

며칠 전에 선배가 다른 선배랑 제 얘기하는 거 들었어요.

언제요?

다희는 그녀의 질문에 대답하지 않았다. 그녀는 다희가 말하는 일이 무엇인지 제대로 기억할 수가 없었다.

저는요, 선배. 우리가 그냥 가는 방향이 같아서 같이 통근했다고만 생각하진 않았어요.

그녀는 사람들의 말에 대답하던 자기 모습을 떠올렸다. 방향이 같아서 같이 다니는 것뿐이에요. 네? 아니에요. 별 사이 아니에요. 그러게요, 언론고시가 워낙 어렵다고들 하잖아요. 그런가요? 나이가 많아서 아무래도 불리한 부분은 있겠죠. 그래요? 그 친구가 워낙 어른들한테 싹싹하잖아요. 그저 다른 사람들의 말에 사무적으로 답한 것뿐이었지만, 다희가 그 말을 어떤 식으로라도 들었다면 달라지는 이야기였다.

다희 씨, 전……

이해해요. 여기 회사잖아요. 제가 선배 입장이어도 그렇게 말했을 거예요.

다희는 손등으로 얼굴 위의 눈물을 닦아내고 있었다. 당신에게 상처를 주고 싶지 않았어요. 내가 왜 그 사람들에게 우리 이야기를 해요. 그렇게 말하고 싶었지만 목이 따끔거릴 뿐, 그녀는 입 밖에 내지 못했다. 그녀가 그렇게 망설이는 동안 자동차가 마지막 터널을 빠져나왔다. 사실 그녀는 다른 식으로도 말할 수 있었으니까. 다희 씨랑은 말이 잘 통해서 친해졌어요. 아, 다희 씨 없는 데서 다희 씨 이야기하고 싶진 않은데요. 그렇게 말하면 따라붙을 질문이 귀찮고, 어색해질 공기가 두려워 그녀는 그렇게 말하지 못했던 것이었으니까.

그날 그녀는 다희에게 미안하다는 말밖에는 하지 못했다. 적극적으로 상황을 설명하는 것이 다희의 상처를 덜어내는 방법이었을까 뒤늦게 생각해보기도 했지만, 성의 없는 변명을 하느니 깨끗하게 사과하는 편이 나았으리라는 판단은 달라지지 않았다. 다희의 상처를 자기 관점으로 다희에게 설명하고 싶지 않았다.

내가 다희 씨를 어떻게 생각했는지는 다희 씨가 제일 잘 알 거예요.

그녀는 다희의 집 근처에 와서 그렇게 말했다.

괜찮아요. 제가 오늘 피곤해서.

다희는 그렇게 말하고 미소 지으며 차에서 내렸다. 서운하다, 어떻게 내게 그럴 수 있나, 상처받았다, 예전의 다희라면 그렇게 말했으리라는 걸 그녀는 알았다. 애정이 상처로 돌아올 때 사람은 상대에게 따져 묻곤 하니까. 그러나 어떤 기대도, 미련도 없는 사람은 자신을 보호하기 위해 마음을 걸어 잠근다. 다희에게 그녀는 더는 기대할 것 없는 사람이었다.

다희가 출근하던 마지막 한 달 동안, 둘은 그날의 일을 화제에 올리지 않고 아무 일도 없었던 것처럼 웃으며 대화했다. 그것이 그녀는 슬펐는데, 다희도 그런 마음이었는지는 알 수 없었다.

다희가 마지막으로 퇴근하던 날, 그녀는 다희를 집까지 데려다줬다. 둘은 그날이 다른 날과 다를 것 없다는 듯이 능청을 떨며 대화했다. 그녀는 다희에게 시험 잘 보라고, 계속 카풀을 할 수 있으면 좋겠다는 말을 했고, 다희도 그럴 수 있으면 좋겠다고 말했다.

그래도…… 오늘이 마지막일 수 있어요, 우리 카풀. 다희가 말했다.

그래요.

선배.

네.

우린 말이 참 잘 통했어요.

그녀는 고개를 끄덕였다.

선배가 저 아껴준 거 알아요. 전 선배한테 아무것도 해준 것도 없는데.

다희 씨는…… 그녀는 머뭇거리면서 말을 골랐다. 저는…….

선배.

전…… 다희 씨 좋아하면서 다른 사람들도 조금은 좋아하게 됐어요. 그건 아무것도 아닌 게 아니에요.

그 말을 할 때 자동차가 인안대교에 들어섰다. 그곳에서, 둘은 언제나처럼 아무 말도 하지 않았다. 그러나 문득 그녀는 말하고 싶었다. 다희에게 하지 못했던 말을.

다희의 눈썹. 다희가 얘기할 때 눈썹이 자유자재로 움직이는 모습을 보면서, 사람에게 눈썹이라는 게 있었구나, 눈썹이라는 것이 꼭 마음과 통하는 것 같다는 생각을 했었다고. 그리고 사실 그녀는 귤을 좋아하지 않았다는 말도. 그렇게 껍질을 까서 하나하나 손바닥에 올려주던 마음이 고마워서 그 말을 끝까지 할 수 없었고, 결국엔 귤을 좋아하게 되었다는 말도 하지 않았다. 다희가 더 깊은 이야기를 할까 한편으로는 두려워했다는 말도. 사람들은 때로 누군가에게 진심을 털어놓고는, 상대가 자신의 진심을 들었다는 사실 때문에 상대를 증오하기도 하니까. 깊은 이야기를 할수록 서로에게 가까워진다는 것을 그녀는 애초에 믿지 않았다는 말도. 그렇지만 다희가 그녀로 하여금 말하게 했다고, 그 사실을 잊을 수 없을 것 같다는 말도. 그리고 무엇보다도, 나를 떠나가지 말라고 말하고 싶었다는 사실도.

인안대교를 지날 무렵, 가는 눈발이 차창에 내렸다. 둘은 아무 말도 없이 앉아서 조금씩 굵어지는 눈발을 바라보고 있었다.

첫눈이네요. 그녀가 말했다.

자동차에서 내려 백팩을 메고 분주한 걸음으로 걸어가던 다희를 그녀는 어둠 속에서 물끄러미 바라봤다. 다희는 끝까지 뒤를 돌아보지 않았다.

*

병원에서 우연히 만난 후로 다희는 몇 번 그녀를 보러 병실에 왔다. 가끔은 한 시간을 머물다 가기도 하고, 가끔은 오 분을 앉았다 가기도 했다.

선배.

병실 커튼 밖에서 다희가 그녀를 불렀다. 저녁을 다 먹고 해가 질 무렵이었다.

들어가도 돼요?

들어와요.

다희에게서는 차갑고 신선한 겨울 공기 냄새가 났다. 다희는 보조 침대에 걸터앉았다. 치마 정장을 입고, 검은 구두를 신고 머리를 뒤로 묶은 채였다. 예전에는 숱이 많아 고민이었던 다희의 정수리 부분이 조금 비어 있는 모습을 그녀를 지켜봤다. 직장에서 바로 온 것 같았다. 그녀는 몸을 일으켜 앉아 다희에게 티슈를 건넸다.

주스 마실래요? 토마토 주스하고 오렌지 주스 있어요.

다희는 고개를 저었다.

물은요.

그녀는 컵에 물을 따라 다희에게 줬다. 다희는 물 한잔을 단숨에 마시고 티슈로 얼굴을 닦고, 코를 풀었다. 둘은 아무 말 없이 한참을 서로를 향해 앉아 있었다. 창밖에서 앰뷸런스 사이렌 소리가 났다.

많이 아팠나요. 다희가 작은 목소리로 물었다.

수술한 지도 꽤 돼서, 이제 괜찮아요.

남 얘기하듯 말하는 건 여전하네요. 이런 일에도 선밴 그저 담담하기만 해요.

그래요.

이런 일에도 아프다고 안 하면 선밴 언제 아프다고 해요?

모른다는 말을 하려는데 말이 잘 나오지 않아서 그녀는 입을 다물었다.

사람들은 그녀가 곧 나으리라고, 회복되리라고 이야기해주었다. 괜찮을 거라고, 이 시간도 곧 지나갈 거라고 이야기했다. 그녀 자신도 자신에게 그렇게 이야기해왔다. 조금만 참아. 의사 말대로 해. 다 끝날 거야. 어느 누구도 자신에게 아프냐고 물어보지 않아서였을까.

그래서 자기 자신에게도 아프냐고 묻지 못한 것이었을까.

많이 아팠나요. 다희가 다시 물었다.

그녀는 다희를 보며 고개를 끄덕였다.

다희는 자리에서 일어나 그녀의 팔에 자기 손을 가만히 올렸다. 그런 다희를 보며, 그녀는 왜 자신이 팔 년이 지난 지금까지도 그때의 일들을 떠올리곤 하는지 어렴풋이나마 이해할 수 있었다. 다희와 주고받던 이야기들 속에서만 제 모습을 드러내던 마음이라는 것이 있었으니까. 아무리 누추한 마음이라 하더라도 서로를 마주 볼 때면 더는 누추한 채로만 남지 않았으니까. 그때, 둘의 이야기들은 서로를 비췄다. 다희에게도 그 시간이 조금이나마 빛이 되어주었기를 그녀는 잠잠히 바랐다.

*

그녀가 퇴원하기 전날에도 다희는 그녀 곁에 머무르다 갔지만, 다희도 그녀도 서로의 연락처를 묻지 않았다. 그녀는 다희의 삶에서 비켜나 있었고, 다희 또한 그녀에게 그랬다. 퇴원하던 날은 눈이 많이 내렸다. 그녀는 안방 창가에서 내리는 눈을 오래도록 바라봤다. 창에 달라붙은 눈은 금세 작은 물방울이 되었지만 바닥까지 내려간 눈은 지상의 사물들을 흰빛으로 덮었다. 사라지는 것은 없었다.

그녀는 여전히 그녀인 채로 살아 있었다.

제20회 이효석문학상
기수상작가 자선작

희박한 마음

권여선

1996년 장편 《푸르른 틈새》로 등단했다. 소설집 《처녀치마》《분홍 리본
의 시절》《내 정원의 붉은 열매》《비자나무숲》《안녕 주정뱅이》, 장편 《레
가토》《토우의 집》《레몬》, 산문집 《오늘 뭐 먹지?》가 있다. 상상문학상,
이상문학상, 한국일보문학상, 동리문학상, 동인문학상, 이효석문학상을
수상했다.

간헐적으로 숨이 막히는 듯한 컥 소리와 끼이이아 하는 높은 비명 같은 소리가 들리는 밤이면 데런은 위층에 혼자 살던 여자를 생각하곤 했다. 데런이 한 번도 본 적 없는 그 여자는 이제 위층에 살지 않고 그 집엔 매우 활동적인 젊은 부부가 이사 들어와 힘찬 발소리를 내고 걸핏하면 짐을 옮기고 욕실에서 노래를 부르고 베란다에서 큰소리로 통화를 하며 살고 있다.

몇 년 전이었는지 정확히 기억나지 않지만 데런이 디엔과 함께 살던 시절, 한밤중에 어디선가 섬뜩한 의문의 소리들이 들려와 아파트 관리실에 신고를 한 적이 있었다. 수리기사가 와서 며칠 동안 이것저것 점검한 끝에 그 소리는 오른쪽 옆집 수도계량기에서 나는 소리로 밝혀졌다. 데런과 디엔은 그 소리가 사람이 내는 소리가 아니라는 걸 믿을 수 없었다. 옆집에는 오후 늦게 일을 나가서 밤늦게 들어오는 사람들이 살고 있는데 그들이 한밤중에 들어와 물을 틀면

압력 조절이 잘못되었는지 계량기에서 그런 소리가 난다는 것이었다. 욕실 쪽 수도는 괜찮은데 부엌 쪽 수도만 틀면 그렇다고 하면서 수리기사가 혼잣말하듯, 밤마다 귀신소리가 난다더니 그 소리가 이 소리였네, 했다. 디엔이 누가 또 신고한 사람이 있었느냐고 묻자 수리기사는 손가락으로 위를 가리키며 바로 윗집에서 몇 번이나 관리실에 전화를 했는지 모른다고 했다. 위층을 돌아다니며 이 집 저 집 검사를 다 했는데 아무 문제가 없어서 여자 혼자 사니 신경이 예민해서 그런가 보다 했는데 그게 바로 여기 아래층 옆집에서 나는 소리였다고, 여자 혼자 사는데 그동안 얼마나 무서웠겠냐고 말했다. 수리기사가 옆집 계량기를 손보고 돌아간 후에 데런은 디엔이 현관에 서서 낮게 읊조리던 말을 기억한다. 저 말이 더 무서워. 여자 혼자 사는데 하는 말.

옆집 계량기는 몇 년 잠잠하다 다시 소리를 내기 시작했고 이제 위층이 아니라 아래층에 데런 혼자 살고 있다. 수리기사가 와서 계량기를 손보고 가도 며칠 못 가 또 소리가 났다. 몇 번이나 전화를 해도 관리실에서는 수도관이 노후되어 자기들로서도 어쩔 수 없다고 했다. 한밤중에 컥 끼이이아 흐릅 히이이아 하는 소리가 날 때마다 데런은 저건 귀신소리나 비명소리가 아니라 옆집 계량기에서 나는 소리라고, 수도관이나 성대나 그 구조가 비슷하니 내는 소리도 비슷한 거라고 생각하려 했다. 하지만 자꾸 위층에 혼자 살았다던 여자에게 이 소리가 어떻게 들렸을지 상상하게 되었고 그러다 보면 그 여자의 감각과 감정이 고스란히 전이되는 듯했고 그 여자의 불면의 밤을 몇 년이 지나 데런 자신이 한 층 아래에서 반복하고 있다는 느낌이 들었다. 심지어 한 층 아래에는 자신이 얼굴 한 번 본 적 없는 자신과 디엔이 살고 있을지 모른다는 착각마저 들었다.

계량기 소리 때문만은 아닌데 언제부터인지 데런은 잠들지 못하고 몇 시간씩 어둠 속에 눈을 감고 누워 잠이 오기를 기다리곤 했다. 심신이 나른해지고 불면의 두께가 조심씩 얇아지면서 투명한 비눗방울 같은 잠이 자신을 감싸는 느낌이 들면 이제 곧 맥을 놓고 눈먼 누에처럼 잠에 빠져들 수 있으리라 여기지만 어느 순간 갑자기 미간 안쪽 깊은 곳에서 기괴한 눈이 반짝 떠지고 흥부가 고장 난 승강기처럼 난폭하게 덜컹거리면서 잠의 비눗방울은 감쪽같이 터져버리고 말았다. 그런 일이 몇 번 반복되면 데런은 잠 속으로 들어가는 일이 마치 드릴로 단단한 강화유리를 뚫기라도 하듯 엄청난 노력을 요하는 파괴적인 중노동처럼 생각되었고 차라리 잠을 자지 않기로 결심하고 자리에서 일어나 벽에 기대앉았다.

요즘 데런은 오래전에 디엔이 했던 꿈 얘기에 사로잡혀 있었다. 디엔이 불쑥 어젯밤에 학교 때 선후배와 친구 들이 나오는 꿈을 꾸었다고 말한 적이 있었다. 데런이 선후배와 친구 누구냐고 묻자, 디엔은 모른다고, 자신이 아는 선후배와 친구 들이 아니었다고, 자신이 그들을 모르는 만큼 그들도 자신을 모르는 듯했는데 그럼에도 그들이 선후배이며 동기라는 것은 의심의 여지없이 받아들여졌다고 했다. 그러면서 디엔은 왜 꿈에서는 그런 일들이 있지 않느냐고,

아무 근거도 없이 분명하게 받아들여지는 일들이, 라고 말했는데 데
런은 그렇지, 하고 대꾸하면서도 그래도 뭔가 희미한 실마리라도 있
었으니 그렇게 받아들여지지 않았을까, 꿈이라고 그렇게 마구잡이
일 수만은 없지 않을까 생각했다.

디엔은 여러 가지 일들이 있었지만 꿈에서 깨고 나니까 한 가지
일만 기억난다고 했다. 그들 중 한 선배가, 누군지 모르지만 선배인
건 분명한 어떤 사람이 자리에서 일어나 다른 사람들에게 말하기를,
디엔의 이력 중에 부도덕한 점을 발견했다고 하면서 작은 천 조각
을 꺼내 내밀었다고 했다. 그건 기계로 정교하게 스티치된 천 조각
으로 군인이나 경찰 등이 모자나 가슴에 다는 표식이나 계급장처럼
보였는데 그 선배는 그것을 내보이며 이것이 바로 디엔이 공장에
다니면서 작업한 것인데 따라서 이것은 디엔이 젊었을 때 공장에서
일했다는 증거라고 말했다는 것이다. 그러나 디엔으로서는 처음 보
는 천 조각이었고, 데런 너도 알다시피 나는 그런 것을 기계로 스티
치하는 공장에 다닌 적이 없잖아, 그래서 꿈에서도 아니라고 부인했
는데 그 순간 갑자기 네 생각이 난 거야, 했다.

왜 갑자기 자신의 생각이 났다고 했는지 기억을 더듬다 데런은
디엔이 그 꿈 얘기를 했던 날이 아마 그들이 오래된 극장에서 영화
를 보기 위해 마지막으로 시내 나들이를 했던 날이 아닐까 생각했
다. 개관한 지 40년이 되었는지 50년이 되었는지 알 수 없는 그 극
장은 한때 개봉관이었지만 언제부턴가 다른 시내 개봉관들과 함께

영락을 거듭하여 이름조차 잊힌 지 오래더니 그 즈음 개조 공사에 들어가 현대식 멀티플렉스 건물로 재건축하면서 대대적인 홍보에 들어갔다. 데런은 그 온라인 이벤트에 참여해 예매권을 두 장 얻었다. 디엔에게 시내에 영화를 보러 가지 않겠느냐고 물었을 때 뜻밖에도 디엔이 좋다고 해서 데런은 곧바로 예매를 했다. 날짜가 정해졌으니 그때 가서 딴소리 하면 안 된다고 데런이 경고하자 디엔은 선선히 알았다고 했다. 그래서 영화를 보러 시내에 갔던 날이 디엔이 그 꿈 얘기를 해준 날 같았다.

그때 데런은 디엔이 퇴직한 후 집에서만 지내는 게 걱정이었다. 그해 2월에 디엔은 30년 넘게 다니던 직장에서 퇴직했는데, 퇴직 직후엔 외출도 하고 약속도 잡고 계획도 세우는 것 같더니 점점 활동 반경을 줄여나가 근 한 달 동안 집에서 한 발짝도 나가지 않는 지경에 이르렀다. 마트에 갈 때 데런이 같이 가자고 해도 디엔은 번번이 속이 거북하다거나 뭘 좀 보고 있는 중이라거나 세탁기를 돌리려고 했다든가 하는 핑계를 댔다. 한 번은 아무 핑계도 생각나지 않는지 손으로 눈을 꾹꾹 누르다 말고 살 게 그렇게 많으냐고 물었다. 데런은 아니라고 대답하고 혼자 마트에 갔다.

데런은 디엔이 평생 직장생활을 해왔으니 한동안 집에서 쉬고 싶어 하는 것도 무리는 아니라고 생각했다. 데런도 평생 놀고먹지는 않았지만 정식으로 취직해 어딘가를 꼬박꼬박 출근한 적은 없었고 아르바이트나 프리랜서 같은 일만 해왔다. 그래서 데런은 자신이 디엔의 마음을 모를 수도 있다고 생각했는데, 그런 생각이 들 때면 디엔이 지극히 정상적이어서 낯선, 머나먼 타인처럼 여겨졌다.

둘이 함께 살아오는 동안 그들 사이에 큰 갈등은 없었다고 데런은 회상했다. 언젠가 그런 말을 디엔에게도 한 적이 있는데 그때 디엔은 눈을 크게 뜨더니 갈등은 무슨 갈등이냐고, 자신에게 데런만큼 잘 맞는 사람은 있을 수 없다고 잘라 말했다. 이런 기억은 데런을 기쁘게도 슬프게도 했다. 어쩌면 그때 디엔은, 그것 단 한 가지만 빼고, 라는 말을 뺀 것일 수도 있었다.

함께 사는 동안 그들은 집안일을 분담해 맡았고 조정이 필요하면 의논해서 조정했다. 주로 청소와 빨래, 설거지 등은 디엔이 맡았고, 장보기나 요리 등 식생활에 관련된 일은 아무래도 집에서 지내는 시간이 많은 데런이 전담했다. 식생활은 무엇보다 꼼꼼하고 지속적인 관리가 필요한 활동이었다. 청소나 빨래는 하루 정도 미룬다고 큰 문제가 발생하지 않지만, 쉬기 직전의 두부나 시들어가는 시금치, 맛이 가려는 바지락 등은 시급하고 적절하게 처리하지 않으면 안 되었다. 각각의 식재료들은 자기 수명을 가지고 있고 더 오래 기다려주지도 않고 이제 그만 맛이 가겠다고 알려주는 법도 없으므로 각기 다른 노선의 버스를 각기 다른 배차 간격에 맞게 내보내듯 제때에 알아서 순환시켜 주어야 했다.

마트에 갈 때마다 데런은 사야 할 품목들을 작은 메모장에 적어 갔는데, 가끔 매대에 놓인 제철 과일이나 채소, 해산물 들을 구매할 때를 제외하면 대부분 적어간 것만을 충실히 사 오는 편이었다. 그렇게 무엇을 적어가면서까지 장을 볼 필요가 있느냐고 디엔이 물었을 때 데런은 그래야 지출이 일정하고 식생활의 연속성을 유지하기가 용이하다고 대답했다. 그때 디엔은 동의인지 조롱인지 모를 장난스런 고갯짓을 했다.

한 달 넘게 집에서만 지내던 디엔이 군말 없이 시내에 영화를 보러가겠다고 했을 때 데런은 놀라는 한편 안심이 되어 오랜만의 데이트라 기대가 된다고 말했는데 그때에도 디엔이 동의인지 조롱인지 모를 애매한 고갯짓을 했던 걸 데런은 기억한다. 디엔이 떠난 후 데런은 몇 번이나 거울 앞에서 고개를 조금씩 움직이며 그 흉내를 내보려 했지만 잘 되지 않았다. 그런 미묘한 고갯짓은 오로지 디엔만이 할 수 있었고 그런 모습으로 사진에 찍힌 적도 없으니 그것은 디엔과 더불어 영영 사라져버렸다.

그날 시내로 향하는 전철에 빈자리가 하나 나서 디엔이 앉았는데 한 달 만의 외출이라 어색한지 디엔은 고개를 조금 숙인 채 꼼짝 않고 있다가 가끔 데런을 흘낏 올려다보곤 했다. 데런은 내릴 때까지 디엔 앞에 서서 디엔을 내려다보며 서서 갔다. 시내 전철역에 내려 역사 에스컬레이터를 타고 올라가는데 한 계단 뒤에 서 있던 디엔이 머리로 등을 쿡 박는 게 느껴졌다. 돌아보니 디엔이 시치미를 떼고 데런을 올려다보았다. 데런이 돌아서서 앞을 보자 또 디엔이 쿡 박았다. 데런은 돌아보는 대신 등 뒤로 손을 내밀었다. 디엔이 그 손을 잡았다. 언제나 그렇듯 디엔의 손은 서늘했는데 아직도 데런은 그 온도와 감촉을 기억하고 있다. 그 온도를 잊지 않기 위해 가끔 한 손을 일부러 담요 밖에 놓아 서늘하게 만든 다음 따뜻한 다른 손으로 맞잡아보고 이게 디엔의 온도인지 아닌지 가늠하는 버릇이 들었다.

역사 밖으로 나오자 눈이 되려다 만 비가 내리고 있었다. 디엔이 겉옷에 달린 모자를 덮어쓰며 거북이가 되자고 했다. 데런도 겉옷에 달린 모자를 덮어썼다. 모자를 쓰면 이상하게 마음이 편해지지 않느냐고 디엔이 물었고 데런은 그렇다고, 거북이처럼 숨을 곳이 생긴 느낌이라고 대답했다. 잠시 뒤에 디엔이 좋은 건 아니네, 라고 했는데 데런은 얼른 그 의미를 알아듣지 못했다. 그게 좋은 게 아닌 게 평소에 늘 겁이 나 있다는 반증 아니냐고 디엔이 말했고, 데런은 그런가, 겁이 나서 거북인 것인가 했다. 디엔이 웃으며 설마 거북이가 겁우기에서 왔다고 말하는 거냐고 물었고, 데런은 진지하게 그렇다고, 겁우기의 우기는 이무기 할 때 그 우기 아니겠느냐고 대답했다. 그때 디엔이 설마 하며 웃던 모습을 떠올릴 때마다 데런은 기억의 타래가 엉망으로 뒤엉키는 느낌이었는데, 그건 그 모습 뒤에 항상 따라붙는 또 다른 디엔의 모습 때문이었다. 디엔은 울 듯 찡그린 얼굴로 어깨를 늘어뜨린 채 조용히 데런을 응시하고 있었다. 그것이 시작되었구나 하고 말하듯.

기억의 조각을 이리저리 맞춰보던 데런은 그날은 그날이 아니었다고 결론지었다. 그들이 영화를 보기 위해 시내에 간 날은 미세먼지가 심한 봄날이었다. 그래서 역사 밖으로 나온 후 눈이 되려다 만 비가 내리기는커녕 미세먼지로 하늘이 온통 뿌옜고 그 때문에 데런의 코는 점점 예민해졌다. 처음엔 콧물이 흐르고 재채기가 나다 눈이 가렵고 쓰리더니 나중엔 얼굴 중심부에서 퍼져 나간 열기와 통증에 정신을 차릴 수가 없었다. 그들은 영화를 보기 전에 밥부터 먹기로 하고 디엔이 예전부터 가보고 싶었다던 식당을 찾아가는 중이었는데, 복잡한 길과 좁은 골목을 뱅뱅 도는 동안 데런은 알레르기 증상이 점점 심해졌고 왜 이렇게 먼 곳에 있는 식당에 가야 하는지 디엔에게 따져 묻고 싶은 마음을 억누르느라 안간힘을 썼다.

식당에 도착해보니 브레이크 타임 팻말이 걸려 있었다. 디엔이 데런의 눈치를 살피며 허름한 식당이라 이런 게 있는 줄 몰랐다며 이십 분 정도 기다려야 하는데 어떻게 할까 물었다. 데런은 그것이 시작되고 있다고 느꼈고 디엔도 그걸 알고 있다고 느꼈다. 그건 공기 중에 퍼져 있는 미세먼지처럼 어찌해볼 수 없는 재앙이었다. 데런은 코를 감싸고 있던 손수건을 땅바닥에 내팽개치면서 오늘 영화는 보지 말기로 하자고 낮게 으르렁거렸다. 디엔은 잠시 멍한 얼굴이었다가 고개를 끄덕이고 사실 그다지 보고 싶은 영화도 아니었다고 중얼거리면서 허리를 굽혀 데런이 땅바닥에 던진 손수건을 집어 들었다.

그때 식당 문이 열리고 안에서 한 여인이 채소 다듬은 찌꺼기 같은 걸 들고 나왔는데, 돌이켜 생각해도 데런은 그 순간 그 여인이 출현한 것이 기적만 같았다. 여인은 그들을 보고 일찍 오셨네요 하더니 들어가시라며 문을 활짝 열었다. 아직 시간이 안 됐는데 들어가도 되느냐고 디엔이 묻자 여인은 그럼 오신 손님을 밖에서 기다리게 하겠느냐고 되물었다. 디엔이 여인에게 고맙다는 인사를 하고 데런을 보았을 때 데런은 그 여인에게 무한히 감사해야 할 사람은 디엔이 아니라 바로 자신이라는 걸 깨달았다. 그 여인이 아니었다면 데런은 어떤 또 다른 참혹한 짓을 저질렀을지 몰랐다.

지금 데런은 어둠 속에 웅크리고 앉아 식당 문 앞에서 어깨를 늘어뜨리고 자신을 조용히 바라보던 디엔의 불안하고 겁에 질린 표정을 떠올리고 지독한 슬픔과 함께 코가 찌릿해지는 통증을 느낀다. 설마 거북이가 겁우기에서 왔다는 거냐고 디엔이 웃던 날과 식당에 갔던 날은 전혀 다른 날인데도 디엔의 두 표정, 전혀 닮지 않은 두 표정은 데런의 머릿속에 바짝 붙어 있어 그날이 그날인 것으로 혼동이 되었다.

그날 그들이 식당에서 무엇을 먹었는지는 기억나지 않았다. 그들이 첫 손님인 줄 알고 식당에 들어갔을 때 이미 식당 안에는 두 여자가 앉아 있었다. 나이가 아주 많은 비만한 여인과 중년의 예쁘장한 여자였는데 그들의 식탁은 수저와 그릇만 세팅된 채 비어 있었다. 데런은 디엔이 가리키는 메뉴판을 보지 않고 식탁 위에 놓인 냅킨을 뽑아 코를 풀었다. 디엔이 알아서 주문을 하고 오겠다고 자리에서 일어났다. 심하게 코를 풀고 나자 머리가 띵했다. 데런은 마치 술에 취한 듯한 느낌으로 디엔이 앉아 있다 일어선 텅 빈 공간과 맞은편 벽의 낡은 벽지를 바라보았다.

밑반찬이 깔리고 난 후에도 디엔은 오지 않았다. 한 남자가 들어왔고 미리 와 있던 두 여자가 자리에서 일어났다. 남자는 두 여자 나이의 중간쯤 되어 보였는데 두 여자와 인사를 나누고도 자리에 앉지 않고 부드러운 저음으로 이 식당의 역사에 대해 이야기하기 시작했다. 자리에 앉은 두 여자는 고개를 바짝 들고 남자가 식탁 옆에 서서 이 식당이 처음에 어느 동네에 있다 어디로 옮겼고 예전 주인과 지금 주인이 어떤 관계이고 하면서 쉴 새 없이 떠드는 걸 듣고 있다가 남자가 손을 들어 갈매기처럼 까닥거리면 참새처럼 빠르게 고개를 끄덕였다.

디엔은 좀처럼 돌아오지 않았다. 화장실에라도 갔나 생각했지만 그럴 만큼의 시간도 훌쩍 지나버렸다. 만약 디엔이 이대로 돌아오지 않는다면, 디엔이 혼자 집으로 가버렸다면, 하는 생각이 불현듯 데런의 머릿속에 떠올랐고, 자신이 한 행동을 생각하면 충분히 그럴 법하다고 생각하면서도 그렇게 디엔이 자신으로부터 점점 멀어져 어디론가 가고 있다는 상상만으로도 가슴이 답답해져 데런은 숨이 잘 쉬어지지 않았다. 데런은 평생 처음으로 디엔이 자신을 떠날지도 모르며 디엔 없이 자신이 혼자 남겨질지 모른다는 생각을 했고 끔찍한 공포와 고통스러운 자책에 빠져 맞은편 벽의 낡은 벽지만 하염없이 노려보았다. 어느덧 세상은 사라지고 아득히 멀어지는 디엔과 자신 사이에 놓인 측량할 수 없는 거리만이 절박한 실재로 남았다.

한참 동안 움직이지 않고 웅크리고 앉아 있으니 술을 마신 것처럼 머릿속 어딘가가 천천히 마비되는 느낌이었다. 데런의 눈은 앞을 보고 있으면서도 보고 있지 않은 상태가 되었고 다른 감각들도 조금씩 둔해지면서 온몸이 잠과는 다른 기묘한 무력과 둔감상태에 잠겼다. 아주 오래전 언젠가도 이런 상태로 무언가를 하염없이 기다리며 앉아 있었던 적이 있는 것 같았다. 정확한 디테일은 하나도 떠오르지 않고 마치 전생처럼 자신이 한때 이런 상태를 경험한 것만 같은 느낌이 들었다. 어쩌면 그런 일은 전혀 일어나지 않았을 수도 있고 아니면 망각 저편으로 넘어가 버렸지만 어느 시절엔가 자신이 종종 이런 상태에 빠져 있어 몸이 기억하고 있는 흔적인지도 몰랐다. 하지만 데런은 생각했다. 자신은 끝내 아무것도 알아낼 수 없으리라는 것을. 이토록 희박한 유사성만으로는.

데런이 현실감을 되찾은 것은 지속적으로 들려오는 소음 때문이었는데, 무거운 것을 바닥에 끌고 딱딱한 물건을 딱딱한 장소에 내려놓는 소리였다. 그건 위층에서 들려오는 소리 같았지만 확인할 수 없었고, 다만 그 소리가 그날 그 식당에서도 데런의 의식을 일깨웠다는 기억이 났다. 정신을 차리고 주위를 둘러보니 남자직원이 단체 손님들을 맞기 위해 옆 탁자들을 연결해 긴 자리를 만들고 의자를 새로 놓고 수저와 개인그릇을 세팅하고 있었다. 데런은 남자직원에게 혹시 디엔이 술을 시켰는지 물었고 시키지 않았다는 대답을 듣고 곧바로 술을 한 병 시켰다. 남자가 술병과 술잔 두 개를 가지고 왔을 때에야 그걸 기다리고나 있었다는 듯 디엔이 돌아와 맞은편

자리에 앉았다. 디엔은 약국을 찾느라 빙빙 도는 바람에 약을 사가지고 돌아오는 길에 골목을 잘못 접어들어 잠깐 길을 잃었다고, 얼른 일 회분을 먹으라며 데런에게 흰 사각의 약봉지를 내밀었다.

정확하진 않지만 디엔이 꿈 얘기를 한 것은 아무래도 그 식당에서 술을 마시면서였던 것 같았다. 그런데 꿈속에서 디엔은 기계로 스티치하는 공장에 다닌 적이 없다고 부인하다가 왜 갑자기 자신을 떠올렸던 것일까, 꿈속의 디엔이 떠올린 자신은 어떤 모습이었을까 생각하다 데런은 깜짝 놀라 어리둥절해졌다. 꿈속에서 디엔은 기계로 스티치하는 작업을 했다는 사실을 완강히 부인하기 위해, 예전에 자신의 친구가 공장에 취업할 때 자기 주민등록을 갖다 쓴 적이 있는데 아마도 이 스티치는 그 친구가 작업한 것일 거라고, 그리고 당신들도 알지 모르지만 그 친구는 자신과 학교 때 동기인 데런으로 이미 죽은 지 오래라고 사람들에게 말했다고 했다.

맙소사, 그러니까 자신은 디엔의 꿈속에서 죽은 지 오래였던 것이다. 왜 그걸 여태껏 까맣게 잊고 있었는지 알 수 없지만, 디엔의 꿈은 거기서도 끝나지 않고 뭔가 더 이어졌던 것 같았다. 어둠 속에서 멍하니 입을 벌리고 디엔의 꿈을 복기하는 데 골몰하느라 데런은 고인 침이 흘러내리는 것도 몰랐다. 막 침이 흘러내리려는 순간 데런은 다급히 입술을 모아 침을 들이 삼켰는데 희한하게도 그 흡입하는 소리가 낯설게 들리지 않았다. 데런의 생각은 어느덧 디엔의 꿈에서 빠져나와 침을 흡입하는 소리가 촉발시킨 청각의 기억 쪽으로 옮겨 갔고, 한참 동안 방심상태에 빠져 있다가 어느 순간 옆집 계량기에서 울리는 소리에 퍼뜩 정신을 차린 후에야 자신이 침을 들이마시는 소리를 크게 증폭하면 수도관이 내는 기괴한 소리의 어느 부분과 매우 흡사하리라는 걸 깨달았다.

그때 말이야 데런, 하고 다시 디엔은 꿈 얘기를 이어나갔다. 죽은 데런이 그 스티치 작업을 했을 거라는 디엔의 말을 듣고 선배 하나가, 스티치한 천 조각을 내밀었던 그 사람은 아니고 누군지 모르지만 선배인 건 분명한 다른 사람이 디엔에게 다가오더니 죽은 데런에 관한 증언이 필요하다고, 오 분이면 충분하다고 말했다고 했다. 이 대목에서 디엔은 잠시 말을 끊고 침묵을 지키다 마치 그게 자신의 꿈에서 가장 중요한 포인트이기라도 한 듯, 그 선배가 오 분이라고 말한 게 정확히 기억난다고 했는데, 그 말을 하던 디엔의 코끝이 천천히 붉어지던 것을 데런은 기억한다. 디엔은 그 선배에게 알았다고 대답하는 순간 눈물이 막 쏟아질 것 같았다고, 꿈에서처럼 눈물이 막 쏟아질 것 같은 얼굴로 데런을 바라보았다. 디엔은 떨리는 목소리로, 그 선배 앞에서 죽은 너에 관한 증언을 하게 되면 걷잡을 수 없이 울게 될까 봐 두려웠다고, 그런데도 자신이 왜 증언하겠다고 약속했는지 모르겠다고, 그리고 어느 좁은 방에서 그 선배를 기다리던 중에 잠에서 깼다고 말했다.

깼다고 했으니 이게 디엔이 꾼 꿈 얘기의 끝인 건 분명했다. 그런데 생각할수록 디엔이 꿈 얘기를 한 게 그날 그 식당에서였는지 데런은 최종적으로 확신할 수 없었다. 꿈 얘기를 하면서 코끝이 붉어지던 디엔의 얼굴 뒤로 처음에는 그 허름한 식당의 낡은 벽지가 펼쳐졌지만 다시 기억을 이어가려고 하자 이번에는 전혀 다른 배경, 이를테면 작은 액자가 걸려 있는 카페라든가 육중한 대사관 건물이 버티고 있는 공원이 나타났다. 기억을 더듬을수록 데런은 점점 더 혼란에 빠져들었는데, 처음 기억 속의 벽지는 어쩌면 약을 사러 간 줄 모르고 디엔을 기다리며 디엔이 영영 돌아오지 않을지도 모른다는 두려움 속에서 데런이 노려보았던 그 벽지가 디엔의 꿈 얘기에 덮씌워진 것일지도 몰랐다. 집중하기 위해 눈을 감은 데런의 눈꺼풀 안쪽으로 셔터를 내린 보석가게의 노란 불빛이라든가, 오래된 우체국이라든가, 칵테일 바에서 돌아가는 미러볼이 반사되어 흐릿한 색색의 원들이 춤추는 어두운 잿빛 도로라든가, 천변을 따라 산수유가 핀 청계천 풍경 등이 흘러갔다.

그날, 청계천에서 엄청나게 살찐 까치를 가리키며 디엔이《천변풍경》에 나오는 포목점 주인 이야기를 했던 그날이 마지막으로 시내 나들이를 갔던 날과 같은 날인지 아닌지 데런은 분간할 수 없었다. 디엔은 왜 포목점 주인이 그렇게 아슬아슬한 방식으로 모자를 써서 이발소 소년 재봉이의 애를 태웠는지 모르겠다고 했고, 또 박태원이 왜 이발소 소년 이름을 재봉이라고 지었는지 궁금하다고 했고, 어쩌면 재봉이가 아침저녁으로 포목점 주인의 모자가 바람에 날아가길 축수하는 건 핑계일 뿐이고 포목점 주인에 대한 재봉이의 과도한 관심은 포목점의 포목으로 마음껏 재봉을 하고 싶다는 재봉이의 무의식이 발현된 것인지 모른다고도 했다. 그 무의식 얘기 끝에 꿈 얘기가 나온 것일까 생각하다 데런은 고개를 저었다. 그때는 다른 걸 보았고 다른 얘기를 했다는 걸 데런은 포도알처럼 선명히 기억한다.

그날 복원된 천변에는《천변풍경》시대의 여인들로도 보이지 않고 지금 시대의 여인들로도 보이지 않는, 한복체험가게에서 한복을 빌려 입은 화려한 빛깔의 두꺼비 떼처럼 부한 차림의 여자들이 마치 물이 불어 개천에 떠내려 온 유용한 무엇을 건지기라도 하려는 듯 긴 막대기에 폰이나 캠코더를 매달고 우르르 떼 지어 지나갔는데, 그 광경을 보고 디엔은 자신이 도저히 적응할 수 없는 두 가지가 있는데 하나는 식당이나 전철에서 사람들이 모두 스마트폰을 들여다보고 있는 장면이고 다른 하나는 대부분의 관광지에서 대부분의 사람들이 긴 막대 끝에 스마트폰이나 캠코더를 매달고 다니는 광경이라고 말하면서, 그 놀라운 일률성이 주는 불쾌감 때문에 집 밖으로 나오는 것이 두려울 정도라고 했다. 그리고 디엔이 이런 혐오는 잘못된 것일까 데런, 하고 힘없이 물었던 것까지 알알이 떠오르는데 다만 그게 아주 오래전 자신이 알레르기 비염에 걸리기 전의 어느 날이었는지 아니면 디엔이 사 온 약을 먹고 증상이 나아진 그날이었는지 데런은 도무지 알 수 없었다.

디엔과 마지막으로 시내 나들이를 했던 그날 그들이 오래되었으나 새로 증축한 그 극장에서 영화를 보지 않았다는 것만은 분명했다. 허름한 식당에서 나와 그들은 청계천에 들렀거나 들르지 않았고 그 뒤엔 곧바로 전철을 타고 귀가했다. 돌아오면서 디엔이 예전에 어느 공원에 갔다가 데런이 새로 산 단화가 맞지 않아 발을 절다가 갑자기 폭발했던 일을 환기시켜줬다. 데런도 당연히 그 사건을 기억하고 있었다. 먼저 어디론가 나가자고 해놓고 나가서는 늘 그런 꼴이 되곤 했지, 하고 데런이 사과하자 디엔은 늘 이유가 있었잖아, 늘, 하고 말하며 또 그 야릇한 고갯짓을 했다.

가끔 예고 없이 출현하는 그것은 데런의 고질병이었다. 데런은 늘 그것을 어떻게든 저지하려 했지만 그 의지가 생겨났을 때는 이미 모든 것이 튀어나온 후였다. 데런이 화가 나서 이성을 잃기 직전의 표정을 언젠가 디엔은 얼음이 타는 것 같다고 말한 적이 있었다. 디엔이 말하기를, 폭발하기 직전의 데런은 거의 움직이지 않고 약간은 허탈한 표정으로 어딘가를, 실은 아무것도 없는 허공을 가만히 바라본다고 했다. 모르는 사람이 보면 기도라도 하는 것처럼 매우 평온해 보이는데 그때 아마도 데런 너는 진행될 폭발에 대해 섬광처럼 짧게 숙고하는 것처럼 보인다고, 폭발 이후의 미래를 일별하고 그 혹독한 대가를 예감하면서도 그 무서운 미래가 실현되고 말리라는 것을 아는 얼굴이라고, 몸에 기름을 붓고 불을 붙이려는 분신자가 마치 먼 행성의 폭발을 기다리는 천문학자처럼 냉철한 눈을 하고 있는 형국이라고, 내부의 심연이 균열되는 걸 최후로 관조하는 눈이라고 디엔은 말했다.

그런데 얼음에 불이 붙기 시작하는 찰나엔 말이지, 하고 디엔은 말했다. 그때의 데런은 더 이상 자신이 알던 데런이 아니고 절대적인 무엇을 담지하고 있는 순수 존재처럼 느껴진다고, 그에 비하면 자신은 아무것도 아닌 존재, 저 산불처럼 무섭게 번지는 파괴 앞에서 타 죽어도 마땅한 작은 벌레나 한갓 풀포기 같은 존재로 여겨진다고 했다. 그것은 확실히 디엔에게 어마어마한 공포였으리라고 데런은 말했다. 디엔은 정말 그렇다고, 그런 일은 아무리 겪어도 너무나 두렵다고 하면서, 데런 네가 그렇게 드라이아이스처럼 하얗게 타버려 아무것도 남기지 않고 사라질 것 같아서, 라고 말했다. 그런 폭발이 일어났던 날들에 대한 기억, 웃던 디엔을 순식간에 겁에 질리게 했던 지워질 수 없는 날들의 기억 때문에 데런은 때로 눈알이 드라이아이스처럼 타는 것 같았고 앞이 잘 보이지 않았다.

아무튼 그게 그날이었든 아니었든 그것으로 디엔의 꿈 얘기는 완전히 끝났다고 데런은 생각했지만, 그런데 깨고 나서 말이야, 하고 디엔이 말을 이어갔다. 깨고 나서 생각해도 그 선배는 자신이 아는 얼굴이 아니었다고, 얼굴이 거무스레하고 안경을 썼는지 안 썼는지 모르겠는데 어느 쪽이라고 해도 그렇다고 생각될 만한 얼굴이었다고, 그 선배 안경 썼잖아 하면 아 그렇지 하게 되고 아니라고 해도 아 그렇지 하게 되는 그런 얼굴이 있지 않느냐고 했다. 데런은 달리 대꾸할 말이 없어 고개를 끄덕였지만, 그 선배라면 어느 선배를 말하는 것인지, 디엔이 공장에서 스티치 작업을 했다고 천 조각을 내

보인 선배인지 죽은 자신에 대해 오 분 정도 증언을 해달라고 한 선배인지 알 수 없었다.

디엔은 고개를 갸웃거리며, 그런데 이상한 게 데런, 2학년 겨울 방학 때였나 그때 네가 공활을 할 때 내가 주민등록을 빌려준 적이 없지 않아, 물었고 데런은 그렇다고, 없다고 대답했다. 디엔은 생각해보니 그때 공활을 준비할 때 정작 자신이 어느 친구의 주민등록을 빌려 쓴 적이 있는데 그 당시 자신의 집주소가 강남의 아파트로 되어 있어 공장에 취업하기가 어려웠기 때문이라고 말했다. 그것은 꿈속의 이야기가 아니니 어느 친구인지 분명히 기억하고 있을 텐데도 디엔은 그 친구가 누구인지, 데런이 아는 친구인지 아닌지 말해주지 않았다. 대신 입술을 자근자근 씹다가, 이런 꿈들은 어디서 오는 것일까 데런, 하고 물었다. 도대체 이런 꿈들은 어떤 사고, 어떤 심리에서 발아해서 어떤 경로로 뻗어 나온 것일까, 그래서 결국 어쩼다는 것일까, 디엔이 중얼거렸고 데런은 뭐라고 말하려다 입을 다물었다.

갑자기 어둠을 깨는 벨소리가 울려 데런은 머리끝이 쭈뼛할 만큼 놀랐다. 이 새벽에 자신을 찾아와 벨을 누를 사람은 세상 어디에도 없으므로 데런은 다른 집을 착각한 게 분명하다고 여기고 문을 열어주지 않기로 했다. 그런 생각을 알아차리기라도 한 듯 잠시 뒤에 다시 벨이 울리고 현관문 밖에서 저기요, 계세요, 하는 남자의 목소리가 들려왔다. 무슨 일일까 생각하며 데런은 자리에서 일어나 현관으로 가서 불도 켜지 않고 문도 열지 않은 채 문 앞에 서서 누구시냐고 물었다. 아래층입니다, 라는 대답이 들려왔다. 데런은 조심스레 걸쇠를 채운 문을 조금 열었다.

　문이 열린 좁은 틈으로 남자가 얼굴을 들이미는 바람에 데런은 놀라 물러섰다. 남자가 문틈으로 데런의 얼굴을 뚫어져라 보았다. 데런도 눈길을 피하지 않고 잠자코 남자를 마주 보았다. 너무 시끄러워서 누가 살고 있나 알아보러 왔습니다, 라고 남자가 말했다. 아내가 잠을 못 잔다고요, 애 키우세요, 애가 있습니까, 애요, 애, 라고 남자는 격한 어조로 물었다. 데런은 반걸음쯤 문 쪽으로 다가가 그렇지 않다고, 이 집엔 자신과 친구 둘이 살고 있을 뿐이라고 말했다. 남자는 처음엔 놀란 듯하더니 이내 의심쩍은 표정으로, 애가 없다고요, 그런데 왜 쿵쿵 뛰고 문을 열었다 닫았다 하는 소리가 들립니까, 했다. 데런은 우리는 애도 없고 쿵쿵 뛰는 일도 없다고, 그게 우리 집에서 나는 소리라고 어떻게 단정하느냐고 남자에게 물었다. 남자는 천장이 울리니까 윗집이라고 생각하고 올라온 건데, 그럼 대체 어느 집에서 그러는 거냐고, 혹시 할머니는 새벽에 쿵쿵 뛰는 소리 못 들었느냐고 물었다. 데런은 고개를 끄덕이고, 새벽에만 그런 게 아니라 낮에도 쿵쿵 뛰는 소리가 들린다고, 짐을 옮기는지 바닥을 득득 끄는 소리도 들린다고 했다. 남자가 맞는다고, 득득 끄는 소리도 난다고, 그럼 그 집 맞는데 그 집이 어느 집 같으냐고 물었다. 데런은 그건 모르겠다고 대답했다. 남자는 왜 할머니는 항의를 안 하느냐고 했다. 어느 집인지 모르는데 어디다 항의를 하느냐고 데런이 말하자 남자는 문에서 물러나 어느 집인지 기필코 알아내기라도 하려는 듯 주위를 두리번거렸다. 복도에는 희미한 어둠만 고여 있었다. 남자는 화를 억누르지 못하고 아, 어떡해야 되나, 이 집 아니면 그럼 어디지, 어디로 가야 돼, 어느 집이야 이거, 하면서 머리를 득득 긁었다. 그런데, 하고 데런이 말을 꺼내자 남자가 네, 네, 할머니, 하고 문 쪽으로 다가와 얼굴을 들이밀었다. 이 시간에 올라와서 벨을 누르고 항의하는 게 정상적이라고 생각하느냐고, 지금 새벽 몇 시인 줄 아느냐고 묻자 남자는 주춤 문에서 물러나며 죄송하다고, 그건 참 죄송하게 됐다며, 아내가 잠을 못 자고 쿵쿵 소리가 너무 크게 들리고 해서 딱 이 집인 줄 알고 올라왔다고 했다.

그때 컥, 하고 목이 졸리는 듯한 소리가 났다. 놀란 남자가 눈에 보일 만큼 몸을 펄떡였다. 곧이어 끼이이아 하는 소리가 복도에 울려 퍼지자 남자는 미친 듯이 달려들어 현관문 손잡이를 움켜쥐고 열려고 당기며, 뭐야, 이게 무슨 소리야, 안에 뭐가 있는 거야 도대체, 하고 외쳤다. 데런은 남자의 흥분을 가라앉히기 위해 같이 소리를 지르며, 안에서 나는 소리가 아니라고, 복도에서, 복도에 있는 옆집 계량기에서 나는 소리라고 말했다. 남자가 현관문을 잡은 손을 놓고 두리번거리다 드디어 소리의 방향을 잡았는지 옆집 계량기 쪽으로 다가가 귀를 기울이는 순간 끼이이아 소리가 뚝 그치더니 이내 졸린 목으로 피가 넘어가는 듯한 흐륩 소리가 났다. 남자는 주춤주춤 뒷걸음질을 치다 고주파의 히이이아 하는 소리가 나자 몸을 홱 돌려 달리듯이 빠르게 걸어갔다. 남자가 승강기 쪽으로 사라지는 것을 확인하고 데런은 현관문을 닫았다. 집 안은 복도보다 어두웠다. 어둠 속에서 화났구나 데런, 하는 목소리가 들려왔다. 그래도 여자 혼자 산다고 말하지 않은 건 잘했어. 우린 겁우기니까, 데런.

스물 몇 살 때였는지 데런은 굳이 기억을 더듬어 헤아리지 않았다. 디엔도 데런도 까마득히 젊었던 시절, 하지만 돌이켜 생각해봐도 활기보다는 깊은 우울에 사로잡혀 있던 시절이었다. 점심시간이 막 지난 한낮이었고 데런과 디엔은 학생식당 뒤편 벤치에 앉아 무슨 이야기인가를 나누며 담배를 피우고 있었다. 검은 구름이 지나가듯 어두운 그림자가 드리우는 걸 느끼고 둘이 동시에 고개를 들었을 때 낯모르는 남학생이 그들 앞에 버티고 서 있었다. 복학생처럼 짧은 머리였던 것은 기억나는데 안경을 썼는지 안 썼는지는 기억나지 않았고 어느 쪽이라고 해도 좋을 얼굴이었다. 남학생이 그들에게 끄라고 했다. 데런과 디엔 둘 중 누군가가 왜 그러냐고 물었던 것 같고 둘 중 누군가가 묵묵히 담배를 빨았던 것 같다. 남학생이 다시 끄라고 했다. 못 끄겠다는 디엔의 말이 끝나기도 전에 남학생은 끄라고! 끄라고! 끄라고! 소리치며 팔을 들어 올려 디엔의 뺨을 내려쳤다. 손바닥으로 쥐어박듯이 후려치는 바람에 디엔이 균형을 잃고 옆으로 쓰러졌다. 그리고 그 대목에서 믿기 힘들 정도로 깨끗이 데런의 기억도 끊겼다. 그때 데런이 남학생에게 뭐라고 했는지 그 남학생은 뭐라고 대꾸했는지 주변에 사람들이 있었는지 그들은 어떤 반응을 보였는지 아무것도 기억나지 않았다. 한참이 지나 전혀 다른 장소에서 디엔이 울고 있었고 우는 디엔을 달래며 데런도 울었던 것만 어렴풋이 기억에 남아 있다. 그 후로 그들 중 누구도 그 일에 관해 한 번도 언급한 적이 없으므로 데런은 자신의 기억이 끊긴 부분에서 디엔의 기억도 끊겼는지, 아니면 그 뒤의 일을 디엔은 모두 기억하고 있었는지 이제는 알 수 없게 되었다.

데런은 찬물을 뒤집어쓴 것처럼 오싹하면서 불구덩이에 들어앉은 듯 후끈한 기운을 느꼈다. *끄라고!* 데런은 그때였다고 생각한다. 디엔의 꿈속에서 오래전에 죽은 걸로 등장한 자신이 오래전에 죽은 순간은 바로 그때였을 거라고. *끄라고!* 디엔이 얻어맞은 직후에 자신의 기억이 모조리 사라진 건 그때 자신이 아무 말도, 아무 행동도 하지 못했다는 걸, 완전무결하게 무력했다는 걸 의미한다고. *끄라고!* 그 주문은 담뱃불을 향한 것이 아니라 그들의 영혼, 그들의 사랑을 향한 것이었다고. *끄라고!* 그때 아무것도 하지 않고 가만히 앉아 있던 자신의 내부에서 고요히 작열하던 무력감이 정신의 어떤 연결 퓨즈를 태워버렸을 거라고. *끄라고!* 그 분노와 절망과 공포가 그들의 삶을 돌이킬 수 없이 응결시켰으리라고. *끄라고!* 못 *끄겠다고* 말한 건 디엔이었지만 아직도 꺼지지 않는 그것이 자신의 내부에 남아 있다고. *끄라고! 끄라고! 끄라고!* 꺼지지 않는 그것이 어둠 속에서 발을 구르고 소리를 지르고 팔을 휘두르는 거라고!

실내가 어슴푸레 밝아오기 시작할 무렵 데런은 기진맥진하여 자리에 누웠다. 잠의 투명한 비눗방울에 감싸여 어렴풋한 꿈속으로 한

발 한발 들여놓던 데런은 어느 순간 팔다리를 경련하며 깨어났다. 새벽에 올라온 아래층 남자가 안경을 끼었는지 안 끼었는지 기억나지 않았다. 스티치한 천 조각을 내밀며 디엔의 부도덕한 이력을 추궁하던 선배, 죽은 자신에 관해 오 분 동안 증언을 해달라고 부탁했던 선배 그리고 디엔을 때렸던 복학생 남자처럼, 아래층 남자도 안경을 썼는지 안 썼는지 모르겠는데 어느 쪽이라고 해도 그렇다고 생각될 만한 얼굴, 안경 썼잖아 하면 아 그렇지 하게 되고 아니라고 해도 아 그렇지 하게 되는 그런 얼굴이었다.

그때 만약 디엔이 꿈에서 깨지 않았다면 디엔은 그자들에게 죽은 자신에 대해 어떤 증언을 하도록 요구받았을까. 디엔이 꿈에서 깨지 않고 기필코 그것을 알아냈더라면 좋았겠지만, 디엔이 떠난 지금 그것은 데런 자신이 알아내야 할 문제가 되었다. 디엔이 꿈속 좁은 방에서 울면서 증언해야 할 내용이 무엇이었는지, 감춰진 이력처럼, 기필코 벗어야 할 누명처럼, 추궁되어야 할 비밀처럼, 부인해야 할 죄처럼 간주된 그 부도덕한 스티치 작업이 무엇이었는지. 그건 그렇고 디엔, 데런은 흐느끼듯 속삭였다. 바로 아래층에 살고 있는 건 우리가 아니었어. 그들이었어, 디엔.

안개가 내리듯 잠이 몰려오면서 데런은 서서히 디엔이 꾸었던 꿈속으로 들어갔다. 그들이 모여 있다. 데런이 그들을 모르는 만큼 그들도 데런을 모르는 듯한데, 그들 중 한 사람이 자리에서 일어나 데런의 이력 중에 부도덕한 점을 발견했다고 하면서 작은 천 조각을 내민다. 데런은 아니라고 부인하고 그건 오래전에 죽은 디엔의 것이라고 말한다. 그들 중 한 사람이 데런에게 다가와 죽은 디엔에 관한 증언이 필요한데 오 분이면 충분하다고 말한다. 그들은 아는 얼굴이 아니고, 안경을 썼는지 안 썼는지 모르겠는데 어느 쪽이라고 해도 그렇다고 생각할 만한 얼굴이다. 그들 앞에서 죽은 디엔에 관한 증언을 하게 되면 걷잡을 수 없이 울게 될까 봐 두렵지만 데런은 알았다고 하고 어느 좁은 방에서 그들을 기다리다 잠에서 깬다. 그리고 디엔에게 꿈 얘기를 한다. 이런 꿈들은 어디서 오는 것일까, 디엔. 디엔은 대답이 없고 데런은 도대체 이런 꿈들은 어떤 사고, 어떤 심리에서 발아해서 어떤 경로로 뻗어 나온 것일까, 그래서 결국 어쨌다는 것일까, 이것 역시 꿈일까 디엔, 묻고 또 묻는다.

제20회 이효석문학상
심사평

새로운 소설의
르네상스를 꿈꾸며

올해 이효석문학상 본심에 오른 작품은 총 17편이었고, 17편 모두 고른 문학적 성취도와 다채로운 주제의식을 보여주어 '한국문학의 또 다른 르네상스'가 오고 있는 것이 아닌가 하는 즐거운 기대감을 품게 해주었다. 한 작품 한 작품 읽을 때마다 설렘과 충만함이 느껴지는 시간이었다. 올해 처음으로 등단한 작가부터 70대의 노작가까지, 그 어느 작품도 쉽게 지나칠 수 없는 강렬한 아우라를 지니고 있는 작품들이 많았다. 신인작가들의 힘찬 약진도 두드러졌고 중견작가들의 더욱 성숙한 문학세계의 진화도 눈에 띄는 한 해였다. 이효석문학상 심사위원단은 1차 독회를 통해 김종광, 김채원, 손보미, 장은진, 정소현, 최은영의 작품을 본심에 올렸다. 여러 작품들이 본심작 물망에 올랐고, 치열한 경합 끝에 여섯 편이 선정되었으며 2차 독회를 통해 대상 수상작을 결정했다.

　　김종광의 작품 〈보일러〉는 농촌 문제에 대한 심도 깊은 천착과 현장감 넘치는 언어가 돋보인다. 도시문학 일색인 상황에서 농촌문학의 가능성을 보여준다. 농촌에 대한 문제의식에 집중하는 작가들을 찾아보기 어려운 요즘인데, 김종광 작가는 뚝심 있게 노인 문제, 농촌 문제, 지역사회의 소외와 공동화 문제를 천착하고 있어 주목할 만한 행보를 보여준다. 이번 작품은 작중인물에 대한 연민을 불러일으키면서도 유머감각을 잃지 않는 작가의 균형감각이 돋보인다. 추운 겨울 보일러가 고장 나 커다란 고초를 겪는 노부부와 그 자식들, 그리고 보일러 수리공의 이야기를 통해 '농민', '농촌', '노인'이라는 화두를 문학적으로 따스하게 형상화해내고 있다.

김채원의 〈흐름 속으로-등잔〉은 언니의 죽음을 애도하는 동생의 이야기 속에서 인생 전체의 스케일까지 아우르는 거대한 질문까지 도달하고 있어 매우 감동적인 작품으로 다가온다. 작가의 연륜과 내공이 담뿍 느껴지는 작품이다. 언니의 죽음에 대한 애도에서 '삶이란 무엇인가, 시간이란 무엇인가'라는 차원의 문제까지 성찰하게 만드는 소설이라는 점에서 스케일이 크고 깊다. 자전소설적 요소가 느껴지지만 그런 점이 작품의 완성도에 방해되지는 않는다. 급속한 경제 성장을 겪으며 자기 과거를 돌아보면, 이것이 정말 과연 우리가 진짜 겪은 이야긴가 싶을 때가 있지 않은가. 이런 시간적 이질감, 역사 속의 개인의 삶이라는 문제의식을 잘 녹여낸 작품으로 보인다.

손보미의 작품 〈밤이 지나면〉은 스토리텔링의 긴장감이 살아 있고 심리 스릴러 같은 느낌이 재미있다. 성장소설의 틀을 갖추고 있지만 성장소설의 전형적인 교훈성을 뛰어넘는 흥미로운 지점들이 많이 있다. 마을사람들에게 '미친년' 소리를 듣는 여인과 자발적인 실어증에 걸린 '나'라는 어린 소녀가 내통하여 '정상적인 세상, 사회화된 세계'를 벗어나려 하지만, 그런 시도는 와해되기 마련이다. 하지만 그 실패마저 아이에게 커다란 성장의 발판이 된다. 인물을 생기 넘치게 그려내는 손보미 작가의 실력은 매번 일취월장하는 듯하다. 부모의 이혼으로 양쪽 모두에게 버려진 후 외삼촌과 외숙모 곁에서 자라나는 소녀가 '누구에게도 자신의 마음을 말하고 싶지 않은 심정'과 '이 세상 단 한 사람에게는 반드시 말을 하고 싶은 심정'이 공존한다는 설정은 매우 매력적이다.

장은진의 〈외진 곳〉은 우리 사회의 '소외된 공간'에 대한 작가의 시선이 집요하면서도 따뜻하게 느껴진다. 그런데 그 '외진 곳'의 삶에도 미묘하면서도 비극적인 '차이'가 있는데, 그 차이가 언니와 동생의 삶으로 드러난다. 언니는 일자리를 잃게 된 상황이지만 자신의 처지를 조용히 수용하려 하고, 동생은 일자리를 잃었지만 더 밝고 적극적인 태도로 외국으로 나가기로 결정한다. 삶을 받아들이는 태도의 차이로 '외진 곳'의 삶도 극명하게 갈릴 수 있다는 것을 보여준다. 사회적 약자들이 서로 배려를 하면서도 너무 조심하다 보니, 자연스럽게 따뜻한 마음을 표현하기보다는 너무 가까워질까 봐 서로 두려워하는 모습이 묘사되는데, 이는 조세희의 〈난쟁이가 쏘아올린 작은 공〉 속 영희네 집과 명희네 집의 '따뜻하고 허물없는 이웃사촌'의 분위기와는 완전히 다른 것이다. 사회적 소수자들끼리 서로를 더 어려워하고 다가가지 못하는 모습에 대한 복잡한 심리묘사는 과

거 민중문학과는 전혀 다른 차원의 묘사라는 점에서 장은진의 탁월한 성취라고 볼 수 있다.

정소현의 작품은 매우 흥미로운 '미래시점'의 설정이 손에 땀을 쥐게 한다. 약간 추리소설적인 서사이기도 하고, SF소설 같은 분위기도 공존하여 더욱 흥미롭게 읽힌다. 2058년의 시점에서 '치매보험특약'을 걸어놓은 노인의 이야기가 남의 일 같지 않다. 알츠하이머 환자의 내면을 받아 적은 듯한 1인칭 고백의 형식이 매우 흥미롭다. 알츠하이머에 걸리면 스스로를 안락사시켜 달라고 서명하는 '멀쩡한 시절의 나'와 막상 알츠하이머에 걸리니 '미치도록 살고 싶은 마음이 드는 나'. 이 두 개의 나는 과연 같은 나라고 할 수 있을까. 두 개의 나 모두 절실한 나의 모습들 아닌가. 이런 자아의 분열과 모순을 작가는 우울하게만 그리지 않고 굉장히 유머러스하게, 박진감 넘치게 그려내고 있다. 사회적 제도의 그물망 속에서 개인이 선택할 수 있는 아주 좁은 길에 대한 근원적 물음을 던지는 소설이기도 하다.

최은영의 〈일년〉은 두 여성의 따스한 친밀감이 강화되는 과정과 돌이킬 수 없는 거리감이 자리 잡는 과정을 탁월하게 잘 그려냈다. 예리하게 사유하되 독자에게 강요하지 않고 차분하게 서사를 펼쳐나가는 면이 좋다. 한 사람은 인턴이고, 한 사람은 정규직인데, 두 사람이 같이 차를 타고 회사에 출근하면서 처음에는 거의 자매애에 가까운 우정, 강렬한 교감을 하게 되지만, 결국은 계급적인 차이와 생존 경쟁을 위한 이전투구의 상황 속에서 멀어진다. 여성들끼리 느끼는 강렬한 유대감과 섬세한 이질감의 묘사가 뛰어나다. 최은영뿐 아니라 박선우, 김세희, 백수린 등 젊은 여성작가들의 작품을 읽다 보면 삶을 미시적으로 접근하여 소소한 일상을 통해 드러나는 현대인의 욕망과 감정이 매우 핍진하게 드러나 있다. '어쩌다 우리 사회는 이렇게 되어버렸나' 하는 문제의식을 갖게 한다는 점에서 탁월한 문명비판적 시선을 보여주는 젊은 작가들이 많아졌다. 최은영의 작품은 정이 많고 좋은 사람임에도 자신과 처지와 계급이 다른 타인에게 줄 수 있는 마음의 한계가 어디까지인지 발견하면서도 극복은 하지 못하는 모습을 보여주어, 자신의 한계를 알면서도 뛰어넘지 못하는 현대인의 심리를 성찰하게 만든다.

　장은진의 〈외진 곳〉과 김채원의 〈흐름 속으로-등잔〉이 마지막까지 경합을 벌였다. 먼저 김채원의 작품은 '문학이란 무엇인가?'에 대한 대답으로 다가오는데, 이 주인공들의 삶은 책 속에 빠짐으로써 책과 일치해 마침내 책이 되어가는 인생이었다. 그들은 글을 쓰고, 글을 읽음으로써 비로소 그 엄혹한 시간의 고통을 이겨냈던 것이다. 언니가 죽고 나서야 언니에게 자신이 얼마나 의지하고 있었는지를 깨닫는 동생의 마음은 여전히 슬프고 아름답게 느껴진다. 칠순 넘은 노작가인 김채원 선생이 이 작품을 씀으로써, 글을 써야만 견딜 수 있는 어떤 순간과 조우하기 위해 전쟁을 벌인 것이다. 서로가 서로를 읽고 써야만 살아남을 수 있는 두 자매 이야기, 그렇게 한 시대를 견디고 분투한 두 자매의 이야기는 단지 작가의 자전적 이야기에만 그치는 것이 아니라 문학을 사랑함으로써 한 시대를 견뎌온 사람들을 위한 위로처럼 다가온다. 문학을 사랑함으로써, 책을 사랑함으로써 한 시대를 견딜 수 있었던 모든 사람들에게 바치는 헌사가 아닐까.

〈외진 곳〉은 우리 사회의 소수자들을 향한 따스한 연대와 공감의 에너지를 지니고 있고, 시대적 응전력과 서정적 감수성 모두를 지니고 있는 뛰어난 작품이다. 〈외진 곳〉은 단지 소외된 공간에 대한 묘사에 그치는 것이 아니다. 작가는 우리 사회의 '외진 공간'을 따스하고 차분한 시선으로 바라보면서 그 공간에 사는 인간에 대한 사랑을 표현하고 있으며 나아가 그 공간에 대한 묘사를 통해 우리 사회의 차별과 계급성의 문제를 알레고리적으로 보여준 측면도 있다. 작중인물에 대한 지나친 연민에 기울어지지 않으면서 끝까지 균형감각을 잃지 않고 그들이 처한 삶을 담담하게 보여주는 작가의 시선이 돋보인다는 점에서 2019 이효석문학상 대상 수상작으로 선정하는 바이다.

우리 심사위원단은 저마다 작가와 평론가로서 활동하고 있기도 하지만 무엇보다도 '한국문학을 사랑하는 독자'로서 이 자리에 함께할 수 있다는 사실만으로도 뜨거운 희열을 느낀다. 한국문학을 여전히, 그 어떤 조건 없이 그저 치열하게 사랑하는 우리들이 한자리에 모여 최신의 문학작품들을 함께 읽을 수 있다는 것만으로도 커다란 영광이자 무한한 축복이 아닐까 싶다. 《이효석문학상 수상작품집》이라는 아름다운 선물꾸러미를 만들 수 있게 애써주신 모든 작가들과 관계자 여러분께 깊은 감사의 말씀을 드리고 싶다. 우리 독자들도 문학이라 불리는 이 아름다운 내면의 성찬을 마음껏 포식하시기를 기원한다.

오정희 구효서 방민호 윤대녕 정여울

이효석 작가 연보
1907. 2. 23~1942. 5. 25

1907년 1907년 2월 23일, 강원도 평창군 진부면 하진부리에서 부친 이시후李始厚와 모친 강홍경康洪卿의 1남 3녀 중 장남으로 출생. 전주 이씨 안원대군의 후손인 부친은 한성사범학교 출신으로 교육계 사관仕官으로 봉직하였음. 아호는 가산可山, 필명으로 아세아亞細兒, 효석曉晳, 문성文星 등을 쓰기도 함.

1910년(3세) 서울에서 교편을 잡고 있던 부친을 따라 서울로 이주.

1912년(5세) 가족과 함께 평창으로 다시 내려왔으며, 사숙私塾에서 한학을 수학修學.

1914년(7세) 평창공립보통학교 입학.

1920년(13세) 평창공립보통학교 졸업. 경성제일고등보통학교(현재의 경기고등학교) 입학.

1925년(18세) 경성제일고등보통학교 졸업(제21회). 경성제국대학(현재의 서울대학교) 예과 입학. 예과 조선인 학생회 기관지인 《문우文友》 간행에 참가. 《매일신보每日申報》 신춘문예에 시 〈봄〉 입선. 유진오俞鎭午, 이희승李熙昇, 이재학李在鶴 등과 사귀며 《문우》와 예과 학생지인 《청량淸凉》에 콩트 〈여인旅人〉 발표.

1926년(19세) 〈겨울시장〉, 〈거머리 같은 마음〉 등 수 편의 시를 예과 학생지 《청량淸凉》에 발표. 콩트 〈가로街路의 요술사妖術師〉, 〈노인의 죽음〉, 〈달의 파란 웃음〉, 〈홍소哄笑〉 등을 《매일신보》에 발표.

1927년(20세) 예과 수료 후 경성제대京城帝大 법문학부 영어영문학과 편입. 시 〈님이여 들로〉, 〈빨간 꽃〉, 〈6월의 아침〉, 단편 〈주리면……-어떤 생활의 단편-〉, 제럴드 워코니시의 〈밀항자〉 번역판을 《현대평론》에 발표.

1928년(21세) 경성제대 재학 중 단편 〈도시都市와 유령幽靈〉을 《조선지광朝鮮之光》에 발표하며 문단의 주목을 받기 시작, 유진오와 함께 동반자작가同伴者作家로 불리게 되었으나 KAPF에 적극적으로 참여하지는 않았음.

1929년(22세) 단편 〈기우奇遇〉를 《조선지광朝鮮之光》에, 〈행진곡行進曲〉을 《조선문예朝鮮文藝》에 발표, 시나

리오 〈화륜火輪〉을 《중외일보中外日報》에 발표.

1930년(23세) 경성제국대학 영어영문학과 졸업. 졸업논문은 〈The Plays of John Millington Synge, 1871~1909〉. 단편 〈마작철학麻雀哲學〉, 〈깨뜨러지는 홍등紅燈〉, 〈북국사신北國私信〉, 〈상륙上陸〉, 〈추억追憶〉 발표. 이효석, 안석영安夕影, 서광제徐光齊, 김유영金幽影 등은 조선시나리오작가협회를 결성하여 연작連作 시나리오 〈화륜〉을 바탕으로 침체의 늪에 빠진 조선 영화계에 활력을 줌.

1931년(24세) 시나리오 〈출범시대出帆時代〉를 《동아일보東亞日報》에 발표. 단편 〈노령근해露領近海〉를 《대중공론大衆公論》 6월호에 발표하고, 같은 달 최초 창작집 《노령근해》를 동지사同志社에서 발간. 이 단편집에서 자신의 프롤레타리아 문인적 성향을 보임. 함경북도 경성鏡城 출신의 미술작가 지망생 이경원李敬媛과 결혼.

1932년(25세) 장녀 나미奈美 출생. 부인의 고향인 함북 경성鏡城으로 이주. 경성농업학교鏡城農業學校에 영어 교사로 취직. 〈오리온과 능금林檎〉을 《삼천리》에 발표. 이 무렵 이효석은 순수한 자연을 배경으로 한 서정적 경향도 보이기 시작.

1933년(26세) 순수문학을 표방하는 문학동인회 구인회九人會를 창립함. 창립회원은 김기림金起林, 김유영金幽影, 유치진柳致眞, 이무영李無影, 이종명李鍾鳴, 이태준李泰俊, 이효석, 정지용鄭芝溶, 조용만趙容萬임. 〈약령기弱齡記〉, 〈돈豚〉, 〈수탉〉, 〈가을의 서정抒情〉(후에 〈독백獨白〉으로 개제), 〈주리야〉, 〈10월에 피는 능금꽃〉 발표.

1934년(27세) 〈일기日記〉, 〈수난受難〉 발표.

1935년(28세) 차녀 유미瑠美 출생. 〈계절季節〉, 〈성수부聖樹賦〉 발표. 중편 〈성화聖畵〉를 《조선일보》에 연재.

1936년(29세) 평양 숭실전문학교(현재의 숭실대학교) 교수로 부임. 평양시 창전리 48 '푸른집'으로 이사. 대표작 〈메밀꽃 필 무렵〉을 비롯하여 〈산〉, 〈들〉, 〈고사리〉, 〈분녀粉女〉, 〈석류柘榴〉, 〈인간산문〉, 〈사냥〉, 〈천사와 산문시〉 등을 발표하며 대표적인 단편소설 작가로서 입지를 굳힘.

1937년(30세) 장남 우현禹鉉 출생. 〈개살구〉, 〈거리의 목가牧歌〉, 〈성찬聖餐〉, 〈낙엽기〉, 〈삽화揷話〉, 〈인물 있는 가을 풍경風景〉, 〈주을의 지협〉 등을 발표.

1938년(31세) 숭실전문학교 폐교에 따라 교수직 퇴임. 〈장미薔薇 병病들다〉, 〈해바라기〉, 〈가을과 산양山羊〉, 〈막幕〉, 〈공상구락부空想俱樂部〉, 〈부록附錄〉, 〈낙엽을 태우면서〉 등을 발표.

1939년(32세) 평양 대동공업전문학교 교수 취임. 차남 영주煐周 출생. 장편 《화분花粉》을 인문사人文社에서, 단편집 《해바라기》를 학예사에서, 《성화聖畵》를 삼문사에서 발간. 〈여수旅愁〉를 《동아일보》에 연재.

1940년(33세) 부인 이경원과 사별(1940. 2. 22). 3개월 된 영주를 잃음. 장편소설 〈창공蒼空〉을 총 148회에 걸쳐 《매일신보》에 연재連載. 1941년 단행본으로 간행될 때에는 《벽공무한碧空無限》으로 개제改題. 〈은은한 빛〉, 〈녹색의 탑〉 등을 일본어로 발표.

1941년(34세) 《이효석단편선》과 장편소설 《벽공무한》을 박문서관博文書館에서 출간. 〈산협山峽〉, 〈라오콘 Lacoön의 후예後裔〉, 〈봄 의상衣裳(일본어)〉 〈엉겅퀴의 장(일본어)〉 등 발표. 부인과 차남을 잃은 슬픔과 외로움을 달래며 중국, 만주 하얼빈 등지를 여행.

1942년(35세) 5월 초 결핵성 뇌막염으로 진단을 받고 평양 도립병원에 입원 가료. 언어불능과 의식불명의 절망적인 상태로 병원에서 퇴원 후, 5월 25일 오전 7시경 자택에서 35세를 일기로 생을 마감. 임종은 부친과 친구 유진오 그리고 지인 왕수복이 함께 지켰음. 유해는 평창군 진부면에 부인 이경원과 합장됨.

1943년 유고 단편 〈만보萬甫〉를 《춘추春秋》에 게재. 단편선집 《황제皇帝》가 박문서관에서 간행됨. 〈향수〉, 〈산정山精〉, 〈여수〉, 〈역사〉, 〈황제〉, 〈일표一票의 공능功能〉이 함께 수록되어 발간됨. 5월 25일 서울 소재 부민관에서 가산可山의 1주기 추도식 열림.

1945년 부친 이시후 별세(1882~1945).

1959년 장남 우현에 의해 편집된 《이효석전집李孝石全集》 전5권 춘조사春潮社에서 발간.

1962년 모친 강홍경 별세(1889~1962).

1971년 차녀 유미에 의해 《이효석전집》 전5권 성음사省音社에서 재발간.

1973년 강원도 영동고속도로 건설로 진부면 논골에 합장되었던 가산可山 부부 유해를 평창군 용평면 장평리로 이장함.

1980년 강원도민의 후원으로 영동고속도로변 태기산 자락에 가산 이효석 문학비 건립.

1982년 10월에 열린 문화의 날을 맞아 대한민국 금관문화훈장이 추서됨.

1983년 장녀 나미에 의하여 《이효석전집》 전 8권 창미사創美社에서 발간.

1998년 영동고속도로 확장개발공사로 묘소가 경기도 파주시에 소재한 동화경모공원으로 이장됨.

1999년 강원도 평창군 주최로 봉평에서 지역민과 함께 하는 효석문화제 창시.

2000년 〈메밀꽃 필 무렵〉의 산실인 평창군 봉평에서 지역 주민을 중심으로 한 가산문학선양회와 평창군의 주관으로 "문학의 즐거움을 국민과 함께"라는 염원을 담은 효석문화제가 활성화됨. 이효석문학상 제정. 정부의 재정지원으로 이효석 문학기념관 건립 추진.

2002년 이효석문학관 건립.

2011년 제목 미상 〈미완未完의 유고遺稿─미발표 일본어 소설〉 장순하張諄河 번역. 2011년 9월에 발행된

《현대문학》(통권 제681권 220～224페이지)에 발표.

2012년 재단법인 이효석문학재단李孝石文學財團 설립.

2016년 이효석문학재단 주관 하에 텍스트 비평을 거친 정본定本 《이효석 전집》 전 6권 서울대학교출판문화원에서 발간.

2017년 2월 23일 가산 이효석 탄신 110주년 기념식 및 정본 전집 출판기념회 개최.

2019년 이효석문학재단, 강원도 평창군 진부면에 지부 설립

이효석
문학상
수상작품집 2019

초판 1쇄   2019년 9월 10일

지은이   장은진 김종광 김채원 손보미 정소현 최은영 권여선
책임편집   고원상
마케팅   김선미 김형진
디자인   김보현

펴낸곳 생각정거장 **펴낸이** 전호림
등록 2003년 4월 24일(No. 2-3759)
주소 (04557) 서울시 중구 충무로 2(필동1가) 매일경제 별관 2층
홈페이지 www.mkbook.co.kr
전화 02)2000-2632(기획편집) 02)2000-2645(마케팅) 02)2000-2606(구입 문의)
팩스 02)2000-2609 **이메일** publish@mk.co.kr
인쇄 · 제본 ㈜M-print 031)8071-0961
ISBN 979-11-6484-017-5(03810)

이 도서의 국립중앙도서관 출판예정도서목록(CIP)은 서지정보유통지원시스템 홈페이지(http://seoji.nl.go.kr)와
국가자료공동목록시스템(http://www.nl.go.kr/kolisnet)에서 이용하실 수 있습니다.
(CIP제어번호: CIP2019032488)